心居

滕肖澜
著

北 京 出 版 集 团
北京十月文艺出版社

图书在版编目（CIP）数据

心居 / 滕肖澜著. -- 北京 ： 北京十月文艺出版社，2020. 10

ISBN 978-7-5302-2043-6

Ⅰ. ①心… Ⅱ. ①滕… Ⅲ. ①长篇小说—中国—当代 Ⅳ. ① I247.5

中国版本图书馆 CIP 数据核字（2020）第 071076 号

上海市重大文艺创作项目

心居
XIN JU
滕肖澜 著

出　　版　北 京 出 版 集 团
　　　　　北京十月文艺出版社
地　　址　北京北三环中路 6 号
邮　　编　100120
网　　址　www.bph.com.cn
发　　行　新经典发行有限公司
　　　　　电话（010）68423599
经　　销　新华书店
印　　刷　河北鹏润印刷有限公司
版　　次　2020 年 10 月第 1 版
　　　　　2022 年 2月第 6 次印刷
开　　本　850 毫米 ×1168 毫米　1/32
印　　张　13
字　　数　270 千字
书　　号　ISBN 978-7-5302-2043-6
定　　价　59.00 元
质量监督电话　010-58572393
如有印装质量问题，由本社负责调换。

一

清晨六点，顾士宏推着那辆老式的凤凰自行车，走出单元门。初冬天气，早晚已凉得很了，他夹克衫里只穿件长袖T恤，有些抵不住，脖子一缩，把领口那粒扣子系紧。环保袋往车龙头上一套，骑上去。遇见邻居，人家老远便打招呼，“顾老师，这么早买小菜啊！”他忙不迭点头，腾出一只手挥动着，一笑，嘴角的皱纹挤出来，“礼拜六老规矩，聚餐。”

聚餐是在家里。每周六，雷打不动。大哥大嫂、妹妹妹夫，还有侄子甥女，加上自家这几口，统共13个。真正来齐的也不常有，这人加班或是那人有约，少一两个，但冷菜热菜还有汤，荤素搭配，总归也是满满一桌。圆台面平常摆在门后，防尘布罩着，一周用一次，还有玻璃转盘，设施是齐的。20年前造的半老小区，上海第一批商品房，放在当年是挺括的，但眼下豪宅一茬接一茬，两室一厅都要150平方米了。客厅小是硬伤，也不分正厅餐厅，放下圆台面，各式椅子聚拢来，圆的方的，七翘八裂，边上勉强还够走路。介于热闹与杂乱之间。这样的自家人聚餐，本就有些乱哄哄的。随意，不修边幅，聊天内容言不达意。老人家喜欢。顾士宏那90多岁的老母亲，每个礼拜只盼这天，手舞足蹈地兴奋。儿孙绕膝、天伦之乐的意思，全浓缩在这刻了。好像那六天都是假的，单单这天，才真正是过日子。

买完菜回家，几个小的都起床了。儿子顾磊对着镜子刮胡须，儿媳冯晓琴在厨房煎韭菜饼，孙子小老虎在阳台上练小提琴，头发还是蓬的，一张隔夜面孔，应该是没睡醒便被妈妈揪了起来。唯独冯茜茜还在睡。顾士宏倚着门换鞋，冯晓琴过来接菜，看一眼，“爸爸，这两日梭子蟹壮的。”顾士宏嗯了一声：“正当时。今年宁波海鲜是大年。”冯晓琴又道：“骨头也新鲜的。”顾士宏瞟一眼墙上的挂钟，“先出水，拿大锅，放火腿和笋。骨头汤时间越长越好，炖一整天，汤像牛奶一样浓。”冯晓琴应了：“晓得，笃定，来得及。”

早餐摆上桌。粥、咸菜、韭菜饼、面包、牛奶、白煮蛋。人多，早餐品种也杂。中西合璧。顾士宏在小区门口买了两客生煎，前一晚小老虎吵着要吃。孙子是祖宗。一会儿，顾老太从外面进来，太极拳是每天练的，有固定圈子，一群老人家，平均年龄都在80岁朝上。老太精神极好，一口牙齐齐整整，腰不弯背不驼，就是耳朵有些背，说话声音大。进来便嚷着饿了。也是祖宗。冯晓琴连忙盛粥，热乎乎地端过来，配凉拌香椿。一家人吃早饭。老式的八仙桌，加上碗筷佐料，瓶瓶罐罐，也摆得七八分满。放在过去倒没什么，现在一户这些人口，四世同堂，也算大家子了——三室两厅，顾士宏住朝北那间；朝南两间，顾磊夫妻带着儿子住大间；顾老太原本也是一间，前几年冯茜茜来了，没地方睡，只得挤作一间。拉块帘子，各放各床，反正一老一少，关系也隔得远，不必多应酬，面上稍过得去便罢了。

吃过早餐，冯茜茜从床上被姐姐冯晓琴拖起来。嘟哝两句，也只得乖乖穿衣服洗漱。啃了半个面包，便到厨房帮忙。从安徽到上海，讲起来是亲戚，姐姐家也是自己家，但到底不同，平常倒也算了，周六是大日子，人多事多，里里外外都是活儿。“眼里要有活儿。”初来上海那天，冯晓琴这么对妹妹说。意思清楚，亲姐妹说话不用拐弯抹角。上海租一间房子多少钱？别的不提，楼下302，一套房租给四个人，最小那间一月也要毛三千，还不包括水电煤。白得个落脚点，吃住免费，自己要拎清。反正就算在安徽，女孩子家，该干的也得干。说得过去。冯茜茜做家务没姐姐利索，但也不太差。洗菜切菜，剥葱捣蒜，打个下手什么的，绰绰有余了。顾家做菜是典型上海风味，浓油赤酱，味精是不放的，纯粹靠糖吊鲜。不管鱼肉菜蔬，临出锅前一把白糖撒进去。倘若猪手、蹄髈、酱鸭那种，还要放冰糖熬上几小时。安徽菜是偏辣的，冯茜茜花了小半年才勉强适应这边菜的甜度。冯晓琴到底来上海日子久，几只本帮小菜，比如葱烤鲫鱼、油爆虾、糖醋排骨，已经很有火候了。连顾老太那样挑剔的嘴（包括口味和说话内容），也时不时地蹦出几个赞美的词，“可以的”“不难吃”“像点样子了”——人人都说，冯晓琴是个好媳妇。女人一旦上升到“媳妇”这个层面，就跟地域、学历、相貌那些关系不大了，是另一套评价体系。也是硬性指标。冯茜茜比姐姐小了七岁，后面还有个弟弟冯大年，又小了八岁，男孩子是宝，家里人个个疼爱，反宠得他屁用没有，傻子似的。她自小跟在姐姐屁股后面，听惯了别人对姐姐的夸奖，“将来谁娶了你，真是有福了”那种。所以她毫不怀疑姐姐会成为这家的主心骨。早早晚晚的事。顾老伯年纪一点点上去，姐夫顾磊又是那样的脾性，顾老太就算让她活到一百岁，也只剩下七八年光景。冯茜茜觉得，上海跟原先想象中的似乎不同。越是来得久，就越觉得，这座城市骨子里跟老家也没什么差别。小一辈的男人都被宠坏了，没什么 × 用。姐夫顾磊也是个孱弱的人，当然身体差也是个原因，但基数若是高，再怎样也低不到哪里去。到底是逊了些。顾士宏是老派上海男人，会做事，谈吐文气，人也拾掇得干净。女人走得早，孤家寡人一个，做成这样，不容易了。现在哪里找得到这样的上海男人。独自拉扯一对龙凤胎长大。顾磊比她姐姐顾清俞迟了一分钟出生，老大老二的态势，在娘胎里便定下了。连相貌也完全不同。异卵双胞胎。顾清俞长得像父亲，眉清目秀，不失英气。顾磊五官也干净，却多少有些寡淡的意思了。个子本来不矮，奈何少年时便瘸了，一脚高一脚低，整个人便显得畏缩，不够挺拔。说话习惯皱眉，川字纹深得刀刻似的。看着比他姐姐要老了好几岁。八二年出生的老女人。冯茜茜背地里这么叫顾清俞。其实也谈不上什么矛盾。顾清俞上班不久便买了房，搬出去单过。倒也不远，也在万紫园，四期的两室，12 楼，正对着湖中心。冯茜茜掐指算，那年她也不过二十三四岁，房价再便宜，一套七八十万总要的，也亏她下得了决心。女人对着女人，尤其是强势的女人，敌意是免不了的。冯茜茜不像姐姐，好坏只藏在心里，面上一团和气。她做不到，嘴上就算忍着，眼神也要扔几个过去。姐姐是有些被这女人压着的。冯茜茜看得出来。气势上，还有眉里眼里，都有些微妙的意思。“投缘就多说几句，不投缘，就少说几句。不就行了？”冯晓琴常这么说。家里人少,也是个小小社会。兵来将挡，水来土掩，斗智斗勇那套，外头人其实是不搭界的，套路全用在自家人身上。有意思，也没意思。冯晓琴叫顾清俞“阿姐”，上海话已有七八分像样了。她对待顾清俞，与对待顾昕、高朵朵的态度是完全不同的。倒跟长辈是差不多级别。一声“阿姐”,叫得隆重而又亲切。冯茜茜替姐姐不忿，老家也有厉害的大姑子，但毕竟不同，那些人全厉害在嘴上，一开口就把底全抖开了，反倒不难对付。难的是顾清俞这种。首先是撇清的，各人自扫门前雪，保持距离，其次也客气，面上不露出一丁点难看，说话也轻柔，读书人的模样，与别不同。外头平滑，尖刺往里长，像脚上的鸡眼。除非连根拔，否则越碰越疼，表面看还没什么异样。连叫屈也无从谈起。冯茜茜说姐姐，讲来讲去还是姐夫不果断，若早些年趁房价低时买一套，也搬出去，你们现在小日子不是逍遥快活？冯晓琴冲妹妹一句，那你怎么不买？冯茜茜便叹道，把我卖了，都不够付首付的。上海人再怎样，好歹有个老屋遮风避雨，哪怕拖到现在置换，一间厕所总是有的。我们真正是从零开始，一片瓦一片砖都靠自己挣起来。起点不一样。

晚上聚餐的主题也是买房。骨头汤的热气在20平方米的客厅氤氲成一片白雾，让各人的脸都有些看不分明。干燥的空气，还有话题本身，容易上火，情绪像千年老树的纹理那样，枝枝蔓蔓，由此及彼。起初是喜事。顾昕要结婚了。双方父母上周见面，算把这事敲定了。女孩也在新区政府上班，宣传部门。众人问起亲家的情形，顾士海只是笑笑，说蛮好。苏望娣蹦出一句“怕是吃不牢”，意思亲家老爹是厅局级，门第相差甚远，对方一口官腔，虚虚实实，自己这边搭不上话，一顿饭只是傻笑，“笑得我两边面孔都酸了”。顾士海纠正妻子：“人家客气倒是客气的——”苏望娣翻个白眼，“不客气，初次见面难道一记耳光上来才叫不客气？他们分明是有些嫌弃我们。”顾昕桌下踢了母亲一脚。苏望娣嘴上不停：

“酒席该男方来办，他们抢过去也就算了，反正换了我们，那样的高档饭店，一万多一桌，肯定是舍不得的。他们心疼女儿，要办得风光，也由得他们。但买房首付一家一半，作死啊，小两口买那样大的房子，一个卧室比我们家客厅还要大几倍。首付一千万，每家拿五百万，他们倒是无所谓，说拿也就拿了。倒逼得我们要卖房子套现。我们没有婚房吗？昕昕那套两室户，小夫妻住住不是蛮乐惠？一点也不伤筋动骨。他们要面子，女儿新房住豪宅，有本事两千多万一次性付清。折腾我们穷人家有啥意思？欠银行一屁股债，小两口每月要还好几万，这是过日子吗？拆家当还差不多。”

“哪个楼盘？”顾士莲问。

“就靠近世纪公园那个，什么尊邸的。明年下半年交房。”

顾士莲看了二哥顾士宏一眼，“有钱啊。”停了停，加上一句，“——你们都有钱。”

顾士宏知道妹妹的意思。顾清俞最近也有意买房，恰恰也看中那个楼盘。离这里近，上班也方便，世纪公园板块，地段环境都是没话说的，开发商也是出挑的。内环里的新房，又是顶级配置，卖掉一处便少一处。值得拥有。这些话从顾清俞嘴里说出来，像法官敲的法槌，一锤定音。顾士宏连半句质疑的话都没机会说。也不能说。说出来就是准备吵架了。孤家寡人一个，买那么大的房子做什么，从东到西要走半天，半夜不怕做噩梦啊，白白交那些税，又是契税又是房产税，将来老了，连个继承的人都没有。无用功。顾士宏慈父做惯了，条件反射，只说好的，孬的全往肚里咽。说了也没用。一腔苦水只好找妹妹顾士莲倒。大哥顾士海是黑龙江知青，前两年刚退休回来，关系相对疏远些。妹妹直筒子脾气，说过算过，听过也算过。最适合当听客。顾士宏说："她孤独终老倒没什么，我没脸去见她死去的妈妈。"说人民广场相亲角都去了八百回了，简历写在牌子上，举起来相当挺括，照片也拿得出手。合适的小伙子也不是没有，牌子对上，照片相好，欢天喜地回家报告。没一次有下文。顾士莲说："虱多不痒，债多不愁，等她四十岁时，你也就不急了。死心了。"又道，"她是因为找不到对象才单身的吗？所以说呀，你急死也没用。"这种安慰，比怄人还糟。顾士宏竟也真的一次比一次心平些。索性不管了。想着两眼一闭，好坏由她去。偏偏又冒出买房这茬，还跟表弟买婚房挤在一起。愈发地触心境。

"小姑娘漂亮吗？"高朵朵抛出一句。是说顾昕的未婚妻。"照片有吗？"

顾昕手机里翻出一张，众人轮流看。看完还给他，默默地。除了冯晓琴说句“挺清秀的”，其余都不作声。连敷衍的话也省了。苏望娣鼻子出气，哼道：“昕昕喜欢，有什么办法。”高朵朵笑了一下，“那张曼丽呢，阿哥不是也蛮喜欢的？”顾士莲推了女儿一记，“你太平些。”高朵朵今年二十岁，正是惹是生非的年纪，讲话不管不顾：“阿哥挑女朋友的眼光一会这样，一会又那样。差别蛮大的。”冯茜茜嘿的一声，也要接口，被冯晓琴眼光一凛，硬生生缩了回去。张曼丽是顾昕的前女友，大学时开始交往，半年前突然分手。这话题有些敏感。众人停了停，又回到买婚房。苏望娣说，两个方案，卖掉现在住的这套，或是卖掉顾昕那套两房。“住的这套没电梯，六楼，老了爬不动，搬走是迟早的事。但昕昕那套是毛坯，还要装修，又是一笔开销。”顾士宏说：“装修完还要晾，前后加起来起码半年。”苏望娣点头，“就是。”

顾老太笑眯眯地啃一只鸭腿，不说话，只是听大家聊天。目光从众人身上一一滑过，男的女的老的小的，一只只面孔都是可亲的。老太太辛苦一世的意义都在此刻了。旁边顾士莲嘀咕一句“认识没几个月就结婚，不是有了吧”。老人家平常耳背，这瞬竟是异常精细，鸭腿一扔，径直问顾昕：“真的有了？”顾昕红着脸，默默点了点头。众人才知是真的怀孕了。顾老太欢天喜地，又问：“几个月了？”苏望娣说：“刚查出来，也就两个月不到。”顾老太扳手指，“那还好，春节还不显怀。”是说喜宴定在大年初六。顾士宏对大哥说“恭喜”，顾士海是老派人，总觉得这事有点难为情，拱了拱手，也不多语。苏望娣摇头，“现在的小孩啊，屁都不懂，做事还野豁豁——”顾士莲说："明年这时候，你们家热闹了。"推顾士宏一记，"到底是兄弟，一样的风格，先上车后补票。"顾士宏吃不消这妹妹，忙不迭地，做个"嘘"的口形。又朝冯晓琴看去。后者只是淡淡一笑，若无其事地。

顾清俞不合时宜地打来电话。问候大家。欧洲这时还是中午，她说她在啃三明治。"没你们丰盛。"本意是想凑趣。问父亲："你们在聊什么？"顾士宏挑出扼要，一字一句地："你表弟妹怀孕了。"电话那头说"恭喜"。顾士宏加上一句，"人家比你还小了六七岁。"顾清俞像是没听懂，"那也不小了，也快三十了。要生就趁早。"顾士宏只有苦笑："你倒也晓得——"

"清俞去欧洲干吗？出差还是度假？"顾士莲问二哥。

"大学同学结婚。"

"这个年纪？那也够晚的。"

"人家是二婚。"顾士宏叹息。

自家人的聚餐，不比在外头。菜量大，酒喝得再多也不心疼。实惠。坐姿随意。吃饱了就站起来，看看电视，活动活动，一会倘若有称意的点心上来，再入座吃。就是始终有那么一两个人在忙碌，烧菜、热汤、炸春卷或是做酒酿圆子。这边说"别忙了，菜够了，过来吧"，那边答"很快很快，你们先吃，马上就来"。地方小，盘子也是摆得层层叠叠，这只菜还未吃尽，已换了小盆，又有新菜上来。天冷，一锅热汤最讨喜，热了冷，冷了再热。来来回回地。小孩钻来钻去，这人筷头下吃一口肉，那人再递过来一勺剥好的虾仁。人多便不肯好好吃饭，大人自己聊天，也没心思管他。肆意玩着 iPad。便是大人，尤其几个年轻人，也各自在看手机，刷朋友圈。再大一辈的，聊天也是炒冷饭，每次差不多的话题。也是与时俱进的。早些年，聊小辈的读书、考试、分配。这些年各家孩子都大了，聊结婚、生子。再过些年，等第四代一个个成了气候，又该聊他们了。当然也有忧国忧民的部分，全中国乃至全世界的大事，都要谈一谈。跟自己有关的，国计民生，也要点评几句。大都是一笔带过。重点还是一地鸡毛。小老百姓的饭桌，吃的和说的，到底是琐碎。

除了顾清俞，晚餐缺席的还有高畅。顾士莲的丈夫。“也是吃喜酒。”她解释。

“大学同学？”苏望娣问。

“对呀，三婚。”顾士莲没好气地，冲她，“——单位同事。”

“做伴郎？”苏望娣不依不饶。

“你们昕昕找结过婚的人当伴郎？”顾士莲反问。

“卖相好，显年轻，性格又热闹，酒量还好。结没结过婚，其实倒不搭界的。关键还是眼光好，会找老婆。站在那里不用说话，就是一部追妻教科书。”

苏望娣是有些醉了。平常都喝饮料，唯独这次倒了点黄酒，先是半杯，喝完又加了半杯。不喝酒的人，这些就足够胡说八道了。跟小姑子斗嘴，是饭桌上的保留节目。关系越亲近，说话便越随意。分寸把握不好，就容易过头。何况还有酒精的作用。其实也是历史遗留原因。顾士海结婚那阵，顾士莲投了反对票，理由是苏望娣面相不好，“下巴短，颧骨突出，竹节鼻，还龅牙”。顾士莲就是这么心直口快，也不管这女人完全有可能成为她的大嫂。总觉得大哥那么老实的男人，该找个更善良温和的女人才对。倒不是故意针对谁。苏望娣则认为顾士莲是看不起自己。顾家不算大人家，但上几代也都是读书人，称得上小半个书香门第。苏望娣的老娘在浑堂里替人搓背，老爹直到解放后才戒了鸦片，吃喜酒时吓众人一跳，痨病鬼似的一个人。但放在那时候，又有什么区别呢？家底、祖业、福荫子孙那些，谁又靠得上呢？各门各户都差不多，排排坐吃果果，一样拿那几十块钱工资，过干巴巴的日子。上海是好些，黑龙江是苦些，但那是另一层意思。那样的岁月，许多界定本就是含混不清的。苏望娣今晚是故意要喝酒，酒能助兴。想说又不方便说的话，要说个够本。儿子娶到千金小姐，牢骚后面是满满当当的自豪。咸鱼翻身。卖房凑首付，狼狈是狼狈，但买的是两千多万的房子，意义便完全不同。门不当户不对，但毕竟是高攀而不是低就，说明儿子有本事，人家贴钱也要轧过来。三十年河东三十年河西。顾士莲比高畅大了整整六岁，当初结婚时苏望娣也没少说闲话，“六冲”是不用提了，而且还是倒过来的。顾士莲长得不难看，但高畅属于特别出挑的那种。小痞子搭上女干部。放在当年，为顾士莲惋惜的占多数。现在不同了。别的不提，单一顿饭，顾士莲便打了不下六七个电话。“少吃点酒”“菜式好吗，热闹吗”“意思意思可以了，别闹得太凶，一把年纪了”，心神不宁地。别人察觉不到，苏望娣心知肚明。女人是一点禁不起岁月折腾的，男人不同。高畅五十出头，脸上没一根皱纹，一米八二的身材依旧挺拔，远看就是个小伙子。老公像新郎官，自己像阿婆。年轻时候扎的台型，现在全还回来了。苏望娣有点促狭地想。又是一口酒下去，喉咙那里热得像要着火。

“明年预备送朵朵去奥地利读书。”临近尾声时，顾士莲宣布。成为这晚第三个准备买房的人。“卢湾区那套已经挂牌了，准备卖掉后买到浦东，不是万紫园就是白云公寓。跟你们做邻居。”她说下去，声音欢快得有些别扭，“——三房换两房，差价给朵朵做学费。”

晚饭后，冯茜茜陪姐姐洗碗。水池里厚厚一摞碗盆。一个洗，一个收拾。流水线作业。每周如此，习惯了。冯茜茜说她看见顾士莲眼圈红了，“她是觉得丢脸吗？人家越买越大，她却越买越小，浦西到浦东。”冯晓琴说：“没那么简单。”冯茜茜道：“这家人也挺作。”冯晓琴沉默一下，“过日子哪有不作的？”冯茜茜说：“姐夫就不作。就他一个人没吭声，从头吃到尾。”冯晓琴笑了笑，“你姐夫是傻得可爱。”

便是再傻，顾磊这晚也被感染了某种情绪。他问妻子：“你是不是有点怪我？”——是指小老虎刚出世那阵，冯晓琴说了几次，买四期的房子，哪怕一室一厅也好。万紫园不是学区房，但唯独四期，当时有传言说要建一所名校的分校。顾磊没答应。传言不可尽信，再说学校真要建起来，何以见得只有四期能独享，一期二期三期四期，门牌号都是一样的，开发商也是一个，断断没那样的道理。顾磊平常没什么主意，唯独买房这件事，自始至终，都是投坚定的反对票。冯晓琴心里明白，“执着”并不代表果断，有时候反而跟“犹豫不决”是一个意思。但这话不能说，说了伤感情。后来四期果然成了学区房，房价比周边硬生生高了两成。人一辈子，机会有很多。但只有真正抓住了，才叫机会。否则就叫懊恼。冯晓琴二十岁不到便来了上海，寻找机会。各种各样的机会。未必都能抓住，但至少试过了，便不懊恼。顾磊也是她的机会之一。最靠谱的机会。和买房子一样保险。虽说保险的男人错过了保险的买房机会，多少也是种懊恼，但好在眼下并不是没房子住。浦东内环边的小三房，进出便利，生活设施齐全，总价也要八百万朝上了。将来小一半总是她的。比起那些同期来沪目前还住在出租屋里的小伙伴们，她很知足了。该争取的时候争取，该知足的时候知足，日子才过得下去。

“比上不足，比下有余。”她用了个很中肯的词，安慰此刻显然有些懊恼的丈夫。同时拍了一下旁边还在玩 iPad 的儿子的屁股，“——睡觉去！”

二

顾清俞在飞机上打了个盹。醒来时精神好许多。到巴黎是早晨，酒店放下行李就直奔李安妮的住所。当天婚宴结束已是半夜，睡了不到三小时，又冲向机场。上午九点多的航班。李安妮的蜜月旅行是去斐济。她年近六旬的法国丈夫在那里有一个小岛。“如果你不是赶着回去上班，真的可以跟我们一起去。那里很棒。”几年不见，李安妮的普通话听着更绕口了些，皮肤也晒黑了很多。她让顾清俞在婚礼上接她的捧花，可顾清俞只是远远看着，笑眯眯地把机会让给一个身材丰满的金发法国姑娘。

“你还是老样子。”李安妮说她。

“恭维还是揶揄？”

“就看你脸皮厚不厚了。”分别时，李安妮与她依依不舍地拥抱，“我会想你的。”

“我也是。”顾清俞在她背上轻拍两下，抬起头，赫然瞥见展翔站在眼前，似笑非笑。“为什么不接捧花？你想让我当一辈子光棍吗？”她惊讶地张大嘴巴。展翔走上一步，伸出一根手指，在她鼻尖点了一下，“——你这个小坏蛋。”

打盹会做梦不出奇。但梦到莫名其妙的人，就十分奇怪了。顾清俞猜想或许是时差紊乱的关系，两天打个欧洲的来回。之前也有紧巴巴的出差，人困马乏，但相比之下，参加婚礼更让人辛苦。她是伴娘。大学同学里仅有的未婚女性。当然与李安妮的情分也是非同一般。四年上下铺，还有饭搭子。请柬发出去不少，但真正来的没两个。巴黎不是巴城，来一趟到底大动干戈。有钱有闲，还有兴致，这个年纪实在不多，正是事业家庭一团忙的时候。顾清俞属于例外。工作忙是忙，但早过了抽不了身的阶段，至少不用看谁脸色。薪水不算很高，但打个飞的参加老朋友的婚礼，再买一条限量版的名牌手链作礼物，也完全在承受范围内。李安妮说她是女版钻石王老五。那瞬她想起展翔，以“钻石王老五”自居的男人，因为常年嬉皮笑脸，两条眉毛习惯性弯成半圆，逗人似的表情。

“别告诉我航班号，我自己查。用第六感。”临上飞机前，“钻石王老五”发来微信。

所以才有了这个奇怪的梦。他居然还点着她的鼻尖，叫她“小坏蛋”。梦里不怕被吃耳光。放在生活中，他连一个小指头也不敢碰她。“我尊敬你。”他一本正经说这话的时候，让她忍不住笑出声。她不讨厌他。那样一个恋着自己多年而且又尊敬自己的男人，换了谁都讨厌不起来。“我也尊敬你。”顾清俞比他还要一本正经。

但她不会爱上他。李安妮说她始终“老样子”，是指她固执。某些方面尤其如此。“你已经36岁了。”她提醒她。言下之意，某人也已经36岁了。这个年龄，娶妻生子是再自然不过的了。李安妮很想把话挑得再明些，但毕竟难得见面，劝也要人家听得进才行，否则就是自讨没趣。36岁的顾清俞比起26岁时，圆滑得多，能轻易打断一切她不喜欢的话题，同时还让气氛保持和谐、美好。多年的职场磨炼和人生阅历，把她打造得表面光不溜秋却又坚实无比，像钢化玻璃。通透又固执。让人无从下手。

展翔果然等在出口。高举一块牌子，上写“欢迎回国，Santra顾”。英文名打错一个字母，好在有大捧红玫瑰转移注意力，众人只看到一个穿皮衣戴墨镜的中年男人，刘海染成黄色，七分牛仔裤，露出靠近脚踝的龙形刺青，白色高帮运动鞋。指间一枚印章似的宝石戒指。“生怕别人不知道他是暴发户。”顾清俞想起父亲的话。接过玫瑰，“——谢谢”。

路上有些堵。顾清俞对着车挡板上的镜子，补粉和口红，修饰长途飞行的倦容。“往前看，”她提醒展翔专心开车，“——喜欢看女人化妆？”

“我只喜欢看你化妆。”他道，“尤其像现在这样，我开车，你化妆。显得随意、亲切。老夫老妻的感觉。”他涎着脸。

“我爸要冲过来了。”她刷睫毛膏，一根根地。

“不用麻烦他老人家。我待会儿自己送上门——楼下那只瘪三，欠我好几个月房租了。”

展翔在万紫园有六套房子。从1998年贷款买下第一套两室，随后开始了炒房生涯。借鸡生蛋，以租养贷，那些套路他玩得很转。基本都在浦东，以世纪公园为轴心，方圆三公里之内，高中低各个档次都有。有别墅，也有动迁小区。那些年房价疯涨，限制又少，胆小的人一动不动，看着人民币变橘子皮，胆大的人吃到撑死，打个嗝都全是铜臭。展翔自然是后者。亏得后来限购了，否则还不停。房产证一堆拿在手里，扑克牌似的。房子是真金白银，跟它相比，银行里那些存款就不值一提了。别人辛苦一世挣下的肉里分，他买进卖出，一套的差价便抵得上十年工资。这是个捉摸不透的世界。房子是上海人绕不过去的话题，滋生出各种情绪，各种际遇。真正是命了。

顾士宏住的那个单元，展翔有两套房子。一套三室两厅被房客转租出去，隔成七八间，弄得面目全非。物业寻过他几次，说上面在整治群租，要清场。展翔去牵二房东的头皮，那人有些落乔（沪语，指做事不上路，很难弄），起初还不肯，展翔不与他废话，隔天便叫了五六个大汉过来，一手拿棍子，一手递上信封，里面是提早解约的赔偿金。那人哪里敢犟，拿了钱便匆匆走了。不到两日，房子空出来，装修队进去，隔板敲个干净，恢复原样。这套还算省心的，另一套两室更麻烦，租客是一对山东夫妻，在小区门口开了家蒸汽海鲜，街坊回头客不少，早几年还算过得去，这阵子市容管得紧，生意越来越难做，偏偏上月又添了三胎，还是个女儿，又多了张吃饭的嘴，小老板夫妻头都大了。房租一拖再拖。展翔还不好十分催促，一家子五口人，四个女的，走进去就是鸡飞狗跳，小的哭，大的闹，乱哄哄的头皮发胀。让中介去催，也没什么用。拖到第五个月，只好公事公办，告到法院。但强制执行也是一样的难，还有吃奶的娃，总不见得硬把人赶出去，况且临近年底，天寒地冻，处理得不好就是社会舆论事件。展翔一不做二不休，雇了几个人，每天早中晚按时过去，说好动口不动手，吓唬几句就行，也尽量别打扰邻居。死老鼠死鱼什么的，也扔过几次，反正是二楼，阳台那里扔进去并不难。墙壁再喷上红漆，说些狠话。江湖伎俩，对付欠债不还的朋友，无非那些路数。

"我爸就是因为这些，才讨厌你的。"顾清俞对他道。

"那好啊，我不讨债了，房子白送给他们。你爸肯不肯把你嫁给我？"他厚颜无耻。

"跟我爸没关系。"她提醒他。

"我这人不错的。你试试看吧，要真的不行，再分开也来得及。我有十几套房子，离婚时候一人一半。你稳赚不赔，大小姐。"

"跟钱也没关系。"她啪的一下，合上粉扑。"再说了，您那是婚前财产，离婚我半个子儿也拿不到。少来。"

他一笑，露出两排金属牙套，太阳下闪着光，"对新婚姻法摸得很透嘛，看来有想法。"

"我要结婚了。"顾清俞蹦出一句。

他一愣，以为她在开玩笑。她道："不骗你。顺利的话，这个月我们就领证。"

"跟谁？"

"现在还不知道。下周六相亲。"

他更惊了，一时竟说不出话。"你——"

"别告诉我爸。除了中介，你是第一个知道的。看在你去机场接我的分上。"她笑。

顾清俞回家放好行李，换身衣服，又出门了。小区对面的"链家"。约了中介小刘谈事。周六相亲那男人，是小刘找的，拍胸脯保证，"绝对可靠，有过三次成功经历。人很老实，完全按流程来。两个月拗断，清清爽爽，一点不拖泥带水。"小刘是相熟的，之前顾士宏、顾昕那两套房子，也是他经手的。现在已升做经理了，好多业务不用亲自出马，交给手下几个小的去办。他叫顾清俞"姐"，亲亲热热地："姐，直接买别墅吧，尊邸有两套联排不错的。"顾清俞摇头，"平层已经伤筋动骨了，还别墅。把我卖了吧。"那人谄媚地："姐不缺钱。"顾清俞嘿的一声，"怎么不缺？要真不缺，也不多此一举了，直接买房子，哪里还用找人假结婚。"小刘道："姐是因为限购。"顾清俞道："就算不限购也不行，房产税一年一交，十年下来都可以再买一套了。"嘴上开着玩笑，瞥见手机有短消息，拿起来看，是展翔——"别找别人，跟我结婚吧，两个月后再离。我不收中介费。"

她好笑，回过去："你名下那么多房子，还是限购。"

"只要你答应，我明天就全部卖掉，一套不剩。"很快，他又发过来。

她看了，没回。差不多就行了。再说下去容易豁边。这男人的心意也不是一天两天了，总要找个突破口。原本是想唬他，让他死心。

她这样我行我素的女人，十个男人见了九个绕道。偏偏他还迎上来。顾清俞暗自叹口气，问小刘："照片有吗，太难看也不行。"

"这行的规矩，不拍照不留档。再说了，"小刘笑道，"又不是真结婚，过几天不就见到了？"又让顾清俞帮着介绍生意，"最近好几个新开盘，姐你要是有朋友买房，记得一定找我。二手房买卖也行，老客人，佣金减半。"

下午倒时差。昏天黑地也不知睡到几点。睁开眼，瞥见顾士宏坐在旁边。直直盯着。一惊，整个人坐起来，"爸，吓我一跳——"。顾士宏不动，声音低沉："你才吓我一跳好吧？"顾清俞缓了缓神，摇头，"展翔嘴可真快。"顾士宏道："我不听他的，只听你说。"

"又不是真的结婚——"

顾清俞用轻快的语气说来，忽见父亲脸色一变，惊得脸都变形了："什么，结婚？"她一怔，随即明白还是中了展翔的计。这家伙比看上去要狡诈得多。

"姓展的跟我求婚，我答应了。说好两个月以后再离婚。房子分我一半。"晚上，顾清俞找到展翔，告诉他，自己是这么跟顾士宏说的。

展翔住在万紫园三期，顶楼复式。楼王位置。他几年前曾经打过顾清俞隔壁房子的主意，想买下来，结果那户女主人看穿他的心思，把价往死里抬，最终没有成交。楼上楼下也动过脑筋，都没下文——"你们这个单元的人啊，相当不厚道。没一个好东西。"他当时感慨。三期和四期离得不远，走路也就十来分钟。但到底不方便。

"我爸随时会拿把菜刀杀过来，你做好准备。"顾清俞提醒他。

“说说你那个初恋情人，行吗？”他开了瓶红酒。拿来两个杯子。

放在平时，顾清俞自然不会。但此刻不知怎的，她忽然很想找个人聊聊。也许是巴黎之行的那束捧花，教堂门前的红毯，放飞的白鸽。还有顾士宏那通劈头盖脸的训斥。再算上假结婚那桩。谁知道呢，临近年底，团圆的烟火气，或许也有些关系。细菌似的，沾上便迅速蔓延开。悄无声息地。

小学时的同学，也是邻居。高高瘦瘦，戴副细边眼镜，那时叫“架梁”。成绩优秀，却又不是书呆子。喜欢看书和运动，英语尤其好，还会一点俄语和日语。“家教好”——大人们提到他，总这么说。他曾外祖是国民政府的要员，祖父经商，做丝绸生意。大户人家的孩子。即便是那样晦涩的年代，到底是有些不同的。鹤立鸡群。长相气质，待人接物，说不出的妥帖。像野草丛中的一束兰花。这么形容男生似乎有些滑稽，但意思是不错的。他父母是知青，在新疆。他由奶奶带大。12 岁那年，他被父母接去新疆。“我会考回上海的。到时再见。”那是他对她说的最后一句话。她也真的相信了。谁知竟没有。高考那年，他没回来。她去老宅找他，他奶奶去世后，叔叔婶婶就搬去别处，也没下落。他消失了。世界上倏忽一下，少了个人。猝不及防地。

她看见展翔的神情。“别笑我，否则我以后什么都不告诉你。”

“我没笑。”他道，“——我在暗暗想象情敌的模样。”

“很帅，很优秀，也很有品位。”

“你自己说的，分开那年他才 12 岁。”

"三岁看老。"

"我16岁的时候，拿打工的钱买认购证，三年赚了我爸一辈子的钱。"

"所以啊，你现在成暴发户了。"

"我的意思是，我也很优秀。而且很帅，很有品位。"他伸出手掌，平平地捋了一下刘海。端起酒杯，晃了两晃，红酒在灯下闪着暗沉的光。"叮！"与她的酒杯一碰。

"等你什么时候把我的英文名写对，再来谈这个问题也不迟。还有你的牙套，一把年纪箍牙，忒不顺眼。"顾清俞很想这么说。当然没有。

她与他干杯，一饮而尽。是好酒。应该价格不菲。他把保姆房改成酒窖，光线通风温度湿度都做了处理，存放来自世界各地的名酒。酒窖装修花了上百万。红酒架更是专程从法国运来。他把这些告诉她，以证明他很有品位。然而在她看来，反而更坐实了"暴发户"这一点。事实上，她并不反感有钱人的拿腔作调。何况展翔这种。父母都是郊区农民，真正是白手起家，说运气好当然没错，但到底也要些魄力的，20年前房价再便宜，一平方米3000块，算下来也是吓死人。豁上就是一家一当。事后诸葛亮好做，下决定都不容易。上海的房价，坏就坏在这里，即便事后懊恼得想去撞墙，但重新再选择一次，依然是犹豫。跟买大饼不一样。顾士宏讨厌展翔，"轻狂无状"，说四十来岁的人了，肤浅得像个小学生，张牙舞爪，就差没把人民币贴在脸上。顾清俞倒觉得也难怪他。轮到谁都是一样的。天降横财，这种情形下还能低调节俭淡然度日，说实话也没几人能做到——当然，换了那人，应该是不会的。他不是普通人。隔了这些年，她以为那人在她心中的印迹，会渐渐淡去。谁知竟没有。思念像支笔，每日描摹一遍，从头到脚，轮廓愈发地清晰。回忆里的人也会长大，全凭想象，将边界一点点晕开，有叠影。五官瞧不分明，大致一个意思。哪里缺了，她自动替他填上。三分真，七分猜。遗憾中也带些迷蒙，梦境似的。二十多年了，不是做梦是什么？有时候，梦比现实更长久。

顾士莲打来电话。“你想把你爸气死吗？”声音响得几乎要把她耳膜震破。她把手机离远些，依然能清晰听见电话那头的吼叫。展翔笑笑，做个“你随意”的手势，去了厨房。顾清俞也不吭声，待那头稍许冷静些，才把电话重新拿起来。

“本来这些话不该我来说。谁让你妈走得早呢？我也不想做恶人，可不做又实在不行，实在看不下去，你要是我亲女儿，我老早一巴掌抡过去——”顾士莲扯着嗓门说一圈，听电话那头没动静，哼一声，“你不要以为不响，我就拿你没办法。你爸现在只告诉了我一个，我要是讲不动你，就把这事捅出去。你奶奶大伯大伯母姑父表弟表妹一个个排队，轮流给你洗脑子。你等着吧。”

“我是成年人了，姑姑，会对自己负责的。”顾清俞只有苦笑。

“你负个屁责！”顾士莲又吼一声，“你要是从石头缝里蹦出来的，我保证屁也不放半个。可谁让你是我哥哥的女儿呢，谁让你是我亲侄女呢？所以说顾清俞，做人不是这么简单的，独立和自私有时候是一个意思，撇不清的。你可以不管我们，但我们不能不管你。你想让家里鸡飞狗跳，让你爸爸吃不下饭，就随便吧。”

展翔送顾清俞下楼。“别怪我，不是我说的——”送上门讨骂的态势。顾清俞朝他看，“你怎么跟我爸说的？”他道：“你爸怪我不该到机场接你，我说，清俞主要是想跟我咨询买房的事。什么婚前财产、婚后财产，她最近比较关注。还打算去相亲。”瞥见顾清俞的目光，忙笑着摇手，“我还来不及跟你爸解释，他老人家就匆匆忙忙出门了。拉都拉不住。”加上一句，“——反正你假结婚的事，我一个字没说，是你自己说出来的。”

顾清俞又去了父亲家。“或者，我干脆嫁给展翔算了？”她以退为进。果然，顾士宏瞪大眼睛，“嫁给谁也不能嫁给他。”顾清俞便笑，“好，听您的。谁让我是孝顺女儿呢。”这乖卖得没什么名堂，但还是有用。顾士宏叹口气，“祖宗啊，结婚不是儿戏。”顾清俞道：“是为了买房子，跟结婚没关系。”顾士宏说：“结婚再离婚，以后再嫁就更难了。”顾清俞道：“这条对我不适用。我嫁不嫁得出去，只取决于我自己。”

冯晓琴端了盘削好的苹果过来，“阿姐吃点水果。”顾清俞说声“谢谢”，从包里拿出一盒巧克力给她，“小老虎喜欢吃的。”冯晓琴接过，“阿姐老客气的。”顾清俞站起来，“不影响你们休息，我走了。”顾士宏也跟着站起来，一肚皮的话，不知从何说起，说了也是白说。朝女儿摇头，“——前世欠了你的。”

顾磊一直在房间里，听姐姐要走了，出来相送。“阿姐最近不大来。”他道。顾清俞道：“忙啊。”忽地想起一事，“——听说前几日，他们派你去嘉兴送货？”顾磊点头，“开过去也就一个多小时，不辛苦，再说也不用我搬东西——”顾清俞坚定地说：“以后别答应。我找机会跟他们说。”顾磊嘴巴动了动，只是笑笑。冯晓琴朝房间喊：“小老虎，姑姑要走了。”小老虎别别扭扭地出来，边走边朝冯晓琴看，噘嘴：“是你让我不练完一百个字不许出来的。”冯晓琴道：“那也要看具体情况——万一着火了呢，你出不出来？”把手里拎的袋子递给顾清俞，“阿姐，今天刚买的牛腩，出过水了，你回去放冷冻室，弄点土豆炒，或者做罗宋汤，都方便的。”顾清俞接过，“谢谢。”在小老虎头上摸一下，“又长高了。”正要去和顾老太告辞，冯晓琴道：“奶奶今天有点头疼，早早睡了。”顾清俞点头，“——你妹妹让我买的化妆品，机场免税店里没找到，同她说声抱歉。”冯晓琴道：“没事，让她省一点也好。”又问顾士宏：“爸爸，大伯母那天拿来的酒酿，我分一点给阿姐？”顾士宏说“好”。顾清俞忙道：“不用，我不吃酒酿。”冯晓琴已飞快地用瓶子装了半瓶酒酿过来，旁边还有一袋宁波小圆子，用塑料袋套好，一并递过去。“天气冷，吃这个活血的。”边说边穿鞋，“我下去倒垃圾，顺便送送阿姐。”

“我爸年纪越来越大，家里都靠你操心。”下楼时，顾清俞道。

“自己人，有啥操心不操心。阿姐客气来。”

两人一前一后，顾清俞的高跟鞋在楼梯上踩出清脆的“叮叮”声。她见冯晓琴穿着家居服，脑后松松扎个马尾，脚上蹬一双旧鞋。早年文的眉，已渐渐淡了。当初第一次见她，别的还好，就是这文的眉实在别扭。打扮也乡气。这几年不怎么化妆了，反倒有了些上海女人的意思。家庭主妇，居家度日那种。和顺许多。楼道的感应灯不怎么灵敏，她每到一层，便重重地跺脚。“——阿姐真的不结婚？”快到楼下时，她回头看顾清俞。

这问题原是有些敏感的，但楼道口这么淡淡说来，灯忽明忽暗，似乎又消减了几分突兀，闲话家常般。“结婚好吗？”顾清俞反问。冯晓琴说：“好，一个人的日子，两个人过。稳当得很。”顾清俞沉吟着：“各人想法不同。”冯晓琴道：“阿姐是我的偶像。”顾清俞嘿的一声，“不会吧，老姑娘一个。”冯晓琴道：“跟结不结婚没关系——阿姐这个人，是噌噌往上的。自己知道自己想要什么。”顾清俞笑笑，“那你呢，你不知道自己想要什么吗？”冯晓琴道：“知道是知道，总归不像阿姐这么自信。”顾清俞停顿一下，有些走题地说：“家里多亏有你。越来越能干了。”冯晓琴道：“我也没做什么。”话说到这里，便完全是客气了。顾清俞本来还想提一下顾磊的事，顾士宏说他每周要上好几次课，新报的名，财务英语和会计证，周日从上午到下午，还有两个晚上。“没必要这么拼。”顾清俞预备让冯晓琴劝他。但再一想，这必然是冯的意思，说了反倒奇怪。“噌噌往上”——这词有些急吼吼，不是家常话。抢在前头说了，又是偶像又是自信什么的，都是奉承话，倒把后面的嘴给堵上了。这便是顾清俞最不舒服的地方。弟媳太精明，有好，也有不好。若是上海人还放心些，倒并非对外地人有偏见，毕竟小地方来的，背景和生活习惯都不同。又比顾磊小了七八岁，还有未婚先孕那桩，在顾清俞看来，都是有些反感的。硬生生往前赶的节奏。由不得别人多想。大道理谁都会说，不要有门户偏见，不要有地域歧视，不要把人分三六九等——轮不到自己头上，只是风凉话罢了。顾清俞是把这个弟弟摆在心坎尖上的。小时候若不是她疏忽，也不至于让他从椅子上摔落弄残了腿。那刻起便打定主意，要保他一生周全。婚姻是头等大事，顾清俞也动过脑筋替他物色，但缘分这事，是顶顶说不清的。冯晓琴一上门，顾清俞便晓得，这人将弟弟吃得死死的。年轻、漂亮，又讨喜。还不是上海女孩那种娇媚率性，真正是善解人意，行事说话都让人窝心。既顺着他，也牵着他。顾清俞看在眼里，也说不出什么不好。弟弟自己喜欢，又有什么办法。再说顾磊这样的性子，也该有个能干的女人撑着才是。便只是暗暗留意，反正也离得近，父亲是老好人，未必看到点子上，说的也多是好话。她自己甄别。多看少管，分寸她把握得好。

洗完澡，冯晓琴检查了儿子练的毛笔字。还好，比之前有了些笔锋。整体架子倒不急，老师强调几次，他这样的年纪，先把一笔一画都练出筋骨来，后面自然好办。冯晓琴给儿子报了三门课外班：书法、小提琴、英语阅读。英语是不消说了，无论如何都用得上；学乐器倒不为赶时髦，主要是培养气质，别像他爸妈一样老粗，辛苦是辛苦些，手指尖脱皮，肩膀酸疼，小家伙整天说不想练，冯晓琴硬逼着他；练书法也是陶冶情操，还有一桩，字练得漂亮些，考试能加印象分。再实际不过的。时间有限，金钱也有限。冯晓琴在儿子的教育问题上，是做足功夫的。家里前景如何，到头来还是看孩子。还有丈夫顾磊，也是个大孩子。要人盯着才行。顾清俞介绍的那份工作当然好，下游公司财务，朝九晚五，时间稳定，人也不累。除非有大变故，否则真是一世不愁的。她问过顾磊几次，“一直做到老？”他被她问得愕然。要不然还能怎样。她猜他必然这么想。也不能说他错，三十好几的人，没有不良嗜好，勤恳工作老实顾家，按说也没什么问题。但冯晓琴总觉得，过日子也是逆水行舟，非憋着一口气不可，否则肯定往下溜。好在人是听话的，她做主替他报了那两个班，他也没二话。她哄着他，每天菜式上下功夫，家务事一样不用他操心。真正是饭来张口衣来伸手。大的小的都是。她也乐意。

“阿姐疯忒了，吃不消她。”顾磊道。

“你今天才晓得？”她抿嘴笑，“你阿姐可不是一般人。”

“作天作地。”顾磊摇头，“实在听不下去，只好逃回房间。”

“你也该劝劝她，”冯晓琴道，“是你亲阿姐。至少也要做做样子。爸爸看着呢。”

“爸爸也劝不动她，更何况我？”顾磊叹气，“从小只有她管我的份，我哪敢管她。”

“双胞胎呀。又不是比你大个十七八岁。”冯晓琴笑。瞥见小老虎睡相不老实，一只脚蹬出被窝外，过去替他掖好。小床紧挨着大床，旁边再放一张写字台，一把椅子。还有大橱和电视柜。房间便逼仄许多。那瞬有些走神，叹口气，喃喃地：“——话说回来，阿姐一个人住那么大房子，到底是舒服。”

“小房子温馨。”男人傻傻地道。

临睡前，顾清俞收到展翔的短信："我不是开玩笑。只要你一句话，分分钟为你卖房子。现金放口袋，我们周游世界。你同学老公的那种小岛，真要豁上，也不是买不起。"

顾清俞倚在床上，翻看婚礼上的照片。李安妮与一脸络腮胡子艺术家模样的新郎。拍得美轮美奂。新郎除了年纪大些，称得上是美男子。婚礼上他穿梭于各类女宾之间，礼貌而潇洒地亲吻她们的额头。她问李安妮："他追的你，还是你追的他？"李安妮表示："我在他几乎快绝望的时候，才点的头，"并强调，"我打败了不同国家不同种族的无数女人，这算不算是为国争光？"顾清俞大笑。婚礼很完美——只是几乎没有东方面孔，尽是金发碧眼。连她父母家人也不在。她猜李安妮是想彻底忘却过去，跟往事做个了断。离婚那阵，她问顾清俞："如果将来找不到丁启东那么对胃口的男人，怎么办？"丁启东是她前夫，也是大学同窗。顾清俞给别人意见，容易拖泥带水——"保险起见，那就别离了。"劝合不劝离，中国人的传统。李安妮偏不。她说她有洁癖，男人只要出轨一次，就算他再好、再爱她，也是不可能的了。在偏执这一点上，她其实比顾清俞还过头——如果不是半年前丁启东传来婚讯，这女人应该也不会那么快结婚。

"我是不是也非得等到那只'架梁'结婚的消息，才有希望？"展翔贼忒兮兮地。

顾清俞忘了从几时起，她竟变得与展翔无话不谈。连假结婚买房子这样的事，也要借他的口来转告家人。主要是户口簿锁在父亲那里，否则也不必麻烦了。万紫园三期与四期间的那条小径，路旁种了枇杷树和桂树，一到秋天就扑鼻桂花香，满眼金黄。两人来来回回，不知走了多少趟。各种揶揄，半真半假的嘴仗。你来我往。李安妮把这称为“缓冲”“软着陆”——“等你不觉得尴尬的时候，结婚就是再自然不过的了。谈得来是基础。你们俩基础打得很坚实。”

三

高畅年轻时是公认的帅哥。白衬衫外穿一件风衣或是夹克，风纪扣松着，料作裤下蹬一双擦得锃亮的尖头皮鞋，头式清爽。读书不多，却能穿出几分文气，也难得——其实是个花花公子。认识顾士莲之前谈过无数次恋爱，厂里就不下20个。堕胎不必提了，还有人为他自杀，吃敌敌畏，跳黄浦江。女方家长冲过来喊打喊杀也是常事。高畅是名人。技校毕业后分在锅炉车间，干的是粗活，人却细致。嘴巴也甜。讨女人喜欢。那些为他自杀的女孩，过一阵也就罢了。好了伤疤忘了疼。依然有人前赴后继，当炮灰。明晓得他是渣男，偏偏就忍不住。顾士莲与他的缘分，与当时某位政工干部有直接关系。他拍板，将落后分子与先进人员结对子，传帮带。“一起吃饭，一起工作，一起学习，一起进步。”事实证明，这种小儿科的招数，也并非完全不可行。至少跟顾士莲结对子后，高畅是真的变乖了。那时顾士莲三十来岁，与交往两年的男友正准备结婚。男友也在厂里工作，技术员。绯闻刚传来时，真是不太可信的。高畅是混蛋不错，但顾士莲是那种轻易上套的女人吗？年轻的人事科科员，工作能力强，做事干净爽气，眼里揉不下沙子。用现在的话说就是“女汉子”。眉一抬，眼一瞪，不怒自威。高畅在她面前，像老鼠见到猫。真是老实了许多。不迟到，不早退，也不到处串岗调戏女同事。“老阿姐——”他这么称呼顾士莲。“买账！天底下的女人，我顶顶买账老阿姐！”说得铿锵有力。那时最常见的镜头是，顾士莲在前面走，他后头跟着，各自拿着饭盒，老阿姐勺子一拨，油亮亮的狮子头拨到他饭盒里，汁水把饭浇成酱红色，“吃！”。小阿弟响亮地应一声，哈巴狗似的：“哦！”莫名的默契感。以至于后来顾士莲取消婚礼，众人竟也不觉得十分惊讶。那男友也算是个君子，自始至终未说一句难听的话。“昏头了。”倒是顾士莲自己，正式与高畅交往后，说得最多就是这句。自嘲，也是封人家的嘴。爱情本就容易让人昏头。谁会想到这样两个人，竟会走到一起。结婚也比别人预想的要快许多。厂里有些老江湖，见多识广的，说这叫“矫枉过正”，也叫“补偿反应”，就像身体很久不锻炼了，稍微动一动，肌肉不光会酸，还会痒。皮痒，高畅这小赤佬寻着顾士莲这只雌老虎，不是骨头发痒是啥？再有些经验丰富的过来人，摇着小扇子，笃笃定定地：“——看这两人几时结束。”

一拖就是三十年。小赤佬变成大叔，雌老虎也养得家了——画面愈发和谐。女儿也二十出头了。高畅前不久升了车间副主任。男人退休晚，何况顾士莲又大了几岁，真正是男主外女主内了。顾士莲每天早起第一件事，便是给高畅烧菜泡饭，隔夜的菜留个底，不论荤素，统统倒进饭里，加水煮开。配海瓜子。宁波人就这点嗜好。顾士莲自己陪女儿吃面包、豆浆或是牛奶。再煎个蛋。朵朵考上音乐学院后，家里冷清许多。这还是在上海，倘若要去维也纳，便隔得更远。班上那些学生，老师最看好朵朵，是个拔尖的苗子，天生好嗓子，悟性又高，不作兴浪费的。学费本来倒不成问题，顾士莲没生病那阵，家境也过得去，几趟手术下来，放疗、化疗、PET，再加上吃中药，这个那个的，就用得见底了。顾士莲很心平，这些年没复发就是万幸了。女儿的学业，更是万万耽搁不得。退休工资只够糊口，高畅那些也有限。只剩下房子。淮海路一套老公房，复兴公园边上，地段没话说，房子却是简陋，说是三房，其实才 70 平方米。咨询过中介，能卖 600 万。换到浦东，离老母亲和哥哥近，彼此也有个照应。白云公寓是动迁房，与万紫园隔一条马路。房型设施都不能比，价格也便宜许多。两房才 300 万出头。顾士莲有自己的打算，不想买白云公寓——当年老房拆迁，换了白云公寓一大一小两套。顾士宏带母亲住大的，顾士莲户口也在，便得那套小的。顾昕 16 岁回上海，顾士莲主动提出，这套房子过户给侄子，等于也是给大哥，将来有个落脚点。顾士海夫妇现在住的，便是这套。倘若现在再买回白云公寓，怕大哥看了不舒服。做好人也累的，反要倒过去照顾人家的心情——便只看万紫园。同样两房，贵 100 万。还好，在预算之内。讲起来还是商品房。差价 200 万，除去学费，女儿将来的嫁妆，夫妻俩养老的钱，勉强也够了。这样的置换，不比人家买新房，欣欣向荣。好在女儿是出息的，光这点就让人欣慰了。前几日听老单位同事说起，谁谁谁也是置换，大房换小屋，差价给儿子还赌债。小赤佬赌球，欠了一百多万。活生生一个讨债鬼。真是要吐血了。

高畅吃喜酒那天晚上，顾士莲等到半夜。人被老黄扛回来，醉得死猪一样。“老高今、今天酒吃多了，有、有点 High。”老黄是熟稔的，技校同学，与高畅一年进的厂。讲话结巴，极老实的一个人。知道顾士莲的脾气，特意关照：“不要训、训他，也、也作孽——”顾士莲没好气，“我才是前世作孽，还要服侍醉鬼。”老黄帮着顾士莲把人安顿好才走。不放心，再三叮嘱：“不、不要训他。”顾士莲嘿的一声，“不放心就留下，看我晚上不扒掉他一层皮！”

顾士莲倒来热水，给丈夫擦身。高畅白衬衫上一股酒味，混着肉狎气，嘴里还不清不爽，嬉笑，“这妹子——”顾士莲毛巾兜头扔过去，“老实点！”他一只手伸过来，搭住妻子的头颈，“再吃一杯。”顾士莲鼻子里出气，冷哼：“吃你个大头鬼。”

跪搓衣板是传统节目。三十年前用到现在。尤其女儿不在的时候。晚归、醉酒，还有出言不逊，任何一条都够了。次日酒醒了，顾士莲坐在沙发上织毛衣，高畅跪着——当然只是做做样子，现在谁家还用搓衣板，地板上也是一样。意思到就行了。依偎在妻子腿边，帮忙绕线。顾士莲嘴一努，示意他让开些。他不动，讪笑着。依然当年哈巴狗似的模样。“好久没喝酒，酒量变差了，”他叹道，“要加强练习。”顾士莲哼一声，“料酒在碗橱里，明天起，每天让你喝半斤。”

高畅道："去你哥哥家，从来都不让我喝。不是椰奶就是果汁。"顾士莲道："你不怕胃疼就尽管喝。再弄个胃穿孔出来，这些年我几十只甲鱼就当喂狗了！"

高畅有胃病。年轻时饮食没规律，又贪杯。三天两头胃疼。结婚后，顾士莲托人从苏北乡下弄来野生甲鱼，放红枣冰糖炖，黏黏稠稠一大锅。隔三岔五地吃，当药。竟是好了。二十多年没犯过。高畅也不是没有嘴馋的时候，每次只要顾士莲说一句"我身体已经这样了，你要是也跟着出点问题，朵朵怎么办？"立时便忍住。女儿是心头肉。顾士莲近四十才有的她，夫妻俩捧在手心里长大的。

"喜酒吃得不开心？"顾士莲问丈夫。

"人家结婚，热闹呀，有啥开心不开心的。"高畅嘿的一声。

顾士莲大概猜到什么缘故。喜宴办了二十多桌，都是老同事。制药厂几年前有两个车间与德国公司合资，分出去一小拨人。公司上市后，每人得了原始股，还有房贴。薪水翻了一倍不止，工作环境也好得多。都是一样干活的，谁也不比谁更强，区别就在运气。这些年下来，差的就不是一点点了。连工作服上的 Logo 都不同，人家是请专业人士设计的，洋气得多。平常不聚还好，凑在一起就免不了触心境。顾士莲的前男友，在合资公司做到总经理助理，年薪加分红，七位数。朋友圈里看喜宴照片，他也在。几年不见，人是老了，但愈加精神。男人五官是要紧，但更要紧的是气场。皱纹里都是满满当当的自信。顾士莲不提这茬，只当不知情。男人到了一定岁数，比女人更作孽，也更小气。女人之间攀比无非身材皮肤那种，男人则要复杂得多。内内外外牵丝攀藤。

“老黄送我回来的？”高畅问。

顾士莲哼了一声，“他怕我虐待你，啰里吧嗦半天，给我扫帚赶出去了。”

他一笑，“老黄是好人。”顾士莲放下织了一半的毛衣，到厨房端了碗桂花鸡头米出来，男人面前一摆，“吃！”依然恶声恶气。高畅“哟”的一声，“时鲜货嘛——”端起来尝一口，没心没肺地，“味道嗲。”又问：“给女儿留了吗？”

“女儿又没半夜吃醉酒让人抬回来。我这是论功行赏，谁劳苦功高，就奖励谁吃好的。你辛苦了，多吃点。”顾士莲道，“下次醉得再厉害些，回来得再晚些，我炖野山参给你。”

“世上只有老婆好。”他谄媚道。

“——碰着哪个小妹子了？”她依然不忘。

“哪里还有小妹子，一眼望去全是老菜皮。倒胃口。”他摇头。

“老菜皮在你家里，”顾士莲一个白眼扔过去，“——少摆噱头。”

房子看一轮下来，最终定了两套。都是万紫园一期，70平方米不到，五楼那套是毛坯，一直空关，另一套是底楼，租约年底到期。顾士莲让两个哥哥帮忙拿主意。周末，趁着聚餐，人凑得齐，便去了。踏青似的。除了顾老太，兄弟妯娌连襟，大大小小十来口，统统出动。说毛坯有毛坯的好，没人住过，干净，但房型不如底楼那套，门口一个大院子，还能派上用场，种花种草晾衣服，都好。反正都要重新装修，也无所谓——便定了这套。卖方是外地人，对付款方式没啥要求。也接受置换。首付三成，一个月内付，后面两笔，最迟半年结清。算是厚道的了。浦西那套房子也基本定了下家，只等那边付定金，款项打过来，充这边的首付。置换大多如此，看时间点，两头接上，一环扣一环。

看完这套，苏望娣又邀众人去看顾昕的新房。“反正也出来了，离得又近，免得再跑一趟。大家给点意见。”

“意见是提不出的，欣赏欣赏，沾点喜气。”顾士宏笑。

“是‘膜拜’。”顾士莲纠正二哥的措辞，“看的时候还要手搭凉棚，否则太耀眼，吃不消，要得青光眼的。”

“哎哟哎哟，有意思吗？”苏望娣佯装生气，嘴角一撇，笑意忍都忍不住，“——自己人呀，不带这么嘲兮兮的。”

看房团浩浩荡荡杀到“世纪尊邸”——几幢俱已结构封顶，只是外墙脚手架还未拆尽，仍是一片狼藉，工地的模样。苏望娣带着众人径直往里走，被门口保安拦住，问：“你有预约吗？”回答没有。那保安眼光是最毒的，眼光在几人身上一瞥，便说不能进去，“必须有人带，听懂吗？要么售楼员，要么中介。这里又不是大卖场，阿猫阿狗都可以随便逛。”苏望娣不服气，“我儿子买了这里的房子，定金都付了，怎么就不能进去？”保安只是拼命摇手，送客的架势。苏望娣自觉失了面子，愈发不依不饶，当即给顾昕打电话。顾昕这几日在党校学习十九大，听了便怨母亲不早说。苏望娣道：“你叔叔婶婶都等着呢，总不好白跑一趟——”电话那头应该挺忙，匆匆挂了，又发条微信：“你们等一下，我找人过来。”一会儿，果然来了个瘦瘦小小的姑娘，见了苏望娣和顾士海，便叫“爸、妈”——竟是顾昕未过门的妻子小葛。众人傻了。苏望娣也傻了，统共只见过一面，连眼睛鼻子都没看清呢，比陌生人也强不了多少。这当口完全不知说什么好。顾士海更是接不上话。好在顾士宏当了多年的中学教师，基本功在那儿，稍稍可以挡一阵，“你好你好，这个，真是麻烦你了——”

“不麻烦。顾昕让我找中介，可那人电话打不通——只好自己来了。”这女孩也是个腼腆的，一说话就脸红。也难怪，对方一大家子，陌生面孔，两边都是尴尬得头皮发麻，手心全是汗。胡乱打了招呼，算是认识了。小葛再打中介电话，好不容易通了，那人火急火燎地赶过来，见到这么多人，也是发愣。工地上路窄，又刚下过雨，不好走。大家排成长龙，中介和小葛前面带路，后面一个个跟着。冯晓琴姐妹走在最后，冯茜茜一拉姐姐衣角，凑近，“这女的比照片上还难看——”冯晓琴“嘘”的一声，“关你什么事？”冯茜茜兀自咕哝：“屁股那么一点点，能顺产吗？”冯晓琴瞪眼，“不看就回家。”

样板房在最里面那幢的二楼。房型朝向都与买的那套一样。每层三梯两户，专设保姆电梯，朝北，直通保姆房。中介在门口分发鞋套，数量不够，“没想到有这么多人——”。

“没事，我打赤脚。”苏望娣正要脱鞋，忽想起袜子上有洞眼，又停下，包里翻出两个皱巴巴的塑料袋，套在鞋子外面。众人小心翼翼地走进去。240 平方米，三室两厅，装修得金碧辉煌。客厅最是正气，宽敞明亮，南北通透，地板用大理石雕花，做工细致。艺术吊顶。门用的是顶级黑檀木。厨房电器整套米勒，德国进口。全屋地暖加霍尼韦尔新风系统。所有的电子设备都与手机 App 相连，不在家也能操控。

“家具是送的吗？”顾士宏没头没脑地问。

“二哥帮帮忙好吧，”顾士莲哎哟一声，“这是样板房，家具是给你做参考的。啧啧，送的，真亏你想得出来。”

“我也在想呀，这套家具一看就是老价钱。应该不至于。”顾士宏讪讪地。

“你们觉得怎么样？”苏望娣一副主人的声气,问大家。强调“多讲缺点”。

“两个哑巴睡一头，没得话讲。”高畅竖起大拇指，赞道，“豪宅就是豪宅啊。唯一的缺点是，实在太挺括，让人看了自卑。”

“小高你这个人呀——”苏望娣抿着嘴笑，手胡乱挥了几下，兀自谦虚，“我觉得别的没啥，就是每个房间都带卫生间，不实惠，太浪费了。”

“全套间，这是设计理念。”中介解释，“每个房间除了卫生间，还都配备阳台。”

“算在面积里的呀，要钱的呀，又不是白送。”苏望娣嘿的一声，“我们又不是没装修过，卫生间是大头，马桶、台盆还有浴缸、龙头，最烧钞票。”一跺脚，又向众人介绍，“这里的装修标准，一平方米 15000 块——你们说说看，是不是要死？我看一点不值。”

大家连忙捧场：“值的，怎么不值？这么高大上——”唯独顾士莲泼冷水："也是，自己装修的话，10000块一平方米可以做得比这好。"高畅推她，"你怎么晓得，讲得你好像很懂经似的。"顾士莲道："开发商不要赚钱啊，装修公司不要赚钱啊，这么一圈下来，不得扒一层皮？所以说装修还是自己弄的好,省钱又放心。"苏望娣撇嘴,"你让他们两个小的自己弄？他们懂什么？到头来还不是折腾我们。他们哪里来的时间和精力！"

"关键还是这个，"顾士莲手指搓动，做了个数钱的动作，"拈得开。不像我们,统共那么几张。再折腾也只好自己弄。我们退休工人，时间和精力不值钱，跟你们昕昕不好比的，礼拜天还要到党校学习，后备干部，重点培养对象，将来新区区长逃不脱的。"说着，朝小葛微笑，"我们这边都是瞎讲惯了，你不要放在心上——房子挺好的，替你们开心。"

到了这步，晚上聚餐，便邀小葛同去。"拣日子不如撞日子，你要是没事，就一起过去吃个便饭。家常菜，大家聚聚聊聊。"顾士宏把话说得不松不紧，若这女孩拒绝，也由得人家。毕竟初次碰头，又非正式约请，女孩皮薄推却，也正常。谁知小葛考虑半晌，眼圈额角都涨红了，一副为难的模样，嘴上竟说"好"。顾士宏才知这女孩老实到极点，连个"不"字也出不了口。一行人到了家。向顾老太介绍小葛。老人家一激动，回房用红布袋装了一只金戒指出来，"见面礼总归要的——"解放前的老货,式样难看,颜色倒是澄黄发亮。"老早还有几只，'文革'时候丢了，统共剩下两只，奶奶偏心，只留给孙媳妇，其他人想也不要想。"顾士宏笑着解释，说冯晓琴也有一只，

“你就收下吧。”小葛红着脸，说“谢谢”，连着红布袋一起放进包里。

晚餐有“佛跳墙”，简易版，但海参、花胶、羊肉、鲍鱼、猪肚等加起来，也有六七样。干辽参早几日就泡下了，发得软软的，剪去沙嘴和肚肠，沾不得一丁点油花。花胶也要发两日，葱姜出水，下锅熬得黏黏稠稠鼻涕似的才好。羊肉是崇明的，鲍鱼是“大富贵”买的。材料都是实打实，分量足，也新鲜。一只暖锅打底，其余便简单多了，蒸条鳜鱼，盐水虾，再弄几个蔬菜。冯晓琴是大厨，顾士宏今天主要陪客。按理大哥大嫂那边的人，该他们多照应才对，但一个太闷，一个又太咋呼，几个小的也自顾自，女孩又是那样的性格，怕人家初次上门不舒服。还有那老太太也是要命，坐在边上，眯着眼，时不时往人家肚子瞟，“身体蛮好吧，自己当心”，说得小葛一张脸几乎要滴下血来。

吃饭时，顾昕打电话过来，问苏望娣下午看房的情形，才知道小葛也在，关照几句，便挂了。苏望娣问小葛：“你没跟他说啊？”小葛道：“他上课，我不敢打扰他。”苏望娣见她对儿子十分服帖，忍不住得意，愈发摆起婆婆的架子，问她些婚礼的琐事。喜糖、烟酒、婚车、司仪、婚房布置……每样都要评论一番，说好说坏。又挑剔新房好是好，但周围连个小菜场也没有，坐公交车和地铁都要走半小时，不方便到极点，“不像过日子的地方”。顾士莲道：“大嫂，现在小年轻有几个到菜场买菜的？手机点几下，菜就送上门了。就算买菜也是保姆买，又不用自己动手。这种房子，每家都有车，本来就不考虑公共交通，周围越是冷清，人家越喜欢。过日子又不是只有一种模式，你过你的日子，他们过他们的日子。”苏望娣不服气，“是啊，里面住的都是仙女。手指点一点，要什么有什么。”顾士莲道：“九间塘那种，马云住的，你去看看旁边有没有地铁站，有没有小菜场？大嫂，我们这一代已经过时了，世界老早不是我们的了，喏，八九点钟的太阳在这里。”指指小葛和朵朵，还有旁边津津有味啃着鸡翅膀的小老虎。众人都笑。

冯茜茜在厨房听见，愤愤不平，“他们是太阳，我们两个是月亮，晚上才出来。别人看不见。”

“嘴长在人家身上，说说又不会少块肉。”冯晓琴不以为意。鱼翻个身，抹上盐，下面垫块姜，放进蒸锅。厨房门没关，客厅的说话声一直往这边漏。冯晓琴听见苏望娣叫了声“二弟”，应该是对着顾士宏，“有件事想同你商量。”语气有些郑重。顾士宏说“阿嫂你讲”。苏望娣道：“想问你讨一个人，”说到这里笑起来，“住在你家，就算你家的人了呀，对吧？”

冯晓琴闻言心里一动。果然，苏望娣说的是冯茜茜。

“——你也晓得，昕昕就要结婚了，明年下半年小把戏又要出来。他们两个讲好是单过，又是新结婚，我们老的也不方便过去，但家里没人不行，那么大的房子，光打扫就要好几个钟头，还要洗衣服烧饭弄这弄那。这个，我是想，茜茜现在那个卖化妆品的工作，也不长久，倒不如请她去帮个忙，反正一样是赚钱，白天生活做好，晚上照样读她的夜校。一点不耽误。外头住家保姆多少钱，行情怎样，我们肯定是只多不少。讲到底，那套房子你们也看到了，这样的地方，别人就算想住也未必住得到——自己人，小葛又是个好脾气的，肯定不会让茜茜受委屈。这叫互帮互利。二弟你说是不是？反正房子还要过一阵才拿钥匙，也不急，先考虑考虑，要是合适，就跟我说。”

周围倏地沉默下来。

“你待着别动。”冯晓琴关照妹妹。拿着刚炸好的春卷走出去，往桌上一放。“砰！”声音不算特别大，但也有些突兀了。脸上还是笑。招呼大家吃。“你也快点来吃呀，还有茜茜。”顾士宏叫她。冯晓琴说：“锅里还炸着呢，你们把这些夹了，空盘子我拿走。”众人嘴上客气，动作俱是慢了半拍。暖锅的热气散到半空，有些凝结，往下沉的态势。她亲自替他们夹，一个个过去，唯独漏了苏望娣。空荡荡一只碟子。还剩下两只春卷，她一股脑倒进小葛碟里，笑容愈发灿烂，“味道不好也多吃点。”转身便进了厨房。把个倔强的脊背留给众人。那瞬有些摒不牢，眼圈红了一下，又怪自己不争气。道行还是不够，终究是撑不住。一句话而已，痴头怪脑的老女人，理她做什么？偏偏就委屈成这样。之前那些功夫倒白做了。又是气恼又是灰心。只觉得前景茫茫，再怎样也是个空，笑话似的。冯茜茜旁边递来一张纸巾，“喏。”她接过，胡乱擦了两下。又去炸春卷，翻个面。“不要气，要记。”不忘关照妹妹。冯茜茜沉默着，嗯了一声。冯晓琴又道：“你出去吧，坐着吃。大大方方地。你是亲戚，是这家的客人。以后家务事一样不用你帮忙，不许再进厨房。”强调一句，“——早点把英语四级考出来。”

这个夜晚，与无数个周末的夜晚一样，并无什么不同。所有冷的、暖的、好的、坏的、想得到、想不到的事，都在发生。像黄浦江上往来的船只，再是大上海，表面光鲜亮丽，依然也分落拓和绚烂，那些暗沉到极点的，悄无声息、别别扭扭地滑过。人们只盯着头顶广告牌、五光十色的豪华游轮。仿佛那些才是真的，支撑起这座城市的不朽名声。陪衬终归是陪衬。当不了主角，叫天天不应叫地地不灵，却依然不敢怠慢。愈发顽强地来来回回。

八点。顾清俞坐在滨江大道某咖啡馆。靠窗位子。小刘发微信说“车子抛锚，出租车又叫不到，抱歉阿姐，麻烦您等一会儿”。她点了咖啡，边喝边望向窗外。初冬的滨江大道，人来人往，大多是恋爱中的男女。手挽手，肩并肩。走得不紧不慢。时间也有停顿下来的时候，倒不论春夏秋冬，单单与人有关。那瞬的世界，镜头会自动聚焦，不相干的人与事，统统隐去，只剩对面一个你罢了。

忽地，顾清俞瞥见一张熟悉的脸，近了，再细看，果然是顾昕，与一个身材高挑的女人十指紧扣——那女人也是认识的，张曼丽，他前女友。两人紧贴着，边走边说话。仿佛此刻无数恋爱男女中的一对，再自然不过的。顾清俞只看一眼，低下头，拿本杂志挡在面前。不知怎的，竟想起那个未曾谋面的怀孕的准弟媳。见过照片，长得有点那个。差张曼丽一大截。听父亲说，聚餐她也在。“你要买的房子，跟昕昕一样吗？”刚才，父亲问她。她回答：“不一样，我是两室，170 平。”父亲没抑制住，又炒冷饭，“人家买房是结婚，你说你一个人，折腾来折腾去有意思吗？”电话那头一如既往地热闹。她听见大伯的声音：“清俞今天加班？”顾士宏回答“这阵比较忙”。她笑了一下，对着手机，调皮地："爸，我忙着呢。挂了。"

"阿姐！"小刘总算到了，风风火火，喘着气。

她放下杂志，瞥见小刘身边的男人。怔了一下。脸色倏地变了。脑子嗡的一声，有些转不过来。短路似的，满屏雪花点。又停顿几秒，不顾仪态地，眯起眼，试图把这人看得更清楚。男人稍迟钝些，但很快也感到了异样。一凛，触电似的站在那里。小刘兀自没有察觉，替两人介绍：

"这是顾清俞小姐。这是施源先生。"

黄浦江上传来汽笛声，仿佛为此刻的尴尬与不可思议，添上几分沉甸甸的岁月的庄重氛围。连合同也是正式得有些滑稽，白纸黑字，甲方乙方，权利义务定得很细——"愈是野路子，愈是要清清爽爽，这行的规矩。"小刘的开场白。她朝他看去。他低着头，很认真地在看那份合同。眼睛几乎要贴上去。五官被岁月磨折得有些粗粝，皮肤倒是与幼时一样白净。"架梁"是不戴了，否则刚才还可以认得更快些——那瞬不知怎的，她竟有些想笑。

四

斐济此刻是凌晨六点。比上海早五个小时。电话粥煲了整晚。李安妮斜倚着床靠，一只耳朵是顾清俞略显沙哑的声音，介于兴奋与颓丧之间，毫无节奏感，喋喋不休，没有标点符号。无重点无思路无逻辑。乱了套了。另一只耳朵是法国丈夫震耳欲聋的鼾声。李安妮想打哈欠，忙不迭捂上嘴，唯恐倦意影响对方的倾诉。跨洋电话，又是半夜，足见那女人此刻的复杂心情。再困也得撑着。她甚至捧哏，不断赋予谈话新的内容，让话题走得更远、更深。以表示自己是个称职的听客，即便被折腾了一晚，也绝不敷衍。

“他居然还有点秃顶。”顾清俞说。

“这很正常。丁启东 30 岁不到就开始脱发了。”李安妮问她，“——变化很大吗？很不堪？中年油腻男？”

“那倒没有。至少身材没走样，走路也不佝偻。没有酒糟鼻。”顾清俞想了想，“我们点了意大利面，他一手拿勺，一手用叉，吃面的动作很标准。我还注意过他的指甲和袖口，非常干净。买单是刷的信用卡，没有密码。不用纸巾，随身带手帕。”

“童子功。”李安妮叹道。

这三个字让人有些感伤。触到顾清俞的痛处。内心一直珍视的某些东西突然被打破，至少是打乱。仿佛调错频道般，愕然到无可复加。那种感觉是要命的。她开始无理取闹，“也许是我认错人了，”她问李安妮，“会不会，昨晚我见到的那个为了几万块手续费跑来跟人假结婚的男人，并不是他？又或者，是他跑错桌子了？”

“假结婚你也有份，别搞得那么清高。”李安妮不客气。

“我不是为了钱。”

“不为了钱，你买房干什么？你是盼着房价跌才买的？想当活雷锋，为国家建设交税？”李安妮瞥了一眼熟睡中的丈夫，压低声音，“暗恋了二十年的白马王子突然出现，却完全不是想象中的样子，我理解你的心情。想哭你就哭，想骂你就骂，不要憋着。也别觉得不可思议，社会就是这样，谁都会变。白天鹅有可能变成老母鸡，癞蛤蟆也能长成展翔。”

顾清俞嘿的一声。“别以为你能看透我。”

“别不承认。好不容易准备妥协了，偏偏又杀出一个老初恋。而且还是个豁边的初恋。纠结吧，顾清俞。我离婚那时候你怎么劝我的？不就是过日子嘛，跟谁不是过，人生几十年，凑合凑合也就过去了——现在这话还给你。”

“我这么说过吗？”

"说过。所以说顾清俞，你就老老实实地，用一个 36 岁老女人的觉悟来看待这件事。你不是仙女很多年了，也别拿仙女的标准来要求自己。该怎样就怎样。结婚的时候说一声，我把两封红包一次性还给你，算上利息。"

李安妮就是这样，干净利落得让人吃不消。跟寻常闺蜜的私聊不同，这人总能透过现象看到本质。36 岁女人的陈年美梦，青春最后那绺尾巴，兀自随风摇曳，三分希冀，三分不甘。李安妮替她把剩下那几分羞答答的意思摆上台面。剥皮拆骨。到底也是有些认命的。好朋友之间，纯粹顺着对方，你好我好大家好，就没意思了。李安妮也是走过弯路的，拿自己当镜子，给朋友看，好坏一目了然，盼她能明白——好在朋友间也是搭配好的，一个萝卜一个坑，顾清俞那样的脾性，在李安妮面前倒也服帖。被她一通揶揄，竟也太平了。仿佛这大半夜的一番折腾有了结果。可以踏实睡觉了。"向 Frank 问好。"她道。

胡乱睡了几小时，醒来时头还是晕的。看一眼手机，没动静。回想昨晚加微信的情形——她点开二维码，他微微凑近，拿手机一扫。她瞥见他鬓角的几点微白，心里竟酸了一下。"你好，我是施源"，那瞬兀自有些回不过神。做梦似的。下意识地一点，屏幕闪过，就成微信好友了。客套地，发了个握手的动画表情。他回个笑脸。小刘那样机灵的一个人，竟也未识破两人，便是存些疑惑，也只当是"假结婚"这层意思带来的尴尬。

他坐小刘的车回去。她借口还有事，原地又待了一会儿。咖啡喝到冰冷。合同上有他的地址，在杨浦区。那些烦冗的条款，她只是敷衍而过。他倒看得仔细。应该是避免与她眼神交流。小刘真正像个媒婆了，竟说“你们两位看着挺般配”。趁施源去卫生间，问顾清俞：“不难看，是吧？”顾清俞笑笑，“难不难看，也就两个月。”小刘贼忒兮兮，凑趣，“阿姐你要是喜欢，两年也行啊——”自觉不妥，连忙打住，“开玩笑，开玩笑。”

她起床，懒洋洋地梳洗。午饭前，顾士宏来了，问她“怎么样”。她回答：“还能怎么样，又不是真的。”顾士宏听出女儿口气里的颓唐，以为事情黄了，一喜，“乖囡，我们不搞这些名堂，好好找一个。上海滩没房的男人多的是。”顾清俞倒好笑了，“人家要有房有车，我们只嫁没房的。”顾士宏嘿地一笑，“我女儿可不是普通人。”又问，“实在看不下去，是不是？肯定的呀，捞这种偏门的，吃相肯定难看。也算见识过了，人活一世，好的坏的都要尝试一下。不试后悔，试了更加后悔。现在听爸爸一句劝，好好过日子。你自己讲，上海滩有几个女人能活成你这样？名牌大学毕业，36岁就做到跨国公司高管，才貌双全，要啥有啥。天生的好料作，老天爷给的福气，我们千万要珍惜。惜福，知道吧？”

施源始终没消息。除了那个“握手”和笑脸，一片空白。其实也正常。纯粹业务关系。现在人动不动就加微信，讲起来是“朋友圈”，其实大半是不相干的人。她猜他也在纠结。二十多年没联系，突然就遇上了。还是那样的场合。相比昨晚，顾清俞现在反倒忐忑起来。昨晚那样的冷静，是用茫然作底的，因为猝不及防，不想失态，只得勉强压着。连说话也是稳稳的，一句是一句，没有废话，真正在做交易了。“这个世道看不懂啊。上海户口，无房单身，这八个字也成了生意经。哪里有需求，哪里就有市场，真是不错的。”现在想来，她这话有些过于刻薄了。对方是弱势，收钱做这偏门生意，她俨然财大气粗的买家，居高临下说这番话。也不知他听了作何感想。也是应了矫枉过正这句，愈是想要自如些，愈是容易过头。真要是不搭界的人，倒也未必会说了。要命的是，她居然还讨价还价，“工薪族一个月赚多少？做生意还要本钱。像你们这样，一动不动，拿 0.5 个点。钞票太好赚了。”她想要表达什么呢，这口吻竟有些像展翔了。还更凌厉些。展翔是暴发户脾性，豁胖多过损人。还是小刘打圆场：“有风险的，阿姐，”不伦不类加上一句，“皮肉生意。”书读得不多，又想说得有趣，便容易胡诌。两人那瞬不约而同互望一眼。或许是她敏感，竟从他脸上看到一丝屈辱的意味。后半场戛然而止。全是小刘一个人撑着。最后签合同时，顾清俞说“拿回去再看看”，小刘没吭声，施源说“随便”。昨晚便是这么草草收场。小刘后来给她打电话，问“哪里不满意”。她道“再考虑考虑”。小刘猜她或许是拿了施源的身份证号去查档案，信息是否真实，有没有犯罪记录，等等。这类谨慎的客户太多了。也不催促——“阿姐，不满意跟我说，我再换。手里一把呢。”

吃过午饭，她来到他家附近。门牌号不难找，老城区，成片的弄堂房子，墙上全贴的小广告，电线拉得杂七杂八，乱哄哄的。隔两条街便是新造的楼盘和商场。不到几百米，那边是大上海，这边像是落后了二三十年光景，破败不堪。门前凋零，没什么店，单单一家卖豆浆的，散落几张桌椅，也没客人。她走进去，点杯豆浆坐着。出门时还好,这时竟有些心跳加速。该做些什么呢？完全没想好，一时冲动。在家也是心神不宁，索性便来了。正对着弄堂口，问店主："进出就这一个口吗？"那人点头，"本来后面也通的，堆满了垃圾。也没人管。"

她喝一口豆浆，纯得过了头，满嘴豆腥气。糖也放多了。又坐了一会儿，店主觉察出她的心神不宁，问她："找人？"她说："一个老朋友，搬家了。"店主问："搬到这里？"她一怔，"——对。"店主是个四十多岁的男人，羽绒背心、运动裤，脚上却蹬了双夏天的凉拖鞋，没穿袜子，"你朋友做啥的？"顾清俞自然不理他，只是笑笑。那人也不再问。往旁边的油锅扔下几块面饼，稍稍翻腾，浮上来。是油墩子，滚着橙黄的油泡。地沟油炸出的香气，直逼逼的。再过一会儿，外面走进几个人，要了油墩子和豆浆。与店主攀谈。看得出几人是熟稔的。说上海话。一人是本地口音，另几人应该是外地来的,上海话里掺杂了各自的方言,南腔北调。顾清俞竟是听不大懂。也亏得他们能交流自如。

"施源——"一人忽然提这两个字。顾清俞本能地竖起耳朵，但很快滑过去，又是不相干的话。也许是听错了，"四元"或是"住院"。那几人不知说到什么，哧哧地笑。男人间那种混合着暧昧与猥琐气息的笑。又说到"娘子"，本地人称呼妻子为"娘子"，"倷娘子今朝夜里——"顾清俞不想听，偏偏就是漏进耳里，好像这里的"娘子”也并非真的妻子，接近于相好的那种意思。“侬叫伊来呀——”一人道。几人一阵怪笑，夹杂着舶来腔调的上海话，不是本来滋味，仿佛为这狎昵话题更添了几分野趣。应该还是叫了人来。没几分钟，一个三十来岁的女人走进店里，大衣下面是皮短裙，也不穿打底裤，就那样裸着两条白生生的腿。皮肤有点干，看得出腿上鳞状的皮屑。长波浪应是许久不曾打理了，发尾有些毛糙，散落着。她坐在男人们对面，跷起二郎腿。没说两句，便问他们讨烟。顾清俞正准备离开，一个人影闪过，也是刚刚从外面进来。

“施源！”有人叫。

顾清俞浑身一震，下意识就要逃开。总算是坐住了。蜷起手臂，挡住脸，佯装看手机。豆浆杯也推得更近些。那人坐下，背对着她。应是没察觉。“睡午觉？”一人问他。

“明天去洛杉矶。”是他。声音比起昨晚，显得疲惫。“两个礼拜。阿姨妈妈团，烦人的。”

她记得，“职业”那栏，他填的是“导游”。

“帮我带支香水。”女人媚笑着，拿脚碰他的腿。趾甲涂着黑色的甲油。

“牌子发给我。”他拿过一杯豆浆，一饮而尽。熟练地拿两张纸，夹起一只油墩子。咬一口。“晚上做什么？”那女人问他，似乎对他格外留意。旁边几人哧哧地笑。

“施源寻着新户头了。”一人道。

“还是只大户。”另一人道，“超级大户。”

"真的？"女人问施源。

"听他们瞎讲。"施源嘿的一声。又拿杯豆浆，"就算人家是大户，跟我也不搭界。两个月拜拜，又不是一辈子。"

"你还想一辈子？"一人笑。

"要记赖皮，分一半家当再飞。"另一人撺掇。

"人家是傻子？不做公证啊？等着你讹诈哩？"店主拿浸下的豆子放进豆浆机，开关一按，发出轰轰的机器声。"再说了，我们施源也不是那种人。"

"施源牌品臭。人家都说，牌品臭，人品一定好。"一人道，"晚上老地方，大怪路子。"

"通宵肯定不行。"施源道，"明天一早飞机。"

"飞机上睡。足够了。你又不是小毛头。"那人走过去，忽地，把女人往施源那里一推，两人头撞在一起。女人"嘤咛"一声，嗔道"讨厌"。施源没提防，豆浆翻在身上，忙不迭站起来，拿餐巾纸。一眼瞥见桌边的顾清俞，顿时停下动作，愕然地：

"你——"

换了地方。顾清俞提议到五角场，"那里热闹些。"开车过去不到一刻钟。相比昨晚，两人好像一下子随意了许多。"什么时候回的上海？"车上，顾清俞问他。

"2000 年。"

她算时间，那年他 18 岁。按政策知青子女 16 岁可以回沪，他却没有。他似是看出她的疑惑，"——我奶奶去世了。家里没人接收。"

她挑的饭店。点了菜，问他喝什么。他看出她要做东，摇头，“我喝水就行了。”她还是点了啤酒，还有橙汁。“我开车，陪你喝点饮料。时间早，慢慢聊。”她说得异常温柔。似是故意要与昨晚的她做个了断。“真是意外啊——说实话，我到现在依然没有回过神来，像做梦一样。”她对他笑。

“我也是。”

他告诉她，高中毕业时他想考复旦。差了几分。一撸到底，进了一所旅游中专。“不过还好，是包分配的，可以留在上海。大学毕业找工作倒未必了。”他说得很平静，脸上看不出任何异样。又说那几年导游挺吃香，尤其是出境导游。“你知道的，我英语不错，干这行也蛮适合。除了时间不固定，其他还不错。”加上一句，“——不过不能跟你比。”

“我也是打工族。”顾清俞道。

“那不一样。”他笑了笑。两人干了杯。他目光在她脸上停顿不到半秒，便移开，又笑笑，神情四平八稳。喝一口啤酒，“你爸妈都挺好？”

“挺好的。”她问，“——你爸妈呢？也挺好？”

“就那样吧。不好不坏。”

谈话在寒暄和客套中艰难进行。也正常。相隔二十年的朋友，似乎也只能这样。太亲热反倒不对了。惠而不费的本帮菜，啤酒饮料。一切都恰到好处。话题偶尔也触及敏感区域，但总能点到为止，继而被带往虚渺的方向，放之四海皆准。整场谈话流于形式。这或许是他想要的。她便也顺着他。都不是孩子了，有些话不必挑明，也能辨出里头的意味。“没人接收”那句,她看到他嘴角微微抽动了一下,却撑着不动。那瞬愈是无异，便愈是别扭。她记得他当年意气风发的模样，仿佛去的不是新疆，而是某个理想国度、童话世界——“我一回上海，就来找你。”她点头，“就算你不来，我也找得到你。”——那时他不会预料有“没人接收”这茬。会被住在亭子间里的叔婶无情拒绝。她也从没想过，知青子女与土生土长的上海人有什么区别。一样读书，一样在弄堂口“造房子”，一样吃赤豆刨冰、奶油杏肉，连上海话也是一样的口音。比现在马路上听到的那些纯正多了。她丝毫未怀疑过他的约定。猜他自己亦是如此。人生常有意外，有些是噱头，锦上添花的；有些却是要命，输了便再难翻盘。比如，没人接收。又比如,高考差了几分。他愈是轻描淡写,她便愈是难受——当她撇开所有情绪，诸如猝不及防、故作镇静、惊讶、疑惑、客套……终于寻到了此刻真实的心情：难受。像胃疼时灌下整整两杯清咖，五脏六腑一点点扯动，刀尖上厮磨似的。难受得无以复加。为他，也为自己。

他抢着买了单。她没坚持。提出送他回家。“基本顺路。”

“好，谢谢。”他一如她，随和而礼貌。

车上，展翔打来电话。她戴上耳机，接起。“在外面？”他问。她说“是”。

“那家伙欠了财务公司一百多万。”他直截了当。她下意识地，把耳机塞得更牢些，音量调小。“别的倒也没什么。名下无房，跟父母同住，没违法记录。银行存款可以忽略不计，钱全在股市里，好几只拦腰一刀，套了几年。”

她后悔对他提施源的事。“我帮你去查查这人的底。”上午，他这么说，问她要施源的身份证号。顾清俞没理他。“不给我，我也有办法查。”他丢下一句。她没放在心上。谁知才半天工夫，回音便来了。电话里，他说出施源的户籍地址，还有工作单位。得意扬扬地：“是吧，我说我能查出来。”

“我在外面。”她强调一声。

“跟他在一起？”他轧出苗头。

“再见。”她礼貌地说完，挂掉电话。瞥见施源在看照片。去年她与家人去北海道旅游拍的，冲了几张出来，大的放在家里，小的做成大头贴，贴在车上。他细细端详：“这是你弟弟？”顾清俞点头。他道：“还是小时候的模样，”停顿一下，“一晃眼，你弟弟都要妻生子了。”她笑笑，“二十年了。要是还单着，我爸该吐血了。”

“那你呢，怎么不结婚？”他忽道。

“嫁不出去呗。”她耸耸肩。回答得十分爽气。这是昨天以来初次涉及有些敏感的话题。但也还好。老同学多年未见，问一声“你怎么不结婚”，在可接受范围内。通常女人这么自谦，男人就该立刻说“哪里，你条件这么好”，或是“你要求太高”。他却只是点头：“看得出，你事业心很强。”

“一般。”

“先工作后家庭，现在像你这样的职业女性很多。”

“也没有。”

“成功女性，女强人。”

“谈不上。”

不知怎的，她忽有些不耐烦起来。这样的对话，没营养，而且无聊。他好像真的只是个搭顺风车的路人，纯粹为了打发时间，言不达意。她感觉心头像有只爪子挠过，介于疼与痒之间，却又无从着手。好在开车是个借口。她不再与他攀谈。沉默着。偏偏又堵车。手在方向盘上轻叩，笃、笃、笃，为这别扭的安静添些声响。也是缓冲。她问他要不要喝水，“旁边有矿泉水，自己拿。”他拿了一瓶，却不拧开，握着。手便不至于没有地方放。她知道他也尴尬。气稍平些，又有些内疚了。怨气来得莫名其妙，自己也觉得没意思。其实真是怪他不得的。她又何尝没在敷衍。况且还是她先找的他。他也算厚道了，否则一句“咦，你怎么来了”，她便立刻处于窘境。她挑的头，又不说明，他陪她将这久别重逢的情分演到位。已是极配合了。她心里叹口气，又有些不甘。说到底，终究还是他爽了约。便是当年没人接收，后面总归回来了吧。只差了两三年工夫，为何不去寻她？连声道歉也没有。顾清俞又找到了这一回合的关键词：讨个说法。他问她“为什么不结婚”，该是无意的，却触了她的痛处。由他嘴里说来，完全像是讽刺了。偏偏这层意思也不能提，否则更窘。男人不该让女人难堪。可面对他，她竟觉得自己处处是劣势。说不得，也做不得。连发火也没道理。心头那只爪子愈发尖利起来，一道一道，都把皮肉划出血了。

“豆浆店那女人，”顾清俞斟酌着语气，笑意挂上嘴角，“——你女朋友？”

他一怔，“不是。”

“我看你们挺熟，”她说下去，“你没到的时候，他们就在谈论你，说你一年花在她身上的钱，总有好几万。”

“别听他们瞎讲，”他先是有些慌张，随即意识到她说的是“花钱”，这里头的含义其实是有些暧昧的。她这么说，着实不太客气。他停顿一下。没想好该不该生气。她是故意这么说，还是不小心。不好判断。“那女人叫莉莉，”他索性道，“做点小生意。”

“我知道，在隔壁菜场卖水产。”

“我们这边，小地方，不能跟你们那里比。头碰头、脚碰脚，大家都是朋友。”

她笑了一下。她就是要他沉不住气，左支右绌，那样才好。她借着看反光镜，余光瞥过他的脸。虽说一动不动，到底也有些异样了。“豆浆里的糖，我看也是她替你加的。”这话一出，她不禁有些后悔。愈是关注细节，便愈处于下风。不闻不问才是对的。加上一句，“——豆浆味道还行，就是那只豆浆机，忒脏。用过也不洗，抹布一擦，又弄下一拨。抹布也不晓得干净不干净。你有空劝劝你朋友，食品卫生还是要讲究的。”

“小店家，做的也是街坊生意。我们这边人不讲究。”

“油墩子倒是许久没见了。要不是减肥，我也想买一个吃。”

“你减什么肥？再减就太瘦了。”

“我是脸圆，身上瘦，吃亏——莉莉正相反，我刚刚看她撩衣服，小肚子都凸出来了，偏偏一张脸还是瓜子脸。这种女人最合算。”

他朝她看，有些无奈地。应该是想说“为什么老是提莉莉”。忍着不出声，拧开瓶盖，赌气似的喝了一大口水。目光转向窗外。嘴巴动了几下，想说话，又停下。反反复复地。

上海的夜景，绚烂中带着几分迷离。灯光也是猜不透，明暗之间，把某些东西隐去，又把某些东西无限放大。摆到人们面前。偏偏又是毫无道理可言。

“我晓得，”他的声音忽然变得有些低沉，却更清晰，“——你有点看不起我。”

她眼望前方。一时不知如何接口。空当容易引起误会，倒像是默认的意思。但随便回答似乎也不对。都说到这步了，之前那些铺垫都是空的，此刻才是实打实，沾皮带肉。他想表达什么呢？生意眼看着做不成，以后也不大会再见，索性把话撂开。也落个痛快。她猜他或许是真的生气了。真要是陌生人倒不搭界了，这样半熟夹生的故人，才最要命。回忆、梦想、友情，还有些许朦朦胧胧的男女之情。掺杂在一起，像一盘乱到极点的残棋。无从把握。她手放在方向盘上，竟有些微微发抖。离他的家还有不到两公里。该是接近尾声了，偏偏又是这样的气氛。她脑子里忽然浮现出他二十多年前的模样。他大她半岁。她发育晚，十二岁依然是小萝卜头的模样。他却已是半大小伙子了。高她一个头。白衬衫外面套件羊毛背心，领口那粒扣子也系着。站得笔挺，又不做作。看人时把“架梁”往上轻推，说话声不大，却口齿清晰。他是班长兼英语课代表。听他读英语课本，是种享受。那时对他有好感的女生不在少数，大多是暗恋，也有个别会主动示好。他总是注意分寸，绝不让对方难堪。她是学习委员。工作上交流多，又住得近。他叫她全名，“顾清俞，等我一下。”“顾清俞，油墩子吃吗？”“顾清俞，一起出黑板报吧。”“顾清俞，恭喜你拿了第一名”……她喜欢听他的声音。唯独对着她，他才那样讲话。语气介于端正与亲昵之间。与众不同。虽然不曾说破，但女孩特有的敏感与细致，让她从未怀疑过这点。两人都是极聪明的，即便在那样老派的年月里，依然保持着某种默契，既不耽误学业，也不让彼此反感，落落大方又心知肚明。这层关系里，男孩子的态度往往更加关键。女孩子又怎么好意思占据主动呢？他小心翼翼、不动声色地，呵护着她，还有两人间的珍贵情谊——直如此时此刻，他努力呵护着他那点可怜的自尊。她怕他会哭出来。虽然事实上，她完全可能会比他更早哭出来。他是她的神，抹不去的。这些年，她是借由这层意思才坦然过来。我行我素，那只是外面的壳，他才是她心里的“底”。像生煎馒头底下那层厚厚的焦皮，托着里头的汤汤水水，再怎么晃悠，外头始终是稳的，波澜不兴。他狼狈，她比他更加难受。切肤之痛。

“没有。”她一字一句地，“——我永远也不会看不起你。”

他先是不动，随即嘿的一声，把头发向后捋去。额头那块青灰，若隐若现。叹口气，捋一下。反反复复地。叹息声也会打转。一波三折，行行止止。他低下头，拧开矿泉水，却不喝，一会儿又盖上。听她缓缓说下去：

“你不知道，重新遇见你，我有多么欢喜。不管你是不是我印象里的施源，不管我有多么意外、吃惊，甚至是失望。能够遇见你，我现在只剩下一种心情，就是欢喜。欢喜得不得了。我甚至希望这段路没有尽头，你可以一直待在车上，陪着我。”

五

施源家是老式里弄房子。晒台上搭房子，前后楼再搭三层阁。他家住底楼亭子间。正对着前客堂，再下去是灶披间（厨房）、晒台。改造过，但还是煤卫共用。房间统共不过三十多平方米，隔成两块。他住里面，父母在外面。地方虽小，竟是不乱。物品倒也摆放整齐。空间再逼仄，一只书架也是要的。全套大英百科全书便占了一半地方。早年的钢琴也还在，拿布罩了，上面摆个鱼缸，养一些热带鱼。旁边一尊水晶花瓶，插几束淡紫色康乃馨。居然还有块角落腾出来，放一架踏步机。他母亲说，上海空气不好，不能时常出去散步，跑步机又占地方，这样小巧的踏步机刚刚好，锻炼身体，也不伤关节。

她几乎没见过他父母。当年他们每次回沪，都是来去匆匆。他父母生得高高瘦瘦，五官清癯，倒不显老。笑容礼貌而亲切，称呼她“顾小姐”，而不是“小顾”。问她“喝什么茶”，床底下翻出整套茶具，洗净，开水烫了。茶是好茶，紫砂壶里夹一小撮出来，再盖紧，放回原处。

平常应不常喝，专为待客的。在餐桌上摆开。温具、置茶、泡茶、倒茶，一应步骤都是极专业的。他父亲手指纤长，翻转间行云流水，很是漂亮。房间不见阳光，头顶一盏白炽灯照着，映得各人脸上都有些苍色。

“欢迎常来做客。”离开时，他父母送到门口。又坚持让她带了一瓶自制的杨梅酒回去，“我们每年都做这个。对肠胃好。吃吃白相相。”

其实她没想这么快去他家。是施源坚持。“不吃饭，就坐坐，随便聊会儿。”她明白他的意思。把一切早些摊开，由她定夺。对她公平，他也坦然。人生许多问题都是虚虚实实。爱情是虚的，婚姻是实的。虽说眼下谈婚姻还为时过早，但作为男人，这层意思是少不了的。不该让女方被动。愈是处境落于下风，愈是要早说。知情权是基础。他每月赚多少，住在哪里，父母如何。这些是硬指标。脾气性格那些，倒是后面的事了。

她问他：“你叔叔婶婶呢？”

他停顿一下，“我奶奶去世后没两年，他们去了南非，开饭店。打算在那边赚够钱，再回上海买房子。我叔叔是很果断的一个人，敢冒险，也吃得了苦。不像我爸，新疆待那么多年，回来照样连个青菜也炒不好。”

她“哦”的一声。从他的语气中，猜想后面的内容应该很压抑。果然，他说下去：

“他们2009年回的国。一共赚了三百多万。照我叔叔婶婶的想法，这笔钱除了买房，应该还足够他们养老。可回到上海，才发现完全不是这么回事。普陀区买套两室一厅,就花去两百万。剩下一百来万，吃吃喝喝好像是够了，可说到养老，放在上海，真是不敢想的。何况我堂弟也快到结婚年纪了，有的是用钱的地方。我叔叔说，早知道这样，还不如不出国，贷款买房，把积蓄统统拿来付头期，别说三百万，就是六百万也有了。他为这事一直耿耿于怀，加上那几年在南非受了苦，身体越来越差。2011 年查出肝癌，第二年就没了。”

“上海的房子——”顾清俞停了停，想说“让人看不懂”，又觉得这话太轻描淡写。人家都涉及生死了，又是长辈。好像不该随便评述。施源叔叔她是有印象的，长相与姑父高畅有几分相似，美男子，也多才多艺，那时拿一把吉他，唱张行的《迟到》，“你到我身边，带着微笑，带来了我的烦恼。我的心中，早已有个她，哦，她比你先到——”整条弄堂孩子们人生中的第一首流行歌曲，便是借此而来。他叫顾清俞“阿俞”，带一点苏州口音。施源奶奶便是苏州人，喜欢听评弹。每次去他家，收音机里多半在放评弹。童年回忆像春日里的小雨，淅淅沥沥，落地会生根，印迹也许不深，却是另一种意味。偶尔触到某个点，一连串地忆起，犹如雨水在地上掀起一圈圈涟漪。也不知该说些什么。瞥见他神情黯然，一会儿恢复了，摇头：“——不提了，都过去了。”

她说她有个同事，“做行政的，南京人，比我大两岁，复旦高才生。他父母老早便催他在上海买房，他一直拖着，从几千块一平方米拖到上万块，又拖到几万。就是下不了决心。几年前闸北有个新开盘，不是大静安嘛，讲起来也是市中心。好不容易想通了，房子看好，定金也交了，谁晓得连着几天晚上睡不着觉。他跟我讲，不行啊，整晚都在做梦，合不上眼，心跳得要蹦出来似的，眼前就是一张张钞票在飞。血压升到180。这样下去非出人命不可。最后他宁可损失定金，也坚决不买。到现在还是一个人，在外面租房子住。存款倒是有两百多万。讲起来也不少了，可放在房子上，又够做什么呢？那套闸北的楼盘，当时是四万一个平方米，现在都直逼十万了。那时候不买，现在就算想买也买不动了。这种例子太多太多。道理谁都懂，要果断，要抓住机会。可买房子到底不是买小菜，一出一进就是全部家当。我爸当年要不是被我逼着，户口本存折统统掏出来，押过去把钱付了，也下不了决心。”

顾清俞平常不是话多的人。说这些，是想安慰施源。也是表态。一是不看重，二是世道如此，也难怪。不敢说得太深，诸如“我不在乎”“没关系”那种，太直接，反令他别扭。去他家时，她差点被门槛绊一跤，不等他扶，忙不迭站稳了。对尘螨过敏，进门便连打喷嚏，抢在前头说不该穿裙子，怕是感冒了。她猜他应该看在眼里。怎么办呢，说多说少，或者不说，情况都是那样。那瞬她竟想，干脆马上结婚算了。不管真的假的，先结婚再说。是她的诚意。她被自己这个念头惹得都有些想笑了。心头泛起一丝甜意。再怎样，她毕竟是寻到他了。就算天塌下来也无所谓，她寻到他，此生无憾了。

顾磊给她打电话：“阿姐，你快点回来。”

她以为出了什么事——其实也没有。顾士宏上午挨家挨户去送投票单，关于万紫园停车收费的事。小区车位少，早些年一直是五元畅停，后来旁边建了两幢写字楼，那些上班族贪便宜，把车停进小区，倒弄得业主没地方停车。怨声载道。业委会针对这事开过几次会，重新调整了停车收费标准。业主还是按月算，每月 150 元。外来车辆一小时 10 元，一天 50 元封顶。还规定了业主有多辆私家车的，第二辆 300 元，第三辆便按外来车辆标准收费。大多数业主都是赞成的，但总免不了有人反对。那些家里有好几辆车的，或是做生意的，担心客人舍不得停车费，便不再上门，挡了财路。俱是一百个不乐意。通常也只在群里发发牢骚，倒不见得真会如何。偏偏就有人喜欢搞事。二期开足浴店的史老板，温州人，专挑投票这日，调了八辆车过来，分别堵住小区东南西北四个门，让大家进出不得。顾士宏是业委会主任，听了匆匆赶过去，找史老板理论。算起来都是街坊邻居，平常关系不错，洗脚卡也被他哄着买过几张。原想着这人不过是虚张声势，闹一闹便罢了。谁知他竟是死活不让，龌龊话一句接着一句。小区交通顿时陷入瘫痪。最后打 110 叫来警察，才把人带走。车子挪开。

“侬就是只狗，帮着物业赚我们老百姓钞票的狗。哈巴狗！”

最让顾士宏郁闷的，便是这句。史老板当着密密麻麻的人群，扔过来。遇到不明真相的，看他的眼神便掺些暧昧。起哄的也有。人数虽不多，凑在一起也颇具杀伤力。

物业是今年新换的。原先那个是老牌公司，中规中矩得过了头，其实是不作为。被炒了。一人一票选了现在这个。新公司就位，百废待兴，各种历史遗留问题，一桩桩排着队。安保、停车、会所、绿化、外墙整修、儿童乐园……也是应了“不做不错，多做多错”那句老话，索性不动倒也罢了，真要放开手脚去做，总是几家欢喜几家愁。现在又不像过去，信息公开，宣泄渠道又多，谁不满意了都可以在群里吼上几句。动不动就嚷着“不缴物业费”。垃圾满了、门铃坏了、隔壁人家说话大声、对面饭店油烟味飘进来、花谢了、草枯了，都可以作为拖欠物业费的理由。每当物业颁布新通知，不论内容，后面总是一片叫骂声。顾士宏做了十几年业委会主任，近来竟是觉得事情愈来愈难做。吃力不讨好也就算了，关键是窝塞，说出来一把辛酸泪。

顾磊劝父亲：“所以说呀，这种差事有什么好当的。没钱，还伤精神。”

“讲得轻松。人人都不做，这么大的楼盘，几百户人家，谁来管？”

“对，万紫园没你在，房价马上跌一半。”顾磊冲了父亲一句。也是担心。下午顾士宏回家时，脸色一塌糊涂。还以为他哪里不舒服。问他也不理，只是闷声看电视。顾磊这才把姐姐叫回来。“老头子伤了心了。”又道，“伤了身，我还有办法，伤了心，只有阿姐你出马了。”电话最后不忘加上一句，“——阿姐你是不是真的要结婚？”

“干吗？”

“展翔今天亲自到楼下讨债来了。恶声恶气，还跟三千金爸爸打了起来。心情不大好。”

顾清俞“哦”的一声，“年关快到了。逼债的和欠债的，都不好过。”

“阿姐你也是欠债的。欠了他的情债。”今天这小子似乎有点兴奋，话不少。昨天去下游公司咨询，正事没办，王经理已凑上来表功了，“业绩考评，顾磊排在前面，年终奖也比人家多——” 她一脸公事公办，“你不要因为他是我弟弟，就故意搞特殊化，要一视同仁。”王经理忙不迭说“不会不会”。她又提起上次嘉兴送货的事，“生活多做些不要紧，最好少去外地。你也晓得，他身体不好。”王经理顿时张口结舌，保证“以后绝对不会”。

“拿了多少？”顾清俞问弟弟。

电话那头傻笑两声。“反正比去年多。”

“请客。”

“再多也没有阿姐你多。我这点小钞票，只好请你去吃肯德基麦当劳。”

“那也行。”

晚饭是在顾清俞家吃的。买了几个熟食，炖个汤，再炒两个蔬菜。顾清俞平常不大下厨，但真要弄起来，也是像模像样。冯晓琴要帮忙，被她推出去：“到我这里，你们都是客人。坐着就行。”冯晓琴便削水果，榨果汁。冰箱里有现成的牛油果和梨。不放糖，单加牛奶，榨了，口感不错。顾清俞开瓶红酒，问父亲：“来一点？”

“没啥开心的事。”顾士宏瓮声瓮气。

“儿女双全、身体健康、衣食无忧。这还不开心？”

“都被人家骂成狗了。”

顾清俞笑了一下。直奔主题，解决起来就容易许多。“——业委会主任是什么？讲得好听点，是大管家，讲得不好听，就是受气包，而且还是两头受气。物业催，业主骂。爸你也不是第一天做了，该有心理准备。社会越进步，不同声音就越多，正常现象。也就是您，威信能力摆在那里，顶多被人骂两句，换了别人，家里玻璃窗都不晓得被砸过几回了，人身安全都没保障。爸你要是实在气不过，明天我雇人到足浴店，木桶里放几只死蟑螂，毛巾上拿香烟烫几个洞，挂到网上。看别人怎么骂他。关门大吉都有可能。”

“你被那个姓展的带坏了。”顾士宏朝女儿摇头。

晚餐气氛总体不错。女儿烧的菜，顾士宏平常也难得吃到。便觉得额外地香。讲起来聚餐每周都有，但算上兄弟姊妹，那是一大家子。眼下才真真是嫡亲的，浓缩的精华。老娘、儿子、女儿、儿媳、孙子。一张六人桌便够了。小而温馨。女儿到底是女儿，平时不让人省心的是她，现在一本正经开解自己的，也是她。厨艺到底是不过关，16 岁时一碗蛋炒饭已经炒得油光澄亮，整整二十年竟是毫无长进。霜打过的矮脚青菜，应该是怎么炒都好吃，也难为她小人家做成那样，不脆不糯，一言难尽的口感。腌笃鲜里的咸肉改成火腿，本来也没啥，问题在于火腿外的皮没斩去，整个汤都油浸浸的，还腥气。愈是荤汤，汤头愈是要清爽，何况又是现在，肚子里都不缺油水。喝了两口便停下，“放在三年自然灾，是好东西——”顾清俞撇嘴，“爸爸吃口也刁了。”顾士宏摇头，“被你弟媳养刁了。”冯晓琴听了笑，“阿姐天赋比我好，就是平常烧得少，生疏了。”顾清俞转向顾老太，撒娇的口气："奶奶，小菜味道好吗？"顾老太眯着眼，竖起一只大拇指，"灵光！"

万紫园对面的地铁站,原先是两条线。马上又要建成一条新线路，半年后通车。"有好,也有不好,"顾士宏道,"三线贯通,方便是方便的。但人一多，鱼龙混杂，治安就成问题。刷卡进出，都讲了好几年了，准备春节后试运行。现在先统计各户信息。每户三张卡，到时候认卡不认人,看吧,有的热闹了。你让那些阿姨妈妈买小菜随身带张卡，她们会睬你才怪。到时候机器倒是装好了，纯粹多个摆设，保安旁边瓜子剥剥，手机白相相，就算肩上扛着冲锋枪也照样让你进去。"

房子的事,顾清俞原先也不懂。但好歹买过两套,跟中介打交道，多少听了些意思。总体而言,万紫园属于定位尴尬的楼盘,地段不差，早期配置也过得去，但物业设施没跟上，差了口气，豪宅不用提了，一线小区也挤不进，普通二手房又心有不甘，半吊子。市政配套也跟开玩笑似的，先说要建个浦东地区最大的公园，一会儿又说磁悬浮延伸段要经过这里,一期二期统统拆光,隔几天又说要建成使馆区，全上海的大使馆都搬过来，旁边还有图书馆，文化气息一流，没几天，又说准备建个大型公交枢纽站，几十条线路汇集——传言好好坏坏，房价也随之忽高忽低，跟股票差不多，一会儿全是抛盘，一会儿又全是买盘。成交总体不多，但因为盘子大，绝对数目在那里，中介也是恹恹意意。涨幅相比板块而言，属于温暾水。年中那样的行情，也只涨了两三个点。忒稳。

杨梅酒放在酒柜里。顾磊见了，奇道："阿姐，你还喝这个？"

“人家送的。”顾清俞把酒打开，“要不要喝一点？”

顾士宏把杯子递过来：“倒是很久没喝这个了。以前拉肚子，挑粒杨梅出来，一吃就好。”

顾清俞猜想父亲应该还有话没说尽。被人骂倒不见得是全部。天底下最麻烦的事，便是跟人打交道。几百户人家，也是个小小社会。父亲又是那样的性格，别人的麻烦，统统看作自己的麻烦。所以才适合坐那个位子。真正是容易操心的人。顾清俞倒不像弟弟，隔三岔五就劝父亲收山。没用，治标不治本。既然劝不动，索性顺着他，让他开心些。其实也是老来的消遣，多个寄托。都说房价到头了，可一直不停，这波行情更是来势汹汹，创了纪录。有人搬进，有人搬出，小区里尽是中介和看房的人，装修队扛着家什进进出出。住了二十来年了，抬头不见低头见，少一张面孔都能察觉到。上了年纪容易感伤，总觉得走一个便少一个，无论人还是物，都是一去不回头。说不出的黯然的感觉。况且又临近过年，愈发辨出里头的萧条。这层意思，顾磊未必知道，顾清俞却能猜着几分。性子上，她随父亲，有些伤春悲秋，好在学的是理科，还不明显。顾士宏却是语文老师，吃的就是这碗饭。她母亲生前倒是大大咧咧的个性。据说顾士宏以前也不是这样的，一个男人带大两个孩子，非得小心到极点不可，功夫加倍地做，到后来反比女人更纤细入微。

吃过饭，顾磊一家三口去看电影，先走了。顾清俞送父亲和奶奶回去。没有风，倒不怎么冷。空气也清冽。一手挽住一个，三人并排，缓缓地走。通常这种时候，老人家就会感慨，日子好过啊，吃喝不愁，还住这样的房子。放在以前真是想也不敢想的。顾清俞的爷爷四十多岁就没了，活着时连肉也不曾敞开吃过。扫墓时那张照片年轻得甚至有几分稚气，就是瘦，愁眉苦脸的瘦。顾士宏长得像父亲，眉眼更俊朗些。顾老太是单眼皮，三个子女中唯独顾士莲像她，都说女儿要眼睛大才好看，儿子单眼皮倒不妨事。偏偏反了。顾老太的幸福感，在这样的夜晚，与孙女、儿子手拉手的环绕中，无限地放大了。也是因为有比较。最常提的例子，便是12号里的一对老夫妇，姓张，八十来岁，无儿无女。两年前房子抵给银行，上海试行“以房养老”的第一批。倒也潇洒，雇个钟点工，家务事不操心，这把年纪还跟新婚似的，高兴起来勾肩搭背，不高兴拔开嗓子就骂，内容也跟小年轻差不多，老头多看了年轻女人一眼，或是老太跳广场舞穿得清凉了些，也不论时间地点，立刻便吵个昏天黑地。中气也足。小区出了名的。谁家夫妻口角，到头来总拿这两人自嘲，“那样都能白头到老，我们看来问题也不大——”。顾老太与他们是“拳友”。圈子里一众老人，缺牙豁嘴，说来说去都是儿子孙子，只当这两人必定听不下去，谁知他们竟是毫不在意。老头平常喜欢画画，不拘山水人物，粗粗地裱起来，送给邻里。老太有一阵做微商，卖内衣，朋友圈里发的尽是胸罩三角裤。那些保守的老人，私底下都有些鄙夷，觉得不是正经路道。现在社会上一些丁克的小夫妻，又有几个是好好过日子的，何况还要往后退几十年，那个年代，不养孩子不做家务，只晓得白相，简直不可思议。便与他们保持距离。唯独这两人不觉，依旧我行我素，日子倒也过得风生水起。

"没小孩，到底不像的。"顾老太总是这句。满满当当的四世同堂的优越感。

"没结婚，更加不像。就别提小孩了。"顾士宏接着话头。故意朝顾清俞看。

"囡囡是忒优秀，"顾老太道，"女人忒优秀，男人就不敢轧过来。"

"居里夫人也嫁出去了，"顾士宏没好气，"你问她自己，是这个原因吗？"

"忒差劲，人家也不敢轧过来。"顾清俞笑。

回去时，经过展翔家楼下，想起顾磊说的"跟三千金父亲打起来"，竟有些好笑，认识他这些年，嘴上要狠斗酷听得多了，还未见过他真正动手。也不知当时是怎样的状况。又摇头，这男人四十岁了，越活越回去了。正要离开，手机响了，她接起来："喂？"

"晚饭吃了？"是展翔。

"吃了。"

"会出来散步吗？经过我家，就上来坐坐。"

"不了，今天有点累。准备睡觉了。"

他"哦"的一声："——那我现在看到的那个，是鬼吗？"

她抬起头，他家阳台没开灯，暗着，隐约有个人影站在那里。电话沉默片刻。两人一高一下，一明一暗地对峙。"开门。"她道，挂了手机。

他感冒了，戴着口罩。问她："茶还是咖啡？"她道："白开水就行。"电视机开着，在放一档选秀节目，人声嘈杂。他把电视关了，递给她水。

自己拿个马克杯手里捂着。“蜂蜜金橘茶。我妈做的，说对感冒好。”她道：“那也要看是风热还是风寒，吃错药不行。”他道：“吃对吃错都是一礼拜。感冒就这样。”她闻到烟味，“感冒还抽烟？不要命了？”他过去打开窗，又把空气净化器也打开，“——狗鼻子。就抽了一根。”

他说下午八辆车挡门的事，照片都传到网上去了。她表示已经看过，“三辆奥迪，两辆宝马，两辆奔驰，还有一辆劳斯莱斯。八车挡门，全上海都传遍了。这史老板也不简单，一下子弄来这么多车。”

“劳斯莱斯是我的。”他道。

顾清俞怔了一下。“呵，跟我爸过不去。”

“跟谁过不去，也不敢跟你爸过不去。”他道，“史老板前天问我借的。也没说借来干吗。早知道是用来堵门，死也不会睬他。车牌号都上网了。”

“出名了。”她笑了一下。

展翔跟史老板关系不错，麻将搭子，再加上一点点生意关系。足浴店，展翔也注过资，其实是早几年史老板问他借的，后来半是赖账半是示好，劝他这钱别动了，“放在股市倒未必保险，我们这么大的小区，做脚只我一家，老客户带新客户，营业额一年年翻上去。有钱大家赚，算你一个。”展翔为人爽气，再说也不等这点钱急用，便答应了。史老板倒不食言，每年总有一笔分红，算下来比银行理财还低。有点吃大户的意思。展翔也不计较，一笑了之。史胖子麻将素质差，瘾却极大，隔两天来一副，稍微使点劲，都在里面了。这阵子，史老板又开始缠他。还是钞票。论头脑活络，展翔不及姓史的。房子上赚钱，那是扑性，谈不上巧劲。史老板的思路是与时俱进的，发散性思维。他给展翔洗脑，“互联网+”那种，最时髦，也好赚钱，但是有文化的年轻人弄的，他们不行，两头不沾边。洗脚店也是夕阳产业，讲起来条件好了，做脚的人越来越多，但可复制性太强，弄个门面，请几个师傅，便成了。饭店那种，风险也大的，竞争又激烈。史老板讲一圈，告诉展翔：“我有个朋友，开小型财务公司，去年这时候借出去3000万，现在到手4500万。”展翔懂了，“哦，放高利贷。”“谈不上高利贷，利滚利那种才是，一年翻几只筋斗。我们这叫江湖救急，打擦边球。”史老板解释，“现在最缺的是啥，就是现金流。别的不提，光我们小区，又有多少人在做生意？线上的线下的，人人想赚钱，就是没资金。为啥最近房价停滞不涨了？就是因为政府把首付比例提上去了，没钱还买个屁啊？首付贷也停了，房贷利率管得紧紧的，银行再想做业绩，也不敢搞名堂。这种时候，谁有现金，谁就是码子。朋友，听我一句劝，卖掉两套房子，一年三成利润，分分钟的事。”

“你怎么说？”顾清俞问展翔。

“要黑社会背景的，不是人人都能做。我这种老实孩子，还是太平点好。”

顾清俞嘿的一声，“史老板挑你发财。你不接翎子。”

他停顿一下，“你要是有朋友想调头寸，我免息借给他。男的女的，做生意或是做股票，都可以。”说完朝她看。有些暧昧的语气。她懂他的意思。施源几年前问人借了120万，至今还套在股市里，进出不得。

那天电话里他把施源的情况一桩桩报出来，唯独这桩只起了个头，她便岔开话题，不让他说下去。她要为那男人留颜面。他便也不再提。此刻不知怎的，竟又有些摒不牢。心痒痒，想触那男人的霉头。也怕她真恼，只稍提了提，又给她续水。“天气干燥，多喝点水。”

她看向他那杯蜂蜜金橘茶，捧了半日，竟是未喝。

“口罩摘了吧，喝水不方便。”

“怕传染给你。”

“淤青还会传染吗？”她诧异，“倒是没听说过。”

展翔心里叹口气。她果然还是恼了，才这样不留情面。口罩是遮羞布，遮住嘴角老大一块淤青。竟被她看出来。讨债的被欠债的打，闻所未闻，还丢人。“你就不能让我们一家五口好好过个年吗？”下午，那男人怀里抱着老三，旁边是阿大和阿二，说得可怜巴巴。楼上楼下经过的人，看他的目光都有些不同。仿佛他真成了黄世仁。那瞬，他忍不住有些火起。倒不单为那几万块钱，而是莫名地心塞。也不只对这人。史老板同他说那番话，小区里的杂事，阿姨妈妈鸡鸡狗狗，他这只耳进，那只耳出，却唯独记住一句，“道理是人讲出来的，一万个人有一万个道理。谁欺负谁，还真是讲不清。”——本来还按捺着，一会儿，三千金的妈妈也出来了，两句话一说，眼泪唰唰地流，扑通一声，竟跪下了。展翔愣住了，伸手去扶她，心头不爽，动作便有些硬邦邦，一把将那女人拽起来。那男人见了，没头没脑一句“你竟敢动手”，扑上来就是一拳。两人扭打起来。楼道里哭声震天，邻居也是女人，拉不住两个大男人。最后还是把顾士宏唤下来，“快过年了，像什么样子！”顾士宏拔高音量叫一声，不怒自威。也不看他，单单只哄那两个小女孩。又道：“你先回去，什么事都慢一步。”话是对他说，却只留个脊背给他。

“娘个×，弄不过一只瘪三。”

话里有话，指桑骂槐。他也不怕顾清俞听出来。豁出去了。七缠八绕的情绪，前前后后的，都在这句里了。有些涩然地。又忍不住懊悔。叫她上来，竟似只为逞这口舌之快。好聚好散那些，到底不是人人都做得到的。亏得手里有水壶，隔一阵便续上，总不至于让气氛太僵。她也是喝得快，一会儿杯子空了，任由他再添上。喝了添，添了喝。

“要不，我跟你侄子一样，去报个书法班，练毛笔字？”他忽道。

“干吗？”她一怔。

“本来应该报英文班，但人家基础在那里，这辈子赤着脚也赶不上了。毛笔字不是国粹嘛，练好了，就不是暴发户了，至少也是农民书法家。好歹能拼一拼。”他自嘲。

她没吭声，半晌，问他：“春节出去玩吗？”

“去南极。包机直飞。”他停了停，看向她，“——要不要带只企鹅给你当礼物？”

六

办完婚礼，顾昕与小葛便去度蜜月。也是错峰游。大年初八出发，不与年假的人凑热闹。本来计划是去希腊爱琴海，到底有孕在身，便改成就近的普吉岛。双方家长依然是不放心，叮嘱的话讲了又讲。这个春节，因为一场婚礼，感觉便完全不同。喜宴办了七十桌，排场大，事情也多。各个环节，包干到户，落实到个人。连小老虎都不闲着，安排他前一日到新房压床，还有当天在新人进场时撒花瓣。一套小西装裁剪合身，Burberry，亲家公买的，另附一只红包，“小朋友不好白让他忙，一点小意思。”婚礼上除了一双新人，双方父母也是焦点。衣着扮饰、待人接物，还有气场——到底是不同。小葛父亲当了这些年领导，再大的场面也镇得住，上台讲话都是脱稿，该停顿的停顿，该煽情的煽情，节奏控制得很好。顾士海作为男方家长也上台，拿出事先准备好的红纸，叠得豆腐干大小，再抖开，窸窸窣窣照念一遍，身体和声音都是发颤的。衣饰也不严谨。亲家母穿旗袍配羊毛披肩，显得雍容华贵。苏望娣则是一套西装裙，本来也没什么，问题是下面穿了一双靴子，还不是马丁靴，而是偏向于雪地靴的式样，毛茸茸的。这就十分奇怪了。高畅私下对妻子摇头，“吃不消你大嫂，穿得像农民企业家，而且还是80年代的。”顾士莲趁间隙问苏望娣：“原先那双浅口鞋呢？”她回答：“天冷，低帮鞋吃不住。”顾士莲便去数落顾昕：“你有责任的。自己山青水绿，也不管管你妈——”亲家很客气，男方的亲戚不论亲疏，俱是一桌桌敬过来，礼数分毫不差。顾士海硬着头皮，拉妻子也过去敬酒，一会儿回来，脸涨得通红，坐牢似的表情。“这样办场婚礼，起码折寿五年。”苏望娣感慨，又担心“昕昕将来要吃苦头”。顾士莲顶回去：“小葛比昕昕老实一百倍，别让人家小姑娘吃苦头就好了。”

婚礼前一日，顾清俞找个机会把顾昕叫到身边，“结婚了，就是大人了。”顾昕笑道：“这么说，阿姐你还是小孩。”他16岁回沪，父母不在，靠奶奶与叔叔姑姑照顾，与顾清俞的关系也是极为亲近。连高考填志愿也不问别人，单单只咨询顾清俞。前几年买房子，也是听了她的意见。一众亲戚里，最信任这大堂姐。顾清俞想来想去，还是挑明了，将那天晚上见到的情形提了——“你要是喜欢张曼丽，就不该同她分手，既然分手了，就要断得干净些。”顾昕沉默片刻，“阿姐，我晓得了。”顾清俞又道：“你是聪明人，要把握好分寸。别做让自己后悔的事。”顾昕点头，“放心，阿姐。”

新房还未拿到，小夫妻便暂时住在女方父母家。“当半年上门女婿——”苏望娣心疼儿子，也无可奈何。亲家那边是近三百平方米的复式，不缺房间。这边白云公寓是已经挂牌了，万紫园的两室又准备装修，无论如何腾不出空。再不甘也只有憋着。苏望娣是要强的人，自己夫妻再潦倒也就罢了，全副心力都扑在儿子身上，自己不认识几个字,对顾昕的学业却盯得极紧。她在安徽一家服装厂上班，三十来岁下岗，去小饭店里打杂，洗碗切菜配菜，每天把客人吃剩的饭菜带回家，夫妻俩胡乱凑合一顿。儿子吃新鲜的，哪怕简简单单一个蔬菜，也是现炒。牛奶再金贵，也是每天订，看着他喝下去。儿子做作业，自己旁边织毛衣，天天如此。连洗脚水也是送到面前，服侍他洗漱干净上了床，才回房。功课看不懂，分数却是认得的，好是不消说了，倘若不好，门背后的藤条立刻便抽过去，劈头盖脸地。顾昕初三回沪，除了英语，外地比上海总要逊些，其他科目都是遥遥领先。中考进市重点,轻松得像割草。高中三年没父母在身边，早先打好的基础总是不错，高考也没让人失望。苏望娣把儿子当宝，真正是心肝肉。这辈子所有的指望都落在他身上了。好在也着实争气，公务员千里挑一，都没落空。肯吃苦，能力强，待人接物也得体。是个有前途的苗子。否则领导也舍不得把掌上明珠嫁过来。前一阵顾昕对她透了几句，倘或不出意外，今年应该能升副处。顶头上司都露过几次口风了。三十出头有这样的成绩，实在是难得。苏望娣高兴得都不知如何是好了。儿子是怎么看怎么欢喜。反过来再看儿媳，矮小瘦弱，眉眼无神，说话像蚊子叫，倒有些像自家那没用的男人，没一样拿得出手的。本来觉得高攀，再细想，儿子竟是吃亏了。亲家公那样的老江湖，看人最准，昕昕若不是个宝贝，他会这么巴巴地凑过来吗？眼下再辉煌，岁数摆在那里，过几年便要退了，儿子才是刚开始，前途不可限量。由不得人家橄榄枝一股脑伸到眼前。

聚餐时，苏望娣摆出婆婆的架势，指出小葛不该买婚纱，“租一套就可以了，以后又不会再穿，放在衣橱里招虫子。没必要。”小葛说婚纱是舅舅送的。苏望娣道：“舅舅送的，也是一份人情，将来舅舅的小孩结婚，你们要还的。又不是白送。”顾昕帮妻子说话：“人家舅舅是做房地产生意的，根本不在乎。再说婚纱是法国定做的限量版，我们就算要还也还不起。人家一片心，妈你不要什么都拿钱去衡量。”苏望娣撇嘴，“你妈是实惠人，不好跟人家比。人家讲心意，我们到不了那个境界，只好讲钱。”顾士宏打圆场：“该实惠的时候实惠，该讲心意的时候也要讲心意，这才是过日子。现在不是以前，条件好了，不能要求孩子们跟我们那时一样。”苏望娣道：“我结婚的时候，新衣服也没一件，更别提新房子了，跟爹妈挤一间，两张床当中拉块帘子，贴个喜字，吃两粒喜糖，就算结婚了。”顾士莲笑笑，“那不是照样也有了昕昕？阿嫂你最会过日子，见缝插针，最会安排了。”苏望娣斜她一眼，“你不要为老不尊。”

老丈人送了辆奔驰 SUV 给顾昕，当作新婚礼物。2018 新款。蜜月回来，小夫妻带顾士海和苏望娣去了趟苏州兜风。豪车就是豪车，百公里加速 4 秒出头，一脚油门下去，人齐齐往后仰，推背的感觉。苏望娣兀自酸溜溜，说城市里开这车不合算，上下班时堵车，开不快，又费油。小葛不吭声。倒是顾士海冲了妻子一句：“人家都是傻子，就你聪明。”苏望娣反驳：“保险费养路费也比别的车要贵，一年下来好几万。都可以再买辆小车了。”到了苏州，酒店是小葛订的，豪华五星，一晚上两千出头。吃饭也是在高档餐厅，倒并非景区的松鹤楼、得月楼，而是曲径通幽的私房菜，外面看着门面不大，走进去却是小桥流水，别有洞天。苏望娣冷眼旁观，见小葛点菜完全不看价格，手指滑过，“这个，这个，那个——”，既熟练又随意。对儿媳道：“没必要点太多，过个年肚子里一包油，对身体不好。”小葛解释：“姆妈，我点的都是清淡的。”苏望娣一见，果然如此。这女孩应该是吃得多了，点的菜都极好，既有江浙风味又不落俗套。这样清新精致的菜肴，比大鱼大肉要贵得多。买单时，小葛信用卡递过去，也不看账单。苏望娣一把夺过，见到上面的数字，不由得张大嘴巴。又是一通数落：“过日子要算计，否则就是拆家当。金山银山也有用完的时候。”小葛被说得满脸通红。顾昕找个机会，给母亲洗脑子：“你别老是跟葛玥过不去，她也是想让你们吃好住好。你这样冷一句热一句的，难道是希望我们早点分开？”苏望娣单独对着儿子，便说心里话：“昕昕啊，人家说嫁女儿是一万个舍不得，可不晓得为啥，我给儿子娶媳妇竟也是这种心情。妈不是跟谁过不去，实在是舍不得你啊。”

冯晓琴说了几次，让顾磊去找顾昕，借他丈人关系，给冯茜茜介绍个工作。顾磊怕求人，死活不肯。冯晓琴无奈，只好亲自去，见了顾昕开口就是亲亲热热一声“昕昕”，话也说得直截了当：“自己人肯定要帮自己人，茜茜你是知道的，人不笨，又勤劳肯干，手里一堆证书，计算机、财会、营销，马上英语四级也考出来了——”见顾昕不吭声，加上一句，“人长得也蛮标致。”顾昕忍不住笑，“阿嫂，又不是选美。”冯晓琴道：“才貌双全，总是好事。”顾昕只好道：“我找机会试试，但不敢打包票的。”冯晓琴听出他口气里的敷衍，“莫非，你也希望茜茜去你家做保姆？”顾昕一怔，忙道：“阿嫂，别听我妈瞎讲。茜茜这么好的条件，我就算开两万块钱一个月，也请不动啊。”冯晓琴趁势一笑，“所以说呀，我们不用两万块钱一个月，万把块就足够了。茜茜平常也是‘阿哥’长‘阿哥’短，拿你当亲哥哥一样。现在妹妹有困难，你总归要帮的。”冯晓琴名义上是阿嫂，年龄却小了顾昕好几岁，说到关键处，鼻音自然而然地加重，嘴角一撇，露出浅浅的梨涡，笑意更盛。顾昕倒有些不好意思了，“——阿嫂，我一定尽力。”

冯茜茜19岁那年来的上海。高中毕业就不再读了。倒不能全怪乡下重男轻女，主要是自己也想出来闯闯。况且姐姐也在上海，有人照应。相比姐姐，冯茜茜心气更高。老家出来打工的人不少，男人多是卖苦力，女人要么当保姆，要么做美容行当，或者房产中介，也有做小生意，卖水果，开个麻将室、游戏厅什么的。讲起来在上海讨生活，也扎下来了，却是外围的外围，就像外环边上的房价，怎么跟内环相比？赤着脚也追不上。冯茜茜不愿意这样。死读书她不喜欢，也不是这块料。照她的心思，在姐姐这边住下，先胡乱找份工，再报个夜校，拣几门感兴趣又实用的课程，该考的证书都考一圈，然后正经找个工作。薪水高低倒在其次，关键是不能在外围，要在“中心”。与上海人一样的工作，朝九晚五，穿正装上班。她说：“心有多大，机会就有多大。”比起上海同龄的女孩子，她吃得起苦，不娇气。除了计算机、英语那些，竟连经络养生师的证书也考了一个。

冯晓琴笑她，不是想坐办公室吗，考这个做啥。她回答：“多门手艺就多个机会。就算别的比不过，至少还能比命长，看谁活得久。”这话透着些心酸。闲暇时，冯茜茜给姐姐做经络疏通，背上的膀胱经，拿刮痧板刮出两道直直的红印。肺俞那块，尤其严重，痧点呈紫红色，一点点浮在面上。冯茜茜说：“姐，你上焦火太旺。”冯晓琴便叹气，“操心的事多，不上火才怪。”冯茜茜道：“姐，天底下的事没止境的，好了还有更好。急不得。”冯晓琴道：“现在不急，难道等七老八十了才急？”冯茜茜劝姐姐：“已经很好了。”冯晓琴对着妹妹，也不遮遮掩掩，“——道理我懂，可家里这几个，从顾清俞到顾昕，再到朵朵，又有哪个不好呢？我是气不过，除了生来不是城市户口，我们哪里输给人家了。人家使三分力，我们拼着全力，都未必赶得上。”停顿一下，“你姐夫下月考试，不是我触他霉头，多半不行。”冯茜茜道：“他不行，你自己来。”冯晓琴嘿的一声，“我怎么来？家里老的小的，里里外外都是活儿。不能跟你比。”又道，“我做不到的，你替我做到，也是一样。”两人那瞬都有些感触。停了停，冯茜茜把头枕在姐姐肩上：“我别的不求，就是盼着在上海买套房子，不靠别人，单靠自己。房产证上是我的名字，就够了。”冯晓琴笑道：“要求不算高。”冯茜茜道：“就算痴心妄想，也要试一试。”冯晓琴摇头，“倒未必是痴心妄想。”

冯晓琴到底比妹妹大了几岁，来上海时间也长，见得多，也想得多。当年一起出来的男男女女，谁不是雄心勃勃，捋起袖管杀过来的？但最终得偿所愿的，却是少之又少。别的不提，楼下那三千金父亲，论学历还是大专，比她姐妹俩强得多。人家最初也不是为了开小吃店才来的上海。总是在各种落空和碰壁之后，才退而求其次。便是冯晓琴自己，也没想过二十出头便匆匆嫁人，还是未婚先孕。说实话是有些仓皇的。见招拆招，走一步算一步，听着是无奈之举，却也是为人行事的法则。但这番话现在讲出来，妹妹自然不肯听。冯晓琴也不去泼她冷水。小丫头有心劲，总比整天胡闹要好得多。爹妈电话里隔三岔五便催她替妹妹留心，女孩子还是该早点成家，找个好男人比什么都重要。冯晓琴反过来劝爹妈，倘若只为了成家，老家也有合适的男人，又何必大老远赶来上海？还搬出网上一句流行的话——“想嫁给怎样的人，就要先把自己变成这样的人。”冯父冯母都是土生土长的农民，听了这话只是跺脚。冯晓琴安慰他们，也是说道理——“做人就跟爬楼差不多，上一层，就是一层的风景。脚下的地，是下面那层的天。你们先由得她，爬几层算几层。等到爬不动了，自然也就停下来了。”

对着爹妈那样说，私底下冯晓琴也真是在替妹妹留心。不明说，只是暗暗使劲。最早动过顾昕的脑筋，那时他刚大学毕业，准备考公务员。讲起来是上海人，但家底房产统统没有。唯独前景有些展望。冯茜茜比他年轻得多，长相也占优势。真要合算起来，倒也未必配不上。后来才知他大学里便谈了朋友，温州美女张曼丽，连双方家长都见了。只得作罢。及至前阵子小葛突然冒出来，冯晓琴断定此人不是良配。说渣男似乎过分,但至少不是本分人。女人靠男人，还有三分道理，反过来男人靠女人，就有些那个了。除了他，亲戚朋友里再顺一遍，唯独顾清俞那边最有可能。但无论如何不敢求她。

女强人，又是独身，看别人都是俗不可耐。冯晓琴不去倒这个霉。

每隔一阵，冯晓琴便拉着妹妹去小区“闲云阁”做脚。史老板的母亲是安徽人，算半个老乡。七八年前，朋友的朋友请吃饭，席间就有史老板。见到美女，史老板老乡认得比谁都快。那时冯晓琴还在保险公司当销售，见史老板自己凑过来，便缠着他买保险。史老板竟也真买了几份。还介绍朋友给她。其中就有展翔。又借由这层关系，认识了顾磊。说起来展翔还是顾磊和冯晓琴的媒人。“小姑娘人不错，你要是感兴趣，就碰个头。”三十来岁还没谈过恋爱的顾磊，一见冯晓琴，就立刻喜欢上了。不到半年便领了证。直至现在，顾清俞提起这茬，依然会半真半假地问展翔：“十八只蹄髈吃到没有？”

史老板每次见到冯家姐妹，都是眉开眼笑，奉承话一句接一句。“万紫园的姊妹花，开到哪里，哪里就是春色满园。”话说得不伦不类，手脚更是不老实，肩上搭一下，腰里抄一把。多半是落空。冯晓琴滑得像泥鳅。这小女人一直这样，撩得人心痒难搔，却又得不了手。到头来还是便宜了顾磊那傻小子。史老板每次想起这，都恨得牙痒痒。“史老板，你说，是我好看，还是我妹妹好看？”冯晓琴侧过头，嗲嗲地问他。史老板见到她如花笑靥，浑身骨头顿时不足三两，“都好看都好看，姐姐娇，妹妹俏，两个都是呱呱叫——”冯晓琴过来做脚，只买过一张卡，五百块钱。却像济公的酒葫芦似的，怎么都用不完。史老板心甘情愿被她敲竹杠。冯茜茜猜到姐姐的心思，说过几次：“那张面孔，跟猪一样——”被冯晓琴截下，“我又没让你跟他结婚，多个朋友多条路，总是不错的。”讲实话，冯晓琴倒真没打算让姓史的当妹夫，主要是混个脸熟，一来住得近，二来身家摆在那里，拿他当个托底，也不是不可以。天下的事实在难讲，尤其女孩子，心气再高，好年华也就那么三五载，错过便是错过了。有这死胖子在下面垫着，六十分至少是有了。天高海阔，愈是飞得高，下面愈是要垫得厚。天上的事，茜茜自己去搏。地下的事，冯晓琴替妹妹张罗着。

顾磊果然是落了空。《会计电算化》没考出来。差了几分。电话里对妻子说要晚些回家，“有点事情。”冯晓琴安慰他：“下次接着考。来日方长。”他沉默一下，道“再讲”。这口气让冯晓琴有些不踏实，猜想他多半是找了人聊天。朋友统共那么几个，一巴掌数得过来。也不知是跟谁。便有些走神。炉上忘了关照，一锅红烧肉成了焦炭。草头也炒得老了。鸡汤里盐多撒了两把，咸得顾老太不停喝水。“磊磊难得不在家，你就丢了魂了！”老人家笑骂。

这晚顾磊接近零点才到家，一瘸一拐地进来，满身酒气，见到冯晓琴就笑，“你在等我啊——”冯晓琴问他：“喝了多少？”他手里比画，“不多，就这么一点。”冯晓琴又问：“跟谁一起喝的？”他回答：“展翔。”冯晓琴倒有些意外了，“怎么是他？”顾磊反问：“怎么不能是他？他是我们的媒人，现在日子过不下去了，不找他找谁？”

“什么叫过不下去？”她问。

“你这么能干的女人，找了我这么一个窝囊废，你说，怎么还过得下去？”他兀自笑。手指在空中胡乱挥动，像所有的醉汉那样，话愈是过分，神情便愈是煞有介事。

冯晓琴转身替他倒了杯水，“去刷个牙洗把脸，明天还要上班呢。”他不动，朝她看，“我知道，你看不起我。”

“夫妻之间，有什么看不起看得起的，”她停顿一下，“再说了，你是上海人，我是乡下人。讲起来也是你看不起我才对。”

“我怎么敢看不起你，”他打个哈哈，“天底下最聪明最厉害的人就是你了。你这辈子只做了一件错事，就是找了我这个没用的老公。”

“我不觉得。”

“口是心非。”他道，“一个小小的会计证都考不出来，这男人笨得像猪一样。你难道不是这么想的吗？这男人要不是上海人，再加上有套房子，勉强能过日子，就算天底下男人全死光了，也不会跟他——”

“你想把儿子还有家里人都吵醒吗？”冯晓琴打断他。去卫生间绞了块毛巾，重重往他脸上一扔，“擦把脸，清醒点再说！”

到底是没吵起来。连冷战也谈不上。进了被窝，这男人便把一只冰冷的手往她身上凑。她狠狠打掉，一脚踢在他屁股上，差点把他踢下床。他吃疼，“啊”的一声。她做好他翻毛枪的准备。那瞬也有些豁出去了。想，吵就吵吧，打就打吧，惊动全家人都无所谓。把他当大爷似的供着，什么都不用他操心，盼他能更进一步。考试失利也罢了，她并没说什么。他竟反过来挑事。她忽觉得说不出的委屈，窝塞到极点。便后悔刚才不该息事宁人，真正该大声闹开来才对。那口气找不到宣泄处，便在他手臂上用力拧下去。他疼得大叫：“你做什么！”她索性打开台灯，掀掉被子，拿起旁边一只发卡便朝他手上戳去。他到底是软弱，再加上酒也醒了大半，抖抖豁豁地：

“想打架啊？”

“对！”她拿着发卡，只是没头没脑地扎。他护着脸，胡乱遮挡着，“你不要半夜三更发疯。”她不怒反笑，“是谁半夜三更发疯？反正你喜欢发疯，那我就陪着你，大家别睡觉了。”又是一记扎下去。他侧头避过。抓住她的手。两张隔夜面孔相对。他幽幽说了句：“——我不是这块料。放过我吧。”

她朝他看了一会儿，把台灯关了，躺下。黑暗中听他又说了一遍：“真的，我不是这块料。你寻了个笨老公，也只好认命。”她不语，半晌，狠狠地蹬了一下被子，像是要把什么东西凭空里抖开似的，连着几日阴雨，被子也不曾好好晒过，空气弥漫着若有若无的人体龌龊气，还有不清不爽的霉味。

“睡觉！”她道。

次日早起，两人都没事人似的，起床、洗漱、吃饭、上班。与平常一样，顾磊步行去地铁站，冯晓琴送小老虎去学校，再去菜场买菜。三人到楼下，母子俩走在前面，留下顾磊一人后头跟着。出了小区，两个方向。顾磊停顿一下，犹豫着是否要说“再见”，冯晓琴已拉着儿子径直走了。他愕然，原地待了半晌，转身离去。脚高脚低。

冯晓琴送完儿子，踱到展翔家。这人不用上班，天天睡懒觉。她叫他“爷叔”，问他：“早饭吃过吗？”递上刚买的生煎和豆浆。展翔猜到她的来意，“——放心，我不会告诉别人。”她反问：“告诉别人什么？”他怔了怔，苦笑，“懂了，根本什么事也没有，全忘了——

你啊你，大清早跟我玩心眼。吃不消。”

冯晓琴问他：“这阵子没去找阿姐？”展翔嘿的一声，“少在我的伤口上撒盐。”冯晓琴笑笑。其实是怕他把顾磊醉酒的事告诉顾清俞。别人都还好，唯独这个大姑子，少惹为妙。

“阿姐是假结婚，又不是真的。你怕什么？”她道。

“都是已婚妇女了。什么想头都没了。”他摇头，做出沮丧的模样。夸张得像是开玩笑。他竭力掩饰着内心的失落。昨晚从顾磊嘴里知道顾清俞领证的事，只是“哦”的一声，好像结婚的不是顾清俞，而仅是一个陌生人。他发觉除了自己，顾家人竟似都不知道新郎便是施源。假结婚，顾磊把这词反复强调几遍，安慰他：“假的，两个月就离。”他嘿的一声，“你怎么晓得？你是你阿姐肚子里的蛔虫？”顾磊叫起来：“不是假的，难道还是真的？跟那种人？天底下也就是我阿姐，做得出这种事。她把日子过得像唱滑稽戏一样。”——他便也装糊涂。顾清俞自己不说，他又怎么可能替她说出来。

冯晓琴瞥见他的神情，“爷叔，”停了停，“感情的事，就算玉皇大帝也没办法。又不能硬来。你这么潇洒的人，应该懂的。”

“本来还想当你们姐夫，现在没搞头了。”

“等她红证变绿证。还有机会。”

“离婚证也是红的，”展翔笑，“爷叔我还是童男子，讨个离过婚的，怕爷娘不同意。”

“算了吧。阿姐就算结了离、离了结一百次，你也照样屁颠屁颠凑过去。”

“小姑娘不要老三老四，把自己日子过好再说。爷叔撮合你们不容易，千万给我白头到老，别搞七捻三。”

“顾磊说我什么了？”冯晓琴装作无意般问起。

“他说什么，你会不晓得？”展翔反问，“自家老公，小把戏都这么大了，他喜欢什么，讨厌什么，你会不晓得？”

“我怎么不晓得？他最喜欢天天躺在床上，什么都不用管，反正天上会掉馅饼，嘴一张，就咬到了。两手一招，人民币就自己跑到口袋里。凡是在屁股后面盯着他的，都是坏人。所以他最讨厌的，就是我。”冯晓琴说到这里，瞥见展翔似笑非笑的神情，想这男人跟顾清俞到底关系不同，说是不再见面了，毕竟住得近，抬头不见低头见。男人都是贱骨头，到时三句两句把这番话带出来，那边是亲姐姐，听在耳朵里总归不舒服。便打住，耸耸肩，换个话题，“——爷叔，茜茜工作的事情，啥时候有消息？”

展翔说有个银行的朋友，“外地的小银行，去不去？”

冯晓琴眼睛一亮，“去的呀，银行不错。”

“还在联系。比国有银行容易些，但也不是百分之一百的。”

“现在哪有百分之一百的事？爷叔你肯帮忙，不管成不成，都是我的大恩人。”冯晓琴激动起来，瞥见展翔衬衫上一粒纽扣脱了线，荡在胸前，“爷叔你把衣服脱下来，我帮你绕几针。”又道，“爷叔你以后有啥缝缝补补的，我全包了。”

“上海话越说越溜了。”展翔也不客气，进房换了件衣服，把衬衫脱给她。又拿来针线。冯晓琴三下两下便缝好，问他：“还有吗？

索性一次性都替你搞定。”展翔竟也真的进房,又拿了一件老头衫出来:“腋下那里有个洞。”她看了,嘿的一声,“爷叔帮帮忙,扔了做抹布吧。人家说愈是有钱愈是抠门,果然不错。”他道:“你不懂,老头衫越是旧,穿着睡觉就越舒服。这件穿了十几年了，都有感情了。别说一个洞，就算浑身是洞也舍不得扔。”

冯晓琴问他要了块颜色相近的碎布,将那洞填了。她针线功夫好，不细看，竟真的看不出来。展翔啧啧道:“顾磊娶到你这样巧的媳妇，居然一直没请我吃过饭。真是没天理。”冯晓琴问他:“昨晚那顿呢?”展翔捶胸，“我买单的。连出租车费也是我出的。这小子皮忒厚。”冯晓琴笑，“我家顾磊节俭惯了。”停顿一下，“——他真的没说什么吗?”

展翔回想昨晚,竟也真的只是闲聊。偶尔发两句牢骚，女强男弱，无非便是那些情绪。愧疚加上无能为力，便愈发地别扭。倒也不是怪她的意思。唯独到最后，应该是有七八分醉了，竟一把抱住展翔，直直地问:“你告诉我，她跟那个姓史的是不是有点、有点——”竟也说不下去。展翔说了句“你不要瞎讲”，他便不吭声。眉眼间有些他姐姐的影子，却不成形，眼神也游移，不够自信，精气神撑不起来。连申诉也不能。展翔那瞬忽有些后悔，做媒也是技术活，谁跟谁凑一对，到底不能随心所欲，也是有章法的。面上不觉得，抽丝剥茧似的，把外头那层剥去，只剩赤裸裸两个核，无遮无拦，便看得忒清楚了。差一点倒也罢了，还能勉强称得上“互补”，差得太远，就有些冒险了。夫妻是一辈子的事。聪明人会做傻事，老实人也有倔脾气。早早晚晚的。

“是什么人，就做什么事。老天爷都安排好了。强求不得。”他劝冯晓琴，“心平些。”

“在说你和阿姐吗？”她咯咯娇笑。

“少装糊涂。”他面孔一板，故意做出凶恶的样子，“回家去！”

七

领证前一天，顾清俞与施源去公证处，做了财产公证。婚前财产是不消说了，婚后财产也各自分开，房产归女方所有，离婚时男方净身出户。白纸黑字,双方签名。是施源坚持的,“这样比较好——”,顾清俞懂他的意思。眼前情形是有些尴尬，不说假结婚那层，至少也是闪电结婚。本来久别重逢，冲动一下也没什么，但毕竟有前面那桩铺垫着，人还是中介带来的呢，合同上佣金比例也是清清楚楚。索性便由着他。纠纠缠缠反倒别扭了。

次日领完证，从民政局出来。“套牢了。”两人相视一笑。顾清俞问他：“去哪里庆祝？”他道：“地方你定。”顾清俞道：“去你家？”他怔了怔，还没回答，顾清俞已笑起来：

“别紧张，我开玩笑的。”

她故意提这茬。他没把结婚的事告诉父母，她虽不在乎，但终归是他理亏。该点的还是要点。再者她也想表达这样一层意思，结婚是真的，千真万确，不是儿戏。既然是真的，那该有的礼数就不该缺。办酒席拍婚纱照那种，她倒是无所谓，本来就不看重，万万不至于拿这个去为难他。但双方父母碰个头吃顿饭，说说笑笑，似乎也不该省去。她没有特立独行到那种地步。

他反问：“你跟你家人说了吗？”

“说了。”

“说了我是谁吗？”

她停顿一下，“——没说得太细。”

“所以呀，”他缓缓道，“他们也只是知道你结婚了，而且，还是假结婚。”

领证当天，气氛便有些僵。似乎也符合中国人的国情。一结婚，便入了彀。简单的事也变得复杂起来。顾清俞其实并不想说那句话，不知怎的，嘴一张便蹦了出来。若是谈了三五年恋爱再结婚，倒没事了。她与他这样的情形，真该小心翼翼、步步为营的。好在两人到底不是二十出头的小年轻了，虚晃一枪，便也各自罢了。他甚至提出：“就去我家吧，我打个电话通知一声，让我妈买两个菜，也方便的。”她便也体贴地拒绝，“不麻烦了，等下次再正式拜访，”略带撒娇地，“——今天我们自己庆祝，就我们两个人。”

施源第一次在顾家亮相，是顾昕和小葛请客，在万紫园附近新开的粤菜馆。“前段时间大家为我们的婚事，都辛苦了，吃顿饭聊表心意。”顾家有个微信群，叫“自家人”，小葛被顾昕新拉进群，发的第一条消息，便是通知饭局。后面跟着一串“谢谢”。小葛应该是不熟悉情况，画蛇添足，居然 @ 了顾清俞，“阿姐，把男朋友一起带过来。”众人盯着手机屏幕，都是一阵沉默，想这女孩还真是哪壶不开提哪壶。顾昕见了也怪妻子：“我什么时候跟你提过她有男朋友了？”小葛自知失言，想要撤回，已是不及。谁知过了片刻，顾清俞回了句：

“好的。”

本来很普通的一次家庭聚餐，因为顾清俞最后那句“好的”，陡然变得不寻常。说是 12 点，众人早早便到了，一个个坐着，眼神微妙，似笑非笑。顾士宏被盘问了一百遍，“我什么都不晓得”。一脸无辜，“我家那个小祖宗，你们懂的呀”。嘴上发牢骚，神情还是欢喜的。无论如何没往假结婚那层去想。一会儿，人到了。顾清俞替大家介绍：

“施源。我先生。”

包房里鸦雀无声。连苏望娣和顾士莲那样咋咋呼呼的人，此刻也完全不响了。停了半晌，还是顾昕站起来，与施源握手，“欢迎欢迎，请坐。”施源说声“谢谢”，又朝众人颔首示意，方才坐下。顾昕拿过红酒，问他：“来一点？”他起身，一手托杯，一手执腕，“好的，谢谢。”

这顿饭吃得十分安静。除了中间向新婚夫妻敬酒，俱是各自闷声夹菜。拘束得有些奇怪。高朵朵在群里发了条消息，@ 顾清俞：“阿姐，把他拉进来呀。”顾清俞回道：“急什么。”高朵朵打个贼忒兮兮的笑脸，“都是先生了，还不急？”顾磊也道：“就是，面对面坐着说不出话，多尴尬。先微信聊起来，就熟了。”众人嘻嘻哈哈，纷纷起哄。线下没声音，线上聊得欢。唯独施源一人不知。顾清俞好笑，过了片刻，便真把施源拉了进来。

“姐夫好！”高朵朵先道。

“欢迎！”一个个跟着。各种表情包。

直到快结束时，顾士宏总算想起“施源”这个名字。不敢确定，便偷偷朝施源打量。印象里那个少年模样一点点清晰开来。那时住在陆家嘴，施家的老宅被分割成十几户人家，施源一家住在前客堂，阳光最充足，面积也大。顾家与他们隔一条弄堂。别人倒也罢了，唯独这施源，是个出众的孩子，家世好，读书也好。以至于附近有女儿的父母，心里都巴不得这孩子当女婿。顾士宏隐约记得，他来过家里几次，很礼貌地同自己打招呼。“爸爸！”上海人称呼同学父亲，也叫“爸爸”。但小一辈的，多半改叫“爷叔”或者“某某爸爸”。可见他家教还是老法的。模样也是清清爽爽。顾士宏又想起，女儿二十多岁时，有次催她相亲，她死活不肯，旁边顾磊蹦出一句“除非找到那个姓施的，否则这辈子她都不嫁了”。那时也未曾放在心上。现在看到他，再连起来一想，竟是这人不错了。

“到家里坐坐，吃杯茶？”散席时，顾士宏向施源发出邀请。

“好的。”施源微微欠身。

翁婿俩在客厅聊天。顾清俞在厨房切水果。冯晓琴说：“阿姐你也去坐呀。”顾清俞摇头，“老丈人要盘问女婿，我不去轧这个热闹。”顾磊凑过来，“阿姐，这是真结婚还是假结婚？”顾清俞斜他一眼，“结婚还有假的？”顾磊嘿的一声，“现在嘴巴老了。上个月你好像不是这么说的。”又道，“你刚刚说‘施源’，我半天没反应过来。原来是他。

到底二十几年没见，模样都不同了。啧啧，还真被你等到了。大团圆结局啊。”冯晓琴也听说了那个典故，“——阿姐，恭喜。”

隔着一扇玻璃门，顾清俞瞥见两人很平静地聊天，除了喝茶，坐姿几乎不动。她送上水果。盘子里是切好的火龙果、猕猴桃、香瓜。她把叉子递给两人，“在聊什么？”施源道：“爸爸说，下次他出国旅游，让我给他当向导。”顾士宏微笑道：“小施是行家。刚才算了一下，他这些年坐飞机加起来的距离，相当于从地球到月亮打了十几个来回。”

“地球到月亮的距离不是固定的。最远和最近差几万公里呢。您指的是哪段距离？”顾清俞问。

“她就是因为这么顶真，所以才一直嫁不出去。”顾士宏对施源叹道。

又坐了一会儿，施源便起身告辞。顾士宏邀他下周吃饭：“每周六聚餐，以后逃不脱了。”施源答应了。顾清俞送他下楼，“我爸问你什么了？”他道：“什么都没问。”她道：“那怎么知道你在旅行社上班？”他道：“是我自己说的。”停了停，“你爸说，有缘千里来相会，只要有缘分，总归能碰见的。还说谢谢我，让他女儿安定下来。他说，只要我们好，他就开心。”

顾清俞原先说好直接回家的，送施源到地铁站，又折到顾士宏那里。顾士宏见了，奇道：“怎么又来了？”她不语，径直到沙发坐下，手叉进父亲臂弯，头靠着，撒娇地：“——陪你看电视呀。”顾士宏朝她看了一会儿，“现在流行夫妻俩分开住？”

“下礼拜他就搬过来。”

“人还不错。”顾士宏说施源，“一看就是你喜欢的风格。”

“我喜欢什么风格？”她问。

“不喜欢你干吗带来见家长？”顾士宏反问。

顾清俞笑了笑。把头靠在父亲肩上：“——他没房子。同父母住在一起。”

“知道。”

顾清俞又笑笑。父亲必然是知道的。若是名下有房，便不符合假结婚的条件了。现状也不必多问，做这偏门营生，又有几个是混得好的？也亏得是施源，再不济，人前一站，样子总差不到哪里去。其实是有些落拓的。顾清俞自己不在乎，但猜想父亲必然会介意。翁婿俩那通谈话，难保不漏几句别扭的话出来。事先跟施源打预防针，“我是我，家里人是家里人，不搭界的。”施源懂她的意思，“我如果有女儿，也舍不得她嫁给我这样的人。”

谁知顾士宏竟是丝毫不提。真正把女婿当娇客，只说好的、贴心的。再加上叙旧，“你那时到我家来的情形，好像还是昨天。谁晓得眼睛一眨，竟成了我女婿，一家人了。真是缘分了。你没怎么变，还是老样子。”他道：“变老了，难看了。爸爸倒真是没怎么变。”顾士宏打趣，问他：“那清俞呢，你觉得她变了没有？”他回答：“越变越好了。”停顿一下，想说“我配不上她”，好像不合适，虽说在女方家长面前这样自谦，也没什么，但多少有些破坏气氛。尤其他那样的处境，倒愈发要矜持些了。

施源对顾清俞道：“你爸是难得的好人。”顾清俞道：“对女婿好，就是对女儿好。这道理我爸懂的。”他道:“将来同你一起孝顺他。”她道:“谢谢。”两人微信上你一言我一句。施源坐地铁,问她:“在做什么?”她回答:“我爸让我晚上留着吃饭。看电视呢。”他道:“住得近就是好啊,一碗汤的距离,大家都有照应。”她道:“你爸妈要是喜欢浦东,也搬过来。”这话她当面也提过,他没接口。现在再提一遍,用写的,微信也是书面,更郑重些。他望着手机屏幕上这行字,半晌,回过去:“不用的。”

吃过晚饭,顾士莲给二哥顾士宏打电话:“小两口回去了?”顾士宏知道妹妹的意思,也亏她摒了半日,“——想问什么就问吧。”顾士莲挂掉电话,一会儿便到了,后面还跟着苏望娣。俩女人一脸贼忒兮兮。“没回去?”顾士宏问。顾士莲道:“下午跟大嫂一起去买瓷砖。”两家同时装修,规格也是一样的实惠。高畅要上班,顾士海又是甩手掌柜,死活不管的,装修便全靠两个女人盯着。前两日排水管,隐蔽工程最是要紧,姑嫂俩从早到晚不离。房子离得近,都是万紫园一期。装修队也是同一家公司,清包,省钱但费时。监理也是同一个。见她俩妇道人家,本来还想着浑水摸鱼,涂料少刷一层,偷偷拿出去卖,排电线也偷工减料,成捆的电线私藏下。谁知这两个女人竟比男人还精,业务上丝毫不逊,更多了几分耐性,除去吃喝拉撒,俱是寸步不离。眼睛像探头,360度无死角。只得实打实地做。姑嫂俩平常见面鸡鸡狗狗,在装修这层上竟是前所未有的一致,说施工队里清一色男人,男人就是贱骨头,不论自家男人,还是外头男人,统统都要调教的。一个说“蜡烛,不点不亮”,一个说“算盘珠,拨一拨动一动”。摩拳擦掌，斗志昂扬地。但不管怎样，再忙，也要挤出来关心一下顾清俞的婚姻大事。吃饭时不好意思开口，满肚皮的话憋着，好不容易等当事人走了，便齐齐过来。探顾士宏的口风。

“天上掉下个女婿。”一个道。

“你女儿找老公，比人家找保姆还干脆。”另一个道。

“干脆什么！”顾士宏没好气，“36 岁了，要真的干脆，现在小孩都上初中了。”

顾士莲凑近了，问二哥：“女婿干哪行？家住哪里？”顾士宏回答：“当导游，家住杨浦。”苏望娣立刻接上：“哪个楼盘？”顾士宏道：“又不是查户口，第一次见面不好问太多的。”苏望娣又道：“导游一个月能挣多少？”嘴上问顾士宏，眼睛看顾士莲。顾士莲道：“肯定没你们昕昕多。”苏望娣啐道：“我又不是这个意思。”顾士莲道：“房子更不会比你们昕昕的大。这辈子除了故宫，我就没见过那么大的房子。”苏望娣作势在小姑子背上打了一记，嗔道：“好好讲话。”顾士莲笑着转向二哥，“怎么突然就结婚了？相亲，还是自己认识的？”

“老同学。”顾士宏含糊应了句。

顾士莲眼珠一转，“是不是这次去欧洲吃喜酒碰上的？“

“小学同学。”顾士宏老老实实道。

“小学同学？”顾士莲飞快地回忆，“我怎么不记得她小学里有长得等样的男生？”

顾士宏好笑。“你那时在浦西，隔着黄浦江，偶尔来一回。她班里同学你见过几个？”

苏望娣坐在一边嗑瓜子。这场谈话她并不十分参与，主要是倾听。顾士莲问一圈，信息收集得差不多了。上海人，年龄相仿，国营旅游公司当导游，住在杨浦区。大概位置一查，老房子无疑，而且还是笃底的老房子。长相是不差，但以她多年阅人的眼光，总觉得干净得过了头，气质忒清汤寡水了。这年纪的男人若是混得好，多半都有些油腻，豁胖，话里夹着肉狎气。他竟有些学生模样。除非是再高一个层次，那就另说。但一个导游，又能高到哪里去，再怎样也有限。苏望娣一边想，一边得意。神情却愈是不露。这家里几个小的，顾清俞算拿得出手的了，拖到现在，也只是草草嫁了。女人事业上再优秀，嫁得不好，那就等于零。顾磊就更不用提，半瘸子，还娶个外来妹，都叫不响。自家儿子真正是鹤立鸡群了。本来还被这个大堂姐压着，现在这样，瞎子都能看出谁好谁孬。刹那间，苏望娣觉得人生的意义都不同了，五色祥云在头顶环绕，忍不住便想要大叫几声。先抑后扬。满脑子都是这个词。谁能想到黑龙江混成狗的一家人，今时今日竟能如此？那时吃剩饭剩菜，自尊被踩在地上，踝了又踝。苏望娣每每想到那时的光景，就忍不住想哭。亏得儿子争气。夹缝里开出花来。好日子拦都拦不住。

趁着苏望娣去厕所，顾士莲塞给二哥一张纸条。顾士宏打开，见是借条——“兹向顾士宏借人民币 30 万，半年内归还。借款人顾士莲。”——嘿的一声，又退还给她。顾士莲道：“亲兄弟明算账。你收下，我才借得安心。”顾士宏道：“就算有借条，你要赖账，我也拿你没办法。”开玩笑的口吻。顾士莲不由分说，塞在顾士宏口袋里。

顾士宏也不再推，劝她："自己人，有困难就说。阿哥钱不多，但这点还拿得出来。"顾士莲怪高畅："死男人嘴快。"顾士宏道："谁都有个周转不灵的时候。下次别让小高开口，你自己说。他是妹夫，你是亲妹妹，我要真为难，他开口倒不好意思拒绝了。"还是开玩笑。顾士莲道："等下家第二笔房款打过来，我就还给你。"顾士宏挥手，"不急，你现在是用钞票的时候，一笔进来一笔出去，还要装修，还要给小囡读书。我又没啥事情。"顾士莲咬着嘴唇："借人家钞票不安心，早还一天是一天。你也晓得我这人脾气的。"顾士宏停顿一下，"——自家人调个头寸，很正常。别怕麻烦别人。自家人就是用来麻烦的。"

顾士莲置换房子，下家本来说好月末打第二笔款，结果出了岔子，要晚一阵。而上家付款的时限却就在眼前。顾士莲找上家商量，对方不肯，说延期就要付赔偿金，一天万分之五。顾士莲倒不好意思找下家要赔偿金。手头只有几万。高畅家那边亲戚靠不上，问老黄借了两万，也不敢多借，老黄父亲长年卧病在床，家里条件也不好。便劝妻子找两个哥哥。顾士莲生性不爱欠人情，犹豫着。高畅只好自己去找顾士宏。30万隔日打到账上。顾士宏知道这妹妹的个性。三兄妹里，唯独她是日子愈过愈紧，买房那波行情没吃到，生病又把老本掏个精光，高畅薪水不高，朵朵那个专业，也是顶顶烧钱的。尽管如此，她依然硬撑着。每次聚餐都不空手，进口水果、进口糕点，专挑好的买。顾士宏叫她别买，她只是不听。大哥大嫂那边，倒是从不客气，每次过来便往沙发上一坐，看电视吃瓜子，厨房的事也不帮忙，真正是客人了。大哥在黑龙江插队落户，吃了不少苦，顾老太之前也跟两个小的打过招呼，一家人，能帮的就帮，能包涵的就包涵。顾家兄妹都是再孝顺不过的，也团结。尤其顾士莲，刀子嘴豆腐心，“好人，就是脾气臭。”高畅评价妻子。当初那套白云公寓的房子让出来，顾士宏劝过妹妹，千万考虑清楚，做好人也要有分寸，大哥是苦，但你也不是大富翁。顾士莲铁了心，说自家哥哥自家侄子，总不好让他们没有落脚点。高畅为这事也有想法，找顾士宏诉过几次苦:“阿哥,你讲句公道话,是我小气,还是她做事过头?”顾士宏劝不动妹妹，只好安抚妹夫:“你就这样想——天底下女人那么多,你找着她,难道是因为她漂亮温柔?”高畅恨恨地,跺脚,“是啊,我是贱骨头，就欢喜这种傻乎乎的十三点女人!”顾士宏知道难怪妹夫,换了谁都不开心。偏偏大哥那边竟一直都是淡淡的,说声“谢谢”,便收下了。好像不是一套房子，而是一件衣服什么的。那时顾士莲条件还过得去，也没查出病来，夫妻双职工，两边父母也不用操心，日子过得蛮潇洒。卢湾区的房子，靠近复兴公园，上只角，感觉比浦东好了几个档次，顾士海或许便是因为这，心安理得，有点吃大户的意思。后来反过来了，顾昕大学毕业，考上公务员，也买了房子。家里光景一天好似一天。顾士宏冷眼旁观，别的倒也罢了，顾士莲查出乳腺癌，不久又转移到肺和直肠，一年里肚子像装了拉链似的，开开合合，病危通知也下了几次。花钱如流水，那时就差点卖房子，亏得最后一次手术顺利，算是稳住了。顾士宏拿了10万给妹妹，好说歹说让她收下。连顾磊和顾清俞都意思过了。唯独大哥一家没动静。那时顾士海夫妇还在黑龙江，但顾昕已经工作了，姑姑生病，竟也只是送些水果，坐坐便走。像是普通同事。顾士宏不方便多说，其实就算小孩不懂事，大哥大嫂总该交代他些，到底是性命交关的大病，不是感冒发烧。便有些替妹妹不值。顾昕在奶奶家住到六岁才去的黑龙江，小时候与姑姑最亲，顾士莲也偏爱他，新婚宴尔，倒把高畅一脚踢开，赶他去客厅，自己搂着侄子睡。紫雪糕、中冰砖、奶油杏肉、纸杯蛋糕，从来没断过。想着这孩子可怜，从小父母不在身边，便格外地疼惜。愈是这样，现在便愈是伤心。顾士莲那样倔强的人，自是不会露出来。顾士宏看在眼里，也是无可奈何。一个是哥哥，一个是妹妹，着实为难。总不好逼着人家拿钱出来。照顾士宏的意思，一套房子多少钱，就算当时收下，现在看到妹妹有困难，无论如何该有所表示，否则就是不厚道了。大哥原先也不是这样的，插队落户这些年，把人心都变得狠了，要么就是变得木了。木知木觉，眼里只有小家，没有别人。这些话顾士宏放在心里，从来不提。他虽排行老二，实际上就跟长子没啥区别，老娘还在，家里无论如何不能散，人不能散，心也不能散。好在顾士莲这些年身体还算稳定，他不与妹妹说，单单关照高畅："没事最好，倘若再有事，出钱出力，你吱一声，我没二话的。她是十三点，你心里要有数。"

顾士宏送顾士莲去地铁站，回来时沿着小区散会儿步。清明都过了一周了，早晚还是阴冷。跟春暖花开沾不上边。月色倒是不错，清冽爽朗。踱到湖心亭坐下，湖面星星点点，漾着微波。坐了约有半小时，张老头才到。"老太婆非要我陪她看电视，哼，又不是新结婚，发什么嗲。"顾士宏微笑，"你们两个，一直都跟新结婚差不多。"

张老头今年虚岁八十。比顾士宏大一轮。小区隔壁有个老年大学，当初两人一同报的书画班，学了半年，顾士宏便搁下了，张老头却坚持至今，山水画很有些样子了，顾家客厅那幅富贵牡丹，就是他送的。顾士宏自己倒是全还给老师了。张老头做事有长性，也有兴致。平常喜欢写点豆腐干文章，《新民晚报》上发表过几次，还自费出过武侠小说。顾士宏以前当语文老师时，也写过一些东西。张老头邀他一起加入浦东作家协会，说有个作家朋友能当介绍人。竟也真的成了。参加了一次见面会，后来还有一次采风，到鲜花港。改稿会也开过几次。顾士宏总觉得没到那份上，也不好意思跟别人说，张老头却很来劲，印了名片，把区作协会员放在首位，后面跟着街道书画协会理事、围棋协会会员，还有小区摄影志愿者。顾士宏说他，像个老小孩，精力充沛。夫妻俩都是那种可以把日子过出花来的人。顾士宏性格不张扬，但不知怎的，却和张老头挺投契。同样一句话，说得难听是一句，说得好听也是一句。日子过得有滋有味，是本事，尤其上了年纪的人。顾士宏倒不像小区里那些人，凡是跟自己生活方式不同的，就统统看不惯。日子过成什么样，真正是冷暖自知的。闲暇时，顾士宏常与张老头下棋。棋艺不是对手，主要是听他聊。另一种人生。某种程度看，张老头称得上是顾士宏的老师，家里的事、儿女的事、鸡鸡狗狗的事，放在张老头嘴里，都不是事。三言两语带过，换种思路，人生便开阔不少。比如，顾清俞这些年一直单着，顾士宏自然着急，又没人能倾诉，怕越说越烦。唯独张老头不像其他人，要么陪他急，要么帮着做媒。张老头的讲法其实也挺玄："都配好的，她在等那个命中注定的人，急不得，也逃不了。你以为我们成家，另一半是自己找到的吗？错！是那个人自己找上门的。所以你急也没用。不是不报，时辰未到。"顾士宏听了笑，"这话听得背上冒冷汗。"他叹："老婆老公都是冤家，现世报。"又劝顾士宏，"开心是一辈子，不开心也是一辈子。潇洒些。"顾士宏原先叫他"爷叔"，渐渐地，便直呼"老张"。居委会的事，也常与他说。张老头写武侠小说，那些名门正派，比如少林武当峨眉，是看不上的，偏爱写世外高人，亦正亦邪那种。自己行事也是一样的路数。放在顾士宏那里，自己是端正得过了头，与这样的人来往，倒有些另样的获益。不拘泥于一时，看人看事竟真的洒脱不少。晚饭后约了棋局。三句两句，便带到顾清俞结婚。女婿的情况，也统统对张老头交代了。"女儿自己开心就好。"抢在张老头前面表态。做出豁达的模样。

"你女儿什么都不缺。"张老头说，"不是有句话很流行嘛，'有种冷，叫爸妈觉得你冷'，一样的道理，'有种缺憾，叫爸妈觉得你缺了什么'。现在好了，圆满了，真是什么都不缺了。恭喜你。"

"有种吃亏，叫爸妈觉得你吃亏了。"顾士宏学他的口气。

"吃不吃亏，你女儿说了算。"

"道理我懂。就是想想有点窝塞。"

"你女儿自己不窝塞，你替他窝塞，这叫替古人担忧。"

"风凉话。"顾士宏说他。

"你今天就是来听风凉话的。风凉话说得越多，你就越舒服。"

“是啊，我是贱骨头。”顾士宏笑骂，摇头。

湖心亭边一圈垂柳，风吹过，树影窸窸窣窣地动。湖面波光粼粼，镀上一层银色的细毯。亭子里倒是暗的。两个老头静静坐着，幽蔽得很。说话也是轻轻的。换成两个女人，同样这么家常地聊天，必然是咋咋呼呼。男人不会。愈是家常琐碎，愈是说得秀气。作文章似的。也对，都是作协会员了。张老头给他看新写的一段武侠小说。顾士宏说，现在不作兴这个，要写现实主义题材。张老头道，武侠世界里也有现实，现实中也有虚的，这叫虚虚实实。“你要是真把平常过日子的情形写下来，保管比武侠书还野豁豁。斗智斗勇见招拆招，生活里哪样少得了？”顾士宏点头认同，“过日子，是门大学问。人这辈子，没什么大事，把家里的事都摆平了，就是了不起。江湖高手。”张老头道：“是‘糨糊高手’，过日子要会淘糨糊。”两人都笑。停了停，张老头告诉顾士宏：

“——我老婆，最近有点老年痴呆症前兆。”

临睡前，顾士宏给妹妹打电话：“钞票的事情，真的不急。我是你嫡亲哥哥，我要是揭不开锅，你再怎样我也只好两手一摊。现在我退休工资不少，也没啥负担，钞票存在银行也就那么一点利息。借给自己妹妹应急，那还有什么话好说？你自己当雷锋，也要给别人做人的机会。”电话那头听到这里一笑，“好呀，你拿一百万来，我给你做人。”顾士宏嘿的一声，“那我也拿不出来。你当我是印钞机啊？”顾士莲道：“你女儿是印钞机，问她借一点。”顾士宏笑：“你自己同她说。”顾士莲叹道：“嫁出去了，不指望了。”又问，“女儿出嫁，当爸的什么心情？”顾士宏呼出一口气，“爽啊，像拔掉蛀牙一样。”顾士莲道：“瞎讲。”顾士宏呵呵笑，停顿一下，“——等你们朵朵出嫁那天，你就知道了。”

挂掉电话，又打给顾清俞。问她有没有认识的神经内科医生，介绍给张老头的女人。“刚刚刷过牙，一转身，又去刷一遍。锅上烧鸡汤，自己跑出去兜马路，亏得邻居报警，否则房顶都烧没了。前脚碰到人打招呼，后一秒就忘个精光，连是男是女也想不起来——”顾清俞翻名片，找到一个华山医院神经外科的医生，“我问问。”顾士宏说：“我决定了，从现在开始打麻将，预防老年痴呆，免得将来连你和顾磊都认不出来。”顾清俞道：“老年痴呆跟这没关系，否则还要医生干吗，人手一副麻将就好了。”顾士宏道：“我要是真认不出你，你肯定开心死了。”顾清俞嘿的一声，“我是捡来的？”顾士宏道：“你这人比较没良心。”她问：“为什么？”顾士宏叹道：“要是有良心，老早就结婚了，也不会让我操心到现在。”

“结婚了，说不定你操心的事更多。”顾清俞话一出口，便觉得不妥。停顿一下，好在父亲并没有接口。便又笑笑，撒娇的口气：“——你女儿良心大大的好。”

“儿女都是讨债鬼。良心大大的坏。”

顾清俞把父亲最后这句发给施源。又问他：“在干吗？”他说：“看书。”她问他：“看什么书？”自觉有些刨根究底。他拍了照片发给她，陀思妥耶夫斯基的《罪与罚》。“这么高大上？”她调侃自己：“现在只看网文了。”他道：“其实在看《故事会》，不好意思发给你。”两人玩笑几句。顾清俞其实是想问他，东西整理得怎么样了，下周搬过来，这边还需要置办些什么，等等。话题完全接不上。正要作罢，他忽地发过来：

“我爸妈问你哪天有空，来家里吃饭。”

她一喜，舒了口气。发消息便是这点好。写字到底比说话笃定些，慢了几拍，措辞便不容易出错。也看不见表情。四平八稳地，“——好啊，我这一阵都有空。”

过了片刻，他问她：“你在干吗？”她回答：“喝茶。”他道：“这么晚喝茶，不怕睡不着吗？”她看一眼对面沙发上的展翔，回过去：“还要工作一会儿。”

“是提到我了吗？”展翔瞥见她的表情，神情一振。来了劲。

“是啊，”她放下手机，走近了坐下，“我跟他说，一个十三点半夜里冲过来说要跟我聊天。我让他准备好，十分钟后没消息，就直接报警。”

“而且还喝了点小酒。”他故意吓她。

“说吧，什么事？”她朝他看，“给你五分钟时间，如果是废话，就直接出去。”

“不是十分钟吗？”他笑了笑，摘下表放在桌上，“也好，五分钟就五分钟。”他径直看着她，面带微笑，却不发一言。又问她讨茶喝，“这茶叶是上次法国带回来的吗？味道不错。有水果香，我喜欢。”她不语，随即站起来，呼出一口气，“OK，是我上当了，你说你有要紧事，我才放你进来的。”打开门，做个送客的手势，“——出去。”

“其实是想郑重地对你说一声，新婚快乐。”

他离开后，她在茶几下发现这张卡片，字迹端正得像个小学生。旁边是一个信封，里面是一张南极航海图，标明了他去南极旅行的线路，还有船长和探险队长的签名，以及各种花花绿绿的手绘。他说是返程途中拍卖会上拍得的，“2008.79 美金。这个数字对我来说，有特别意义。”她想起来，这是初遇他的日子。2008 年 7 月 9 日。

“谢谢。”临睡前，她给他发去消息。原来认识他已经整整十年了。也是，只有老朋友，才会随便到毫不留情地逐客，而不必担心他生气。他的笑容，像航海图上那只手绘的企鹅，透着憨态可掬。又或许，只有在她面前，他才是这样的表情。连出门时手差点被夹，他也只是“哎哟”一声，甩了两下，半是委屈半是发嗲地：“亲！你这样不大礼貌哦。”

“两千多美金拍这么一张纸。你果然是暴发户。”她道。

他发来一个大大的贼忒兮兮的笑脸，“那也要看对谁。”

这样的夜里，顾清俞忽生出一种别样的情绪。尘埃落定的踏实，还夹杂着一丝慌乱。像牛排上涂芥末酱，沉稳的口感添些刺激，吊鲜，也是另一种平衡。接下去的日子，有底，也没底。她想起李安妮几天前得知她婚讯时说的一句话，“只有结婚了，你才会重新审视周围的人。你以为你很熟悉的人和事，在这一刻将重新洗牌。你会变得更成熟。”这祝福词显得过于深沉，以至于顾清俞隔着电话沉默了好一阵，反问：“你看好这段婚姻吗？”仿佛这样的问题才配得上她那高深莫测的贺词。她回答："当然。"又加上一句，"我对你有信心，你会幸福的。"两人在那一刻都有些唏嘘。顾清俞问她："你呢，现在幸福吗？"她道："非常幸福。"电话里传来她法国老公的说话声。李安妮告诉顾清俞："Frank 让我转达对你的祝福。他说，你是他见过最有气质的中国女人。除了我之外。"

八

连着几天，冯晓琴与顾磊都处于冷战之中。其实也没什么事，陈年旧事，连吵架时的话也是老话。冯晓琴拿了顾磊的身份证，报了两门补习班。“考不出也没关系，下班了过去坐坐，总比闲在家里好。”冯晓琴是真心这么想。对丈夫并不抱希望。家里经济条件不算太好，但再怎样，这点投资还是必需的。男人有上进心，整个家才会欣欣向荣。要的就是那股精气神。考上考不上，倒是次要的了。冯晓琴看不惯有些男人，回到家沙发上一躺，拿个手机刷朋友圈，或是打游戏。那样活着，倒不如死了算了。

顾磊说：“不高兴。”自觉叫不响，声音便也轻。童养媳似的。冯晓琴只当没听见，自顾自说下去，哪几天上课，在哪里，坐什么地铁，晚饭怎么解决。声音气势都压过他。顾磊停顿一下，“累，过阵再说。”冯晓琴道：“名都报好了，钱都交了，退不了。”不留余地。男人不能太顺着他，尤其顾磊那样软塌塌的个性。要人撑一把，否则就彻底塌了。

“别折腾了，再折腾也考不出来。劳民伤财。”他有气无力地。

“我说了，考不出来没事。一次考不出，考两次，两次考不出，就三次、四次，五次。我们有的是时间。不怕。”

“考到八十岁？考到抱孙子？”

“活到老,学到老。也没什么不对。”她不看他。坐在床边叠衣服。

老实人发憨脾气，一个典型的表现，就是说傻话。“那你干脆换个老公吧，还方便点。”他冲出一句。脸憋得通红。

她缓缓道：“我到哪里去换？小孩都这么大了。老菜皮了，谁会要我？”

“你怎么会是老菜皮呢？”他气呼呼地，“小白菜，还嫩着呢。”

“行啊，你帮我找。等找到了，我就不逼你读书，随你想怎样就怎样。”

通常夫妻间拌嘴到这步，其实是留了余地，气氛也不算僵，倒有些打情骂俏的意思。男人该见好就收，说些好话，那便什么事也没有了。偏偏顾磊这个愣头青，不懂回旋，一门心思要撞南墙，“——那个姓史的呀，还用找吗？你稍微露个意思，他就奔过来了。”

冯晓琴朝他看。顾磊那话一出口，其实也有些后悔。但这时候不能露怯。愈是不会吵架的人，愈是不懂给自己找台阶下。“我说错了吗？你别以为我傻，就什么都不晓得。”

“你不傻，傻的是我。”她道。

他怔了怔，“也对，你要是不傻，怎么可能跟我结婚。只有傻瓜才会嫁给我这样的男人。没钱，没本事，人又窝囊，还是个残废，浑身上下找不到一丁点优点。”他越说越快，“所以呀，这些年真是委屈你了，鲜花插在牛粪上。趁现在还嫩着，快点掉方向，还来得及。”

她随手拿起一个纸巾盒，朝他扔过去。他一躲，脚下不知被什么绊了一记，身体往后直直倒去，头撞在低柜上。没出血，只是起了个鸡蛋大小的包。

吃饭时，家里人话都很少。房间隔音效果不好。主要是顾磊倒下时那声“哎哟”，连带着把床头柜的台灯也撸到地上。那是冯晓琴最喜欢的台灯，景泰蓝花瓶的式样，环绕着两只铜制的小鸟，枝上彼此依恋。结婚时没买几样贵重的东西，这台灯一对要八千多。有些奢侈了。寓意很好，叫“长相依”，样子也漂亮——瓶身成了一堆碎片。两只鸟跌落下来，枝条散成几段。

顾士宏数落了儿子几句。也是点到为止。起火星时，要拿被子什么兜头兜脸地蒙住，一会儿便罢了。不能掀开，否则就成明火了。虽说被子难免烧几个洞，也忒简单粗暴了些，但到底有效。谁家过日子不是如此。说心里话，顾士宏也不喜欢儿媳那样风风火火的行事，丈夫又不是儿子，毛四十岁的人了，建议几句就行了，何必逼得太急。各人生来的习性，好或坏，哪有那么容易改变。硬拗倒要别筋的。女人太棱角分明，男人就免不了吃瘪。家里几个女人，姑嫂妯娌的，都有这毛病。包括女儿顾清俞，也不是个好相与的。倒是那小葛，温婉得多，那样的家境，却完全没有千金小姐脾气。也是难得。

亲家那边，这阵子似是有些不妙。聚餐时苏望娣唉声叹气，说

“好处没沾着什么，现在可别连累我们才好”，也不管小葛是否在场。亲家分管新区土地开发，前阵子房产市场那样热闹，不揪还好，真要计较起来，没几个脱得了干系。上面出一条新政，下面便是兜底一阵洗牌。小葛旁边听着，只是不语。苏望娣絮絮叨叨，不停地说。顾昕烦躁起来，“你比区长还清楚！”这一阵是职务评定的关键时刻，丈人出状况，虽说不是百分百搭进，但到底有些悬了。这话还不好摆到台面上。若不是丈人，资历能力挨得上的，后面排成长龙呢，别说副处，正科也未必轮到他。七缠八绕的情绪，憋在心里。连妻子也不方便说的。一口气只好出在母亲身上。“许多事你又不晓得，现在又不是过去，还株连九族！跟你浑身不搭界，你管这些做什么！”苏望娣被儿子一通抢白，有些窘，便又去说自家男人：“就你一点心事没有，只晓得吃，天塌下来也跟你没关系的。”顾士海反问：“现在天塌下来了？”众人都是沉默。

顾士莲对小葛道：“你别理他们！也别想太多。就想着肚子里的小孩。没有过不去的坎，会顺利的。”

“谢谢姑姑。”小葛应了声。避开桌上众人投来的目光，夹起一筷空心菜，放进嘴里。汁水顺着菜秆流下来，落到桌上。她拿纸巾，先擦了嘴，再抹桌子。动作机械得像木头人。

人生不如意十之八九。饭后，顾士宏与顾士海到阳台上抽烟。拿这话劝他，放之四海皆准，其实也没意思。顾士海应该是有所触动，“就知道我没这么好运气！”没头没脑一句。脸上有愤懑。这神情顾士宏再熟悉不过。当初去黑龙江插队落户，每次回上海，大哥都是这模样。他当然并非针对家里人，但满腹怨气，是显而易见的。愈是沉默少言的人，往往语气更重。具体的、抽象的，都在里面了。因为平常说得少，练习不够，那些用来过渡、缓冲的客套话，并不拿手。通常是直奔主题。让人吃不消。顾士宏见识过。兄弟间很少抽烟，唯独要聊些事情，才会抽上一两根。也是约定俗成的。顾士宏替大哥点上火，猜他接下去有话要说。顾士海倚着栏杆，眼神定定的，不知是酝酿还是克制，久久沉默着。

“又不好让他们离婚。”半晌，迸出一句。

顾士宏吃了一惊。“阿哥”两个字还没来得及出口，顾士海说下去：“她爸真要有什么事，我们肯定要受牵连的。昕昕还年轻。倒不如现在先撇清。”

顾士宏一时没回过神，“阿哥，没那么严重——”

“怎么不严重！”顾士海忽地抬高音量，又压低了，“我吃过苦头的，你又不是不知道——”顾士宏沉默了一下，知道他指的是当年黑龙江那桩事。大哥手巧，拿几根篾竹片，单凭剪刀和胶水，做成各种动物，青蛙、公鸡、兔子、老鹰、大象……当年村里的支书过生日，属龙，顾士海便做了一条龙送他，手工比平常更精巧些，涂上颜色，栩栩如生。其实顾士海并非会拍领导马屁的人，主要是旁边人起哄，倒不好不送了。偏偏那支书不久便犯了事，还是政治问题。顾士海莫名其妙被卷了进去。那条龙是罪证，倘若是一头猪或是一匹马倒也罢了，偏偏是龙，性质便完全不同。四旧、封建、野心家、皇帝梦，什么帽子都能扣上。也是顾士海没经验，没赶在事态变大之前先划清界限，傻乎乎任人摆布，也不懂替自己辩白。结果那村支书判了个无期徒刑，他也在牢里待了一年。出来后像生了场大病，行事做人愈发地畏首畏尾，眼神也黯淡许多。整个人老了十岁都不止。

“那个年月，不同的。”顾士宏劝大哥。

“怎么不同？才隔了多少年？”顾士海停顿一下，叹道，“——再怎么变，世道都是差不多的。我晓得的。”

顾士宏觉得大哥把问题想得忒严重了。但也不好多劝。否则就跟越描越黑是一个意思。倒让他愈发挂心了。“世道”这个词，有些奇妙。任谁嘴里说来，都有独特的含义。仿佛心照不宣，又是居高临下的。似是看透一切。旁人听了，也不好多说。本就是见仁见智。各人眼里看出的世道，其实也是不同。有时候也是无奈，力有不逮，讲一句“世道如此”，便似能消减几分。

家家有本难念的经。当天晚上，冯晓琴收拾东西，说要回娘家住一阵，“一个表弟结婚——”。连妹妹冯茜茜也有些猝不及防，不好戳穿，也不便附和，只是愣愣看着姐姐。“你不用跟着去，我跟他们说了，你要读书，走不开。”冯晓琴对妹妹道。很快打了个包。抽屉里拿了点现金，当着顾磊的面数了一遍，两千块。说是给红包。走到门口，被顾磊拦下，“你哪个表弟结婚？”冯晓琴朝他看。他咽口唾沫，“说呀，哪个表弟结婚？”

“我的表弟，你都认识吗？”她问他。

“说出来听听。”顾磊坚持。

“不认识我说出来有什么用！”

“不管认不认识，先说了再说。”

夫妻俩兜兜转转地吵架。连顾老太也惊动了，出来瞥见冯晓琴的行李，“你要去哪里？”顾士宏咳嗽一声，劝老娘：“您先进去，有我呢。”又让冯茜茜带小老虎进房看电视。听那边两个当事人兀自纠缠“认不认识”，忍不住摇头。依然是说儿子：

“别跟小孩似的。你今年多大了？”

顾磊板着脸，谁也不看。憋着的那口气也是对自己。东窜西跳，找不到出路，只好自行消化。一张脸涨成酱红色，发黑发紫。连带着鼻尖几颗麻坑也愈发清晰了。夫妻俩平常也吵，但很少闹这么大。冯晓琴说要走，他还当她是气话，见她收拾东西，才知是真的。三分气恼，倒有七分迷糊。急是急的，却也拉不下脸求她。傻话一句接着一句。拖着腿上去，拽她的箱子。冯晓琴死活不松手。他怕弄伤她，不好太用力。两人僵持着。“爸你进去，没事的，”顾磊关照父亲，加上一句，“放心，闹不出人命。”顾士宏叹口气，“你们这是做什么？”冯晓琴道：“吃喜酒呀，老家亲戚结婚，回去吃喜酒都不行吗？”顾磊点头，“那你等等，我收拾一下，跟你一起回去。”冯晓琴道：“你不上班吗？”他赌气道：“不上了，那种班有什么好上的。再上一百年也是个小三子，被人家瞧不起。”冯晓琴也是不走寻常路，听了便道：“所以啊，怕被人家瞧不起，就把证书考出来，职位升上去，就不是小三子了。我是为我自己吗？你考证，我能多长一块肉吗？你摸着良心说，哪天读书我不是等到半夜，洗脚水倒好端到你面前，夜宵喂到你嘴里。你辛苦，我可也一点不比你省力。做人要讲良心。”

两人对峙着。顾士宏叹口气，进房了。顾磊一只手还搭在箱子上，时间长了，动作有些别扭，倒像是要把箱子揿进地板里。鼻尖抽动几下，每年春天，老鼻炎都要发作，擤不完的鼻涕。一手仍按着箱子，一手拿纸巾，连擤几声，脑浆都要迸出的感觉。冯晓琴拿余光瞟他，也作孽兮兮，男人太窝囊，自己倒也罢了，旁人看着更难受。

"我读，"半晌，顾磊妥协了，朝她看，"——我读，行了吧？"

顾清俞到的时候，行李还放在门口。冯晓琴从厨房端了几碗水果羹出来，招呼大家吃。顾磊那碗料最足，她重重放到他面前，"喏！"小老虎数着碗里的香蕉，嚷说太少。她便拿勺子，从顾磊碗里拨了几块给他，"吃吧，你也是个讨债鬼！"顾清俞装作不知情的模样，说是散步经过，问晚饭吃了什么。冯晓琴说，带鱼、马兰头，还有鸽子汤。又问："阿姐吃了吗？锅里还有点汤，我替你热一下。"顾清俞忙不迭拦下，"——我吃了。"顾磊旁边道："我倒是又饿了。"冯晓琴嘿的一声，"你辛苦呀。"替他热了饭菜。

顾清俞到父亲房里坐了会儿。顾士宏开口便是"吃不消这两人"。顾清俞笑笑，"夫妻间哪有不吵架的。"顾士宏给女儿打电话，也是无奈之举，"你的话，只怕他们还听得进些。"顾清俞说："估计我人还没到，他们就好了。"果然如此。顾士宏摇头，闲聊了几句，见女儿有些欲言又止。问她，又说没事。忽想到今天是她去施源家的日子，晚上被这两个小的一闹，竟忘了。头一回正式拜见公婆，是大事。猜想或许有些坎坷。还没想好怎么开口，顾清俞已先道："他爸妈带了瓶杨梅酒给你，刚才出门急，忘了。"

顾士宏问她白天上门的情形。她道：“他父母之前就见过的，很客气的。”顾士宏问：“对你好吗？”顾清俞笑起来：“有什么好不好的，又不是亲生父母。反正挺客气。再说也不是和他们过日子，面上过得去就可以了。”顾士宏琢磨这话里的意思，更是担心。要是儿子，也就问下去了。唯独对这女儿，怕问多了，触她心境，惹她难受。只好自己安慰自己，凭女儿的条件，亲家要说不满意，应该也不至于。况且她那样的性格，钢筋水泥浇成的现代女性，便是受挫，应该也有限。这样想着，才稍稍宽心些。

顾清俞其实是等着父亲问下去。好把白天的事再顺一遍。她想不通的，或许父亲那里有答案。比如吃饭时，好端端的，施源母亲竟说起施源曾结过一门娃娃亲。“其实也是玩笑，我读书时女中有个好姐妹，她外公是很出名的古钱币收藏家，我们最要好，约定了，将来若是生了一男一女，就结成亲家。她后来果然生了个女儿，可惜‘文革’前便去了美国，这些年也联系不多。她女儿的照片我倒是见过的，圆脸，头发有些黄，皮肤雪白，像洋娃娃。”顾清俞想不通施母为何突然间说这个。便也只是赔笑。施父话不多，偶尔几句，说的也多是过去的事，曾祖父那代，祖父那代，老房子的遗址，目前是上海的哪个位置。那里，还有那里，那时尽是他家的本钱。又进屋拿了张全家福照片出来，那时施父还是个小毛头，被一个穿着高领旗袍的中年女人抱在怀里。是他祖父的四姨太。也是他父亲的生母。照片上约莫有二三十个人，第一排是老太爷和几位太太，后面按辈分站了三排。站得太密，好几人都只是露个脑袋。拍摄技术不发达，加上照片有了年份，五官看不甚清，只是个大致轮廓。施父很细致地向顾清俞介绍，这是谁，那是谁，去了哪里，做什么，眼下是生是死。整顿饭便是在这样怀旧的气氛下进行。谈不上是好是坏。但确实是有些别扭的。顾清俞好几次瞥过施源，见他低垂着眼睑，习以为常的模样。离开时，二老送她到门口，施母细声细气地，用略带苏州口音的上海话说："顾小姐，以后常来玩。"

倘若这样结束，倒也没什么。偏偏她忘了手机，车子开出一段才发现，又返回去拿。弄堂里不好停车，折腾了半天，走过去，听房内三人在说话，应该就在客堂间，声音清晰可闻。施母说："若是放在过去，她家那样的门第，倒未必配得上我们。"顾清俞听了一愣，敲门的手僵在那里。接着是施源。他对着父母，声音比平常沉闷些，又似有些不耐烦，"人家住在哪里？我们又住在哪里？"施母道："你晓得的，我说的不是这个。"施源嘿的一声，似是在笑，"不说这个，那你说的是哪个？"施母道："我是替你可惜。"施源笑得更是凄厉，"为我可惜，有什么好可惜的？要不是遇见她，我弄不好连莉莉都娶了。现在又说这个！"施母道："所以呀，让你早些去买房子。你不听，偏要去炒股。"施源道："我是因为挑挑拣拣所以不买的吗？买股票也是为了凑首付，谁晓得上海股市比赌场还要恶。你们真要懂经，就该卖了这破房子，哪怕随便置换一套，都比这强。现在连民工都不住这种房子了，真正是笃底——"他说到这里，霍地停下来。施父咳嗽一声。三人沉默着。半晌，施父轻声道："你妈也是顺口一说。"

说实话，顾清俞并不见得有多难过，主要是有些蒙。也想过男方父母会挑剔自己，年纪大，生育成问题，工作不顾家，等等。无非是那些。眼下这局面，倒真是有些意外。情绪也要对上路，才能滋生蔓延。她还没到那个阶段。一下午都是恹恹的。提不起劲。父亲那通电话，放在平常，她是不会接下的。“至少也要打架打到半死，有生命危险了，才轮到我老人家出场。”她开玩笑。却依然出了门。路上想，她与施源婚后，会为什么事吵架呢。夫妻间也真是说不清的。想得到的，想不到的，排列组合般，无穷的可能性。她本来不是会想这些的人。至少不是现在。领证还不到一周，新婚宴尔。更奇怪的是，她居然没有因此而反感施源。在他说“莉莉”那句时，她只是静静听着。若是看电影，此刻该是抖个小包袱，台下诧异声一片。她竟没有。她或许是个聪明的观众。又或许，是太木讷。女人太晚结婚，好处坏处都在这里。见得太多，也听得太多。倒比编剧还老练世故。

“你弟媳，去年做传销，被拘留了半个月。”顾士宏道。

顾清俞一怔，有些惊讶。

“她说她妈病了，回去照顾。就是那时候。瞒着我们，除了你弟弟，谁都不晓得。她对顾磊说，如果把这事说出来，就离婚。”

“那你怎么晓得？”顾清俞问。

“你弟弟昨晚悄悄同我说的。”顾士宏道，“他也是没主意了。我跟他说，没什么大事。你老婆这个脾性，你又不是第一天见识。谁家过日子都这样，不可能一帆风顺。多想着她的好，她也是为了这个家。真要讨个娇滴滴的娘子，两手一摊由你去，那也不像。”

“顾磊还像个小孩。”顾清俞皱眉，“说了要保密，又抖出来。”

“你弟媳那人，分分钟都让人有惊喜。顾磊说，她还想把她弟弟也弄来上海。我心想，再来一个，只好在阳台搭张床。到时家里七口人，三个姓冯。”顾士宏说到这里，苦笑一下，又摇头，“我年纪大了，再怎样也没啥，反正混日子。就怕你弟弟将来吃亏。他不像你。男人没主意，只好被老婆牵着鼻子走。”

顾磊开门进来。知道在说自己，讪讪的。

“让你读书，又不是让你去坐牢。”顾清俞笑话他。

“不是这块料，比坐牢还痛苦。”

“你儿子看着呢，你这当爸的哪里还有威信？”顾士宏道。

“我老早没威信了，也不在这一天两天。”顾磊耸耸肩，脸上满是无奈。又对父亲道，“——户口本放放好。”

“做啥？”

“她想买个商铺。都看好了，就在后面那条马路。我不答应，她缠了我半天。反正只要户口本不给她，她就买不成。”

顾士宏和顾清俞对视一眼。想，果然应了那句，“分分钟都有惊喜”。顾磊往床上一坐，双手背后撑着，朝两人看。是征求意见，也是把皮球踢出去，偷懒的一种。两条腿垂下来，坐着看不出长短。那几年大大小小的医生看过无数，也并非完全无效，至少站着是与常人无异了。走路若是上心些，也可蒙混一阵。当年与冯晓琴相亲回来，到家就嚷脚酸，白天踮起一只脚走路，好瞒住人家姑娘，也是费尽力气。前脚掌要断掉似的，脚踝那里也抽住了。拿药油揉了半日才好。其实也是无用功。没多久便现了原形。总不可能瞒一辈子。冯晓琴真要计较，又哪里会看不出来。只是不响罢了。男女各站天平一边，条件一桩桩堆上去，砝码似的。这项缺的，那一项填上。两头才差不多持平。也不是谈着白相，一开始便是以结婚为目的，男的岁数不小，女的则是奔着上海户口。这样倒也干净利落，省去了许多铺垫。拍结婚照时，那摄影师也是马大哈，竟未看出顾磊腿有问题，只觉得这人动作不协调到极点，肩高肩低，身子从未摆正过。到公园拍外景，池塘边两人拗造型，“老公，来，抱起老婆。”摄影师叫他。顾磊横抱起冯晓琴，对着镜头挤出笑容，却被冯晓琴几绺头发钻进鼻孔，弄得连打两个喷嚏。腿一软，整个人立刻便倒，总算反应不慢，把老婆往前一推，自己“扑通”掉进池塘。站起来时成了落汤鸡，也无暇掩饰，一瘸一拐地爬上了岸。这样狼狈的局面，贯穿两人多年的婚姻生活。包括外人看得见的，以及看不见的。有一阵冯晓琴给丈夫熬中药，整整几个月，家里都是一股呛人的药味。除了夫妻俩自己，其余人都以为是调理筋骨的。顾士宏还劝儿子，是药三分毒，不能常吃的。顾磊支支吾吾。直到某日，街道妇女干部上门劝冯晓琴上环，冯晓琴幽幽说了句“多此一举”，被顾士宏听见，才隐约猜到几分。但小夫妻的事，又不好多问，况且也不是没孩子。便只由得他们。平心而论，顾士宏觉得这儿媳总体还是可以的，换了别的女孩，心善心孬不论，单是说话行事，也没几人能做到她这样。到底还是给丈夫留颜面的。便是有些心机，也不是那种吃相极差的。说到底还是儿子没用，浑身上下没几样拿得出手的，哪个女人跟他一比都是强势，做多做少，真正是凭良心了。

“商铺买来做什么？”顾士宏问儿子，“她要开店？做生意？”

“她说先买下再说。附近小区多，还有在建的。相比之下，配套的商铺反倒不多。而且也不限购，离家又近。她是这么说的。”

“现在网店那么多，实体店生意难做。”顾清俞道。

“这我也说了。别的不提，楼下三千金爸爸不是要回老家了？她说人与人能一样吗，别人不行，未必她也不行。退一万步，实在做不下去，过几年转手卖掉，也不亏。”

“你们夫妻俩的事，自己决定。”顾清俞对他道。

顾磊嘿的一声，又朝父亲看。

“到八十岁，你还是这副模样吧。”顾士宏摇头，恨铁不成钢。

顾清俞停顿一下，问：“你准备跟她过一辈子吗？”对着弟弟，这些年她早已习惯了单刀直入，问题是有些过分直接了，但要替他做判断，只能如此，“——说实话。”

顾磊很认真地想了几秒钟，“她不离，我肯定不离。但她那个人，我有点吃不准。”

“那就是没信心过一辈子。”

“阿姐——”顾磊皱了一下眉头。

“没啥不好意思的。现在就跟法庭上差不多，你只需要回答‘是’或者‘不是’。别感情用事，也别故作潇洒。我们是要分析客观情况，把所有因素都摆到台面上，哪些对你有利，哪些对你不利。我们是你最亲的人，有啥说啥，别不好意思。”

“说实话，”顾磊咽了口唾沫，又擤一下鼻子，有些沮丧地，“——

是没啥信心。她比我小那么多，又漂亮，脑子又活络。要是没孩子，肯定留不住她。现在有小老虎,大概,”他又思忖一下,“一半一半吧。”

“商铺别买，就说给小老虎买教育基金保险。我明天就把资料发给你。给孩子买保险，她也没话说。还有你现在住的这套房子，将来无论她说什么，用什么理由，都不可以卖掉，也不可以加上她的名字。家里存款还是让她管，但数目你要清楚，不能稀里糊涂的。”

“晓得。”顾磊道。

“听说，她弟弟也要来上海？”顾清俞问。

“说过两次。小家伙现在才十五岁，估计也没那么快。”

“她大概会拿这理由，让你再买房子，搬出去单过。你自己要想清楚：一、愿不愿意单过；二、再买房子是否现实；三、如果买房子，钱不够，你们会怎样打算。反正我还是这个意思，买不买房随便你，前提是，现在住的这套房不能动，爸爸以前学校分的那套黄浦区的小房子也不能动。当然调头寸，二三十万，我可以借给你们，没问题。你记住，别说你自己，就是我和爸爸，也是希望你跟她白头到老的，毕竟孩子都那么大了。我们的宗旨是，不害人，但也要防她有什么想法。这种例子太多了。你自己心里要有数。”

顾磊点头，“嗯。”

顾清俞瞥见弟弟的神情，想加上一句“与其压着人家，不如自己争气。这才是顶顶要紧的”，忍着没出口。说了也是白说，反弄得他不开心。这其实倒与弟媳是一个意思。冯晓琴若是她亲妹妹，顾磊是妹夫，今日这话便要反过来说了。说到底还是立场不同。是非对错倒是另一层面的问题了。她又朝父亲看，“——爸，你觉得呢？”

“你姐姐说得没错。”顾士宏对着儿子，也是千千万万个一言难尽，“你啊！”

这时外面有关门声。三人走出去，见门口的行李已不见了。打开大门，楼道里噔噔噔的脚步声。小老虎在一旁哭丧着脸，“妈妈走了。”顾清俞心里一动，猜到冯晓琴方才必定是在门口听见了。隔墙有耳，祸从口出。老话就是老话。中午自己是这样，现在冯晓琴又是这样。未及反应，顾磊已冲了下去，跌跌撞撞地：“老婆——”

冯晓琴已走到二楼，听见顾磊叫唤，更是加快脚步。箱子在阶梯上绊了一记，差点摔倒，也顾不上了。那瞬心里满是恶意，想，妈个 ×，总不见得还让个瘸子追上。这一去势必要在娘家住个十天半月，待他苦苦求她，膝盖磨破，闹个够本才罢。以前有经验丰富的过来人教她，平常没事，一动也别动，真要碰上事，对方理亏，便往死里闹。就跟打蛇打七寸一个道理。突出重点，一击即中。晚饭前那一闹，她其实是有些后悔的，冲动了，白浪费了一次机会。只能见好就收。那效果竟跟发嗲差不多。现在才真正是怒了。一家子合起来算计她，当贼似的防她，这话讲到天边，都是他们理亏。一直听人说上海人刁钻，眼下才真的见识了。句句都跟刀子似的，偏偏语气还软绵绵温暾暾，把促狭话当道理讲。好像不这样，反倒是不对了。都说婆婆难对付，她本来还庆幸自己没这烦恼，谁晓得摊上个大姑子，更是难搞。婆婆再麻烦，年纪摆在那里，总有出头的一天，大姑子就不同了，年纪相仿，更别提还是个双胞胎。真正是此恨绵绵无绝期了。

忽然，楼道里“啊”的一声，有什么东西滚落，“砰！”巨大的撞击声，玻璃的粉碎声。接着是男人的闷哼，疼到骨髓的声音。一秒钟的沉默。随即便混乱了，纷杂的脚步声、呼救声、尖叫声、小孩的哭声。那瞬，冯晓琴兀自没有回过神来，可怕的预感，让她仿佛灵魂出窍般，空空荡荡。竟想起那盏台灯，跌碎在地上的一对鸟儿，原本是相依互望，转瞬就各自散落，连个完整的模样也不剩下——半晌，一步步上楼，大腿像灌了铅，每一步都沉得要命。走上一层，见顾磊倒在角落里，人事不省。正面看不出受伤的样子。邻居也闻声出来，见状要帮忙把人扶起来，顾清俞沉声道：“别动，别动他身子。”冯晓琴怔怔地，往前挪了一步。这一步，仿佛用了浑身的劲道，却也只挪动了几厘米。很快，血从顾磊的脑后蔓延开，只一会儿工夫，地上便是很大一摊。黑红得怖人。

救护车送到医院。手术进行没多久，医生出来，宣布病人已经死亡。顾士宏没撑住，扑通跌坐在椅子上，昏了过去。顾清俞扶住父亲，抽泣起来。只有冯晓琴不动，傻了似的。坐在椅子上，像是没听见医生的话。半晌，站起来，抓自己的头发，一下，两下。忽然，猝不及防地，歇斯底里地叫起来：

“啊——”

追悼会那日晚上，冯晓琴站在饭店门口抽烟。一根接着一根。不想待在里面，太闷。眼泪到此刻为止，该是再也流不出了。没力气。哭也是要力气的。烟戒了十来年，结婚后就不抽了。连顾磊也不知道。

呛了几口，就渐渐适应了。找回原先的感觉。抽烟与吃喝不同。吃的喝的看似丰盛，却只在身体里打个圈，便又出去了。烟虽然看不见，几缕气体，顷刻间竟是充满四肢百骸。至少那刻，是踏实的。

有人拍了拍她的肩。她回头，是小葛。

“给我一根。”小葛伸出手。

冯晓琴瞥过她已经明显隆起的腹部，迟疑着，还是掏出烟，递了一根给她。点上火。她明显是新手，被呛得咳嗽，却不放弃。两个年轻女人，良家妇女打扮，在惯做豆腐饭生意的餐厅门口抽烟，这画面多少有些奇怪。经过的人都朝她们看。小葛有些木然的声音：

“节哀。阿嫂。”

冯晓琴没吭声。过了一会儿，把她嘴上的半根烟拿下来，扔在地上，踩灭。

“别抽了，对孩子不好。”

九

葛玥第一次见到张曼丽，是在顾昕大学同学聚会上。新天地一家韩国料理店。在座基本都是携眷出席。结婚早的，二胎都生了。顾昕属于晚婚。张曼丽到得最迟，长波浪扎成马尾，穿一套黑色紧身小礼服，款款走入。环状的耳环随身体摆动，妆容精致。边走边向大家打招呼，面带微笑地："路上堵车，不好意思啊。"其实周六中午，不是工作日，也不是早晚高峰，再堵也堵不到哪里去。葛玥那时就想，换了她，肯定是不敢迟到的。气场没到那份上。放在张曼丽那，迟到是压轴，万众瞩目的意思。换成她，便只剩下灰溜溜了。她悄悄问顾昕："你们校花？"

"现在只要眼睛鼻子不缺，都称自己是花。"

玩笑开得不伦不类。连葛玥都听出异样了，悄悄问："你是不是追过她？没追到？"顾昕顺着她，"是啊，被你猜对了。"葛玥便不提了。这话题没意思，真假姑且不论，就算是真的，她也拿他没办法，不能发嗲，更不能生气。知趣打住才是明智。她夹了一根牛仔骨，拿生菜包了，蘸上酱，递给他："喏。"顾昕接过咬了一口，瞥见对面张曼丽似笑非笑的眼神，避开，拿饮料喝，不料呛了一下，咳嗽起来。葛玥忙替他拍背，又递上纸巾，"慢点喝。"他猜这一幕落在张曼丽眼里，应该是有些狼狈的。便推了一下葛玥，"我没事。"葛玥听出他口气的生硬，自觉让开些，夹起一块五花肉，也不蘸酱，径直放进嘴里。张曼丽隔空向她举杯，笑吟吟地："——初次见面，幸会啊。"

第二次见面，是孕 32 周产检那天。她本来人瘦，怀孕了竟像吹气球似的。身子格外重。产检通常是顾昕陪着。职称那事落空后，顾昕一直精神低落。产检的日子，请了半天假，说好陪她，人却懒懒躺在床上。她说算了，"我一个人也行，反正离家近，叫辆车也就十来分钟。"朝他看。他没搭腔，还是躺着。该是默许了。她叹口气，一个人出门了。检查倒是挺顺利，半小时不到便搞定。体重超了两周，医生劝她控制饮食："不打算顺产了？"又说："下次最好有个人陪，这么大的肚子，你家里人倒是放心。"她笑笑，退出来。她母亲打电话来问情况。她说一切正常。她母亲又问："昕昕在边上？"她道"是"。她母亲松了口气，"只要你们小夫妻好，就比什么都好。"让两人过来吃午饭。葛玥忙说不了，"他下午还要上班，跑来跑去麻烦。"

葛父降职，是上个月的事。没判刑，全身而退，已是不幸中的万幸了。却也令人难堪。办公室从 12 楼搬到 2 楼，正厅变副科。还有两年便退休，晚节不保。原先几套房子，被强制处理，只剩一套两室自住。狼狈到极点。丈人丈母娘前脚搬家，顾昕后脚带着妻子搬出来。其实白云公寓的房子挂牌，万紫园那套在装修，也是外面租房子，比丈人家那套还不如。关键是要表明态度，一刀两断不至于，但起码也是划清界限。至少上门女婿那层，是万万不答应了。最可惜是尊邸那套。葛玥自己提出："卖了吧，住着有负担，也不开心。"顾昕懂她的意思。房子也是与人相称的，什么人住什么房子。到如今这般田地，住了也是触心境。还多个话柄。每月的巨额贷款也是原因。没了岳父的支援，小两口工资全贴上也不够。再找到当初买房的中介，对方也很惊讶，说交易不满两年，光增值税就是五个点出头，"一百来万，等于白送给国家——"，劝他们最好找个认识的下家，先私底下交割，等满了两年再办手续——"这样损失小得多。不过也有风险。你们自己考虑清楚。"最后还是葛玥舅舅出面，找了个熟人买下，比市场价略低些，先付三成，过户后再付清。已是极仗义的了。钱直接打过来。充一部分房贷。还不敢尽数充进去，否则每月还贷依然是天文数字。到这一步，当初买房多么欢喜，现在卖房便有多么落拓。忒戏剧化了。

顾昕说去上班，让她自己搞定午饭。"你去你妈家吃吧。"葛玥不好说刚才母亲邀饭的事，含糊应了声。回到家煮饺子。这阵住在她祖父早年留下的一室户里，老公房，好在离单位近，方便。等顾昕万紫园那套房子装修好，再搬过去。与他父母同住，她心里其实不大情愿。但也没办法。照她的意思，再买套小一点的房子，也不是不可以。但放在眼下，也不敢多提。顾昕对她说，先住一段再看，"谁不想住新房子——"话说得有些悻悻的。她反过来安慰他，万紫园挺好的，“我小时候，一家三口横着睡一张床，不也过来了？”顾昕笑笑，“原来你也吃过苦头。”她道：“以前过日子，都差不多的。不像现在，好的好，坏的坏。”说到这里，不由得暗自叹口气。日子越过越回去，吃苦倒也罢了，关键是不甘心。她还好些，到底年轻，要命的是她爸妈。超市兜一圈，以前是不问价钱拿了便走，现在挑挑拣拣，半天拿不定主意。葛母从上月起开始记账，拿本小簿子，每笔都记下来，密密麻麻的，连买包餐巾纸都要入账。她三十多岁时去韩国割的双眼皮，起初还好，一过五十岁，皮肤松弛了，耷拉下来，眼皮那里褶皱更多了一层，双眼皮变三眼皮，靠化妆撑着，眼线眼影睫毛膏，倒也炯炯有神。现在没心思化妆了，上面三层眼皮，下面三层眼袋，皮肤灰黄，陡地老了十来岁。葛父没了专车，天天坐地铁上下班，依然穿得山青水绿。年纪愈是上去，愈是靠一口气吊着。气一泄，人就塌了。葛父年轻时是充满斗志的一个人，不服输，谁知临老了竟是跌了一大跤，始料未及地。但依然撑着，“人家想看我倒霉，我非要笑给人家看。”皮鞋每天擦得锃亮，光可鉴人，竟比之前更为讲究。葛玥觉得爸妈是走了两个极端，但也没法劝，劝了没用，还伤人。

饺子放下去时，不留神水溅出来，手臂上立刻烫出两个泡。拿药箱找烫伤膏，竟是没有。吃完饭，去了小区附近的药店。平常倒也罢了，孕妇总要额外留神些，倘若发炎便麻烦了，又不能打针吃药。买完药膏出来，路口等红灯，对面一家咖啡馆，隔着落地玻璃，赫然瞥见顾昕坐在窗前。不由一怔。对面那女人，披肩长发，一眼便认出是张曼丽。

很快转成绿灯。葛玥没过马路，转身又往回走。逃也似的。绕个大圈回到家，给顾昕发消息:“你在干吗？”他立时回过来:“上班。”她盯着手机屏幕，想，这男人若是后面再加一句，诸如“你午饭吃了什么”“身体感觉如何”——她便原谅他。等了几分钟，没动静。她忍不住又好笑，原谅怎样，不原谅又怎样。给烫伤处上药。腹中宝宝有动静，这两脚踢得厉害，从东到西，该是翻了个大身。书上说要常与胎儿交流，便坐下来，拿过一本胎教书，给这小东西讲故事。念了几句，眼泪掉下来，刚好到嘴里，咸咸的。声音也成了嗡嗡的，带着鼻音。却是不停，有些倔强的。手抚着隆起那块，始终保持着仪式感。

晚饭照例是在公婆家吃。正中一只鸽子汤，是炖给孕妇的，其余都是简单。苏望娣夹起两只鸽子腿，放在葛玥碗里，“吃。”翅膀给儿子。自己啃头颈。边吃边说装修的事，地板铺得七翘八裂——“我不管，让他们返工，一块块拆掉，铺新的，铺到我满意为止。”还有卧室做的两只橱柜，“这种木工，实在看不下去，一天不盯着都不行，我跟他们说，做得不称我心，剩下的尾款想都别想。消保委再告一状，你们以后不用做生意了。看谁还敢欺负我女人家！”整顿饭只她一人嘴不停，另三人俱是沉默。顾士海听着烦了，冲她一句“谁敢欺负你，不要命了”。她抱怨:“装修都是我盯着，还要买汏烧，家务事一堆。你当你老婆是三头六臂？”葛玥听了，忙接口:“姆妈，我下班早，以后小菜我来买好了。”苏望娣嘿的一声，“算了吧，你照顾好自己就是帮大忙了。”见顾昕一旁闷头只是扒饭，问他：“这一阵单位里好吗？”顾昕面无表情：“蛮好。”她道：“同事间没说什么吗？”顾昕皱眉，反问：“会说什么？管人家说什么！”苏望娣自知失言，讪讪地说：“蛮好就好。”顾昕吃完，放下饭碗，拿着手机坐到沙发上。顾士海也站起来，趿拉着拖鞋到阳台，给几盆植物浇水。苏望娣大声唤他：“浇什么，黄梅天就在眼前了，日浇夜浇，当心根全烂掉！”顾士海只是不理。苏望娣讨个没趣,转回饭桌。只剩婆媳俩。剩下几口饭，葛玥扒得飞快，汤也一饮而尽：“姆妈，我来洗碗。”苏望娣没好气地：“你吃得那么快做啥，又没人拿枪在后面赶你。我洗！肯定是我洗！啥人生来啥样的命，逃不脱的！”后面这话是讲给两个男人听。两人动也不动，没听见似的。一拳打在空气里，说了也是白说。

“要去翻翻皇历,最近肯定犯了什么。顾家门这样倒霉。”洗碗时，苏望娣对葛玥道。

葛玥嗯了一声。苏望娣不停：“昕昕他二叔家最惨，人都没了。白发人送黑发人，换了我，真正是不想活了。”这话不好接口。葛玥只是听着。苏望娣又道：“留得青山在，不怕没柴烧。昕昕这次落了空，到底年轻，将来总有机会。跟那边比起来，还有个盼头。”这话依然是不好接口。葛玥轻声说了句“阿嫂可怜”。是说冯晓琴。聚餐停了几周，上次见她，还是骨灰迁入墓地那日，脸白得吓人。站在葛玥的角度，便额外留意她与婆家人的关系。不论顾士宏还是顾清俞，那天都没怎么搭话。敌意是显而易见的。忍着不发作罢了。夫妻吵架本是寻常，但丈夫追出去一脚踏空，摔死了。情况便完全不同。日子难过了。婆婆最后那句“跟那边比起来，还有个盼头”，葛玥拿来自我安慰——丈夫跟别的女人喝咖啡,总好过翘辫子。这么想，虽然不厚道，却也是大实话。记得高考那阵，她父亲拿了张纸贴在她写字台前，上写“我荒废的今日，正是昨日殒身之人所祈求的明日”。据说是哈佛的校训。那时觉得忒晦涩了。便是劝学，也不至如此剥皮拆骨。现在再想，读书和过日子其实是一样的，有比照才有动力。“别做那个让人同情的对象。”她父亲常这么说。是盼着她性子再硬气些。其实各人生来的脾性，哪有那么好改。好在有父母替她铺路，从小到大，倒也没怎么吃过亏。降职处分下来那天，葛父把女儿拉到身边：“以后要靠你自己了——”她心里一沉，那瞬觉出某种压力，以往从未有过的。但也只是一时。混沌惯了，也不及反应。

冯晓琴打算起诉楼下邻居。楼道公共区域,居然放了一整块玻璃，“死人他们有责任。”她说得斩钉截铁。法院传票送到邻居家，把人家吓坏了，找到顾士宏，“我们不是存心的呀——”顾士宏劝冯晓琴撤销起诉。冯晓琴翻来覆去只是那句，“死人他们有责任”，一字一句地，像念咒。顾士宏看她神情，不敢跟她硬碰硬，去找顾清俞商量。顾清俞也觉得棘手，“她铁了心要告，我们也没法子。”顾士宏跺脚，忍不住气苦：“她想要做什么！家里已经一塌糊涂了，还要把楼上楼下也弄得鸡飞狗跳吗？”

顾清俞觉得她是想讹钱。但这话不好开口。旁敲侧击找她谈了一次，说你有什么想法，可以大家一起商量，有什么困难也可以提。冯晓琴反问："我有什么困难？我的困难就是死了老公，想讨个公道。"顾清俞那瞬有些火大，想说"你老公是怎么死的，你还有脸去坑人家"？自然是忍住了。愈是这种时候，愈是不能闹开，否则就散架了。也让旁人看笑话。但脸色是难看的，扭头就走。"让她去告吧，"她对父亲说，"她自己不怕丢人，我们怕什么。"

很快开庭。冯晓琴提出的赔偿条件是：一元钱。还有当庭道歉。邻居松了口气，被弄得一惊一乍，回去就跟顾士宏道"吃不消你儿媳妇"。法庭上，冯晓琴站得笔直，受了邻居毕恭毕敬的九十度鞠躬，"对不起，是我们疏忽了。"一元钱硬币双手奉上。冯晓琴接过，放进口袋。"她想我们道歉，直说就行了，哪里不能道歉，非要闹上法庭。还有那一元钱，诉讼费加起来倒要几百块。她图什么呀？"邻居一副想不通的神情，问顾士宏。顾士宏无言以对，只好反复说"不好意思"。邻居也是厚道人，觉得内疚，拿了两万块现金，再加个硬币，放进一个白信封，让顾士宏转交给冯晓琴，"收下，我们也安心些。"

冯晓琴不肯收。信封退回去。"收了这钱，别人会说，我赚死人钱。我是小地方来的，没见过世面。但也不想被你们上海人看不起。我只是想讨个公道。谁的责任，谁自己要拎清。杀人偿命，欠债还钱。就算嘴巴上不说，心里也要清楚。"人对着邻居，话却是说给旁边的顾士宏父女听的。出事那天的情形，是禁忌。人都不在了，再去争孰是孰非，又有啥意思。也没精神。冷静下来，顾清俞也反省过，那番话本来没错，放在那时候，就成了导火索。是赶巧了。或者说是不巧。倒也怪不得人。但理智上想通，情感上又是另外一回事。这辈子和这女人是不会有笑脸了。连敷衍也做不出来。顾清俞对着父亲，一条条分析：

“她是小老虎的亲妈，孙子是嫡亲的，以后怎么相处，您自己要考虑好。她这么年轻，别说将来嫁人是免不了的，就是现在，她要搬出去单过，也只好由着她。财产怎么算，房子怎么分，都是早早晚晚的事。要想在前面，免得被动。”

“我只要你弟弟能活回来。”顾士宏眼泪流下来。白发人送黑发人。痛得摧肝裂胆。

“还有我呢。”顾清俞抱住父亲。眼圈也红了。

顾磊的遗像，放在客厅橱柜上。还是前几年拍的。给他介绍工作，填的申请表上，也是这张。细眉细目，极和顺的模样。那时王经理看了便说：“你弟弟和你长得不像。”她道：“怎么不像，亲弟弟。”加上一句，“人我是交给你了，千万关照。”

这些年她一直替顾磊担心。她做那行，圈子里都是人精，刚毕业一个个老江湖似的。也难怪。弱肉强食的社会，不穿上盔甲全副武装，早晚是个死。看多了那些，再看自己弟弟，真正像个小绵羊。用时下流行的话，叫“人畜无害”。记得一次跟冯晓琴闲聊，这小女人话匣子打开，到后面便有些过头，“你们上海人，也就是吃老本，国家要是哪天把户口和高考政策放开，不用几年工夫，你们统统完蛋。”她也不生气，“这话有点道理——”冯晓琴跟上一句：“阿姐你不会。就算全国人民都没饭吃，你也照样住豪宅吃牛排。”三分讨好，七分真心。顾清俞笑笑，“行啊，只要我有饭吃，你和顾磊还有小老虎就饿不死。放心。”冯晓琴道：“不是阿姐，顾磊只好去当看门的。”这话是感谢的意思，但听在顾清俞耳朵里，弟弟被看轻，总归不大舒服。“顾磊是我从小疼到大的，”她努力把话说得和缓，“我希望他过得称心如意。谁要是欺负他，我就跟他拼老命。”她对着冯晓琴，露出微笑。

“拼老命”——这话她跟施源提过。就在顾磊追悼会那天晚上。白天泪流尽了，晚上倒一点点冷静下来。她一脸正色地对施源说，想找个黑社会，让那女人吃点苦头。施源说，那就去吧，“老西门那边有明码标价，一条腿多少钱，一条胳膊多少钱。”她朝他看，“我不是开玩笑。”他劝她：“生死有命。覆水难收。”她恶狠狠地，把他伸过来的手打掉：

“少在我面前说这些一套套的。成语我也会。恶有恶报，替天行道。”

接下去倒是比想象中平静许多。顾士宏做好准备，儿媳分房、分财产，吵吵闹闹。自己先想开，身外之物，况且法律上也挑不出毛病。且都由得她。好歹也是儿子的老婆，孙子的妈。顾士宏甚至还想过，真要怎样，带着老娘搬到黄浦区，离开这块伤心地，也好——谁知竟是波澜不兴。顾士宏依然每天晨起买菜，回家，早饭她备下，顾老太喝粥，他中意韭菜饼，她与小老虎吃牛奶鸡蛋。送儿子上学后，她回来简单收拾一下房间，择菜，准备午饭。下午她通常会出门，顺便再把小老虎接回来。准备晚饭。小老虎一周有三晚要上辅导班，她负责接送。孩子本来也是她一人操持，现在没了父亲，说实话也没区别的。日子便是这么残酷，多一个少一个，别说外人感觉不出，便是自己家里，纵然一时砸出个洞，不多时亦能填上的。铲平了踩实了，面上也看不出两样。心里的洞，填补时间稍长些，但终不是一世的。顾士宏想，父子间尚且如此，夫妻更不必奢求。世间的事想到这种地步，豁然是豁然了，却也是另一种无奈。干脆得过了头。釜底抽薪的活法。

闲暇时，还是找张老头聊天。湖心亭光线昏暗，两老头各自横坐一边，倚着柱子，腿摆成一条直线，双手敲打两侧肝胆经。酸酸麻麻，呲着气。聊俩人的天，诉各自的苦。张老头说，前几日报了警。好好的，他女人突然失了踪，算算东西，随身只拿了张公交卡。这更糟糕，坐车还是坐地铁，或者叫出租，一点摸不到边。看摄像头，走过地铁站，没进去。公交站那边人太多，画面又差，看不清。警察让张老头提供线索，有什么亲戚朋友，最可能去哪里。他把能想到的地方都说了，全落空。急成热锅上的蚂蚁。又报到电台。次日总算有了回音。有人在嘉定一家医院附近看到一个老太，相貌衣饰都对上了。匆匆赶过去，果然是她。神志竟也清醒了，说正打算坐车回来。老张问她，去那么老远做什么。她说，要问问医生，还有办法没有，中药再配几服，吃吃看。

“就是那家医院，当年查出她不孕。”张老头告诉顾士宏。

顾士宏“哦”了一声。没让惊讶露出来。之前一直当他们是丁克。

到底不是。其实也该想到的，那样年纪的人，又有几个能潇洒到那种境地。儿女是根。中国人都信这个。

“她只当她还是三十多岁呢，昨天说我，你怎么老成这样了，孩子生出来，该叫你爷爷还是爸爸呢？”张老头嘿的一声，又是好气又是好笑，“真傻倒也算了，这样一半傻一半好的，叫人吃不消。思路跟不上，要得精神分裂的。”又道，“——其实她自己也知道。昨晚睡到一半，忽地爬起来，倒把我吓一跳。问她做什么。她说，支付宝、股票，还有两个 P2P 的理财账户，密码趁现在还记得，要赶紧写下来。免得将来钱取不出来。”一朵云飘过，遮住月亮。连仅有的光影也暗了。看不出他神情，听声音像是带笑，夹杂几声叹息。

顾士宏也说自己的痛。从顾磊出生那时说起——“老法讲，月盈则亏，水满则溢。这孩子虽然弱一些，但我一直存个念头，傻人有傻福，老天爷顶顶公平，这头缺的，那头说不定会给他补上，将来倒未必不及他姐姐——”说到这里停住，借着呼吸，把哽咽声压下。索性又笑笑，“怪道现在都说不能输在起跑线上，娘胎里就落后，被他姐姐抢了先，分量也轻了半斤，生出来像个小老头，皱皮疙瘩，眼睛几日都睁不开——”

“小孩生出来个个像老头，你家千金现在漂亮，那时候也好看不到哪去。”

“论相貌，姐姐是稍强些。”顾士宏笑笑。

“我老太婆年轻时也不难看。”

“儿子其实更像我。我是个没用的人，老早的世道，好多事情都是逼出来的。现在反而没那么多机会锻炼，三十岁还像个孩子。他要再多活十年，上有老下有小，鸡鸡狗狗这个那个，说不定还能历练些。”

“我也没用。没让我那老太婆享过一天福。作孽。”

两人边说边望着湖面，粼粼波光。这样的时刻，与其说像倾诉，倒更似自言自语。你一句我一句，搭点边，便能无限地延伸下去。没底的。空气里弥漫着一丝忧伤，却也是淡淡的，浮在面上，平铺开，护着底下那层。一半也是倔强。不让人看见。男人便是哀伤到极点，也要留些空间。不好一败涂地的。

楼下三千金的爸爸来向顾士宏告辞。说是告辞，其实还存着一丝希望。“能不能，让清俞再去跟房东说几句好话？”小心翼翼地，“她说一句，比咱求上一百句都管用。”见顾士宏不吭声，哭腔逼出来，倒也不是故意，真是走投无路了，“——当年上来，老家那边就都断了，一心一意要做上海人。我和孩子妈这辈子再怎么吃苦都没啥，孩子一定要在上海读书，将来在上海找工作找对象，等他们再生孩子，就真正是扎下来了——”三千金爸爸在上海这些年，一口沪语里还是掺着方言，听着夹生。老大老二一个读预备班，一个刚上小学，外头补习班这个那个的，又是围棋又是钢琴，上海孩子读的，咬着牙照搬，一点不缺的。早些年生意好，也勉强撑得下去。现在老三出来，市场又不景气，奶粉都改吃国产的了。老大穿旧的衣服给老二，再给老三，都是丫头就有这好处。再过两年，孩子妈的衣服改改也能给老大穿了。生意人讲究面子，孩子爸头颈里一条粗金链子，开的是二手宝马 X5，开口闭口还蹦出几个英文单词，头势清爽。很像那么回事。后来金链和宝马卖了抵债，也没心思打理头发，乱蓬蓬的，登时便现了颓样。店面租金一年年涨上去。挨到去年年底，无论如何撑不下去了。生意一停，家就乱套了。他女人原先读的卫校，当过几年护士，老大出生后便不做了，在家操持。现在忙不迭地找工作，正规医院是不指望了，想去当私人看护，可到底不容易。面试过几回，也都没下文。乱成一团。心里清楚——上海是再待不下去了。这些年的努力全打了水漂。白辛苦。女人怨他，早几年有钱，把房子和商铺买下来就好了，租金省下不说，还升值。光想着做大，一笔笔投进去，小吃店变成海鲜店，看着门面大了，结结实实是在帮人家打工！男人回击，你聪明，你怎么不买，家里这个证那个证都在你手里，我又没把你手脚绑住，你光晓得说！

“顾老师——”小老板说到后面，只是摇头，“讲到底，还是投胎没投好。”

顾士宏跟着叹息，也不知说什么好。帮不上忙，连安慰也是虚的。便拍他肩膀，长辈对小辈那种，“人活着，不吃苦是不可能的。这个苦逃过了，总有那个苦冒出来。哪里都一样的。”自己也觉得说不到点子上，反像是风凉话。瞥见他神情有些呆滞，三十七八的男人，刚来时还是帅小伙一个，这些年苍老得快，顶上秃了一片，眼袋黑黑灰灰。进屋拿了个小盒子，还是前年某银行发行的贺岁金币，一盎司，交给小老板：“一点心意。”

小老板忙不迭推辞，被顾士宏一把塞进口袋里，“你家老三出生，我也没送过啥——”

都是不易。顾士宏把这四个字翻来覆去地想。觉得人生不过如此。各人过各人的日子，各人伤各人的脑筋。展翔竟然也来寻他。明晓得自己是最看不上他的，偏偏就是忍不住。面上是来送一罐明前的好茶叶，“孝敬您老人家”——这话连鬼也不会相信。顾士宏朝他看。他也着实皮厚，居然也不尴尬，径直向他介绍这茶的好处。产地，采摘时机，还有嫩度、色泽、净度。洋洋洒洒讲了近半个小时，顾士宏也不催他。他到底有些摒不住了。叹口气：

“爷叔，我做人忒失败。”

“万紫园谁不晓得你展老板？你跺跺脚，万紫园就要抖三抖。你抛掉几套房子，万紫园房价就要往下掉好几个点。你这样要是还算失败，我们只有跳楼了。”

“爷叔，钞票不是万能的——”

顾士宏叹息：“你这人啊，什么都好，就是忒谦虚。”自觉嘲得他也差不多了，停顿一下，“——信封收到吗？”是指顾磊葬礼，他送了五千块。只收下一千，其余让顾清俞给他退了回去。他没坚持，黯然道：“顾磊也是我朋友。”

“我晓得，你是媒人。”顾士宏话一出口，又怕他多心。果然见他脸色僵了一下，忙加上，“我不讨厌你，”又觉得这话跳跃得太快，橄榄枝抛得过于突兀，“当然，也肯定不喜欢你。我的意思是——其实我也没有你想象中的那么讨厌你。”

“爷叔喜欢施源？”他笑了一下。

“我女儿喜欢谁，我就喜欢谁。”

“论当老公，我不会输给姓施的。”

“这种话没名堂，又不能试。再说跟我讲也没用，我这个爸是摆样子的。”

拆开明前的茶，酽酽泡了两杯。这晚顾士宏和展翔，差半口气成真的翁婿俩，破天荒地坐在一起喝茶。顾老太早早睡了。冯晓琴切了盆水果给两人，“爷叔多坐会儿”，也进房了。顾士宏听了道：“她叫你爷叔，你叫我爷叔。辈分好像不对。”展翔道：“我这个爷叔是假的，只有像您这样德高望重的，才是爷叔。”顾士宏嘿的一声，“男人到岁数，就算戆得像只猪猡，也是爷叔。”

冯晓琴在房里哄小老虎睡着。搬只凳子坐到门边，耳朵贴上。听两人半天只是闲聊，絮絮叨叨，忍不住着急起来，想，怪道顾清俞被人追走，这磨洋工男人就算再给他一百年，近水楼台，女人也是套不牢的。又过得片刻，才听展翔道：

“爷叔，我想问你讨个人。”

顾士宏记得，上次听见类似的话，好像还是苏望娣问他讨冯茜茜，弄得鸡飞狗跳。不是好事。下意识心跳了一下。展翔说下去：“晓琴每天下午不是闲着？去我那里帮个忙。离得近，大家又是熟人。我放心，她也赚点外快。”

冯晓琴笑了一下。展翔这话说得有些急，应该是放在嘴里很久了，找时机，一下子倒出来。她拜托他的事，他也算是认真对待。又听顾士宏疑疑惑惑地：

“去做啥？你家不是有阿姨了？”

冯晓琴心里哼一声。展翔停下来，带点批判的口吻：“哎哟爷叔，不要小看女人呀。”随即大声笑起来，“开玩笑开玩笑——爷叔，晓琴是人才，跟阿姨不搭界的。请她过去，是帮我——赚，钱。”后面两个字加重了语气。一本正经地。

冯晓琴听到这里，忍不住又微笑一下。打开手机，翻看前两天弟弟冯大年发来的消息：

“姐，老家待着没劲。”

她回过去：“上海也不是游乐场。”他道：“你不让我来？”她道：“早晚让你来。再等等。”他连发了两个大哭的表情。冯大年刚满十五。她离开家也差不多是这个年龄。放在半年前，让他来便来了。倒不全是顾磊出事的缘故。这阵子经历大变，人一伤痛到极点，该想的，不该想的，各种念头都在脑子里过一遍。把过去捋顺，也为将来打算。不知怎的，近来总是想起妹妹茜茜的那句“心有多大，机会就有多大”。那时她还笑妹妹傻呢，到底年轻，讲话不托下巴。翅膀长在别人那里，是凤凰，长在她们身上，只是母鸡的摆设罢了，终究飞不起来。便是勉强飞一段，也是借着别人的东风。她到底是不怎么自信的。当初要不是展翔做媒，再摒两年，史胖子也就嫁了。那样一个油腻到极点的猥琐男人，她竟也动过脑筋。茜茜比她小了七岁，放在眼下，七年活脱便是两代人。茜茜终是比她想得远。书读得多，自是不同。顾清俞那番刺人的话，也是个缘故。真正是刺醒了她。东风靠不住，风向总有变的一天。顾磊死的那日便是。是她运气好，倘非遇见顾士宏这样的厚道人，换个不管不顾的，扫地出门或是打打骂骂，她也只有自认倒霉。户口簿、房产证都在人家那里，便是夫妻共同财产，终究不是那么简单的。儿子还小，她自己也还年轻。她回忆逼着顾磊读书的那段日子，真是有些傻呢。人有旦夕祸福。这么简单的道理，她竟才想明白。

十

展翔被史老板撺掇了几回，到底是有些心动了。小时候数学没学好，加减法还勉强过得去，买房是加法，卖房是减法，卖出买进就是加加减减。倒也罢了。史老板那套，钱生钱利滚利，近乎乘法求幂开根号那种了。复杂得多。还不仅是数字上，背后的名堂更复杂。胖子也是下功夫，把附近几个有资金需求的户头集中起来，做了个 Excel 表格，“都是认识的，最起码也是朋友的朋友，眼熟陌生，安全系数比外面要高得多。”他一个个指给展翔，“喏，这个，开健身房的，这个，开晚托班，还有这个，网上做红酒生意——”加上一句，“借条有法律效应的呀。借贷双方姓名、金额、用途和还款时间写清楚，身份证复印件交上来。谁敢赖账，告到法院，让他吃不了兜着走。”

“借条利息不能高过同期银行利率的四倍。否则不受法律保护。”

史胖子愣了一下，“哟，朋友有备而来啊。”

展翔笑笑。其实这话是冯晓琴说给他听的，并且不客气地指出：

"爷叔，坐地收租有意思吗？借给别人做，不如自己做。"女人脆生生的声音，让他一怔。"做啥？"他脱口而出。她没有正面回答，而是继续怼他："否则就抱着你十几套房子，混到老吧。你是上海人，是地主土豪。你将来生下儿子，就是地主家的傻儿子，什么都不用做，把房子租给外地人，会数钱就行。反正会有一批一批的外地人拥过来，落不了空。"这阵子闷在心里的情绪，气别人的，还有气自己的，竟一股脑撒在他身上。说完又内疚。就因为人家脾气好肚量大还尊重女性，便肆无忌惮。不厚道的是她。

他果然不生气。脸上挂着"爷叔不跟小姑娘计较"的无奈笑容。开了瓶红酒，"上礼拜一个朋友从法国带回来的，三百多欧。国内起码再翻个倍。"她接过他递来的酒杯，"给我这种人喝，可惜了。"他伸出一根手指，摇了摇，眯起眼，"我的酒，最喜欢给漂亮的小姑娘喝。"她朝他看。他加上一句，"——别想歪了。"她撇嘴，"爷叔要流氓也是半吊子。"他举杯，与她的一碰，"爷叔今天被你骂，被你嘲，让你舒服了。明天起你要是再煨灶猫似的，不好好过日子，就是对不起爷叔我。"她沉默着，一仰头把酒喝干，"——嗯。"

展翔把皮球踢给她："到底做啥，你替我想。"

"我说做啥，你就做啥？"

"爷叔最听小姑娘的话。你说做啥，我就做啥。"

他一半是说笑，一半也是真话。想听听她的想法。挨了骂，下一步便是讨教，再自然不过的。照他自己的意思，坐地收租是窝囊，没啥技术含量，但他展翔也不是生下来就有十七八套房子的，第一桶金到底也是冲锋陷阵杀出来的，讲起来都是血泪一把。便是后面房生房、房养房，换个眼光短浅的人，也未必能做那么大。当然四十来岁就退休享受生活，天天打牌喝红酒，讲起来也是有些那个。活该被人嘲。早几年动过脑筋，想开一家书店，地段好些，门面精致些，里面弄些小资情调。讨顾清俞的喜欢。后来因为种种原因没开成。他老娘也劝过他，开一家生鲜超市，卖鸡鸭鱼肉果蔬杂粮，东西越齐全越好——其实就是菜场。他老爹老娘十年前被他逼着不许再种田，吃饭家什全部收走，桌子凳子摆好，麻将搭子替他们找好，钞票厚厚一沓摆到眼前，咬牙切齿地："搓！搓多大都没关系，赢了你们收好，输了算我的！"两位老人家，年轻时都是勤劳纯朴一点陋习没有的，临老了开始学习麻将，老花眼镜戴好，一张张牌摸索起来。清一色、杠头开花、自摸、垃圾和。旁边还有保姆端茶送水，"阿姨爷叔辛苦了，歇歇，吃啥点心，酒酿圆子还是小馄饨——"，真正像受刑一样。撺掇儿子开菜场，其实是自己手痒，想搭把手。"想也不要想！"展翔是一门心思要把爸妈打造成旧社会戴瓜皮帽的老太爷，坐着不动，饭来张口衣来伸手那种。过去几十年没享过的福，要在后面的二三十年里全部补回来。吃相稍有些差，但总归是孝心一片。

"小区后面那幢两层楼的房子，爷叔你盘下来吧。"冯晓琴建议。

展翔一怔，以为她在开玩笑。这幢楼跟万紫园差不多年纪，统共六七个门面，开过饭店、咖啡店、酒吧，还有游戏房。前后换了几打老板，都是亏本。空关了近一年。据说是风水不好，旁边有个垃圾站，拦住了财路。租金倒是便宜，内环边上的地段，算下来接近外环的行情。但依然没人敢碰。

“盘下来派啥用场？”展翔问她。

“小区的微信群我也天天看。做生意的是不少，这个那个，都是赚女人和小孩的钱。但你再想想，我们小区一共有多少人？微信群又有多少人？连十分之一都不到。你白天去看，小区里走来走去的，都是上了年纪的人。老人家是不玩微信的，不会跳出来说这说那。报纸上不是早就说了，上海是老龄化城市，三分之一都是六十岁以上。那就是八百万人。退了休待在家里，他们干什么？除去带小孩的、生重病的，或者是特别想不穿的，其实他们也有自己的需求，只不过没人关心而已。而且还分层次，六十岁跟七十岁的人需求不一样，七十岁跟八十岁又不一样，里头名堂多得很，就看怎么去开发。史胖子说什么朝阳产业、夕阳产业。那都是老一套。跟在别人后面，再好也顶多是喝汤。而且还没成就感。我是觉得，要做就做别人没弄过的。成功了最好，不成功至少尝试过了，对得起自己。“

展翔吹了记口哨，笑笑，“看不出，一套一套的。“

“关键还是爷叔有本钱，输得起。有钱有闲，就当玩呗。“

“少来，爷叔是出了名的输不起，尤其钞票上头。这顶高帽子收回去，我不戴。“

冯晓琴嘿了一声，嗲嗲地：“——不是高帽子，人家完全是实事求是呀。“

不久，展翔租下门口那幢楼的消息便传开了。史胖子头一个跳出来，“朋友，脑子坏忒了！”展翔不理，“就当少赢你两副牌。”史胖子又问：“开饭店？”展翔哈的一声，“楼上楼下全盘下来，几千平方米，我开食堂算了！”史胖子摇头，“听阿哥一句劝，创业不是这样的，钞票赚得也不容易，人民币不是橘子皮，不要脑子发热。”加上一句，“冯晓琴那种小女人，每个汗毛孔里都是心眼，密密麻麻的。你要是对她有意思，倒不如送她套房子，还直接点。”

“放你只狗臭屁！”展翔笑骂。

顾清俞听父亲说起冯晓琴的事，那幢楼开始装修，工人一批批进去，她每天下午过去盯着，倒也不耽误接送孩子和做家务。顾清俞评价“蛮好”。顾士宏说：“让她出去找点事做，免得待在家里，大家对着没话讲，也尴尬。”顾清俞点头：“没错。”顾士宏趁机问女儿最近的情形：“——结婚怎么样？感觉好不好？”

“有好，有不好。”顾清俞笑。

“好的多，还是不好的多？”

她作势思考了一下，“那还是好的多。否则爸你一直催着我结婚干吗？跟我过不去？”

“说老实话，”顾士宏摇头叹息，“我已经开始后悔了。嫁不出去陪着我也挺好。千方百计把宝贝送给人家，人家不要还着急，收下才松口气。简直傻到家了。”

顾清俞笑了一下，“好在离得近，女儿没少，还多个女婿。不吃亏。”

“嗯，就当是上门女婿，气得过些。”

顾清俞笑笑。想起那天电话里李安妮也说“他会不会有想法，跟上门女婿似的——”，她回答“总不见得住到他家咯”。那天施源不在，对着李安妮讲话便随意了些:“我跟他说过的，替他爸妈买套房，他自己说不用。他爸妈那边我也表过态了，人家不接口。”李安妮道：“人家是不好意思让你破费。”顾清俞嗯的一声，“我晓得。其实也没什么，一家人嘛。”

“就是这样半吊子的一家人才麻烦。真要是陌生人倒不搭界了。”

李安妮第一次婚姻的失败，说到底也与房子有关。相比第二次神话般的浪漫情缘，那段婚姻着实是接地气得过了头，正如当下许多年轻男女所经历的那样，柴米油盐鸡鸡狗狗，爱情像花儿，失了水分，蔫成了标本。筋络倒是愈发凸显了，一条条清晰可见。像手术刀下的血管，阡陌分明，都有些可怖了。大学里李安妮和丁启东是人见人羡的一对，毕业后修成正果，“王子和公主最终过上了幸福的生活”——童话里宫殿是现成的，现实中他们结婚时刚好赶上房价上涨的第一波，双方父母都是工薪阶层，拿不定主意，错过了。新房做在老屋里，好在面积不算太小，放在过去也算不错了。80平方米不到的老三室，小夫妻住朝南大间，公婆住朝北间，还有一个朝南的小房间，住丁启东的外婆。祖孙三代同住，过去也是常见的。但今时不同往日。那是人与人逐渐拉开距离的一段。起跑姿势差些，后面也不是没机会，但到底是伤感情。跟菜场买小菜不同，早买晚买，买对买错，相差只是一顿饭的工夫。也没比较。李安妮骨子里其实比顾清俞更要强，丁启东也是，男强女强，放在事业上是好的，过日子就有些那个。跟别人较劲，也跟自己较劲。同龄人都是假想敌。比配偶，比工作单位，还有薪水。房子属于另类。新杀出来的一项。却也最要命。跟它一比,别的都显得次要了。丁启东是理科男，不用计算器，大脑噼里啪啦一番运作，数字都在上面清楚显示着呢。除了看得见的，还有看不见的，时间成本、机会成本那种。算下来真是伤自尊的，甚至怀疑世界。跟学校里学的不是一回事。再怎么倔强，这层是骗不了人的。李安妮怀孕后，这种焦虑便愈发摆到桌面上。三间房住三代人，马马虎虎还过得去。四代人无论如何是有些勉强了。那时房价已涨到第二波了，比第一波更来势汹汹，前面错过的人，这下更彷徨了。既想动，又不敢动，生怕楼市是第二个股市，高点进去，跌到爹妈家也不认识。这当口，女人的优势倒是出来了，凭直觉，还有率性，李安妮决定贷款买下单位附近的一套两房。丁启东坚决反对，搬出一堆数据，利息、通胀率，房价不能超过家庭年收入的几倍，还有东京和香港的楼市泡沫，等等。夫妻俩爆发了前所未有的争执。结婚以来的各种负面情绪，在那瞬达到高潮,只差没动手了。最后以李安妮流产告终。房子自然也没有买成。不久老外婆去世，又腾出一间。很奇妙，房子的问题戛然而止，竟是以这种方式。如果不是丁启东有外遇，被李安妮抓个正着，也许这段婚姻会一直持续下去。跌跌撞撞，于绝望处生出希望，看似平静却又暗潮涌生，猝不及防。这就是生活。

顾清俞喜欢听李安妮说话。时髦女人和老阿姨的混合体，用过来人的口吻，把问题一桩桩点出来。她说施源有强大的神经，“换了别人，就算你是天仙，也不会和你结婚。”顾清俞懂意思。对于结婚男女来说，“渊源”未必都是加分项。太了解彼此的过去，尤其当“过去”与“现在”形成巨大反差，这种情形下，与其再见面，倒不如像诗里写的“人面不知何处去，桃花依旧笑春风”，留些遗憾，比见光死好。“他不会觉得尴尬吗，”李安妮好奇，“你们在那种场合下重逢，等于是把他最不堪的一面展现在你面前。可你们居然真的结婚了。他要么就是爱你到极点，要么就是毫无自尊心。”她似是完全不怕顾清俞生气。嫁给法国人后，她变得更加直爽，说话直击要害。顾清俞反问：“这话你怎么不放在我们结婚前说？”她叹道：“不管我怎么说，你总归要和他结婚的。既然你吃死他爱死他，我又何必枉做小人？”

“那现在怎么又说了？不怕我们离婚？”

“中年妇女聊天，不讲几句促狭话搬弄是非，不挑拨离间，那还叫聊天吗？”

在两个中年妇女痴头怪脑的笑声中，施源开门进来。顾清俞指指电话，做个“李安妮”的口形。施源点头，示意“你们继续”。他显得有些疲惫，去卫生间洗了把脸，湿着刘海出来，给自己倒了杯水。在顾清俞身边坐下。手机隔音不好，李安妮放肆的笑声从话筒传出来：“老实讲，你们一个礼拜几次——”顾清俞朝施源瞥一眼：“挂了！”按下结束键。

“李安妮年轻时候其实挺淑女，”她对施源笑，“突然就成十三点了，想不通。”

施源也笑笑。“没有，挺可爱的。”

这话敷衍的痕迹太重。顾清俞只当没听出来。问他:“明天去美国?”他点头,“一早就走,美国连加拿大,十天——有什么要带的吗?”她很配合:“GNC的女性维生素、Crabtree的护手霜,还有Levi’s的牛仔裤。我尺寸你知道的,腰围臀围,对吧?”她给他说荤话的机会,夫妻间调笑一番,晚上再找个气氛好的西餐馆,烛光下切牛排,或许能弥补前两日的不愉快。但他只是嗯的一声,把她交代的东西记在手机里。“还有吗?”问她。她考虑了一下,“——再买瓶倩碧的黄油。谢谢。”

其实也谈不上不愉快。连口角也不算。前天,他说打算辞职。她有些意外,问,为什么。他说,总不见得做一辈子导游。她应该是想安慰他的,或者想表现得更通达些,“你要是喜欢,做一辈子导游也没事啊。”他朝她看,“你觉得我喜欢做导游吗?”她脑子里飞快地权衡,觉得往“喜欢”上面靠应该是最安全的,“从小你就是个与众不同的人。做导游其实挺符合你的个性。自由自在,可以走遍全世界。蛮好的。”他笑了一下,“真想要走遍世界,不做导游也可以。难道喜欢吃美食,就非得当厨师,喜欢穿漂亮衣服,就非得当裁缝?”

“想要安慰别人,反过来被人冲。这也是常有的事。”刚才,李安妮电话里这么说,并替她剖析,“你的意思其实是,工资少一点没关系,不要有压力,反正老婆我有钱,对吧?而这恰恰是他最敏感的地方。无论你怎么说,说得再委婉,他都不会舒服。聪明人跟聪明人说话,就是这么麻烦。下次你就直接表态——不管你做什么,总统还是瘪三，我都无条件支持你。”

“太假，听着更不舒服了。”顾清俞停顿一下，自嘲，“——怎么办，我老公好像挺难弄。”

“不是触你霉头，这种情况，以后会贯穿你们全部的婚姻生活。”

顾清俞问她：“你和你老公，会有这种问题吗？”

“男人和女人，不一样的。男人比女人强，一点问题也没有。倒过来就比较麻烦。顾清俞你不会连这么简单的道理都不懂吧？少在那里装无知少女。”

顾清俞笑起来。越洋电话一打就是几小时也罢了，大半时间都在被人挖苦，这就是自找的了。可见婚姻圆满是女人最坚实的盔甲，底气摆在那里，随时随地嘲笑别人的不足。

美国回来后不久，施源便辞了职。在奉贤注册了一家个人工作室，主要从事英语口译，包括陪同口译和电话口译。也涉及一些外语教育。他向顾清俞解释，奉贤政策好，税率最低。事实上，顾清俞的关注点并不在奉贤还是南汇，抑或崇明，而是他竟然会开个人工作室。有些意外了。她本来以为他会换一家旅行社，规模更大些，以他的资历和外语水平，应该能获得一份薪金过得去并且不太吃力的文职。不必再颠簸辛苦。

“很棒啊。”她表示赞同。

“没有事先和你商量，对不起。”他向她道歉。

“说实话，我挺喜欢这种感觉。既给对方空间，又可以为对方加油。夫妻间就该这样。”

她在西餐厅订了位子。烛光晚餐。回去的路上，他为她买了一捧红玫瑰。她道:“该我给你买才对啊,庆祝你高升。”“高升”这个词，让两人都笑了一下。他道:“你的支持是最重要的。谢谢你。”

夫妻间讲话像《人民日报》社论那样四平八稳。顾清俞觉得，似乎也不是坏事。总体而言，是有教养的体现。况且他本来就是这样的个性。如果咋咋呼呼就不对了。她喜欢与他保持这种淡淡的相敬如宾的感觉。

顾士宏不明白“工作室”是什么概念。“是做生意吗？”他问女儿。顾清俞回答:“差不多吧，可以开增值税，也可以退税。”这依然没有解释清楚。顾士宏一肚皮疑问，诸如“做什么生意，本钱哪里来，牢靠不牢靠，会不会亏本”那些，很想打破砂锅问个清楚。但见到女儿一副胸有成竹的模样,便不好开口。质疑女婿，是开明丈人的大忌。倘若是几十年的老女婿也就罢了，新女婿无疑不太方便。没有前科，半熟陌生，客客气气。你好我好大家好。何况中间还夹着顾清俞。顾士宏想来想去,只好也四平八稳地:“蛮好，自己创业了。”

施源向顾清俞展示他的英语高级口译证书，还有俄罗斯语和韩语的资格证书。她捧场:“其实你老早可以辞职了。”他道:“我这人有惰性。”她笑:“考这么多证书还惰性？”他沉吟着，“——或者不叫惰性，是胆子比较小。”她道:“稳扎稳打。”他又停顿一下，“别把我往好里说。我自己知道的。”她逗他:“知道什么？”他道:“如果不是重新遇见你，我的人生就是一句话。”她追问:“哪句话？”

“破罐子破摔。”

他瞥见她的神情，继续道：“自己对自己说，看吧，看你能把日子过成什么鬼样子，看你能堕落到什么地步，看你能坏到——”说到这里停下，笑笑，“把你吓到了？”

她摇头。“我只是觉得，”怔怔地，夹杂着一丝伤感，“你应该过得比现在更好。”把他的手拿过来，放在自己的掌心里。他的手指很细长，皮肤也白皙，似是比她的更加秀气。“这其实是一双有福气的手。”她的口气，透着一丝怜惜。他翻转手掌，轻轻握住她的手。掌心有些汗。她朝他看，小时候的相貌，现在竟似一点点回来了。熟悉的轮廓。去掉外头那层粗粝的叠影似的东西，里面还是老样子。拨云见日的感觉。她忽然有些激动，是与重逢不同的心情。另一种失而复得。既抽象又具体，一言难尽。

周末聚餐。原先雷打不动的，因为顾磊去世，停了两月。没牵头的人，也没心情。顾士宏在微信群发消息：“亲们，吃饭了。老地方，老时间。”朵朵第一个跳出来，打个大大的笑脸：“二伯，你老可爱的。”高畅客气了一下：“阿哥，到我家吃吧，我们来弄。”顾士宏打个“作揖”的表情：“一直都在我这边的，没必要改。”后面陆续跟着一串“谢谢”和“收到”。

还是冯晓琴掌厨。菜是顾清俞买的。帝王蟹、斑节虾、笋壳鱼、竹蛏。相比之前的标准，这顿是更隆重了些。顾士宏开了瓶五粮液，招呼冯晓琴来吃：“老鸭汤再炖会儿，海鲜今天吃个健康，开水里一汆放点鲜酱油就行。”冯晓琴依言过来坐下。“不管怎样，日子总要往下过。一家人总要聚的。男同胞今天都喝点酒，女士有兴趣的，也来点。”高畅倒了半杯，顾士莲夺过，“你寻死啊。”换了杯椰奶给他。顾士宏嘿的一声，又给高畅倒上，“又不是敌敌畏——”顾老太对顾清俞道：“我吃亲家的杨梅酒。”顾清俞说声“好”，从柜子里拿了杨梅酒，给祖母倒上。顾老太喝一口，呲着气，眉毛眼睛都眯起来。施源道：“奶奶你要是喜欢，我下次再带两瓶过来。”顾老太摇手，“一瓶就够我喝上半年了。浪费不作兴的。”

顾士宏拿起酒杯，与众人一碰，“一家人，窝心啊。”

葛玥下个月临盆，现在手和脚都肿得厉害，走路也蹒跚。顾士莲问她：“B超照过没，是男是女？”她道：“我没问，反正男女都一样。”顾士莲道：“你婆婆肯定喜欢男孩。”朝苏望娣努嘴，“是吧？”苏望娣嘿的一声，“瞎讲，我顶顶喜欢女孩。”顾士莲嗤笑：“言不由衷。”苏望娣道：“女孩好，贴心又好弄。男孩不行，七岁以后就不像儿子了，倒跟多个老爹似的，老爹恨起来还可以不管他，儿子是前世欠的债，比老爹还老爹，服侍他是应该的，一句好听话都没有。活脱晚爷面孔。”顾士莲朝顾昕看一眼，知道苏望娣这话是数落儿子，便不再作声。苏望娣拿过顾士海的酒杯，喝了一大口，呛得咳嗽起来。顾士海皱起眉头，“你做啥，不要糟蹋好酒。”苏望娣点头，“好酒给我喝，就是糟蹋。你们喝就是赚进。”

顾昕沉默不语。前日晚上和母亲吵了一架。职称评定结束，落空倒也罢了，本就是意料之中的事。评上的那人是他同届，能力差他一截，人缘也普通。这次捡了个皮夹。聘书下来，请一众同事吃饭。顾昕本不想参加的，但又怕着了痕迹反更尴尬，跟着去了。那人十分兴奋，酒喝得不少，到后来竟拉着顾昕，说“其实你比我优秀得多，就是运气差了些”，当着众人的面，竟又握住顾昕的手，反复说“谢谢”。顾昕被这瘟生弄得窝塞到极点，都不敢看众人的表情了。只好拼命灌酒。回到家便撑不住，这阵子所有的情绪一下子爆发出来，对着马桶狂吐不已，又哭又笑。葛玥回娘家了，不在。苏望娣从未见过儿子这样，吓得不轻，“——你就这么想，上海滩跟你岁数相近的人，比你好的多呢，还是比你差的多？”安慰不到点子上，听在顾昕耳朵里，不怒反笑，“只要有人比我差，我就要谢谢老天爷了，对吗？”苏望娣也不知说什么好，半天憋出一句成语：“谋事在人，成事在天。”顾昕咬着牙：“早晓得也不多此一举了。先被人骂癞蛤蟆吃天鹅肉，现在天鹅成了鸭子，两头落空，面子里子统统掉光。”停了停，又道，“讲到底还是命不好，各人生来各人的命，不该痴心妄想。”苏望娣被他说得又是担心，又是泄气，“讲到命，我和你爸不是比你更差？我们吃的苦，放到今天你连想都不敢想。我们要是认命，哪有你今天？再说你又哪里差到极点了？是工作没了，还是身体出问题了？你现在讲这样的话，是气自己，还是气我们？”顾昕道：“气自己，当然是气自己。天底下什么都可以挑，唯独爹妈是挑不得的。葛玥也是，我也是。”到底是喝醉了，该说的不该说的，都蹦出来。次日酒醒，忍不住懊恼，但多年来对母亲散淡随意惯了，说不出道歉的话，连神情也依然是端着。只是不提。苏望娣看在眼里，被儿子弄得竟有些灰心了。心血白费。良心被狗吃了。脑子里翻来覆来便是这句。便也不理他。饭菜做好，只盛自己的，衣服也不替他洗，房间也不收拾。

“男女平等。”顾士宏打圆场，“男孩有男孩的好，女孩有女孩的好。”说到这里神情黯了一下。顾清俞知道父亲是想起了顾磊，便替他夹了一筷笋壳鱼，“今天这鱼新鲜，蒸得也刚刚好。”又道，“酒喝得慢些，汤还没上来呢。”

“你妹妹在银行蛮好？”顾士莲问冯晓琴。

“蛮好。就是离家远些，每天来去要三个多小时。礼拜六还要加班。”

“那也没啥。年轻时候吃点苦没啥，现在苦一点，将来才会好。”

当晚，冯茜茜十点多才到家。单位在莘庄，加班只补贴交通费，没有工资。倒也谈不上欺负新人，一起做信贷的同事，都是忙成狗。没日没夜的。台湾人开的三线小银行，规模比国内地方银行还不如，风格倒是急吼吼。拼命做业绩。每天也不在办公室，跟着师傅到处跑。短短数月工夫，皮肤黑了一圈，酒量好了几倍。话也少了。“在外面讲得太多，回到家一句话也不想讲。”她脸色有些灰，太辛苦，三餐不定。冯晓琴盛了碗鸭汤给她，“放了山药，还有薏米，祛湿的。”她喝了两口，叹道：“还是家里的菜味道好。”冯晓琴道：“那你天天早点回来。”冯茜茜摇头：“还在学徒期呢，想都不敢想。”

洗过澡，冯茜茜穿着睡衣，敲门进来，钻进姐姐的被窝。顾磊刚去世那阵，冯茜茜每天都陪姐姐睡。怕她想不开，也替她排解。姐妹俩同睡一张床，盯着天花板，你一言我一语。大多是短句和感叹词。排解是虚无缥缈的，安慰人是个技术活，不见得使多少力就出多少成绩。冯茜茜这方面经验不足，翻来覆去地说“没什么，还有小老虎呢，还有我呢”，也说“比上不足，比下有余”。冯晓琴道：“想着你，我就觉得有指望。”冯茜茜忍不住笑，“我又不是你儿子。”冯晓琴道：“你是我妹妹，也姓冯，我儿子又不姓冯。”两人相视而笑。冯晓琴说银行里的事，其实也是诉苦，想做上海滩的白领，着实不容易，便是土生土长的上海人，在家啃老的也多的是。市场到底是艰难。人人都盯着金字塔尖，殊不知绝大多数终生只在塔底徘徊，像一群又一群的蝼蚁，忙忙碌碌却又不知所措。

冯茜茜说她刚做成一笔，某家私营企业的财务主管，跳开她师傅，单独约她吃饭，签了一笔存款。金额不算多，三百万。但对她来说，已是意义重大。冯晓琴听到“单独吃饭”那层，不吭声，等妹妹自己说下去。果然，冯茜茜说那人毛手毛脚，手伸到她胸前时，被她重重一记耳光打回去。冯晓琴诧异，“那怎么还签了？”冯茜茜道：“你猜。”

“他是真心喜欢上你了。”冯晓琴笑。

她摇头，“饭店有摄像监控，就在我们那桌头顶。我给了服务员两百块钱，她把视频给我。我微信发到那人手机上。第二天他就来银行存单了。”

小老虎睡在旁边的小床上，微微打着鼾。摸他背，汗巾湿了大半，抽出来，再换块新的。小家伙睡觉怕热，后半夜好些，前半夜总是一身汗。看过医生，说是缺钙，也可能是气虚，等发育时会慢慢好的。顾磊也有这毛病，睡觉时衣服里要垫块毛巾，有时半夜里还要换一块。大冬天也是。冯晓琴担心儿子遗传了顾磊那样孱弱的身体。倘若只是身体倒也罢了，就怕还有别的。弱肉强食。这话不好对儿子说，到底还小。平常姐妹俩聊天，倒是时常提到的。也不是咬牙切齿。暗里使劲。老挂在嘴上，那便滑稽了。姐姐是，妹妹也是。童年时在老家，冯晓琴是孩子王，周围绕着一圈，有大也有小。冯茜茜也服帖姐姐，跟屁虫似的，姐姐到哪里，她也到哪里。旁人的话，她未必听得进去。她只在意姐姐。

“姐你是不是觉得，不大好？”

冯晓琴依然看着天花板。借着窗帘漏进的月光，瞥见角落里一个黑点，不知是虫还是污迹。一动不动的。半晌，她摇头，“——也没啥不好。”

“真的？”

“错的是他，你讲起来还是受害者。”

“他昨天给我打了几通电话，说了好多难听的话。”

“把电话内容录下来，寄给他老婆。”

“他没老婆。是独身。”

“那就再单独约他一次，说喜欢他，问他想不想交往。”

“姐——”

“他要是不答应，你把你师傅和同事们都叫出来，一起坐会儿，你很热情地招呼他，像自己人一样地介绍给大家。谈存款，也谈贷款。让他以后把业务都交到你们银行。”

“那怎么可能？”

“不管他肯不肯，总之他以后应该不会再为难你了。人之常情，伸手不打笑脸人。你刚上班，多个朋友比多个敌人要好。女人讨生活就是这么难。你书读得多，人又聪明，不用我多说。打一巴掌给个甜枣，这招你记着，放在贱男人身上最管用。”冯晓琴说完，翻个身朝向另一边，“——睡吧。”

十一

万紫园最近在搞民意调查，关于会所。开发商当年承诺，会所里建棋牌室、羽毛球场和图书室，都成了空头支票。无从追究。这些年，除了偶尔有跳蚤市场摆在里面，或是阿姨妈妈下雨天跳广场舞，基本是废置。早先也有人打过主意，想要租下来商用，但业委会通不过，道理也很简单，本来是公益性质，为居民服务的地方，不能变成少数人赚钱的场所。要赚钱，小区后门一排商铺呢，想租多少就多少。

民意调查很快有了结果，居然一半以上表示同意出租。按有关条例，“利用物业共用部位、公共场地和共用设施设备进行经营的，应当在征得相关业主、业主(代表)大会的同意后，按照规定办理有关手续。物业公司在自用足够的前提下，征求全体业主意见一半以上同意后可以出租。”——物业笑眯眯，白得一笔租金。因此落实得很快。没几天，史老板拿着厚厚一沓合同来找顾士宏，“敲图章。”

顾士宏猜到，这事必然是物业和史老板串通的。前一秒还没声音，突然一下就搞民意调查，表格也统统印好了。连送表格的人都不用顾士宏操心，全安排停当。一家家分发，没几天便有了结果。物业的说法是，居民们现在也想开了，总归要消费的，健身房、托儿所、麻将室，吃的喝的玩的，与其到外面折腾，不如小区里自己弄一个，还方便些。

顾士宏取出业委会的印章，在合同最后重重按下，"——恭喜发财。"

史胖子一笑，露出上下两排牙龈肉，"爷叔，我这个人，讲话有口没心，您大人有大量，千万别放在心上啊。"是说上次八辆车挡门的事。小区停车费那桩，顾士宏被弄得很伤，骂他的人不少，说他帮着物业赚钱，现在谁家没个一辆两辆车，三辆车也是常事，停在自家小区，还收那么高的停车费，真是黑了心肠。这事是史胖子挑的头，背后也是他促狭，搬弄是非，目的是削顾士宏的威望。顾士宏再老实，也看出来这是史胖子下的好大一盘棋，搞臭业委会，人心一乱，会所的事才有指望。停车那层倒是次要的了。都说瘦子"料秋"（沪语，指坏心眼），胖子秋起来一点也不逊色。顾士宏问他：

"洗脚店不开了？"

"开，怎么不开？洗脚店是老本行，我们这种人，又要与时俱进，又要不忘初心。"

不久，会所更名为"望星阁"。史胖子喜欢用"阁"，洗脚店叫"闲云阁"，微信名叫"听涛阁主"。展翔跟他开玩笑："以前我读的那个技校，宿舍正对着厕所，我们就在门上贴张纸，听涛阁。"史老板一脚踢过来，笑骂："寻死！"又叹，"本来一起发财蛮好，你偏偏不肯，要自立门户。"展翔道："你还好意思讲？会所的事，你一句也没提过，口口声声帮朋友搭桥，搞了半天桥那边是你这死胖子啊！跟我玩 surprise，鹊桥相会啊？"史老板笑，"我怎么敢跟你提？你跟顾老头的女儿还有儿媳走得那么近，我稍微露点风，你这个大嘴巴立刻就把我卖了。我一个人倒也算了，后面跟着一帮兄弟姐妹呢。"展翔问他："资金解决了？"他道："启动资金是够了，接下去，走一步是一步。富贵险中求，没办法的事。"贼忒兮兮地，朝展翔伸出手，"——大户赞助点？"展翔一把推开，"我也开始创业了。你又不是不晓得。"

"创业？作死差不多！"史胖子嘿的一声，"——准备抢我生意？"

"不搭界。你发你的财，我们路数不同的。"

"开在小区边上，无非就那几样生意。少卖关子，透露一点给阿哥听。"

"商业机密，讲不得。"展翔嬉笑着，伸出两根手指，放到嘴上亲了一下，又往史胖子脸上贴去。史胖子忙不迭跳开，皱眉，"少恶心！"

每天下午，展翔都会去装修现场转一圈，冯晓琴做事是牢靠，但到底女人家，全甩给她也不好意思。再说装修那套，展翔熟得不能再熟了，十几套房子的经验，尤其前面几套，都是人盯人，贴身肉搏出来的。泥水匠、木工、电工。几乎会了一半。哪里可以偷懒，哪里可以揩油，闭着眼睛也知道。装修队请的是老相识，连云港人，姓王，当初做泥水匠，现在混到监理，见到展翔便叫"老板"，亲亲热热地："老板，又买新房子啦！"

“现在不敢买啦，房产税付不动。”

“歇搁（沪语，指停下）啦，那么多钞票放着，孵小钞票啊？”

“朋友上海话现在讲得哈灵，”展翔问他，“儿子上大学了？”

“上个屁大学，小赤佬也不是那块料，我跟他妈都管不住他，跟几个朋友去广州了，也不晓得混什么。我跟他说，老子一辈子替人家搞装修，白天住复式别墅，晚上回棚户区睡觉，两张钞票都是汗津津的，真正是辛苦铜钿。你要是不生性，我一脚踢死你！”

“没那么严重，”展翔笑着，拿出烟，自己抽一支，剩下的扔给他，“——这趟辛苦你了，千万帮我好好弄，生活清爽，大家惬意。否则返工什么的，都是熟人，也难为情。”

“这是肯定的！”老王一口答应。

黄梅天刚过，涂料不易干透。冯晓琴盯着工人，泥子刮批三遍，一遍刮好起码晾三天，再刮第二遍，以此类推。抽湿机搬来两台，整日整夜地抽。干透了再上涂料。不让他们赶工。地砖挑大规格的，缝隙里不易积潮，水泥干得慢，铺好后不能马上踩，上面搭几块跳板再走。木地板铺得比平常要再紧凑几分，免得水分蒸发后，间隙过大。展翔听她一桩桩地关照，脆生生地，瘦瘦小小的个子，对着几个大男人指手画脚。忍不住滑稽，问她：“懂得不少嘛，以前装修过？”冯晓琴道：“网上查的。”展翔赞道：“蛮像那么回事。”她嘿的一声，正色道：“爷叔你交代的事情，总归全力以赴。”

她把自己的设想写下来，打印在A4纸上，装订好给他，“茜茜教我的，银行里写报告都这样，要领导审核通过了才行。”展翔接过。

排版得很整齐，题目用大号黑体字:《关于万紫园周边60岁以上老年人的情况报告》。吹了记响亮的口哨,“感觉像是两会讨论的议题——”又道，“爷叔是个粗人，眼睛又老花，你先把大概内容说一点。”

“一句话，就是托老所。”

展翔怔了怔，“——我又不是居委会。”

“爷叔你喜欢吃桃子吗？”她忽问。

他又是一怔，“喜欢，做什么？”

“现在桃子上市了。超市有卖，菜场有卖，小摊头也有卖。讲起来都是桃子，人人都吃桃子。可是，那种上级特供的桃子，和小贩手里批发的几块钱一斤的桃子，能一样吗？”

展翔朝她看。“小姑娘，嘴巴不要老。”

“装修还有个把月，再晾两个月。是不是嘴巴老，最多三个月你就晓得了。”

冯晓琴从工地出来,便去接小老虎放学。每天时间都算得刚刚好，好在离得近，容易掌握。到家一边服侍他小人家做功课，一边做饭。中午是随便凑合，晚上这顿是重头戏。菜是早上买好的，择好洗净，冰箱拿出来，该炒的炒，该炖的炖，倒也方便。吃过饭，小老虎练书法，还有小提琴。咿咿呀呀一阵，洗漱睡觉。小家伙习惯培养得不错，每天八点半准时上床，也不用催促。放在过去，后面是Happy hour，夫妻俩聊些体己话，做些私房事。现在是空出来了。安静得让人受不了。下楼散步。到广场看那些老头老太跳舞,正中放个录音机，教练在前面带,后面各跳各样。重在参与。冯晓琴也跟着跳,到底年轻,动作利落许多。前阵子因为顾磊的事，众人见了她，多少有些不同。尤其这群阿姨妈妈，眼神丰富都有些藏不住了。谁谁谁的儿媳，谁谁谁的老婆，谁谁谁回娘家，谁谁谁间接把老公害死了。冯晓琴也不在乎，见到女的都叫“阿姨”，男的都是“爷叔”。混作一团热闹。有个老女人，说她：“怎么是阿姨呢，都可以做你外婆了。”她正色道：“不可能，我外婆今年 68 岁。”女人忍着笑，在她身上轻拍一下，“告诉你，我都 70 出头了。”冯晓琴惊讶得张大嘴，“真的啊，一点都看不出来，我以为你才 50 多岁——”空当时，也替妹妹做广告，名片一张张地发，“理财产品比外面利率高，有空了解一下，不买不要紧，交个朋友。”也有喜欢做媒的，说要替她姐妹俩找对象，茜茜倒也罢了，她才刚死了老公，这些女人竟也不避忌。不论什么话题，冯晓琴只是顺着她们。没多久便熟稔了。天南地北胡聊——相比之下，最投缘还是张老太。

张老太叫她“妹妹”。“我男人喜欢找你阿公聊，我顶喜欢和你聊。”说话时咧开嘴，新镶的一口烤瓷牙，白生生，整齐得有些别扭。她说家里闷得慌，“整天对着死老头子没劲，还是出来开心。”一会儿又说：“我身体不大好，老朋友不正常，白带也不好。”冯晓琴知道她的情况。张老头来过家里几次，与顾士宏聊天时，边上漏到一些。老太以前也常见面的，有些痴头怪脑。愈是那样，现在愈发觉得她可怜。冯晓琴其实挺羡慕她的个性。“老十三点”，也不是人人都能当得起这四个字。有她难得的地方。偶尔与妹妹私底下聊起，说也只有上海滩才会生出这样的老太太，真正是老小孩了，率性得可爱。

她纠正冯晓琴的舞蹈动作，“妹妹，要这样才更好看，腰扭起来，屁股翘起来，不要不好意思——”她说本来想报个班学爵士舞的，“死老头子不肯，说跟别的男人抱在一起，忒难看。嘿，跳舞呀，又不是做坏事。老头子忒古板。”再过一阵，又不叫“老头子”了，直接叫“张卫国”，捏着鼻音，“张卫国讲，算了，三个人是一辈子，两个人也是一辈子，他不在乎。可将来的事谁又讲得清呢，现在他还年轻，或许真的不在乎，再过个几年呢，到了五十岁、六十岁，别人家孙子都有了，我们还是孤零零两个人。那时候他就算后悔也来不及了。虽说男人六十岁找个年轻女人还能生，可到底不是那么容易的。所以我劝他，算了，还是现在离了吧，夫妻一场，不好拖累你的。”她很认真地，又是小心翼翼地，讲给冯晓琴听。“妹妹，我跟你投缘，才说这些。你可不要说出去。我倒是无所谓，张卫国那人比较要面子。”讲到这里，她朝冯晓琴看，有些郑重地。冯晓琴点头，“我知道的。”她这才放心了。又问：“你结婚没，有小孩吗？”冯晓琴拿出手机，给她看小老虎的照片。她一张张地翻看，端详着，“——妹妹，你好福气。”

张老太话很多。像个优秀的小说家，很能够抓住细节，起承转合，琐事也说得引人入胜。一会儿“老头子”，一会儿“张卫国”，神情语调也是捉摸不定。眼神戏很多，完全不像一个八十岁的老太太。许多情况下，冯晓琴搞不清她是在回忆呢，还是真觉得自己是那个岁数。很难界定。有一次，试探地问她：“嗯，我叫你阿姐，好不好？”张老太愣了愣，随即一动不动，半晌没反应。冯晓琴心想坏了，动作太大，别把她弄 down 机了才好。果然她一个激灵，仿佛系统重启那般，没头没脑地："——你儿子，拜我做过房娘，好吗？"

"望星阁"开张那天，展翔去捧场，送了一只半人高的招财猫。大厅摆满花篮。史胖子招呼雇员把一袋袋小米、燕麦、绿豆、香菇堆放整齐。易拉宝展开，一个大大的二维码，写着"扫码领礼品"。零星有几个老人拿手机在扫码，领走一袋小米或是绿豆。史胖子显然不太满意这个局面。广告早就打出去了，群里发了几遍。照他的预估，人数应该远远不止。

"台风天，有影响的。"展翔是说昨晚登陆的台风。

"就几步路，有啥影响的。放着便宜不占。"史胖子想不通，"有机小米和绿豆。"

"绿豆呀，又不是金豆。"展翔笑。

"好，等你开张那天，我看你发金豆。"史胖子嘿的一声。

展翔参观了一圈。楼下是健身中心，器械和瑜伽室都有，旁边还有一个小型篮球场，可以隔成几块羽毛球场地。小区居民年费减半。史胖子说这是物业和居委会特别拜托的，算是半合作性质。赚钱的主要是楼上。以各种儿童教育机构为主，也有卖红酒和进口食品的。还有一家针灸减肥，其实是闲云阁的扩展业务，找个老中医坐堂，模仿旧时药房的摆设，一排排柜子刷成青铜色，外面贴上药名。旁边再放把木制扶梯。煞有介事。门上贴着"一月减十斤不反弹，胖一斤罚一千"。

"骨头轻，等着罚钱吧。"展翔好笑。

“我是吃素的？”胖子反问。

“你当然吃荤，一看就晓得了，”展翔在他肚子上一拍，“小心荤吃得太多，三高。”

史胖子请客吃小龙虾，就在后面一条街。台风天，客人少。平常生意好到排队，此刻也就坐个三五成。两人叫了五斤十三香，半打生啤。吃到一半，施源和顾清俞走进来。各自打了招呼，位子隔开老远。展翔听见顾清俞问服务员：“有不辣的吗？”服务员回答：“完全不辣没有的。要么微微辣。”施源问她：“要不要换地方？”她道：“你喜欢就好，反正我是陪你。”施源道：“我喜欢，你不喜欢，那我也不会喜欢。”顾清俞道：“你喜欢，我就喜欢。”

史胖子耸耸肩，对着展翔做了个“想吐”的表情，低声道：“两人在说绕口令。”展翔笑笑：“新婚嘛。”史胖子道：“示威。”展翔道：“不会。那男的又不认识我。”史胖子叹道：“皮肤忒白，书呆子模样。跟你展大户比起来，气质还是差点。”展翔嘿的一声，“老早就有人评价过我了，在暴发户里面，属于气质好的。”

展翔记得，这话是顾清俞说的。巧也是巧，那次也是吃小龙虾。冰镇龙虾。某五星级酒店的中餐厅，那天吃的是创意菜。顾清俞不能吃辣，偏偏又嘴馋。展翔挑的地方。替她抽去筋，剥好递到碟子里。她说“谢谢”。他道：“为女士服务，这是最基本的。”又自嘲，“暴发户想装绅士，不容易啊。”她一笑，说了那句——“暴发户里，你属于气质好的。”

这是他第一次近距离观察施源。比身份证照片苍老些，但人很清爽。就像胖子说的,书生气很足。读书人模样。展翔便有些气不过。弄堂里赤膊搓麻将的朋友，三教九流鱼龙混杂，股票跌进肉里，做不入流的买卖。偏偏样子还那样。这种窝塞只好藏在心里，叫不响，也坍台。拆白党、伪君子那些，好像也套不上。意思不对。

龙虾端上来。顾清俞戴上手套，拿了一只，忙不迭甩脱，“烫！”施源要替她剥，她阻止了，“小龙虾自己剥才好吃。”依然自己来。展翔心里嘿的一声，忍不住摇头。瞥见史胖子似笑非笑的神情，便低下头，认真剥小龙虾，继而叫服务员:“再来三斤——”

史胖子叫人做了个“望星阁”的公众号,除了线下那些门店,预约、优惠什么的，线上还可以送货上门，烟酒小菜、饮料水果都行。他说他的初衷是想建个小区综合服务平台，“别的地方我不管，赚万紫园的钱就够了。关键还是让大家方便。”他说明星产品除了针灸减肥，还有儿童英语。花了大价钱请的师资。比外面野路子的好许多。现在家长一个个也都是人精，几斤几两，分毫瞒不过的。前两天试听，当场就报了七八成。“爹妈省吃俭用，钱花在小孩身上，一点还价也没有。”

冯晓琴告诉展翔，史胖子开张那天，是她搞的鬼。“我跟那些阿姨妈妈讲，二维码不能随便刷的，搞不好要中毒的，手机里的支付宝密码全被它套了去，钱统统拿光。”她得意扬扬。倒不全是促狭史胖子这事，而是展示了一把她的号召力。“讲起来总归是竞争对手。我们在小区外面，他在里面，论地理位置我们输给他。所以气势上要灭灭他的威风。”展翔瞥见她神情，忍不住好笑，“我们不是托老所嘛，跟他有啥关系？”

“做生意讲不清的。今天托老所，明天托儿所。既要全力以赴，又要留有余地。”

“生意做得好不好，难讲。论口才，谁都比不过你。前几天豁胖[①]，今天又抖豁[②]。爷叔两张钞票在口袋里跳啊跳，大事不妙。”展翔酒窖里跑一趟，拿瓶红酒，“——怪也是怪，你酒量差，酒品也谈不上，偏偏爷叔每次喝酒都喜欢找你。”

“以前旧社会有钱人喝酒都要小姑娘陪的，爷叔你弄来弄去也就是封建社会那套。”冯晓琴撇嘴。

“我要真是封建社会那套，现在看到你就要躲得远远的。避嫌懂不懂？”展翔说到这里停下，自觉不妥。冯晓琴却没事人似的，顺着他：“——懂的，寡妇门前是非多。”

“现在是新社会，寡妇不寡妇，倒真的无所谓。爷叔眼里望出去，女人只有好看难看之分，其他一律不管。”

“那阿姐呢，除了好看之外，别的就没了吗？”

“已婚妇女不算。”

展翔拿个醒酒器，将酒缓缓倒入。琥珀色的液体隔着玻璃，再加上头顶的吊灯，几番折射，四下里迂回，透出的光竟有些清冷。再拿两个杯子，放在旁边。讲到顾清俞，动作便不够流畅。冯晓琴看在眼里。“爷叔，”她叫他，“上海滩的男人我见得不算多，但也不

---

① 豁胖：上海方言。打肿脸充胖子，牛烘烘。

② 抖豁：上海方言。害怕，战战兢兢。

太少。讲起来你算是相当可以的了。”展翔嘿的一声，“——又来了，老三老四。”

今日的酒喝得比往常快些。展翔照例向她介绍这酒的产地和年份。哪里买来,价格多少。冯晓琴依然那句“这酒给我喝,是浪费了”。展翔告诉她:“其实我也不懂。一般来讲，贵的酒味道总归好些。不是酒好，是钞票好。”

“爷叔,”冯晓琴停顿一下，还是问道，“一个人有十几套房子，是什么感觉?”

“早几年还有点感觉，现在已经麻木了。”展翔实话实说，“二十年前炒股票，屏幕上一会儿红一会儿绿，一颗心也跟着上上下下，像坐过山车一样。后来炒房，开头两套也是，怕政策变，怕市场不好房价跌，又怕下家出花头变卦。天天看报纸做功课，钞票赚得提心吊胆。亏得那时候年轻身体好，否则真是顶不住的。”

“辛苦铜钿。”冯晓琴道。

“这话是嘲我。”展翔凝视酒杯，缓缓地，“我自己知道，再辛苦也是个投机分子。天底下辛苦的人太多了，吃不上饭的也一抓一把。一分耕耘一分收获，这种话既骗人，也伤人。世界原本就不公平。除了运气好，我屁都不算。我有自知之明。”

他说着，把杯中剩下的酒一饮而尽。到底喝得快了，头有些晕。对面的小女人，也到底不是她。否则最后那句便不说了。他老娘前天还劝他找个女人，说谁谁谁的亲戚，手头有个不错的，年纪也轻，三十岁不到，长得又好。劝他去相一相。被他回绝了:“我不缺女人。”

他妈听了，一巴掌上来，年轻时种地的手，到老了依然力道不减，说话中气也足："你不缺女人？我问你，给你生孩子的女人有吗？老了病了肯服侍你的女人有吗？"他依然笑，"这种女人，我不要。"他妈气得抡起一旁的扫帚，没头没脑往他身上砸，"你去寻个仙女吧，供着她摆着她，中看不中用——"他妈虽然读书不多，看问题却犀利，讲话也到位，"你以为你有几张钞票，穿两件名牌衣服，买几部进口车，拿杯葡萄酒晃来晃去，就不是农民了？你一口本地话藏得再好，别人也听得出来。人家嘴上叫你先生老板，心里其实在骂，乡下人神兜兜，冲头阿缺西（沪语，指傻子）。"他避过他老娘的扫帚，笑得更加没心没肺。他老爹老娘都是老实人。但老实归老实，手条子是毫不留情的。小时候踢球打碎邻居家玻璃窗，一顿生活；读书时交白卷，冒充家长签名，一顿生活；骗女同学看通宵电影，一顿生活；偷爹妈钱去炒股，一顿生活；偷偷瞒着他们买房子，又是一顿生活。从小打到大。岁数上去，便看出老爹老娘其实是害怕。打得越狠，心里越怕。闯祸也分很多种的。打碎玻璃交白卷那种，倒还不太要紧，怕的是后头那些，简单说来便是——不知天高地厚。庄稼人靠天吃饭，是禁不得一点折腾的。老天爷折腾，那是没法子，自己折腾，便是作死。什么田种什么米，什么米养什么人。守本分是顶要紧的。在他们看来，展翔这小赤佬其实是有些不守本分的。一路提心吊胆。赚不该赚的钱，爱不该爱的女人。钱赚了也就算了，但女人不是说来就能来的。"越界"这个词，很要命。两位老人家都是经过坎坷的，晓得人再聪明，也跟不上这变来变去的世界。睡一觉，变个模样，说话间，又是一个模样。二十万的房子倏忽涨到两百万、两千万，焉知将来不会又跌到两万？因为跟不上，也看不懂，便近乎虔诚地，对这世道始终存着敬畏。说到底，人还是要循规蹈矩。穷光蛋脱底棺材买房子赚大钱，那是越界，四十岁不结婚满脑子光想着得不到的女人，也是越界。他老娘恨不得拿根绳子绑了他去相亲，三下两下结婚，再弄个小把戏出来。展翔耳朵听得都磨出茧了，拿出软姺皮的功夫，只是不理不睬。

他给冯晓琴讲以前庄里的趣事。宅基地拆迁，换市郊的公房。他家算少的，只得了两套小的。有一家，因先前宅基地上造了好几层，拆迁按面积算，竟换了五六套。那家的儿子，与他差不多年纪，生得面团团大阿福似的，人也极憨，家里人会盘算，卖了小房子换大房子，几次三番，目前房产也值上亿。这人在机场做搬运工，严寒酷暑，机坪上搬那些行李货物，一年赚的工资还抵不上一副清一色。却勤勤恳恳，连迟到早退也极少。旁人想不通，他却说，要做榜样给儿女看，不好当懒料坯，再怎样，班还是要上的。还有一家，也是儿子，宅基地换了公房，急急地卖掉，炒股，还有期货。现在只剩下自住的那一套。不工作，也不结婚，整天拿着手机刷抖音，也不知有啥好看。花销倒是不多，衣服一年四季就两套，吃的也简单。无不良嗜好。家人替他张罗相亲，他约姑娘去肯德基，这也罢了，结账时竟说 AA 制，问姑娘讨一半钱。这样一个宅男，偏偏前阵子迷上了视频女主播，一出手便是打赏好几千，见了面后更是送这送那。皮包、首饰、化妆品。近日被家人发现，一算，半年花了八十多万，却连人家小手也未搀过。再看微信记录，那女人一口一个“干爹”，连个“亲”也没挣上。

“好好坏坏，哪里都一样。说出来都是故事。”展翔边说边笑，瞥见冯晓琴怔怔瞧着自己，若有所思，“——爷叔在点拨你做人的道理，不要开小差。”

“我晓得，爷叔在讲寓言故事。”

“爷叔书读得少，满肚皮都是实战经验。”

冯晓琴望了他一会儿，接过他手里的酒杯，放在桌上，“爷叔你醉了。休息吧。”

不久，望星阁的英文班出了些状况。有学生中途想退班，被拒绝后投诉到工商局。孩子家里应该有些门路，很快便派人下来，除了退款的事，竟还把培训中心兜底查了个遍，发现个别老师存在资历造假。史胖子找人周旋，好在事情不大，罚了些钱也就罢了。小区里哪有秘密，群里转一圈，嘴巴里再传一圈，那老师很快便被捅出，原来竟是施源。小班是一对四，学费算下来一节课是六百多，老师拿一半，差不多便是三百。小区里人人脑子都是小算盘，一节课三百，一周算他十节课，三千，一月就是一万二。“顾老师女儿的老公，会点英语，淘宝上买了几张文凭，偷偷教小孩，被城管抓了”——便成了这样的版本。

施源告诉顾清俞，是史胖子那里缺人，生源到了，钱也付了，老师却没跟上，好说歹说央求他代几天课。顾清俞淡淡一句：“你应该同我说的。”他猜她有些生气，便道：“你别听人家瞎说。”顾清俞反问："人家瞎说什么？"他一怔，"我没造假。那些证书都是辛辛苦苦考出来的——主要是史老板帮我编了个履历。"见她依然不吭声，说下去，"我在外面给人家当翻译，有现场也有同声，费用比这高得多。我又何必去做这个，而且还在自家小区。真是临时帮忙，才代过三次。"顾清俞听他语气有些急，不似平时，结婚以来还是第一次见他这般仓皇。愈发淡淡地："翻译的事，你也没同我说过。"不待他开口，加上一句，"其实说不说，也没什么。我不在乎这些。"这口气又是潇洒得过了头。听在施源耳里，便近似于冷漠了。本来预备解释的话，应该是无用武之地。索性也不说了。

"跟那样的女人过日子，有劲吗？"上周回父母家，跟弄堂里几个朋友打牌。隔一阵，再回到那样肉狎气的氛围，听天南地北的方言，一张牌高高举起，重重掼下，烟灰随之弹起。也是感慨。他其实并不常打牌。父母不喜欢，况且也没瘾，又何必去惹他们不悦。家中一架钢琴，常年拿布套蒙着，当桌子用。偶尔也会掀开，过年过节或是有客，他父亲先弹一段，再是他。父亲是童子功，两岁时开始练，便是搁下再拿起，底子还在。他毕竟不同，幼时父母在外地，信里再三关照，要学钢琴。无人督促，象征性地学了点，形式大于内容。旁人说，施源真不得了，会弹钢琴——要的只是那句话罢了。换了他，处在他父母那层，多半也会如此。一言难尽。倒是评弹更地道些，父母爱听，他天生乐感好，听多了，也能哼个三五分。一个大男人，擅长的是丽调。唱《黛玉焚稿》，"风雨连宵铁马喧，好花枝冷落在大观园。潇湘馆里无声息，有一位抱病的佳人双泪悬。"还有《木兰辞》，“唧唧机声日夜忙，木兰是频频叹息愁绪长，惊闻可汗点兵卒，又见兵书十数行。”丽调音乐性强，不拘一格，乐感好的人，便是初学，也能唱得似模似样。有时哼得入情，摇头晃脑，他母亲便在旁边笑他“小痴子”。现在回想起来，那时家里的氛围，总是透着某种介于亢奋与哀怨之间的味道。像认命，又像赌气。看着恹恹的，却又时常一激而起。直到现在，他父亲依然只看台版书，竖排到底不如横行方便，读几页便放下。一会儿再拿起来。宁可发呆，也不做别的。父母不常吵架，但一吵就是要死要活。也不是那种泼妇骂街式的。母亲平常说上海话，吵架时便换正宗苏州话，父亲竟是用英语。寻常吵架不会，只有大吵时才用上。这让他们的吵架更多了几分仪式感，有了某种庄严的意味。施源记得，2007 年他把父母的大半积蓄，还有他工作几年攒下的钱，统统投入股市。那时旅行社收入不低，中专毕业反比许多大学生赚得还多。他父母退休回来，关于儿子的将来，一直是希望他出国。美国、加拿大，还有澳洲那边都有亲戚，可以照拂。施源自己也同意。雅思也早考出来了。也是命中注定，那时竟莫名其妙中了个新股，不到一月，翻了几倍。那是中国股市最疯的一阵。钱能生钱，变魔术似的。都觉得到顶了，偏偏还一个劲往上蹿，生生把人的欲望给勾起来。愈是后面进去的，愈是忍不住。便是那新股区区一千股，赚的钱也够大半年薪水了。若是再多投些下去，那还了得。于是施源建议，是否可以把出国的那笔钱先用来炒股，他一个朋友在证券公司做，有内部消息。他做好被父母拒绝的准备。甚至头上砸两个毛栗也有可能。谁知父亲竟说好。

母亲咕哝两句，也是有气无力的。父亲说：“我就不信，我们倒了这些年的霉运，还会继续倒下去。触底也要反弹的呀。”用的是股市里的术语。自己听了也笑。一家三口把存款数了又数,留下些基本开支，其余悉数投了进去。电脑上操作，按下“买入”键时，三人脸上都是异常郑重。反倒不如之前那般忐忑了。父亲反复说着“听天由命”，话这么说,其实恰恰是不认命。满脑子都是“否极泰来”那些。不久，沪市冲到6100多点。疯了。原想着见好就收，到底没那么容易。鱼头鱼尾，哪段都舍不得。稍一耽搁，顿时便掉头了。大势转了风向，原也不是一跌到底，有的是止损的机会。但那种时候，竟像是自己跟自己较劲了，咬牙切齿地。与其说跌的是股票，倒不如说是残存的一点希冀。过去的，现在的，将来的。昏天黑地混作一团，后来连自己也糊涂了。怎么就到了这种境地。原先那些不止，另外又借了钱放进去。真正是赌徒心思了。跌到拦腰一刀那晚,到底是灰心了。这辈子不指望了。他听见父母在房里吵架,各自指着对方话里的破绽，像小孩子那般无理取闹。也是从未见过的。最后,母亲用苏州话尖叫，歇斯底里地：“倷去死！”父亲回敬一句：“Go to hell（下地狱吧）！”那瞬他听得竟想笑了，心底里一点点空下去。倒不觉得痛，只是空荡荡的。什么东西碎了，成了渣。又是自暴自弃地。想，就这样吧，看你能到什么地步。

“床上功夫大概不错。”豆浆店老板猜测。算是回答之前那位的问题。那人道：“你怎么晓得，施源跟你说过？”豆浆店老板道：“看施源面色就晓得了，白僚僚灰扑扑，脸颊瘦成两个洞，一副困不醒的模样。”几人哧哧笑起来。施源攥着一副半好不坏的牌，打得也是温暾水一般。被人嘲，只是微笑不语。又一人道，莉莉这阵竟是不怎么来。才说得半句，旁人使个眼色，慌忙打住。

与顾清俞重逢的前几日，莉莉忽问他：“你住到我家来，好不好？”他一怔，“——你家和我家，只隔一条弄堂。”她道：“那好，去你家也行。”他挤出一个笑容。她随即告诉他：“我怀孕了。”说完，留意他表情。若他说“不”，她便打算向他讨流产的钱，还有精神损失费。不必多，十万便够。其实也不是钱的问题。与他暧昧了这些年，都是顺着他依着他，男女双方不对等，爱与不爱倒在其次，关键是憋屈。她瞥见他怔在那里，未待他开口，陡然笑起来，抢在前头说了句——“骗你的啦，看把你吓的。”

“其实真没什么劲。”打牌那天，他这么回答，脸上带笑。牌友们都以为他在说笑。这样的宣泄半真半假，但也有些用处。他居然还接住了豆浆店老板的话头，告诉他们“功夫不咋的”，惹得这几个人愈发来劲，想要问些细节。他卖关子，故意停下。笑得似是有无限内容。

——“我知道，莉莉找过你。”

施源不知道为什么突然对顾清俞说这个。而且还是在这当口。瞥见她神情一变。到底是没屏住。破罐子破摔。愈是形势不妙，反而愈是不管不顾。说话不经大脑。但真的很畅快。人只有自暴自弃到了极点，才会生出那样畸形的快感来。浑身每个细胞都膨胀开，再猛地一个激灵，瞬间又收缩了。像吸毒时的痉挛。“我吸过毒。”

他一字一句地告诉她，“我妈拿刀架在脖子上，逼我戒掉了。但保不准哪天还会再吸。”他看见她有些骇然的神情，说下去，“——当初那个施源，早就不在了。我知道，你也知道。”这话恁的干净利落，又是一激灵，痉挛般的快感。这情形，像极了高考成绩揭晓那瞬，他不哭反笑，眼泪却无声无息地落下来。还有跟财务公司签下那120万的借款合同，末尾红红的一个手印，他看也不看，把合同飞快地塞进口袋，响亮地吹记口哨，倒唬得那人一惊一乍。再就是他与顾清俞重逢那晚,中介一句“皮肉生意”,邻桌两个女孩投来异样的眼光，他只作不知，拿咖啡的手稳稳当当——人若是将自己摆到低得不能再低的位置，便再无畏惧。万般皆可。

顾清俞一动不动。沉默得有些可怖。这样剥皮拆骨地说话，既陌生，又似早就料到了。她曾以为会是自己先爆发，比如结婚前几天，莉莉忽来寻她。“我真的很爱他的。”怕她不信,加重语气又说一遍,“真的，我真的很爱他的！”她瞥过这女人干燥得有些蜕皮的两颊，发色染得久了，鬓角新生出几根细细的棕发，轻轻晃着。——“哦，那又怎么样？”她声音冷得像冰。瞥见这女人错愕无助的神情。那瞬，她忽对施源生出几分怨恨。是他，将她置于这般尴尬的境地。让她在这满身鱼腥味的俗气女人面前，咄咄逼人得莫名其妙。那些平常不屑到极点的场景，两女争一男，原配斗小三，争风吃醋鸡零狗碎，此刻落在自己头上。偏偏对手还是那样的女人。“你想要什么？”竟又像是鬼使神差，生生要把这戏份做足。脸上没一丁点表情，望着这女人，有些嘲弄地：“你想要什么，直说。”

施源从冰箱拿了罐啤酒，坐在沙发上。顾清俞翻看一本杂志，半天仍是那一页。两人隔着半尺距离。他小口小口地喝酒，她一行行地看书。沉默与其他情绪一样，都会戛然而止。莫名地。像是接缝处没扣好,前后没连上。瞬间便脱了节。之前的情绪却兀自在脸上，有了时间的积淀，少了些没头没脑的棱角，竟是深隽许多。

“你有什么话，都可以同我说。”半晌，她道。

他盯着手中的啤酒罐，一动不动。“其实，我就是想给我爸妈买套房子，让他们临老过几天好日子。用我自己的钱。你的钱一分也不要。”他想这么说。但这话又像是总起句了，后头仿佛跟着诸多内容，非得一句句说下去不可。你一句，我一句，缠缠绕绕，没完没了。他实在是没精神。此时此刻，总结句更合适。干净爽利。

他仰头，把啤酒一口喝干。

“要不，还是离婚吧。”

十二

立秋刚过，葛玥顺利生下一个男孩。六斤八两，母子平安。原先订下的月嫂被苏望娣退了，亲自上阵。一半是省钱，一半也是欢喜。月子在婆家坐，是苏望娣坚持的。葛母每日过来，白天轮流带，晚上便只她一人。小床放自己旁边，宝宝醒来，抱到葛玥那里，喂完奶再抱走，拍嗝、换尿布。一晚上总要起来四五次。白天连夜里，几乎不停地，却不觉得累。小肉团子抱在手里，从头看到脚，眼睛眉毛鼻子嘴巴，哪里都是可心的。与儿子小时候一模一样。抱着他，便仿佛回到三十年前。周遭景物尽数可省略，唯有怀里这团肉，奶香与尿臭相混，厚厚实实一把兜住，便觉得再怎样也无妨。有她在，天塌下来，也替他顶着。时光亦有回眸的一瞬。便是这样代代相传，周而复始。曾经用在儿子身上的心思，兜兜转转，轮到孙子。凑近了，那张小脸，怎么也看不够。看到他，心头又是甜又是酸，一会儿想笑，一会儿想哭。自己也不知是怎的。

与儿媳的话比以前更多了。围绕着宝宝，话题衍生出去，举一反三。苏望娣本就是有些唠叨的人。她说当年坐月子哪有现下这么多讲究：不喝白开水，光喝蒸发了酒精的米酒水。烧菜也不用普通的油，只用姜麻油。鱼汤蹄髈那些，过去讲起来顶滋补的，却不大吃了。这不吃那不吃，月子餐竟跟减肥餐差不了多少。洗头洗澡倒是不避忌了，想怎么洗就怎么洗。空调也照样吹，不怕关节痛。“其实就是随心所欲了，不像我们那个时候，束手束脚，老的说一句，小的屁都不敢放。”葛玥以为这话是数落自己，忙道：“妈，我没有——”苏望娣道：“是赶上好时代了，替你高兴。一样做女人，你比我舒服。”葛玥停顿一下，“妈是比较辛苦。”苏望娣嘿的一声，“不是辛苦，是命苦。辛苦还有解脱的一日，命苦就真正是一生一世，没指望的。”葛玥与她接触这些时日，也渐渐习惯了她的说话方式，便是再迟钝，也听出这话其实另有所指。家里两个男人，顾士海自不必说，顾昕这阵去新疆出差，每天通一次视频，也只是三言两语，简洁得像是发电报，宝宝好吗，你好吗，爸妈好吗，格式亦一模一样，可以照搬的。葛玥要聊些宝宝的细节，他也并不十分着紧，或是草草应着，或是索性说太忙，便挂了。连苏望娣那样护短的人，也忍不住感慨：“是亲生的呀，又不是你老婆改嫁带来的拖油瓶——”顾士海听了，骂她“什么话都说得出”。她径直从手机上翻出一张照片，给丈夫看。是一道菜，拿豆芽粉丝堆成一棵树，再弄几个馒头做成小猪的模样，各自趴在树上。让他猜菜名。顾士海说“母猪上树”。她摇头，正色道：“错，是‘男人靠得住’。”葛玥旁边听了，也忍不住笑出声。她冷眼旁观，苏望娣那样白天黑夜的辛苦，顾士海只是负责早起买个菜，往厨房一扔，便诸事不理了。好几次炉子上烧着菜，她与苏望娣在房间忙宝宝，他见了也只是提醒一声“快焦了”，并不搭手。吃完饭，碗筷也不洗，任桌上摊着，自顾自地回房。喝茶看报纸。“你将来也逃不脱的，”苏望娣说葛玥，“一个儿子，一个老公，你要做一辈子的保姆。”

平心而论，葛玥倒不在乎这些。或者说，是还未考虑到这些。顾士海再怎样，终是老夫老妻，便是淡漠，也是积年累月后的沉淀，性质不同的。顾昕却真正是隔了一层了。去年这时候，他与她还是普通同事，虽在一幢楼上班，但平常也难得见面的。名字也叫不全，只知道他姓顾。除去她父亲那层，她着实是很不起眼的一个人。连走路也是低着头，有些谦卑的模样。“你很像日本女孩呢。”她记得，他这么评价她时，她红了脸，不敢看他。他第一次握她的手，她慌得差点甩脱，心怦怦直跳。在他之前，她几乎没谈过恋爱，相过两次亲，都不了了之。称得上一张白纸。她想过无数次，他为什么会追求她。便是再傻，她也能辨出几分。“要说完全没那个意思，我是不信的。你这样的性格，真找个像蒸馏水一样纯的男人，我和你妈也不放心。过日子，太虚头虚脑不行，太实打实也不行。退一万步，还有爸替你看着呢。”她父亲这话，打消了她最后的顾虑。必须承认，父亲看人是准的。当然也跟她自身条件有关。倘若她生得比张曼丽还美，或与顾清俞一样能干，父亲又该是另一番说辞了。

宝宝满月时，顾昕从新疆回来。给宝宝买了一顶维吾尔族帽子，尺寸已是最小了，但依然太大，戴上遮住了整张脸。宝宝显然不太喜欢，哭声一阵响似一阵。他却不依不饶，一遍遍地试戴，“乖——”她旁边看着，并不阻止。总算挑个角度，勉强戴上。机会稍纵即逝。他拿手机拍照，宝宝翻个身，帽子又偏了。“嗐！”她听出他口气里重重的不耐烦，怕他恼，抢过去抱起孩子，岔开话题——“新疆那边热不热？”

“还好。”

“好像晒黑了点。”

“紫外线强。”

吃饭时，苏望娣不断询问儿子这趟出差的情况，几个人去的，住在哪里，忙的什么，怎么这么久，等等。葛玥替婆婆捏着汗，果然顾昕先是应付着，及至到那句“玩了哪些地方”，顿时发作了，皱眉：“上班呀，又不是玩。”苏望娣碰个钉子，却还不罢休，“听人讲，新疆不大太平，你们领导倒是放心，一去就是个把月。”顾昕回答：“北疆好些。”苏望娣问他：“想不想老婆孩子？”他嘿的一声。苏望娣便转向顾士海，“你儿子跟你一样，一棍子打不出个闷屁，喜欢装酷。”顾士海道：“像你一样饭泡粥（沪语，指话痨），才好？”

“膳魔师。”葛玥心里念了一遍。有一阵挺流行这词，膳魔师焖烧锅，“焖烧”就是“闷骚”。葛玥猜想他与张曼丽在一起，应该不会话这么少。没本事的女人，只好让男人“闷”，像张曼丽那种，男人肯定就“骚”了。当然这话只能放在肚子里。她让他试着抱孩子，“宝宝都没怎么见过你，要熟悉起来——”他刚抱到手里，宝宝便开始哭。他顿时放弃，还给她。喂完奶，她教他换尿布，“抓住两只小脚，抬起小屁屁，拿湿巾从前往后擦，再垫上新尿布，扣上，两边褶子翻出来——”他试了一次,还挺像样。她对他道:“既然你回来了，这几天让妈好好休息，晚上你来弄。拍嗝、换尿布。”他道:“你反正要喂奶的，一枪头做完不是挺好？何必再拖累一个？”她怔了怔。他又道:“我白天还要上班的。”

晚上依然是苏望娣来。顾昕索性搬出房间，在客厅搭张床。早上起床，进来在宝宝头上吻一记，便上班——“男人靠得住，母猪都会上树。”苏望娣依然这句。葛玥只是苦笑。

冯晓琴姐妹俩过来看宝宝，送了一只10克重的金木鱼。葛玥挺不好意思，“何必破费——”冯晓琴道:“应该的，我是婶娘呀。”与她聊些育儿的细节，奶多不多，有无奶结，恶露止了没有，宝宝黄疸几时退，等等。冯茜茜去卫生间，出来时见顾昕在削甜瓜，“阿哥，我来吧。”顾昕道:“你是客人，怎么好让你弄。”冯茜茜见他手上滴滴答答都是汁水，递一张纸巾给他，“还是我来吧，一只甜瓜被你削得只剩下小半只。”顾昕有些狼狈，接过纸巾。她过去三下两下，皮归皮，肉归肉，切成小块放在盘里，再插上牙签。“上班顺利吗？”顾昕问她。她道:“一般,就那样。”他道:“你姐姐之前让我替你找工作，不好意思，没帮上忙。”她道:“没什么，找工作本来就不容易。”

冯茜茜上月业绩排在末位，她做成的几笔单子，都被她师傅算在自己名下。再问另外几个新人，才知他们也是如此。行里不成文的规定，倘若连吃三个月白板，便会被辞退。这要看师傅做人了，有点良心的，自己吃肉，给徒弟喝点汤，便也饿不死。她那个师傅，属于吃相比较差的。冯茜茜跑去找他理论，那人还要激她："下月起你自己做，做多做少都是你的，不是蛮好？"冯茜茜初来乍到，手里哪有什么客户，就算勉强有一两个，人家真金白银的生活，谁肯交给一个新人？这话是将她的军。胸闷得紧，又觉得丢脸，忍着连姐姐也没告诉。帮不上忙，还让她担心。倒不如自己想办法。关键还是客户源。电话簿翻出来，一个个打过去。凡是能搭上一点边的，统统不放过。连那个吃她豆腐的财务主管也联系了，再窘也装作没事人般，前情不提，只劝他存贷款。那人竟也不挂断，静静地，只是听她说。好在是打电话，看不见人，光说话到底从容些。那人又约她吃饭，她还未应声，那人说下去，问她——"这次打算把摄像头装哪里"。那瞬她窘得眼泪都下来了，只觉得每寸头发丝都是可笑到极点。拿电话的手全是汗，愈发握得紧了。

"我亲眼见过一个同乡小姐妹，当房产中介，跟老板联手做假合同，骗了一千多万，不知逃去哪里了，几年没回过老家。还有一个当保姆的，偷东家的钱，每次抽几张，自以为神不知鬼不觉，最后还是被发现了，判了两年。那时我就想，要么索性不出来，既然出来了，就不能走那些歪门邪道。否则爹妈都抬不起头做人。一定要光明正大地做事，就算再难，也要凭真本事在上海扎下来。"

她与顾昕聊天。也不知怎的，竟说到这些。他未必能懂她的心情。就算懂，不过是个勉勉强强的亲戚。她应该是昏了头。切个甜瓜，便引出这一大段。瞥见他不作声，想平常并不与这男人多话，突然间表决心似的，倒真有些别扭呢。他看出她的尴尬，鼓励道："我觉得，你应该可以的。"她拿过果盆，站起来，"我送进去。"又问他，"要不，阿哥你先吃几块？"他忙道不用，"我吃这些就行了。"指着刚才削去的那些带肉的大块果皮。她笑了一下，"好。"

顾昕独自在沙发上看电视，听葛玥在里面叫"宝宝大便弄在床上了，拿毛巾来"。苏望娣和顾士海去了外地，挨不过，只好拿了脸盆和毛巾进去，见床上一大摊屎迹。葛玥说："床单要换——"他三下两下抽了床单，抱成一团。"别放洗衣机，要先用手搓一道。"葛玥关照。他动作愣了一下，冯茜茜旁边已接过去，"我来洗吧。"他与葛玥同时道："那怎么行？"她道："晚了洗不脱的，黄澄澄一摊。"顾昕还要坚持，她径直问他："阿哥你平常洗衣服吗？"他只得松了手。

冯茜茜开门出去，他后面跟着。她水龙头下打一层肥皂，搓出泡沫。动作娴熟。他十指不沾阳春水的一个人，此刻走也不是，留也不是。隔开半米左右，看着。她一边洗，一边对他道："阿哥，宝宝长得像你更多些。"他道："是吗？"她道："眼睛鼻子嘴巴都像你。脸型像阿嫂。宝宝门槛精，会挑。"他笑笑，"只要不像隔壁的张木匠，都行。"

这天晚上，顾昕搬回房。顾士海插队落户时一个朋友没了，夫妻俩去外地参加丧礼。只一晚，葛玥原先的意思是，她一人搞定也行。嘴上这么说，心里自是盼他别答应。他考虑一下，道："我给你打下手吧。"——只这一句，便足够了。她兴冲冲地，把小床拉到自己身边，"你管你睡，实在不行，我再叫你。"他也不客气，竟真的睡过去了。连宝宝晚上吐奶，她来回忙碌，他也全然不知。她半躺着，一手拢着宝宝，一边细细端详他。他有张嘴睡觉的习惯。她替他把两瓣嘴唇合拢，只一会儿，他便不舒服，挣了开去。她记得书上说过，总是张嘴睡觉，人会变丑。他现在这模样，倘若没这坏习惯，不知该有多英俊。倒是要多留意宝宝，网上有卖那种贴纸的，睡觉时粘住嘴巴，便只能用鼻子呼吸。她的儿子，非得是美男子才行。一会儿看大的，一会儿看小的。来来回回。累是累的，却也欢喜。这男人离开了一个月，总算是回来了。这么一家三口躺在一起，竟有种做梦的感觉。她原先并非多愁善感的人，或许是孕激素的缘故，这阵子总想得特别多。他出差那段时间，她凭空生出个念头，觉得他大概不会再回来了。出差是真的，处长带队。她问过一个同事，装作不经意，拐弯抹角。按她的性格，已是前所未有的精细了。张曼丽的微信也有，朋友圈每天都看，有定位，应该没出上海。每次与他通视频，她都会格外留心旁边的动静，有无女人声音或是女人物件，浴室玻璃门有没有映出别的人影。她记得以前母亲也常提防父亲外面有女人，坐实过一两回，但应该远远不止。她父亲比母亲精明。她也一样，顾昕比她精明得多。

世纪尊邸如期交房。顾清俞悄无声息地搬了过去。家具都是新买的，这边稍稍整理，不过打包了两个皮箱。怕大伯那边触景伤情，也怕旁人察觉她与施源的事。连顾士宏亦是瞒着。“爸，我搬过去了。”轻轻巧巧一句。顾士宏见惯了女儿的做事风格，倒也不十分惊讶。“现代女性，搬家跟上个厕所差不多。”他向张老头抱怨。

张老头嘿嘿笑，“都加入作家协会了，讲话还这么粗。也不弄个文雅的比喻。”

他说现在连他老伴也开始写文章了。老太婆以前是重武轻文的类型，看报纸都嫌麻烦，更别提写写弄弄了。“每天在白纸上写几段，写完就收起来，谁也不给看。我觉得也蛮好，写文章也是动脑子呀，让她多练练，那病或许就好了。”张老头这阵瘦了不少，少年夫妻老来伴，年轻时再怎样形骸相忘，老了都是一搬一捺，支撑着才能过下去。人人如此。又夸赞冯晓琴：“难为你儿媳了，时不时地去陪她。非亲非故，我老太婆那么神经兮兮的一个人。弄得我很不好意思。”递给顾士宏一支口红，“也不晓得买什么，送年轻女孩这个，总归不错的。”顾士宏好笑，“你一个老头子，倒是懂经。”也未拒绝，转手便给了冯晓琴，“张家伯伯一片心，想要谢谢你。你收下也好。”

从顾士宏的角度，也有些不理解。家里事多，她又要烧饭，又要照顾儿子，闲暇时再去展翔那里帮忙，偏偏还多出张老太这茬。年纪差了几辈，性格也完全不同，若说投契，似乎也牵强。问过她一次。公媳间关系还有些僵，她也回答得硬邦邦：“赚钱。”

他更是不明白。“赚什么钱？”

“赚老东西的钱呗。”她心里恶狠狠一句。想，你也是老东西，现在忍着你，将来房子和票子，都是我儿子的。嘴上道：“——零花钱。”瞥见他愈发糊涂的神情，忍不住得意。偏把话说得模棱两可，让他摸不透。又加上一句，正色地：“我这人最喜欢钱了，眼睛里只有钱。爸你又不是不晓得。”

不久，便传出张家失窃的消息。现金丢了几千块，还有些金货。警察调查后，发现没有撬锁的痕迹。也不像是破窗而入。大门用的是电子锁，可以拿纽扣钥匙开，也可以直接输密码。都说现在愈是高科技的东西，愈是不牢靠，网上传言，单凭一个线圈就能解锁。也不知是真是假。没有线索，只能不了了之。万紫园靠近地铁站，地大，人又多，盗窃案也是时有发生。张老头为人豁达，倒也不在乎，“人没事就好，破财消灾。”

顾士宏多了个心眼，单单只讲给顾清俞听：“我也是瞎猜——”顾清俞劝父亲：“没到那个地步。再说也没证据。”顾士宏道：“所以呀，只是瞎猜。我又没讲肯定是她。”顾清俞虽不喜欢冯晓琴，但无凭无据，自是不会想歪。劝父亲：“日子好好坏坏，有时候大半是自己想出来的，想得越复杂，自己就越烦恼。”顾士宏叹道：“你爸不是拎不清的人。好好坏坏的话，不同你讲，还能同谁讲？”顾清俞心里揪了一下，那瞬突然有种冲动，想把与施源离婚的事说出来。好好坏坏，一股脑倒出来。便是哭一场也好的。“爸，”才起了个头，又缩回去，“——你女儿其实没你想的那么聪明。又笨，又不讲道理。”脸上还要笑。顾士宏道：“笨是不笨的，道理确实不怎么讲，犟头倔脑。你姑姑说你，天不怕地不怕，头上长角。”她笑，“蜗牛头上也长角的，牛和羊也长角。像老虎狮子那种狠角色，反倒不长。你女儿看起来凶，其实顶顶没用。”

“会咬人的狗不叫。你大概是只吵狗。”顾士宏嘲女儿一句。

顾清俞想起几日前，张曼丽忽来寻她。“阿姐！”叫得亲亲热热。大学时，借由顾昕那层关系，她来顾清俞公司实习。一心想留下来。

后来却未成功。僧多粥少，拼学历本事，也拼人脉关系。那时顾清俞到底年轻，根基不深，虽然顾昕再三拜托，终是落了空。倘若放到现在，倒是可以一试。张曼丽这些年与她一直有联系，态度像下属对上级，三分尊敬，倒有七分讨好。顾清俞那时想，又要多一个厉害的弟媳了。谁知最后竟是未成。顾昕娶葛玥，在顾清俞看来，这表弟到底不是顾磊，思路要清楚得多。但这张曼丽也着实是人才，分手后依然没事人般，三天两头点赞她的朋友圈，逢年过节还要发些祝福话。最近一次，是顾清俞先开的口，说要为她做媒，其实是旁敲侧击，提醒她顾昕已是有妇之夫，劝她好自为之。她竟也真的答应了。顾清俞倒不好意思不兑现了，真介绍了一个做医生的学弟给她。问过学弟一次，对这女孩印象不错。也是意料之中。那样的大美女，谁见了都动心。学弟是个本分人。顾清俞偶尔想起这事，也觉得自己有些冒失，好便罢了，万一有什么，倒对不起学弟。张曼丽那种女人，虚虚实实，做女朋友蛮有味道，当老婆便有些冒险了。

张曼丽竟是来送喜帖。打开，是一对新人的照片。“阿姐，一定要赏脸哦。”又说婚后打算出国。去葡萄牙，50 万欧元移民，赶上最后一波。语言考试也过了。顾清俞问她：“去那里做什么？”她笑道：“当家教，现在全世界都流行学中文。”又道：“南欧风光好，阿姐以后过来，记得找我。”顾清俞瞥见她神情，竟已有些居家度日的恬静了。再去向学弟道贺，讨十八只蹄髈。学弟抑制不住的喜悦，“寻着这么好的老婆，学姐就算问我讨十八只金蹄髈，也是要给的。”顾清俞听他细数张曼丽的好处，贴心、善解人意、做事懂分寸，又孝敬老人。

心想这些对张曼丽来说，该是不难做到。“曼丽是天使，找不出缺点。”学弟的父母在国外经商，家境优渥，从小顺遂，倒有些孩子气，不谙世事。见他欢喜，便也替他高兴——“早生贵子。”

“她生不出小孩。”顾昕告诉顾清俞。张曼丽的婚纱照发在朋友圈里，单单屏蔽了他。但他依然得知了。他没打招呼，径直去找顾清俞——“看看阿姐的新房子，顺便聊聊。”

他说，当初是张曼丽分的手。先天性输卵管闭锁。大学里是她追的他。“我喜欢你身上那种忧郁的文艺气质。”她说得一本正经。其实她比他文艺得多。喜欢诗词、绘画和音乐。美女再加上仙气，一般男人就有些吃不住。她说他不是一般男人。其实他自己清楚，他只是个俗得不能再俗的男人，胆子也小。所以当她提出分手时，他终是同意了。她说：“在爱情最美好的时候分手，我要让你永远记得我。”这话她说过两次。分手也要两次。像演员谢幕，戏越好，次数便越多。因为舍不得。他结婚后与她那段，像小说的番外，把之前没说尽的、没交代完的，拾遗补阙。没有婚外恋的狎昵，倒像老夫老妻般，和缓度日。相比之下，第二次分手比第一次更突然。她发个微信：“我要结婚了。”便再无下文。

“阿姐的新房子，蛮好。”他里里外外参观了一遍。讲完张曼丽那段，再加上这句，悲剧意味便更浓了。声音涩得都有些捻不开。顾清俞一直觉得这表弟针插不进水泼不入，喜怒不形于色，有些古代老夫子的感觉。今日竟是意外了。给他倒了杯茶，安慰道：“人生总是起起落落，你还年轻。”他接过，“阿姐怎么不给我喝酒？”她一笑，“酒入愁肠愁更愁。你本来也没什么，喝酒倒像那么回事了。我不给你机会耍酒疯。”

“姐夫还没回来？”他问。

她胡乱应了声。又道：“有什么需要帮忙的，尽管告诉我。自己人。”

“谢谢阿姐。”

顾昕骑自行车回去，刚走出几步，见展翔迎面走来。路灯昏暗，便省了招呼。停顿一下，见他进了顾清俞的那个门洞。有些诧异，想这么晚了，这人居然还来。

经过地铁站，正巧冯茜茜从里面走出来。他上前刹住车，“才下班？”她嗯了一声。他瞥见她神情透着倦意，“——载你一段？”她摇头，“不用，就几步路。”他道：“上来吧，反正顺路。”

顾昕万紫园的两室一厅刚装修完，还要晾几个月。有婴儿，更是大意不得。过年都未必搬得过去。现在与父母同住白云公寓，租的两居室。离得近。生活圈依然是原来的。菜场也是同一个。“阿哥从哪里回来？”冯茜茜问他。他扶着龙头，实话实说：

“尊邸。找阿姐。”

她哦的一声。“尊邸”对他而言，应该是敏感词。声音听着也暗沉。直接安慰不大好，便从自己说起：“——刚才，请客户吃饭。没谈成，还白白贴了两百块饭钱。”

“单位不报销吗？”他问。

“怎么可能？阿哥你想得太好了。”

他道：“我们这种单位，平常接触不到这些。”

“公务员真好，工作稳定，也没什么压力。”

“压力还是有的，”顾昕停顿一下，忽觉得说这些似乎不必，便笑笑，“各行有各行的难处。有的是身累，有的是心累。”

他送她到楼下。经过旁边垃圾桶时，一个身影闪了闪，吓了她一跳。那人个子瘦小，头发全白。打个照面，便晃了过去。“3号里那人。”顾昕对她道。她点头。其实都是认识的。3号里一个老太，姓周，每天晚上背个麻袋出来翻垃圾桶，从一期到四期，看见矿泉水瓶，便捡出来，踩烂，扔进麻袋。还有废报纸、旧衣物。谁家要扔大件物什，往往通知她一声，要不要，倘若要，便自己拉走，大家方便。她也从不推辞的。六十多岁年纪，背有些佝偻，身体却好，也有力气。她是贵州农村人，儿子在上海娶妻生子后，便接了她来。白天带小孩做家务，晚上出来捡垃圾。其实也是闲不住。为这事她儿子不知与她吵了多少回，说家里不缺钱，犯不着出去丢人现眼。她却死活不肯。也成了小区里的一桩奇闻。

“阿哥，”冯茜茜已拿出钥匙了，忽又停下，问他，“——想不想去喝一杯？”

两人去小卖部买了酒，径直到新装修的房子。走进去，依然存些油漆味。地上铺张报纸，坐下来。打开啤酒，还有花生和鸭脖。她先参观了一遍，赞道：“装修得真不错。”

“你没看过阿姐的房子。我这个还在社会主义初级阶段，她那里已经直达小康了。”

“够好了。我要有你这样一套房子，就算少活十年都行。”她认真道。

他看她一眼。今天是有些野豁豁了。葛玥几分钟前刚发来微信："在哪里？"他回答"跟同事喝酒"。与妻子撒谎是经常的事。但今天这种情形，连他自己也讶异。这女孩一邀酒，他便立时答应了。看来是馋了，真想喝酒了。刚才在阿姐那里，没讨着。中医的理论，想什么，便是缺什么——今日缺的是一醉。

果然很快醉了。他问她："谈过几个朋友？"她道："一个也没有。"他斜睨她："瞎讲。"她道："不骗你。"他便一本正经地劝她："那你应该谈起来了。"她点头，"好，麻烦阿哥帮我留心。找个上海人。"他嘿的一声，"上海人里，瘪三也多的是。"她笑了笑："美女里面，坏女人也多的是。可男人还是喜欢美女。"他看向她，"你知道我的事？"她不解："什么事？"他叹道："少来，你和你姐姐，什么都瞒不过你们的。"停顿一下，"——我知道，你们心里会怎么看我。"

"当心吃耳光。"

顾清俞说展翔。后者坐在沙发上，被这话怔了一下，随即又笑，"看样子是真的分开了？"他是指刚才那句"这房子没男人味道，一走进来就晓得了"。又道，"不怕你表弟看出来？"她一怔，"你遇着他了？"他耸耸肩："他眼睛长在头顶，装作没看见我。我也只好顺着他，假装擦肩而过。"

停了停，他又追问："真的跟那人分了？"加上一句，"——所以才叫我过来？"后面这句是有些作死了。从进门便看出她脸色不好。还用这种声气说话，是一门心思要吃耳光了。她果然冷冷地："是你自己交代，还是我替你说出来？”他笑得有点僵：“说什么？”

“不是你，史胖子认识施源吗？搭界吗？我知道你朋友多，三教九流。别说只是促狭一记罚点钱，就算把他关进去，也不是什么难事。”

顾清俞瞥见他神情，便知道自己猜对了。便愈发做出恶狠狠的模样。咬牙切齿。

这几日找不到发泄口。办离婚手续那天，竟与结婚时是同一个工作人员，还记得他们，神情一直很暧昧，像是憋着笑。她那瞬有种冲动，想狠狠抡一巴掌过去。但碍着他。有他在，她无论如何做不出那样的事。她终是不想在他面前丢人。忍着，连签字的手也是稳稳的。她想，就当没碰到他。甚至还想，本就是假结婚，现在房子买好了，还留他做什么。她强迫自己，像解方程式一样，把繁复的东西一点点删去，简单到不能再简单。只剩一个答数。这么想问题，好处是爽气，饮鸩止渴般立竿见影。坏处是刀子太锋利，当场出血少，过后却一点点渗出来。牵丝攀藤地难受。终究是逃不脱。恨意悄声无息地，周身袭来。却又无可言说。

“我喜欢你。”展翔忽然想说这句，但说不出口。尤其这时候。没用，还伤自尊。是他理亏。他想让那个男人丢脸，越灰溜溜越好。冯晓琴说他像个小学生，幼稚得一塌糊涂，“爷叔，你觉得这样有意思吗？”他道：“男人促狭起来，本来就跟小学生差不多。”反问她，“换了你，你会怎样？”她道：“损人不利己的事，我不做。”他嘿的一声，“那你说两桩损人利己的听听，让爷叔我学习学习。”

史胖子找上施源，是展翔授意，拜托冯晓琴搭的桥。“姐夫，帮个忙。朋友的朋友。江湖救急。”其实她与施源并不熟，见过几次面而已。“他缺钱。”她对展翔说。展翔补充：“跟你阿姐结婚，他缺的可不只是钱。”冯晓琴懂他的意思。男人要面子。展翔就是想扒这男人的面子。工商局有熟人，特意把这事闹大，也不难。无证上岗，往死里打，便是吊销执照也是有的。史胖子还蒙在鼓里，否则被他晓得，早冲过来喊打喊杀了。展翔其实也有些后悔，不是他平常做事的风格。鬼上身似的。

“你打我两下吧，”展翔朝顾清俞看，真心地，“这事是我做得不上路。我跟你道歉。”

他以为她多半是讽刺几句，夹枪带棒，把话往难听里说。他知道她的口才，杀人不见血，今晚是送上门找死了。谁知她一声不吭，抡起茶几上一只水果盆，径直砸了过来。他大吃一惊，哎哟一声，手忙脚乱地避过。“咔嚓！”玻璃碎了一地。她站着，又拿起旁边的茶杯。他以为她又要砸，“哎——”慌忙抱住头。她却是喝茶，大口下去，呛得咳嗽起来。他惊魂未定，正要说话，瞥见她脸颊上一行泪，立时打住，伸手将她的茶杯接过，放下。又拿来扫帚和畚箕，整理地上的玻璃碎片。她先是不动，半晌，在沙发坐下。

“就算没有你，该分还是要分。”她听到自己的声音，闷得像蹩脚的鼓。

他怔了半晌，也坐下。“——哦。”

她向他说起莉莉。那日她问“想要什么，直说”，这女人竟也真的说了，她肚子里的孩子，想有个上海户口。这要求刁难得很。其实也是摊牌。施源的骨肉。顾清俞只当没听懂，“寻个上海男人，户口不就有了？”她公司保卫室有个鳏夫，五十来岁，无儿无女。“房子有两套，一套虹口，一套浦东。比施源有钱得多。长相不显老，除了眼睛有点斜视，讲话大舌头，总体还不错。”她把话说得促狭无比。做好这女人发疯发狂的准备。可谁知居然也成了。这阵她一连促成两段姻缘。喜宴时间也是相差不远。一门心思做红娘了。

“一样做女人，其实我比她们窝囊。她们思路要清爽得多。”

她心里叹了口气——“先天性输卵管闭锁”，她猜张曼丽这病或许是治好了。那天学弟欢天喜地，说张曼丽有了两个月身孕。她先是诧异，斟酌着，便也不提这茬。真真假假，也着实分不清了。到这当口，也不晓得受骗的是学弟还是顾昕。人生如戏。这番话闷在肚子里许久，只当要发霉烂掉，不想竟在展翔面前悉数倒了出来。扳手指算来算去，似乎也找不到比他更好的听众，还有受气包。刚才电话里凶巴巴一声“过来一趟”，那瞬她便晓得，从顾磊去世到现在，各种事情，各种情绪，终是要找个倾诉的人。

“你跟她们不一样。”展翔柔声道，“你是独一无二的顾清俞。”

这话说得真诚无比。他还想说“在我心里，你跟仙女没什么区别”，放在过去，说便说了。眼下却不行。捧场也要时机合适，否则就是嘲人了。他忽然发现，把真心话说得像嘲人，似是他的一贯风格。十年如此。像一篇形神俱散的文章，散了骨架，七拐八绕怎么也点不了题。但他却是最了解她的。她两句话一说，便是再惶顾左右，他也能摸到几分。她说她与施源的事，挑几桩拎一拎，旁人还未评说，自己倒已先留下三分情面，各人打五十大板。面上还是冷冷的。他忽又生出几分妒忌，只有真正在乎的人，才会这样，舍不得把他说坏。一张嘴是金钟罩铁布衫，兜头蒙上，再化作刀子去戳，自家的力道自家泄。无用功。其实也是胆怯。他展翔又何尝不是如此。真心话含在嘴里，口香糖似的嚼来嚼去，出来清一色是俏皮话。一句接一句，刹不了车。实在讨嫌。愈是岁数上去，愈容易犯这错误。换了二十来岁的小年轻，反倒不管不顾了，一开口便是天荒地老。

她没说离婚的事。有时铺天盖地的情绪，真到了宣泄的关头，那道闸陡地又合上，只留条细缝，不详不尽地漏些出来。她终是不太习惯向人倾诉，这性子有好有坏。刀枪不入，铜墙铁壁，三十岁不到便升做主管，这是好处。心里再难受，却只字不提，把日子过得顺水推舟，又倔强无比。这便是坏处。她说到施源教外语那段：“我知道，他是想赚钱——”展翔跟上：“老婆太强，老公就难免憋屈些。只好外面赚些零花钱。都懂的。”也是避重就轻。她朝他看，有些讥讽地：“你不缺钱。”他停顿一下，叹口气，把双手合拢，在胸口做个“爱心”，正色道：“——我缺这个。爱。”她被逗得忍不住笑，随即又低下头。他再强调一遍：“是真的。”

“阿哥。”

冯茜茜叫顾昕。地上一堆空啤酒罐。花生碎屑和鸭骨。都有了三五分醉意。油漆味闻久了，也像酒。上头。“阿哥，”她又叫了声。他抬起头，看她。

“张曼丽好看，还是我好看？”她咧开嘴。

他一怔，望出去，她的脸有叠影，看不甚清。大脑跟不上，嘴角一撇，竟是笑了笑。听她说下去："——你知道吗，我姐姐曾经想要撮合我们。"

"哦。"

"阿哥，"她停顿一下，想说，"其实我蛮喜欢你的"，这话似乎不妥，忒露骨了。酒喝得没他多，但也已两三罐下肚。头有些昏。何况还有前面那个饭局。她约的财务主管。虽然没谈成，但也不算全无收获。那人说现在形势不好，生意难做，中小企业一家家排队关门，劝她："还是要找国企，或者政府机关，稳妥，也长久——"

"阿哥。"她将刘海朝后捋去，笑得愈发灿烂了。刚才去厕所补了个妆，口红还有粉底。动作略有些不协调，笑容也不够自然。讲到底，任何事情都是熟练工。就像她银行的业务一样，还在学徒期呢。生意难做。各行都是如此。她暗地里咬了咬牙，对自己说"只这一回，也没什么"。瞥见他有些迷糊的神情。她一连叫了他几声"阿哥"，一声比一声嗲，却没下文。他倒先沉不住气了，问："你想说什么？"

"阿哥，政府机关办事，也要找银行贷款的呀，是不是？"她说完，心怦怦跳个不停。

十三

宝宝百日宴设在离家不远的一家本帮菜馆。大包厢摆了两桌，女方一桌，男方一桌。深秋时节，气候是最好的，宝宝穿上新买的羊毛套衫，下面是小牛仔裤，人撑起来不少，倒有些样子了。被众人轮着抱来抱去，脸颊上香了一记又一记。苏望娣见了便道“小毛头面孔不好亲的，有细菌的”，也不管对方是谁，纸巾递过去，关照“揩干，轻一点”，再抹上润肤油。葛玥父亲对女儿道：“你这个婆婆，是千载难逢的好啊。”话当着苏望娣说，客气和捧场占了大半。女儿住在婆家，自己这边照顾不到，看样子三代同堂的日子还要过下去。相比年初办喜事那阵，一样是客气，现在更多了三分讨好。葛父是老门槛，一眼便看出苏望娣是个吃软不吃硬的，便愈发说些窝心话：“女儿是娇生惯养的，被我们宠得一点用没有。亏得亲家姆妈能干，大气，人也好相处。玥玥每趟回来，提到亲家姆妈，一口一个‘阿拉姆妈’，倒让我女人妒忌了，说嫁出去的女儿泼出去的水，一点不假。”苏望娣得意扬扬，嘴上还要谦虚：“我们是粗人，什么也不懂。亲家爸爸讲得我难为情。”葛父一锤定音的口气：“女儿交给你，我和她妈妈都放心。”苏望娣一手抱孙子，另一只手去揽葛玥的肩，也有些动情：“小葛也好的。儿子好不好都靠不住，儿媳好了，家里一大半希望就有了。亲家爸爸放心好了。”

席间，顾昕并不如何应酬，却瞧了个空，去敬葛玥舅舅的酒。舅舅封了个厚厚的大红包，顾昕过去客气一番，说不好意思，让舅舅破费了。舅舅是生意场上的人，“舅公呀，娘舅大过天，舅公就是天外天了，要给的。”瞥过顾昕神情，便猜他还有话要说。寒暄两句，果然顾昕道：“舅舅最近生意顺利吗？”舅舅回答“还好”。顾昕说下去：“舅舅要是想贷款，我这边有熟人。”舅舅一怔，有些意外，“哦。”

顾昕朝邻桌望去，见冯茜茜拿着酒杯，朝他让了让，应该是表示谢意。她前几日提了句“阿嫂舅舅不是开公司的嘛，帮我问问他”，他应允下来，说试试。她知道他会挑这个时机。平常也难得碰到的，又不好电话里问。她拜托他的事，他倒也上心。眼神里再加了三分感激。见他已转过身去，动作稍有些不协调。老婆丈母娘都在边上呢。愈是这样，便愈是露了形迹。本来亲戚间帮个忙，也说得过去。摆到台面上也没什么。他偏要瞒着家里人。她便也顺着他。连打报告换工作的事，也瞒着。“再待在那里，整日憋着，要生恶毛病的。”那晚，他这么对她说。又让她保密。她自是不会说。照他的意思，是想换个科室，谁知报告上去，领导大笔一挥，把他调到了北蔡镇政府。讲起来万紫园也属于北蔡镇辖区，因此上班并不远，开车不过一刻钟，又是去偏僻的角，上下班高峰都挨不上。也爽气。这回连叫屈都没由头，是自己作死。临离开前，顾昕去找那个刚评上副处的瘟生，那人负责浦东新区的绿化带，一个项目正在寻合作银行，顾昕把冯茜茜的名片拿过去。那人竟也同意了。同事一场，临走帮个忙，也讲得通。银行到处都是，挑这个不挑那个，一句话罢了。事成后，冯茜茜请那人吃了顿饭，那人动了心思，偷偷问顾昕："这小姑娘有男朋友没？"顾昕再去问冯茜茜。冯茜茜回答"没有"。顾昕建议："那不妨试试，这人一家子都是公务员，房子好几套。"冯茜茜摇头，"长得像猪猡——"顾昕笑，"人家帮了你，还骂人家"。冯茜茜道："他帮阿哥，阿哥帮我，我心里只承阿哥的情。其他人不管。"顾昕听了不作声，心想这事做得有些过头，竟像存心找事了。倒也谈不上后悔，到这一步，做人行事竟是更无所谓了。上海话叫"横竖横拆牛棚（不管不顾）"。北蔡上班的事，家里人也没多说，怕添他的堵。连苏望娣也只是咕哝一句"早晓得再往南，索性镇上买套房子，还便宜些"。其实也好理解——往上走，憋着劲，咬牙切齿血脉偾张，样子难看；真往下溜时，倒轻巧了，不疾不徐。日子前面那条线，是自己画的，估算着差不多能到，锦上添花用的。真要差了十万八千里，便也释然了，管他娘。自己过自己的日子。说到底是句丧气话。

宝宝取名叫顾咏霖。葛父抱着去一个大师那里求的。说属相是只小狗，太大气的名字怕他撑不住，这样秀秀气气的倒好。百日宴上，葛父拿出一块玉牌给外孙，长两寸左右，上面刻只小狗，旁边是个烫金的"福"字。庙里开过光的。"福气就是运气。到我这岁数，就晓得什么都是假的，运气好才是真的好。”他笑着感慨。又把女儿女婿叫到一边，郑重地关照：“都有小的了，好好过日子。你们还年轻，有的是希望。”后面这句主要是对着顾昕。调去北蔡的事，老丈人其实是有些窝火的。年轻人沉不住气，不懂韬光养晦的道理。大丈夫能屈能伸，憋屈几年又如何。偏就这么莽撞。水往低处流，人往高处走，新区政府门槛高得多，是大江大海，他偏要矮身往小泥潭里钻。而且还先斩后奏，一点余地不留。葛父瞥过女婿，恨恨地，原先还当他稳重，现在看来竟是装的。心里叹口气，也不好多说什么。都说小一辈是草莓族，外表光鲜硬朗，其实一戳就烂。不管真假，反正是打不得骂不得。女儿比起他，更像豆腐，里外都是软的。操不完的心。葛父到这步，更是看重那个“福”字。生死有命，富贵在天。放在一年前，谁能想到他会落至这般境地。陆家嘴、外滩，还有古北，统共四五套房子，一并被没收，那瞬真是血都要吐出来。钱财还在其次，半辈子积下的做人的志趣，也统统没了。像脊柱上那根筋，一股脑被抽去了。此后再挺胸收腹，终究是外人面前硬撑。上了年纪的人,倒也罢了。担心的是女儿。现在还多了个外孙。葛玥的祖父，从苏北到上海跑船，窝在船舱里抽烟，不通风，生生把肺熬到乌黑，得癌早早便没了，临死前抓住儿子的手，眼睛瞪得通红，憋出两个字——“摒牢”。葛玥父亲十几岁去农场，得过血吸虫病，九死一生，后来回到上海，炼钢厂烧了七八年大炉，一边干活一边读书，脑子里想的只是“摒牢”，一点点往上走，再艰难也要往上。上坡路难走，下坡路也难走。另一种苦，不提了。葛父只盼外孙能沾上那个“福”字，顺当些。

隔了几日，葛玥舅舅便给顾昕打电话，说起贷款的事。“现在融资不容易，尤其房地产这块，有政策的。”试探顾昕的口气。顾昕去问冯茜茜，回答是“没问题”。他提醒她：“我丈人出事，跟葛玥舅舅多少搭点界。房地产不比别的，形势摆在那里，你自己拎清。”她道：“我只管报上去，审批又不是我的事。再说我学徒工一个，坏账总不见得让我赔。”顾昕听了，忍不住笑，“我以前觉得你比你姐姐老实，现在看起来，你更滑头。”

她问他：“为什么帮我？”他说：“自己人。”她追问：“家里那么多自己人，为什么单单帮我？”他道：“他们又没找我。”她道：“你的意思是，我比较皮厚？”他摇头，“不是皮厚，是漂亮。我只帮漂亮的自己人。”这话有点突然。撩人的和被撩的，神情都有点蒙。像是没做好准备。各自笑了一下。她朝他看，凑近了，在他脸颊亲了一记。嘴巴比大脑快半拍，说话如此，亲吻也是。他还有点蒙，半晌，伸出一只手，慢慢移到她腰上。

小区后门那幢楼装修好了。上下打通，大门拓宽，正气不少。走进去，布置得清爽雅致。架子上十余盆兰花。满室生香。展翔花了大价钱从云南运来，都是珍品。举头一块匾，上写着“不晚”两字。名家的墨宝，笔法苍遒。意思却是自己想的，比“夕阳红”“老来乐”什么的要好，也文雅。展翔对冯晓琴说：“要做就要与众不同。”冯晓琴点头：“那是肯定的。”

找了个大师看风水。说总体也没啥，正对着小区高楼，挡住了阳光，阴气太重，不利财。平常多开窗，多买几个吊灯，一年四季开着，便也差不多了。展翔炒了这些年的房地产，半个生意人，信这些，说准备再叫和尚做场法事，“几十年前这里都是荒地，难保不是刚巧建在个坟墩头上面。前头那些人清一色赔本，不好不防的。”冯晓琴不答应，说做法事太难看，“装修得再上档次，君子兰再多，爷叔你骨子里还是个乡下人。”

“我出钱，出地方，反过来还被她骂乡下人。”

展翔对着张老太说起这事，愤愤不平。张老太是第一个客人。其实也不叫客人，冯晓琴搀着手领她进来，椅子上一坐，“我年轻时做过会计，可以帮你们管账。”老太一脸正色。展翔有些蒙。冯晓琴竟真的拿个簿子出来，往她面前一摊，“交给你了。”张老太又问：“生意呢，没生意让我记什么？”冯晓琴道：“没生意，你就随便写。想到什么写什么。”张老太眼珠转几下，低下头，在簿子上一笔一画地写道：“今朝太阳不错，等下问问张卫国，要不要出去兜兜。”冯晓琴见了道：“你这样不对，还没工作呢，就想着出去兜。”张老太并不听她说话，自顾自地发呆，一拍脑袋，又加上：“大衣也要拿出来晒晒。”

张老头是按天数付钱。本来规定是一个月一交，请假必须提前24小时提出，否则不予退款。但冯晓琴说，张老太不一样，“来一天算一天，试营业呀，阿婆是我的活广告。”价格也打了八折。除了张老太，还有3号里翻垃圾的周老太，她儿子儿媳实在吃不消了，宁可出点钱，也要把她安顿好，免得被人戳脊梁骨。她儿子在一家国营企业当主管，一张脸黑里泛红，还余些庄稼人模样。孙子倒是生得粉妆玉琢。真要是土生土长的上海人也罢了，愈是出身那样，便愈是要面子，最怕人家翻老底，说一声“难怪”。老娘那双手，外头翻垃圾，回家再做饭带孩子，想着便难受。也是铁了心了，非把老人家拗过来不可。

头一批大约五六个老人，有男有女。刚开张便有这成绩，已比想象中好了。到底不是买米买油，要观念跟上，也要手头捻得开。钞票统共那几张，花在小孩身上，再怎样都舍得。老人就未必肯了。价格方面，冯晓琴与展翔盘算过，前期倒也不为赚钱，口碑更要紧。便是每天都来，也不比外面敬老院更贵。何况离家近，灵活，又知根知底。早上送过来，晚上再接回去。不用担心吃饭和安全问题。餐食都是附近的本帮菜馆订的，关照老板，味道好，更要干净。下午有点心，水果面包牛奶，也保证新鲜。桌角墙角都贴上防撞条，小孩用的那种。老人说到底就是老小孩，谨慎些总是不错。除了安全，到底比家里更有意思。电视机、麻将桌、健身房、书报区……几只iPad联网“斗地主”。还有卡拉OK。画板也有，水彩笔、毛笔，想涂鸦或是练字，悉听尊便。钢琴也买了一架，摆在门厅，既是撑场面，也是实用，便是不会弹，上去摆弄两下，嘻嘻哈哈也是好的。老人也喜欢新事物，中意热闹。每天下午两点，还有按摩师过来，经络疏通或是肩颈理疗。与史老板那边合作，只收老人一半价格，另一半“不晚”贴。史胖子说展翔：“学雷锋啊，三月五号早过了。”展翔道：“眼光放远，别老盯着那些蝇头小利。”史胖子嘿的一声，“我晓得你的心思，私人开养老院，所得税和营业税都免征，挂羊头卖狗肉，钻政策空子。你小子不声不响，做事野豁豁。”展翔摇头叹息：“坏料就喜欢把人往坏处想，一点办法没有。”史胖子又问：“——冯晓琴现在是老板娘了？”展翔手里一团纸巾扔过去，“少放屁！”

政策规定，要配备专业的护理人员。相关证书都要齐全。三千金的妈妈，已经哭哭啼啼准备回乡了，被展翔一通电话叫回来。还当自己听错了。“再去考个营养师证，”展翔关照她，“越快越好。”又问她男人，“回老家准备做点啥？”男人怔了怔，“打杂，卖苦力，什么都干。总不能让三个丫头没饭吃。”口气兀自有些硬邦邦。展翔道：“一样打杂，就来我这边吧。白云公寓有套一室一厅，你们搬过去，房租就算了，工资别指望高。看情况要是好，后面给你们补上，要是不好，你就再滚回老家吧。”

“钞票就是个数字。多个零少个零，一样过日子。”展翔把这话说给顾清俞听。有些讨好的口气。顾清俞道：“那你还做什么生意？全捐给国家算了。”展翔一笑，“那我也没境界这么高。我的意思是，”停了停，“我并不是那种掉到钱眼里的人。即便是暴发户，也是个有节制的暴发户，把社会效益放在个人效益之上的暴发户——”瞥见她嘴角挤出个古怪的笑，忙道：“是真的。那只瘪三，背后坏我名声，说我是黄世仁，大年三十讨债。你说，他欠我几万块房租，我不讨他就不给，他欠债没关系，我讨债就是黄世仁了，哪有这种道理？跟我打架，把老婆顶在前面，转过头就骂我打女人，弄得街道妇联干部还来找我谈话，说我不好这样的。我说，带她去验伤！验出来我房租全部免掉。自己混不下去了，灰溜溜回老家，一双双眼睛都盯着我，好像是被我逼走的。我说，形势你们懂吗，大环境拎得清吗，以后个体经营越来越难，上海生活成本又摆在那里，物价飞涨，外地人排队返乡的日子就在眼前。最可恶的是，瘪三还去你爸那里告状——”顾清俞道：“我爸可没说什么。”展翔道：“那是你爸讲道理，识大体顾大局。”顾清俞好笑，“我爸不稀罕你表扬。你继续自我标榜吧。”展翔叹道：“以德报怨。讲的就是我这种人。”说完停下来，朝她看，“你要是肯嫁给我，我就把房子统统卖掉，以你的名义开十七八家敬老院，不赚钱，保本就行。每天中午包个公益场，这附近 70 岁以上的老人家，都可以免费过来吃饭，两荤两素，管够。再去山区建几所希望小学，统统拿你的名字命名，‘清俞小学’。”

这样的求婚有些古怪，像在拍公益纪录片。冯晓琴就在隔壁，房间隔音效果不大好。张老太拿毛笔，在旧报纸上一笔一画地写——“不答应”。冯晓琴说一句，张老太写一句。练字对老年痴呆有好处。她说“少肉麻”，张老太便写“少肉麻”。她说“你们不相配”，张老太写“你们不相配”。她说“三克拉的钻戒也没用”，张老太写了“三克拉”，忽地抬头，“三克拉很大了，可以嫁给他了。”冯晓琴一怔，哑然失笑，“你晓得是谁嫁给谁？”张老太撇嘴，“我又不是聋子。”冯晓琴停了停，“你觉得，他们俩配不配？”张老太笑得挺有内容，“你是不是有点吃醋？”冯晓琴又是一怔，板起面孔：“——瞎讲。”

周老太的儿子来找冯晓琴，一是表示感谢，“我妈来了半个月不到，脸就圆了一圈。她是节俭了一辈子的人，赚她的钱不容易，要不是真觉得好，早吵着闹着回家了。”接着，吞吞吐吐地，问冯晓琴这边晚上可不可以住，“也不用每天，周一到周五住，周末不用。”加上一句，“钱不是问题。”冯晓琴忙答应下来：“好，我跟老板商量商量。”

好在房间够多，铺得开。二楼后面几间暂时空着，便是为了日后打算。冯晓琴对展翔道：“做托老所，最后肯定是24小时，逃不脱的。”展翔摇头，“想不通。小时候看《上海滩》，想着哪天要是有钞票，就开赌场和夜总会，金碧辉煌，穿西装戴领结晃来晃去，腔调不要太好。结果眼睛一眨，竟然开起托老所了，望出去都是老头老太。想不通啊。”冯晓琴垂着眼睑——“不是还要再开个十七八家嘛，每天免费午餐，还有‘清俞小学’呢。”——这话自然不会说。“开赌场犯法的，”她道，又建议，“要么偷偷摸摸发小广告，白天托老所，晚上搞赌场。范围缩小，保密工作到位，也不是不可以。爷叔想当许文强，还有机会。”展翔嘿的一声，“真这样，倒被史胖子说准了，挂羊头卖狗肉。我展翔不搞这种名堂。”

网上订制了几张单人床。展翔原先的意思是，就买那种医院里的病床，专业，也好打理。冯晓琴不同意：“一看就像医院，老年人不会喜欢的。要温馨一点，舒服一点，就跟在家里一样。”除了床，床头柜和台灯的式样，亦是冯晓琴精心挑选的，床上几件套，淡紫色大团绣花，绲金边，又秀气又富贵。老年人不能太花哨，也不能太素。张老太说，与她结婚时的花色倒有几分相似。周老太盯着看，半晌，拿手去摸，声音涩涩地：“你倒是好，我结婚时候，连床也没有，地上铺块垫子就睡了。一家六七口，吃喝拉撒都在一间。”

周老太叫张老太“阿姨”，到底年轻了十几岁，脑子也清楚。她说她不怪儿子，“他是当干部的人，要面子，怕人家背后说闲话，说他连个老娘都养不起，还在外面捡垃圾。”冯晓琴趁势道：“所以呀，你就忍一忍。”她道：“实在忍不住啊，走到垃圾桶就会停下来，矿泉水瓶一只只捞出来，踩扁，收好。手上抹了油似的，动作都不带停顿的。”冯晓琴问她：“一个月能赚多少？”她道：“你猜。”冯晓琴往小里说了个数字。她有些得意地伸出一只手，正面反面翻了翻。冯晓琴问：“五百？”她嘿的一声，“这不翻了两下嘛，一千！”又道，“要不是我儿子拦着，还得多一倍！”张老太旁边插嘴：“你儿子一副麻将的事。”她眼睛瞪过去，“我儿子不玩麻将。”张老太道：“你儿子不稀罕你这点钱。”周老太反驳：“我没说他稀罕。”张老太道：“把你送过来，这钱够你捡几个月矿泉水瓶了。”这话点了周老太的死穴，顿时板起面孔，不作声。半晌，憋出一句“老不死”，也不知是骂张老太还是自己。

到月底，“不晚”又多了几个老人。大半是放白天，也有三四个住宿。除了三千金妈妈，又招了一个护理师，姓刘，也是卫校毕业，有相关工作经验。还有两个打杂的女人。加上三千金爸爸，也有些规模了。冯晓琴是总管，并负责一些接待工作。每天过来咨询的人不少，替家里老人打听，看看这边情况，心里再盘算一下价格。最多便是那句——“靠得住吗？”冯晓琴不厌其烦，一桩桩解释，一间间房领他们参观。有脾气直的，问：“真要有什么事，你们负得了责吗？”冯晓琴说：“我们一切按程序来，只会比家里做得更到位。家里出不了事，这里就出不了事。真有突发情况，这边24小时有人的，会第一时间打120。”那人径直又问：“会虐待老人吗？”冯晓琴笑，“这里全部视频监控，你去前台扫个码，加我们的公众号，随时可以在线上看到你爸妈的情况。”也有人看了一圈，丢下一句“私人开的，总归吓咝咝”。冯晓琴便拿出这附近几家敬老院的资料，有照片也有文字，条件价格清清楚楚，连菜单也有，“你们可以自己比较。”又道，“幼儿园小学中学都有私立的，比公办还抢手。中国已经是老龄化社会，三分之一都是老人，国家管不过来，将来私立敬老院肯定比公立的要多。爷叔阿姨观念要变一变。现在还挑挑拣拣，将来办得好了，名气响了，就算想进也进不来了。”说完抿嘴笑。

史老板问过展翔几次，到底为啥要办托老所。“真的能赚钱？”他好奇。展翔老老实实地说：“没把握。就是试试。”史老板便叹气：“归根结底还是你有米。既是富一代，又是富二代，自己赚钱自己毁。”展翔道：“那也没这么悲观。小冯可不是一般人。”史老板嘿的一声，“醉翁之意不在酒，全世界人都看出来了，你少装糊涂。”展翔问：“我装什么糊涂？”史胖子拿筷子蘸水，在桌子上画了个“心”，笑得贼忒兮兮，“你懂的。”是笑他前几日，买了钻戒，不肯好好送，偏要拿一打气球，底下绳子绑住首饰盒，再用红笔在气球上画个大大的“心”，飘到顾清俞窗前。谁知那天一阵妖风，径直将气球吹开，线也断了，眼看着愈飘愈远。总算展翔事先有准备，盒子里只是一张卡片，戒指还揣在裤兜里。到底是贫苦出身，再玩浪漫，身家还是要保住的。戒指面对面给，更稳当。

“小女人每天陪你玩过家家。就差也画颗‘心’送到你面前了。”史胖子道。

“不搭界。”展翔摇头，“英雄惜英雄，懂吗？小冯是人才，她办事，我放心。”

“人才肯定是人才。方圆十里找不出比她更厉害的。”史胖子兀自惦着这些年白花在她身上的心思，别的不提，光是送她姐妹俩的足浴卡，加起来也有好几千。肉包子打狗。恨恨地，“水往低处流，人往高处走。我不好跟你展老板比。财雄势大，境界也比我们高。敬老院也搞起来了，下一步就是人大代表了。”

“吃不着葡萄说葡萄酸，无聊。”展翔笑骂。又道，“人家才几岁，小一轮都不止。”

“她自己愿意被老牛啃，你管？再说你也不是普通的牛，金牛！”史老板很认真地对他道，“——总体而言，老展，你属于比较顺的。”

展翔嘿的一声，“上礼拜刚求婚失败。”

“一个愿打，一个愿挨。你也别发嗲，自找的。这女人真要贴过来，你反倒没劲了。要的就是这牵丝攀藤的味道。上辈子你肯定是只狗，姓顾的是根肉骨头。或者你是只驴子，她是荡在你鼻子前面的那根胡萝卜，看得到，吃不着。痒死你。”

展翔把这番话学给顾清俞听。“胖子有时候看问题蛮犀利。”

顾清俞问他：“首饰盒里那张卡片上写了啥？”他道：“无非就是那些肉麻话。都飞上天了，说了也没啥意思。”她停顿一下：“对不起。”他打个哈哈：“男欢女爱，老天爷都没法子。新社会了，又不好王老虎抢亲。”她又是一顿，“——你会找到好姑娘的。”

他问她施源的情况：“后来见过吗？”她说，没有。他道：“他没找你，你也没找他？”她嗯了一声。他道：“他倒是摒得牢。”她道：“我也摒得牢。”他道：“你是铁石心肠，这我早晓得了。”说完笑笑，扯开话题。到这步，便不想再纠缠，倒显得小家子气。愈发像个朋友那样，拜托她：“有空群里给我起起蓬头，讲几句好话，生意刚起步，全靠大家帮忙吆喝。”她答应下来：“我找公司小妹给你做个文案。”他听了笑：“那也不用。”

张老太患有卵巢癌的事，是三千金妈妈告诉展翔的。她发现老太最近有些消瘦，肚子却很大，脸色也差。问她，回答说是两年前就查出来了，年纪大，医生建议保守治疗。展翔再去问冯晓琴：“你晓不晓得？”冯晓琴说“晓得”，又道“癌症又不是艾滋病，不会传染”。展翔有些顾虑，怕第一批客人便出状况，不吉利。冯晓琴说：“老太身体硬朗着呢，都撑了两年了，一时半会死不了。”是宽老板的心。次日清早，张老头赶过来，见到展翔便作揖赔不是：“给你们添麻烦了。老太婆喜欢这里，喜欢小冯，我也没办法。你放心，真要不行了，肯定马上就走，不让你们为难。”张老头话说得实在，又是长辈，展翔也不好多说什么。转头埋怨冯晓琴：“我是老板，有知情权的。”冯晓琴说了句“阿婆可怜”。展翔看她一眼，啧啧道：“大脚装小脚，孙二娘扮小白菜。”开玩笑的口吻。谁知冯晓琴没吭声，径直走开了。展翔愣了一下，想，可别真生气了。上前逗她：“发工资了！干得不错，爷叔这个月给你双份，让你开心开心。”她霍地转头，朝他看，“爷叔，你是不是觉得，我眼睛里除了钞票，没有别的。只有钞票才能让我开心，是不是？”

“你越是这么说，就越是说明你在乎他。你怕他看轻你。”事后，张老太这么对冯晓琴说。老太脑子搭进搭出，糊涂起来连自己老公都不认识，一转眼，思路又清爽得让人生畏。说话一针见血。她像个经验丰富的妇女干部，措辞大胆毫不顾忌，逐条替冯晓琴分析，年龄、出身、相貌、品性……假想敌便是顾清俞。这她居然也知道，吃不消这老太。总结下来便是“你不要担心，我要是男人，到头来还是拣你”。冯晓琴听着，不反驳也不附和。让老太多说话，有助于她的病情。便顺着她，随她去。张老头每天也会过来，上午下午各一小时，陪她坐会儿，聊聊天。老头老太并排坐在靠窗的双人沙发，半张脸浸在阳光里，大多是各做各的。老头看报，老太织毛线，一条围巾织织停停，才打了个底。老头报纸一面翻过，便放下，侧头看老太，静静地。老太并不察觉，自顾自地。不是贤妻良母的路数，织毛线的动作别扭得很，像顺拐。老头看着，不言不语，脸上表情也不动。雕塑似的。半晌，抬腕看表，“时间差不多了，不好打扰你们的。”对着冯晓琴。起身便要走，叫声“老太婆，我走了”。张老太隔着老花镜看他，挤出几道抬头纹，有些颟顸地：“张卫国，明朝给我带件羊毛衫，冷了。”他答应着，对冯晓琴笑笑，“辛苦你们了。”走到门口停下，又朝老太多看几眼。或许是自觉忒婆妈，讪讪地，加上一句：

“这就是过日子啊。”

各人过各人的日子。闲暇时，冯晓琴也静下心来，想这些年的日子。顾磊的遗照摆在床边，还有一家三口的全家福，每天要看好几遍。小老虎倒不常提及爸爸，是粗线条，还是内敛，其实也难讲。男孩到了十来岁，本就是最麻烦的年龄。冯晓琴书读得少，生孩子又早，换了别的上海女孩，这会儿自己还是半大小人呢。教育上也没什么章法，就是咬着牙，拿根鞭子在后头抽，半分不敢懈怠。男孩子管得严些，总是不错的。有时候小家伙被管得狠了，到爷爷那里诉苦："妈妈凶——"顾士宏自己也是当老师的人，哄几句也就罢了。顾老太心疼重孙，加之上了年纪，话便说得有些那个："也可怜，小小年纪没了爹，你稍稍眼开眼闭些，又能怎样？"冯晓琴如今连顾清俞都不忌惮，又怎会把这个九十来岁的老太放在眼里。面上还是客气，跟着儿子叫她"太太"："太太，男孩子惯不得的，否则将来要么太恶，要么太软。我们这种人家，不是那种有钱有势的，女孩娇养些也就算了，男孩万万不能的。"顾老太道："我也没叫你娇养，就是别钉得太紧。天底下没钱没势的人家多了，总不见得都把小的往死里整。"冯晓琴笑，"哪里往死里整了？是我亲生的呀，我也不舍得的。"顾老太横她一眼，"别人做不出来的事，你未必也做不出来。"这话有些过头。冯晓琴只当没听见。顾老太倚老卖老，加上一句："小老虎姓顾，将来要靠他传宗接代。顾磊已经没了，性子恶也好，软也好，好好活着就是最好。"

"嫁给上海人，到底有啥开心？"史老板到"不晚"找冯晓琴，瞥个空当，拿话撩她。"你这样的小姑娘，就算嫁到原始部落，也照样能过得好好的。”高帽子先给她戴上，闲云阁的金卡再递过去，“你一张，妹妹一张，给爷叔个面子，常来。”

“无功不受禄。”冯晓琴眼皮不抬。

“现在每天下午不是安排一个师傅过来做按摩嘛，”史胖子建议，“一样是做，不如多安排几个。”

冯晓琴好笑，“现在都闲得没事呢。老人心疼钱，半价也舍不得。除非你史老板请客。”

“我请客,就我请客好了。”史胖子拍胸脯,“你那边统共几个老人，我全包了。”

“那也不好白占你史老板的便宜。”冯晓琴摇头，装作不懂他的意思。胖子是想把“闲云阁”搬到“不晚”，省一笔租金。反正小区里都是熟客，不影响。“不晚”也有的是空房间。闲云阁在小区广场中心，位置好，租金贵。足浴生意最近在走下坡路，竞争激烈，经济形势也不好，不比前几年，客人成千上万地往卡里充钱。省一点是一点。冯晓琴是总管，里里外外一把手。求她比求展翔管用。拿老板的钱,做顺水人情。史胖子猜想这事有得搞。一只手插在口袋里，捏着一张家乐福超市的储值卡，三千块。等着她说“不”，便拿出来。

“史老板，手头紧的话，就找茜茜。”她提醒他。

“借银行钱，又不是借了不还。”他嘿的一声，“再说能抵押的，我都抵押了。除非是裸贷。可我一个老男人，就算脱光也没啥看头，照样没人借钱给我。”

冯晓琴笑了一下，听出史胖子话里的凄凉。听展翔说过，胖子把一家一当都扑了进去，想把“望星阁”做大，可惜经营惨淡，有些入不敷出。胖子扑性大，胃口也大。“野豁豁，”展翔说他，“一口吃不成个胖子，你这块头，也不是一天吃出来的。”其实也难怪。附近做生意的人不少，各门各路，有大有小，最近都是逼仄。15号里姓王的男人，在郊区开服装厂，十几年撑下来，上月到底是不行了，资金链没跟上，关门大吉。还有四期一个，幼时得小儿麻痹症，半身瘫痪，却极为要强，从摆地摊到开网店，再兼做快递生意，顶顶励志的一个人，最多时手下有百来号人，上周裁了小一半，税改后光是社保缴金就是一大块，勉强撑着。最倒霉要算白云公寓那个，原先在戏剧学院当老师，后来贪图影视圈来钱快，一头栽进去，成立了个工作室，挂在别人公司下面，主要是做宣传企划，资金流来流去，俱是账面文章，自己到手有限。偏偏近来统一变成查账征税，将三年内的税全部补齐，否则连关门也不许。这人素来只是替公司走账，算下来缴的税都比之前所得还要多几倍，真正是欲哭无泪。这样的例子到处都是。生意难做。愈是心急，愈是要命。史胖子还炒股，今年一路向下。“差不多跌掉一套房子，”他对冯晓琴苦笑，“三室两厅，像你家那样的，眼睛一眨，没了。”

“再等一等。”冯晓琴对弟弟冯大年说。电话那头急吼吼的口气，隔几日便催一次，被冯晓琴拦得都有些没耐性了：“我外面自己找房子住，不给你添麻烦。”冯晓琴好笑，“自己找房子住，住哪里？外环边上的违章搭建房，毛坯都要六七百一个月。”

“反正我就是想来。”半大小伙子憋着劲，跟姐姐犟。

“来做什么？拾垃圾吗？那行，来吧。明天就来。”冯晓琴挂了电话。

房间那头，周老太和张老太又开始打嘴仗。张老太嘴碎，语速又快，相形之下，周老太普通话都不标准，便落了下风。跟不上张老太的节奏，只是自顾自地絮叨。说来说去，都是儿子。土棚里飞出的金凤凰。一是自豪，二来也是揭张老太的短，无儿无女是硬伤。张老太身高近一米七，个子高也成了罪状。周老太说她：“女人长那么高高壮壮做什么，像座大山，看着就难受。”张老太反击：“像你这样矮脚冬瓜才好？新社会了，女人也是高的才好看。”周老太骂她：“老妖精，不像过日子的。”张老太回敬：“就你过的才是日子？一双手伸出来，全是垃圾味。”两个老太的斗嘴，结结实实无遮无拦，夹枪带棒。

冯晓琴旁边看着，也不劝，由得她们。拿手机刷朋友圈，高朵朵今天去维也纳，晒出父母送机的照片。一家三口站在值机柜台面前，顾士莲紧搂着女儿，脸都快贴上了。一百个舍不得。高朵朵后面跟上一句：老爸老妈，自己保重哦。家里人统统都点赞了。冯晓琴也点了个赞。顾磊以前说过，朵朵是领养来的。顾士莲身体不好，到了四十岁便也死心了，偷偷去孤儿院抱了一个，为掩人耳目，还跑到乡下待了一年，回来就说女儿已经生下了。朵朵命好。冯晓琴常这么想，高畅夫妇虽谈不上富裕，到底也是从小宠着长大的。捧着怕摔，含着怕烊。砸锅卖铁供她去外国留学。她生身父母也不知是哪里的人，必然是无奈至极，才会把孩子丢下——“说出来都是故事。”冯晓琴忽想起展翔那句。为女主播花去几十万的宅男，连个“亲”

也没挣上，被人家一口一个“干爹”地叫。还有那个在机场做搬运工的亿万富翁。好气又好笑。世上各色各样的人，一言难尽。说“可笑”不对，“可怜”也不像——还是那句，各过各的日子，冷暖自知。旁边，两个老太还在喋喋不休。冯晓琴阻止了她们，有些严肃地，手一摆：

“别吵了，睡午觉去！”

十四

临近年底，顾清俞被邀去参加某客户公司的尾牙宴。这类邀请很多，通常她都是能推则推，但这次不同，大学实习时便在那里，师傅人不错，平常一直有联系，私交加上业务。前几天发了个微信，说她升到了华东区主管。五十岁不到，性子原先挺低调，现在到底是掩不住的志得意满。“过来，替我捧个场。你可是业界名媛。”顾清俞拗不过，买了一条 Tiffany 的新款手链，盒子里配张卡片“恭贺高升”，盛装出席。走进去，一眼便看到她，被众人簇拥着，金色绲边旗袍，长发披下，化了个雅典娜式的浓妆。中西合璧的扮相。见到顾清俞，笑着过来招呼：“Sandra！你今天真漂亮。”顾清俞回以微笑，“你才更漂亮。”她姓卢，英文名是 Sindy，算起来也是这行的元老了。只几句，便被旁人拉去。今日她是主角。叮嘱顾清俞——“自己照顾自己。”

顾清俞拿块蛋糕，再端杯香槟，挑个角落的位子坐下。这种场合愈是经历得多，愈是觉得没意思。满眼都是熟面孔，跟谁都能聊上几句，蜻蜓点水，话题像肥皂那样滑不溜手，飘东飘西。其实是言不达意，无聊得很。顾清俞听到邻桌两个男人在聊 Sindy，“那个老女人”——男人背后聊起女人，年纪通常是唯一的评判标准——“那个老女人，最近找了根嫩草啃。”另一人咴咴地笑，“可以理解，成功女人不找个把小鲜肉，都体现不出身份。”那人道：“小鲜肉也谈不上，反正比她年轻。”

宴会开始，司仪走上台。先说中文，再跟着英语。灯光有些炫目，先是觉得轮廓熟悉，及至听到声音，才意识过来——这人竟是施源。西装领结，传统的英伦式台风，细节到位，分毫不失的。逐一介绍嘉宾，轮到 Sindy 上台发言时，高跟鞋踩进舞台缝隙，差点摔倒，他礼貌地伸手一扶。话筒朝向音箱，瞬间发出刺耳的电流声，“呲——”顾清俞听到旁边几声暧昧的“呀”，瞬间便聚成一片。余光瞥去，各人笑容也是极富意味，心照不宣的。

她给 Sindy 发了条微信“家里有事，先走一步”，挑个空当溜了出去。

在楼下叫车，半天没见一辆。退回大堂叫“滴滴”，也是没车。干站着不像样，只好去大堂吧点杯饮料。鞋跟有些高，衣着也忒凉快些，否则便去坐地铁了。周围人不多，零星几个，钢琴声也是清冷细碎。顾清俞此刻才觉出些异样来。像是喝完酒，劲道要隔一阵才出来——施源的手，扶住 Sindy 的腰。那幕在脑海里一遍遍地定格，似是都听到相机的“咔嚓”声了。不在她身边，施源仿佛有些不同。

或者说，是与前阵子不同。他本就是个潇洒的人，鹤立鸡群。她也不是没见过他少年时意气风发的模样——今晚是回归本来了。他与Sindy在一起，笑得也更灿烂些。不拘泥也不过头，分寸把握得好。当然逢场作戏也是个缘故。司仪本就要八面玲珑。标准美音，与他略带沙沉的嗓音相得益彰。他极适合穿正装。论风度台型，甩那几个洋鬼子高管十条横马路还不止。顾清俞竟又有些骄傲，为他开心。随即骂自己"十三点"，套句网络上常用的话——"跟你有半毛钱关系吗？"

等到散场了，依然是没有车。盛装的男男女女从电梯里鱼贯而出，顾清俞躲开这拨，背对着，昏暗的灯光是天然屏障，一杯茶捧在手里，只余残温。人声渐渐轻了，依然是不敢回头。这会儿出去更是没车，凑热闹罢了。索性再等等。手机放在旁边，振动一下。她拿起来，见是展翔发来的消息："不好叫车吧？我在附近办事。"

这男人也学会只说半句话了。倒要她凑上去，讪讪地："是啊，是不好叫车。"几秒后，他回过来："那还客气什么，出来啊。"

展翔的车停在大堂正门口，见到她，伸手招呼："Santra！ Santra顾！"她快步过去，上了车。"是Sandra，不是Santra，"她纠正他，"再说叫我中文名就可以了。"他笑，"叫中文名怕你听不见。"她横他一眼，"这种带本地口音的英语，考验我听力吗？"他哈的一声，方向盘朝外打去，避开旁边一溜衣着清凉的男男女女，各自拿着手机叫车，一顾三盼。他叹道："周末晚上，这种地段这个时候，送上门当免费车夫，还被你嘲。天底下也就是我这种冲头阿缺西。别不懂珍惜。”后面那句加重语气。不等她回应,又问晚宴的情形:“有意思吗?”她回答:“完全没意思。”他听了跺脚,“早晓得这样,刚才跟朋友打大怪路子,中间走了一个,就给你打电话了。”她奇道:“展老板平常打麻将都是方圆三里以内,今天跑到虹桥,由东到西跨了大半个上海,还是打大怪路子,转性了?”他解释:“中学同学聚会。”她便停下不说。自是明白他在胡诌,绕个大圈只为专程接她。谢他不是,不谢也不是。停顿一下,“——今晚,你猜我见着谁了?”

顾清俞回到家,接到 Sindy 的短信:“怎么突然就走了?”她随意编了个理由。那头也没多问。她翻看 Sindy 的朋友圈,仔细端详每一张照片,留意细节,也瞧不出什么。怔了半晌,又去看施源的微信,上一条还是办离婚证的次日,问她:“我来拿些东西好吗?”她道“随便”。那天赶上一场大雨,他没带伞,东西放在一个没盖的纸箱里,双手托着,竟像是辞职出门的架势。她拿了把伞给他,见他没手,便送他到小区门口,上了车才算。“谢谢。”他瞥见她身上一片湿,示意让她快些回去。她微笑说“不急”,等车子启动,转弯了才离开。那瞬竟是有些感谢这雨,多陪他几分钟不提,还添了友善,更坐实“好来好散”那句。她顾清俞便是离婚,也不好在前夫面前失了气度。女人家那些伤敌一千,自损八百的赌气话,她自始至终没有半句。清爽漂亮。这话她对父亲提过,是宽他老人家的心,也显得她并不把这男人放在心上,好留些颜面。顾士宏没说什么,“本来就是假结婚,我只当没这件事。反正也没办过喜酒,没有人情开销。”她接口:“就是,爸爸现在豁达得一塌糊涂。”

次日午饭后，去机场接李安妮。临上机前才打的电话：有个长辈没了，回宁波老家办葬礼。顾清俞问她哪班飞机。她说不必来接，“订好车了，一下机就过去。”顾清俞骂她一通，执意让她“退了，我送你”。那头没再坚持，“——好吧。”

李安妮给她带了一罐鹅肝酱，“知道你喜欢这个牌子。”顾清俞瞥过她简单的行李，“没给你家里人带点礼物？难得回来一趟。”李安妮道：“参加葬礼又不是过年，我人到就很给面子了。”见顾清俞摇头，加上一句：“真要给，现金最实惠，不够就支付宝转账。”

路上很顺畅。李安妮不说话，闭眼倒时差。顾清俞把收音机关了，又替她将椅背调低。这般沉默，不是她素日的风格。便猜她是有心事。几年没回去，连爹妈都生疏了，更别提那些亲戚。心里难免没底。与丁启东离婚那阵，她爹妈劝过她，说谁家过日子都有个磕磕绊绊，好坏也是相对的，比上不足比下有余，那便够了。她没把丁启东出轨的事说出来，自觉丢人。她爹妈听她说得语焉不详，再三追问都拿不出一句实心话。也是真动了气，“非要离婚，那就离吧，反正我们也管不了你。”李安妮父母都是老实人，一辈子谨小慎微。女儿单是离婚倒也罢了，偏偏不到两年又再婚，对方竟还是外国人，年龄大了近两轮。赌气不去参加喜宴。李安妮也由得他们，“这是我自己的日子。”

休息站停下，加油。李安妮扒着车窗，看仪表上的数字不断跳动。顾清俞递过来一瓶水，“饿不饿？车上有饼干。”她摇头，“飞机餐吃得我想吐。”顾清俞开玩笑：“别是怀孕了。”她翻个白眼，“他明年六十。”顾清俞停了停，“——那也不一定。”

“这世上感情一帆风顺的，只怕也没几个。”车程进入下半段，李安妮恢复了些精神，从顾清俞离婚说起，又讲到自己，“还是你爸开明，我爸妈到现在都不大睬我。连去年我爸脑溢血住院，我也是从朋友那里才知道。”顾清俞叹道：“老人倔起来，比年轻人还要命。”又问“他怎么样”。李安妮知道这个“他”是谁，沉吟着，“——不清楚，应该挺好吧。”相比平常，她似是有些避忌讲到丁启东。顾清俞能察觉。便说自己的事。

“上周老板找我谈了，去新加坡分公司的事。”

“你怎么说？”

“再考虑考虑。”

“一个人考虑？”

“不然呢，拿个喇叭小区里问一圈？——老天爷帮我把时间掐得挺准，要是再早一个月，那就不同。”

“蛮好。房子买了，婚也闪过了，该经历的都经历了，重新开启现代女性刀枪不入模式。”

“那不叫‘闪婚’，我和他都认识几十年了。”顾清俞纠正。

“不叫‘闪婚’，叫‘热婚’（沪语，指昏头）。”李安妮一脸促狭。

宁波打个来回，大半天便没了。也好，周日通常无聊，也难得摊上一桩正事。顺便磨一下新车的钢。下午李安妮说她“车换得勤，人倒是不变，几十年如一日地喜欢”，她自嘲“车是死的，人是活的，千金难买心头好”。这话说得没名堂。模棱两可的意思。李安妮竟没接茬。她怕李安妮提施源，又盼她提，被她揶揄也好过独自闷在肚子里。除了她，也没旁人可以倾诉。便送上门说些细节："两个人睡惯了，一个人晚上竟有些怕——"李安妮果然笑她："买个充气娃娃放在边上——"她斜眼过来，"亏你想得出。"李安妮话说得实惠："你是因为一个人睡觉害怕才结婚的吗？所以呀，少发嗲，也别后悔。一个人有一个人的好，两个人也有两个人的好。既然离婚了，就多想想一个人的好处。再说了，你要是真怕，这问题不用结婚也能解决——"顾清俞听到这里，顺势说了Sindy和施源的事。李安妮先是睁大眼睛，又迅速恢复司空见惯的神情，"所以呀，你也快点赶上。那个暴发户不是蛮好？"

"不用结婚，就玩弄一下我，或者包养也行。"前一日车上，展翔这么说。顾清俞当玩笑听，"展大户，还要人包养？"他道："那行，我包养你也可以啊。"这是做好准备吃耳光了。顾清俞依然当玩笑，"我这把年纪，不适合了。你要包养，外面有的是美少女。"不待他开口，又笑笑，"别对我太好。感觉像收了礼又没办成事，难为情得很。"

一言难尽的双休日。心情倒也称不上太糟，最多是乱糟糟。周一上班，顾清俞回复老板"去"，老板表示赞赏，同时又狐疑："你那位没意见？"她笑道"我那位还在读高中，就等着我新加坡回来让我包养呢"，话出口便咯噔一下。没周六Sindy那一出，"包养"两字也不致张口就来，老板虽也是熟稔的，但到底不是展翔。忒不庄重了。展翔是抓住施源一星半点便会大做文章，也怪她自己嘴快。再一想，先是展翔，后是李安妮，说到底是她自己不爽，绕个弯，借旁人的口来损他几句，也是好的。她倒假惺惺，“也没啥，男未婚女未嫁嘛”，做出大度的模样。李安妮说得没错——“不老实，顾清俞，你这人忒不老实！”

冯晓琴同展翔商量，那两个杂工在上海没落脚点，“后面两间空房，闲着也是闲着，不如先让她俩住。”展翔答应了，说别的没啥，就是要注意水电安全。“一天三顿我包，简单家什我也有，明天搬过来，过日子够了。”两个女人闻言，都是欢喜无限。展翔瞥过她们的手，冬天干燥，表皮皴裂得卷起，都露出里面嫩红的肉了，皱眉道：“买两罐尿素膏搽呀，这种手伸出来，客户统统吓杀——”让她们自己去买了报销。女人们千恩万谢。姓刘的那护工一旁见了，先是不语，随即慢腾腾地说自己在外面租房，也是一笔开销，“老板不好偏心的。”展翔说：“那你也搬过来。”她嫌麻烦。冯晓琴冲她一句：“总不见得折现金给你。”她便说以前做的那家，老板给饭贴车贴，还给租房补贴。展翔正要开口，冯晓琴抢在前头说“老板会考虑的”。等这女人离开，冯晓琴说展翔：“上次她说小孩放学没人做饭，你想也不想就说‘过来吃呀，多个人多双筷子’，她说助动车经常出毛病，你又送了她一辆二手的。她看准你爽快，所以得寸进尺。爷叔不可以太好讲话。一个个跟着有样学样，你就难招架了。”展翔笑，“有你替我挡着，我怕什么。”她便叹道：“是呀，好人你做，恶人我来当。我是狗腿子。”展翔摇头，正色道：“你是师爷，老爷后面摇小扇子的那个。”冯晓琴嘿的一声，“那还是狗腿子。”

下午两点，闲云阁准时派人过来。通常是没事。老人哪舍得这个钱。张老太算是想得穿的，也只做过两三次。一是费用，二是让人摸来摸去，又痛又痒，也别扭。——过来大多干坐着，与老人或是护工聊天，“闲云阁这时候也是个空当——”二十来岁的女孩，每天换面孔，脾气性情不同，话题也不同，操各种方音的普通话或是上海话。展翔若是这当口正好过来，便不好意思让人家吃白板，脱了衣服自己躺上去。“来吧。”结束后凑个整数给她，也不用找。身上一溜紫红色罐印，像麻将牌里的筒子，咝着气，“——爽利啊！”

史胖子探过几次风，知道没搞头。那事，冯晓琴怕是提都没同展翔提过。“为什么呀？”他问她。冯晓琴说：“老板是老实人，不好害他。”史胖子一口茶水差点喷出来，“他是老实人？他出来混江湖的时候，你还穿开裆裤呢。老实！”冯晓琴道：“老实也分几种的，有些人是里头外头都老实，有些人外头看着油滑，其实心里像小孩，特别单纯。我们老板就是后面这种。”史胖子呸的一声，往地上吐口痰，“你见过几个人？别让我笑掉大牙。你老板最喜欢扮猪吃老虎，吃的就是你这种小姑娘。”冯晓琴便笑笑，“爷叔吃过的盐比我吃过的饭还多，看人肯定比我深刻。不好跟爷叔你比的。爷叔是里头外头都精明，天下第一不好说，万紫园排第一肯定是没问题的。”史胖子被她说得忍俊不禁，露出白生生的牙龈肉，“吃那么多盐，不老早齁死了？再说爷叔有腰子病，吃口很清淡的。不要瞎三话四。”冯晓琴道：“腰子病是富贵病，生在爷叔身上，这叫相得益彰——爷叔吃过饭没？我们这里师傅烧的葱烧狮子头是一绝，色香味俱全，吃了还不口干。腰子病也不搭界的。”史胖子问她：“不是都从外面餐厅订吗？自己开伙仓了？”冯晓琴叹道：“外面订成本太高。做生意呀，到底不是一天两天。再说自己弄的清爽，卫生也有保障。”留了史胖子吃晚饭。白米饭上卧两只狮子头，酱汁浓稠红艳，最是开胃，再配几颗小棠菜，碧绿生青，乐惠得很。史胖子吃得肚皮滚圆离开，路上有些想不通，竟像巴巴来蹭饭似的，正经话没顾上讲，饭倒吃了两碗。小女人忒滑头。

姓刘的护工又去撺掇三千金夫妇，临近年底了，不好找人，况且她们这样有护理证书的，不是阿猫阿狗都能干的。“不晚”领的是养老机构执照，配备专业护理人员是硬指标，“离了我们，死蟹一只。”姓刘的几年前从苏北来到上海，做过保姆和月嫂，聪明人，看问题准确犀利，“每年春节都是个关窍，错了就还要再等一年。老板是炒房地产的，不缺我们这一点小米。”她把意思露了，自己不开口，只看三千金妈妈怎么说。三千金妈妈是个没主意的，又去问自家男人。男人到底当过小老板，拎得清，“让她自己去讲，你不要当冲头。”加上一句，“最多她讲的时候，你跟着撬撬边。”

姓刘的到底碰了个钉子。说要找展翔。冯晓琴给她弹回去：“老板管大事情，这些小事找我谈就可以了——阿姐你才来多久，就算谈价钱，好歹也要过一阵。你外面打听打听，这点生活拿这份薪水，不算少了。”姓刘的便说自己可怜，“死鬼老公走得早，一个人带女儿，日子不好过。”冯晓琴也叹：“现在日子都不好过，你外头看看，有哪个不可怜的。女儿比儿子好，贴心，将来成家开销也少得多。阿姐又有手艺，好日子在后头呢。”姓刘的朝三千金妈妈使眼色。三千金妈妈憋着不开口，留她一人发挥。姓刘的说来说去，那个“走”字在嘴里盘桓半晌，终是不敢说出来。

“快过年了，老板说了，大家好好做，一人一只红包逃不脱的。”冯晓琴微笑着，又看向三千金夫妇。女人还好，痴痴颟颟的，男人是看好戏的架势掩都掩不住，眉眼都放光了。就盼着浑水里捞点什么，便是鱼捞不着，捞点虾米也好的。展翔当初找三千金妈妈的时候，她是想拦下的。偌大的上海，哪里不好找人了，僧多粥少，到处都是等活干的人——偏要找那样牵扯不清的，有渊源，打过架触过霉头。用人最忌讳这样。冯晓琴知道展翔的心思，是能帮就帮，大家都不容易。但生意归生意，人情归人情。两码事。倘若她做老板娘，是万万不会的。冯晓琴想到这里，脸红了一下——“老板娘”有些过头了，便是打比方，这三个字也不好随便想的。不想没什么，一想就会刹不了车。胡思乱想多了，后面便是痴心妄想。冯晓琴知道分寸。但劝也是要劝的，还要劝得贴心，真正像是狗腿子给老爷出谋划策了：

“爷叔，以前顾磊在的时候，老是觉得他没用，想这男人怎么比女人还要软塌塌，爷叔你就不一样了，做事爽气，很有男子气概的。可现在过来帮你，接触了一阵，又发现，爷叔也是粗中有细。人大概都是这样，远远看着那样，真要拉近了，又是另一副模样。”

“这是损我还是夸我？”展翔眯起眼，看她。

“不是损，也不是夸。是老实话。”她道，“我读书少，心里想着一个意思，可是话说出来，就成了另一个意思。爷叔不要多心，我就是抒个情，乡下妹子偶尔也要抒情的呀，对吧？那天史胖子来找我，说打擦边球的事，我自然一口回绝了。好就是好，不好就是不好。胖子是坏料，我心里有数。但坏料也分好几种的，杀人放火是坏料，小偷小摸也是坏料。胖子顶多也就是小偷小摸那种。他把卡掏出来给我的时候，我就在想，第一次碰见这家伙，是什么时候。好像八九年前吧，爷叔你也在，一大堆人围着K歌，胖子一双眼睛死命盯着我胸口。那时我就想，坏料，肯定是个坏料。可那时的坏料，跟现在又不一样。那时我讨厌他，又不得不捧着他，他嘴巴里一股烟臭味，我闻着都是香的，是上海的味道，机会的味道。现在我看见他，倒不像以前那么讨厌了，相反还有点可怜他。爷叔你说怪不怪，胖子那样的大老板，哪里用得着我可怜他？可真真切切的，我就是可怜他。他那些算计，坏是坏的，可又说不出的替他难受。爷叔我讲句话你不要生气，就连你，有时候我也觉得你挺可怜。”

“你是菩萨心肠，看谁都可怜。”展翔笑笑。

“爷叔不要笑我，我是说真的。以前我们乡下搭戏台，那些唱戏的，好的坏的，脸上都写着呢。张牙舞爪的，一看就是坏蛋，委委屈屈的全是可怜虫。可生活中哪有这么简单呀，都是可怜又可恨，讲不清的。爷叔，我这么说，真的没有别的意思，就是想抒个情。”

“押金不能收。”展翔蹦出一句。

冯晓琴肚子里笑了一下。嘴噘起来：“——爷叔，我不是这个意思。”

“我知道你不是这个意思，爷叔也就是顺便说一下。只许你抒情，不许爷叔插个叙？”

“爷叔拿手的是夹叙夹议。”她笑。

展翔把醒酒器里的红酒倒入玻璃杯，推到冯晓琴面前，“人哪，张牙舞爪不怕，委委屈屈也不要紧，怕就怕那种又张牙舞爪又委委屈屈的小坏蛋，动不动还要抒个情，跟爷叔拐弯抹角地劈情操，一句话绕十七八个弯——这种小坏蛋最麻烦了，你说是不是？”

冯晓琴又笑了一下。“——押金又不是进我自己口袋。”

“我不缺这点钱。讲句老实话，一开始办托老所就没打算赚钱。搞点事业，免得被人家瞧不起，说暴发户坐吃山空，没追求没社会责任。上不了台面。我混了这些年，年轻时候被人脊梁骨戳惯了，不在乎，现在有点年纪了，脸皮倒薄了。我晓得外面敬老院收押金是常有的事，每个老人收几万,万一有急事也不至于自己倒贴。但你想，我们这边统共十来个老人，加起来几十万也赚不到什么钱，还被人背后嚼舌头，有啥意思？再说你自己讲的，现在是打名气，怕就怕人家不进来，你押金一收，别人就算想进来也缩回去了。”

冯晓琴喝了口酒，“——爷叔，这酒好，比前天那瓶有味道。”

“舌头养刁了。前天那瓶只有今天一半价钱。”展翔说着，拿过醒酒器给她加上，自己杯中也加了点，“暴发户想变成绅士，只好靠多训练，勤能补拙。你当爷叔天天吃红酒是做啥？我是在付学费。”

“我旁边赚外快。”冯晓琴笑。

“红酒开了瓶不好放太久。”展翔喝一口，“乡下妹子变淑女，照样也能训练出来。别的不提,拿杯子动作就不一样。一开始抖抖豁豁，看你像托着个痰盂罐。现在潇洒多了，还会像模像样晃几下。爷叔不是笑你，是替你开心。”

“爷叔，”冯晓琴沉吟一下，朝他看，“——为啥对我这么好？”

“因为你年轻、漂亮。”晚上，冯晓琴与妹妹茜茜挤一床睡。冯茜茜丢下这句。姐妹俩头挨着头，眼睛看天花板，月光从窗帘投进一小撮亮，却也不是目的明确，而是在吊灯那里淡淡晕开，似明又暗。适合聊天。冯茜茜说完，等着姐姐讲下文。谁知冯晓琴不吭声。冯茜茜加上一句：“男人不都这样嘛。”冯晓琴问她：“你有男朋友了？”她忙道“没有”。冯晓琴嘿的一笑，“说得好像你很了解男人似的。”

前几日，冯茜茜问顾昕“张曼丽是怎样的人”，顾昕先是不肯说，被她缠得紧了，便简单罗列几条，大学同学，性格外向，父母是军人，现在嫁去国外了。不带感情的口吻，像在说某个普通邻居。她没再问下去，一是怕他生气，二来也确实不怎么好奇。提“张曼丽”，本意是促狭，看他会怎样。他那样平淡，她心里更坐实了姐姐那句“顾昕这人，跟他爸差不多，都是很冷漠的”。顾昕只当她吃醋，反过来看她神情。她索性一挑眉，问他：“张曼丽漂亮，还是我漂亮？”这话完全是小女孩口气了。他回答得也滑头：“你年纪轻得多，她怎么比得过你。”她道：“年轻又不是一世的。”他道：“漂亮也不是一世的。”她扳过他的下巴，问：“男人是不是都喜欢年轻漂亮的女人？”他觉得她有趣，“你说呢？”她有些别扭，倒并非因为他模棱两可的回答，而是话题到这步，竟不是她想的。她原意是想逗他，看这冷冰冰的人如何应答。便是吃醋，也是姓葛那女人的事。与她有什么相干。托他的福，这月业绩排在前面，众人看她的眼光也是不同，想这女孩竟真有几分能耐，在这寒冬般的市场亦能寻到路子，何况还是新人。着实难得了。她给那个财务主管发微信，说“挑你发财，敢不敢”。那人被她陡变的风格唬得愣住了，到底还是回过来：“什么意思？”她三句两句说了，最后是个百分比，“够不够？”他半晌没动静。她亦不追问。一会儿他电话打过来，径直问：“安不安全？”她把声音放得比平时低沉许多，以示郑重，宽他的心，还有自己。语速也放慢半拍，一字一句地——“放心，放一百个心。”

“该找个男朋友了。”冯晓琴劝妹妹。冯茜茜开玩笑：“除非你把展翔介绍给我。”冯晓琴撇嘴，“心在别人那里的家伙，有什么稀罕的。”冯茜茜道：“心在别人那里，姐你去讨回来，不就行了？”冯晓琴摇头，“都生根发芽了，十驾马车都拖不回来。”冯茜茜又道：“那就白白替他打工？”冯晓琴笑笑，“怎么是白白打工，人家付工资的，还有分红。”扳手指算给妹妹听，基本工资多少，饭贴多少，车贴多少，加班费多少，全勤奖多少，每多拉一个人多少分红。听得冯茜茜也忍不住笑，“又不是什么几百人的大单位，给就给了，还弄这些名堂，他不嫌烦吗？”冯晓琴正色道：“不嫌烦，他还说要去印工资条，一张张裁下来，现金外面打个结，包在信封里。门口再放个老式打卡机，早晚打卡记考勤。我让他搬张小板凳坐在门口，戴个红袖套，索性自己当看门老头算了。”冯茜茜笑出声，“你这样嘲老板，不怕被开除？”冯晓琴道：“不怕。老板有时候贱兮兮，越嘲越开心。”

半夜聊天，一句接着一句，惯性占了大半。眼睛时睁时闭，睡意上来，愈发地有口无心。笑声穿插其中，也是戛然而止。比白天随意，却也有另一种谨慎。冯茜茜把“顾昕”两个字在嘴里嚼了半晌，终是不敢说出来。姐妹俩素来是没有秘密的。倘若冯晓琴也说她与展翔的事，咬牙切齿或是势在必得，那便又不同。话题刚挑起来，又被她截住。冯茜茜听得出，姐姐不想说这些。便也只得忍着。心里没着落。连个商量的人也没有。她的打卡机也是在姐姐那里放着呢，卡塞进去跳出来，姐姐敲了章点了头，后面的事才有底气。姐姐真正是她的看门老头。老家出来，妈那句“跟着你姐，别走丢了”，当时她听了想笑，又不是三岁小孩，上海再大，哪里那么容易走丢——但到底是听话的，这些年没给姐姐添过麻烦。住在别人家里，便是睡觉也要睁只眼睛。这话是姐姐说的。那时姐姐还是个新媳妇，上海话也听不懂几句。现在是自如多了，“世界那么大，再想想，上海人也不是个个舒心的。气得过些。”姐姐说这话时，顾清俞刚传出离婚的消息，展翔买戒指求婚，好大阵仗，却碰了钉子。她远远站在树下，看着气球带着空首饰盒，飘飘荡荡愈飞愈高。展翔一张脸耷拉成苦瓜，嘴上还要硬撑：“一泡就上，有啥劲？”冯晓琴对妹妹笑，“都泡了八百回了，皮都泡皱了，还一泡就上，这男人就是嘴硬骨头酥。”冯茜茜是看好姐姐的，离老板娘只差一点点。够得着。

正说着，冯晓琴手机响了，接起来，姓刘的女人在那头尖叫“着火了”。她一惊，手机没拿住，掉在地上。慌忙捡起来，披了件衣服便冲过去。果然是着火了。老人们站在门口，帮着几个工作人员拿水桶灭火。看情形火势并不大，主要是慌乱。一会儿消防车到了，很快灭了火。火是从后面烧起来的，几间空房烧得一片狼藉，亏得没人员伤亡，也没烧到正厅，损失不大。冯晓琴看那两个打杂女人的神情，便猜到几分。果然她们自己交代了，胡乱接拖线板，用电炉烤红薯吃，这才引得电线短路，起的火。展翔被消防叫去问话，回来时沉着脸，“让她们滚蛋！”冯晓琴不作声。姓刘的女人竟上来求情，赔笑，“老板，算了，新年新势。还没出正月呢。”冯晓琴有些意外。看向三千金妈妈，神情也有些别扭，似是要说什么，被她男人眼一瞪，又缩了回去。

起火时两个上身赤膊的男人从后门逃出去，监控拍下，警察是见惯的，自然往卖淫嫖娼那里想。调查下来，是做按摩，精油开背，一房间的瓶瓶罐罐是证据。史胖子被展翔揪过来，当着警察面，只说是朋友借场地，一次性的事。便也没再追究。那两个女人，再加上姓刘的，三千金妈妈，都拿了胖子的好处，每天晚上放人过来，都是熟客，悄悄换场地，原先的闲云阁打算平稳过渡。只是瞒着冯晓琴和展翔。倘若不是凑巧失了火，这事捅出来只怕还有一阵。

史老板也是老江湖，叫了两个人，径直邀展翔去搓麻将，没事人似的，“兄弟，偌大的万紫园，在我眼里，也只有你是亲兄弟。”展翔看牌，“越是亲兄弟，越要拆棚脚（沪语，指偷偷损人）——”史老板也不争辩：“亲兄弟就是被揩油的呀。你展大户指缝里漏点屑屑下来，就够我们啃一阵了。”说着，打了张“西风”。展翔嘿的一声，接过，把面前的牌推倒，全风向——“难为情啊阿哥！上家出铳，双辣子，付三家，你这下大出血了。”

姓刘的女人是主谋，冯晓琴一眼便看出来。不动声色搭上胖子，还把另外几人也说服了，这女人有些手段。冯晓琴叫她“姐”，看她收拾东西，动作有些硬邦邦，神情反倒自若了。“运气不好，”又撇嘴，“老板也拎不清。”冯晓琴问她“找到下家没有”，她道“我有手艺，有证书，东家不做做西家。”冯晓琴倒有些佩服她了。背井离乡，独自带着女儿，战斗力不到位，又如何能在上海滩活得下去。她女儿在读初中，生得高瘦，却也腼腆，每天放学过来吃饭，挤在一众大人里，她妈妈见缝插针地给她夹菜，她一声不吭，吃完便走。与她妈妈也不多话的。“她爸爸做快递，开助动车与一辆小轿车撞上，当场就没了。家里人劝我回老家，我偏不肯，这地方让他没了命，我偏要在这里长长久久地活下去——”那是冯晓琴唯一一次见她红了鼻尖，也不全是伤心，倒有些激动的意思。

张老太跑去找展翔，说这姓刘的是她救命恩人，“那天晚上睡得死，大家都逃出去了，我还在睡。亏得她发现了，冲进来叫醒我。否则我老太婆一定活不了。”张老太说她奔到一半脚扭了，姓刘的背起她就往外跑，“这女的瘦瘦小小，力气倒是蛮大——”径直对展翔说：“你要是开除她，我就走。”展翔好笑，“阿婆你走到哪里去？”张老太道：“哪里舒服去哪里，上海的老人院又不是只有你一家。反正我老太婆的钱你别想赚了。”展翔开玩笑：“阿婆你是负责记账的，人事不归你管。”张老太眼一瞪，道：“你这人有点拎不清。从那天你送人家戒指我就看出来了，眼光不行，高度近视加散光，放着眼前好好的姑娘不要，热面孔去贴人家的冷屁股，一根筋别不过来，拎不清——”这话有点豁边，不是事先商量好的脚本。冯晓琴拽她衣角，皱眉，“阿婆，不好瞎讲的。”张老太不听，反而更沉着的模样，“拎不清也就算了，还不听劝，索性小冯你也走，大家统统走，就留他一个。”展翔不跟老太婆计较，瞥眼朝冯晓琴看，似笑非笑，“——又来了，孙二娘装小白菜。”

“正面劝你，怕你不听。再说我这个位子，也不方便劝得太厉害。大家都看着呢。”冯晓琴讪笑。展翔不语。冯晓琴新做了枣泥馒头，枣子一个个去核碾碎，掺在面粉里，不加糖，尽是枣子的天然香甜。塞了两袋到展翔家的冰箱——“当早饭吃，方便又营养。”展翔道：“少来。”冯晓琴笑道：“爷叔三天两头请我喝红酒，我请爷叔吃馒头，这叫有来有往。”展翔道：“馒头里面有迷魂药，爷叔消受不起。”冯晓琴又笑笑，“爷叔不是一般人，普通迷魂药根本不管用。我不费这种力气。”想着张老太那些话，心里有些忐忑，虽说这男人是老屁眼，多半早就心知肚明，但被人当场说破，终是难为情。心一横，索性问他：“爷叔，你听过这句话吗——不想当老板娘的女员工，不是好员工。”眼神飘飘忽忽地送过去。展翔咦的一声，有些诧异地：“你是说，那姓刘的对我有意思？”

“男人这么说，一是拒绝，二来也是给你面子。”张老太劝冯晓琴，“算了，让他一棵树上吊死，阿婆帮你介绍更好的。”冯晓琴怪她多嘴：“阿婆你搞来——”张老太便说自己当年倒追张老头的事给她听：“张卫国是读书人，长相也好，工作又稳定，那时候对他有意思的女人不要太多，死男人心思也活络，看这个好，那个也不差。但有什么用，最后还不是被我搞定——”冯晓琴道：“阿婆你一看就是死缠烂打型的。”张老太纠正：“不是死缠烂打，是有耐性。做什么事都要有耐性。天底下没什么东西一定就是你的，也没什么姻缘是生来就配好的，张卫国长得比我清秀，又会舞文弄墨，我要不是花了些心思，也嫁不了他。”瞥见冯晓琴的眼神，更是得意，故意卖关子，“不要看我，看了也不会告诉你，再说了，就算告诉你，你也学不会——”冯晓琴插嘴：“不就是唱越剧嘛。”老太有些惊讶，“你怎么晓得？”冯晓琴好笑，“他每天一来，你就咿里呀啦唱给他听，《天上掉下个林妹妹》《桑园访妻》，还有《十八相送》，谁还不晓得了？”张老太径直问她：“唱得好不好？”冯晓琴回答：“他要是喜欢你，你唱得再难听，他也喜欢。否则就算你唱得比专业演员还好，他也不要听。阿婆，讲到底，这跟唱得好不好没关系，主要还是看他心里头有没有你。”

姓刘的到底留了下来。展翔不跟女人啰嗦，只是关照史老板：“阿哥，再来一趟，我就去你望星阁门口泼红漆、贴标语：老板是只猪猡。”冯晓琴也与那几人交了底：“老板心比天高，是想当人大代表的，你们不要拖他后腿——”展翔斜眼过来，“有劲啊。”她只当没听见，对着姓刘的女人、三千金爸妈，还有那几个打杂的，说下去：

“——我同你们一样，都是外地来的，除了爹妈给的这副身架，什么都没有。想赚钱，想过好日子。别人给我什么，我就拿什么，恨不得去偷去抢。可这又怎么样呢，人家一声‘外地人做得出’，就打倒你了。不怪人家骂你，真正是自己不争气。刘姐说得好，偏要在这里长长久久地活下去。可你这个样子，就算活得长久，又有啥意思。”

冯晓琴说着，朝展翔看，笑笑。心里忽有些酸。这话是说给自己，也是说给他听。脸上没事人似的，倘若被他发现心里压着什么，那便是她输了。展翔自是不会知道，昨晚他与顾清俞在前厅聊天，一字一句都被她听了去。他只当她下了班，其实小老虎跟爷爷去看电影，家里只一个顾老太，她待着没走，拿起张老太织到一半的毛线帽，胡乱织几针。两人是吃过晚饭来的，也不知是一起吃的，还是凑巧遇上。展翔提议“坐会儿”，顾清俞没拒绝。说些家常话，起初是闲聊，可有过那种意思的男女，又怎会是真正闲聊，话里有话，你退我进，欲言还休，一句话不肯好好说，偏要分成好几段，叫人猜。也不怕旁人听得难受。冯晓琴边听边冷笑，女人看女人，眼睛都是X光，里面外头都清清楚楚，跟男人不一样，男人见到女人，大半智商就被狗叼走了。尤其是对着喜欢的女人。顾清俞问他“这阵子好不好”，他道“不好不坏”，顾清俞说“我看小区微信群里都说你敬老院办得不错”，他老实交代，“有几个是托，小冯安排的”，顾清俞问“合作得愉快吗”，展翔回答“你弟媳，你比我了解”。冯晓琴还在揣摩这话是褒是贬，听顾清俞忽道“我不信你不知道她的心思”，忍不住心里一跳。展翔笑“方圆三里想嫁我的，可以组个连”，又搬出冯晓琴的话——“不想当老板娘的女员工，不是好员工”。冯晓琴偷笑，想这人倒是活学活用。又听顾清俞道“你要是真跟她好了，那说明你展翔也就是个普通男人”，心里哼了一声。展翔笑称“我本来就是普通男人”，这话有些顺势的意思，冯晓琴正生出些希望，听顾清俞淡淡道“顾磊说过，她以前做保险那阵，跟客户去开房。小老虎生下来，顾磊一直想去验 DNA——”，她一震，手里的棒针险些没拿稳，后面的话便没完全听清，只记得顾清俞有些鄙夷的口气，“做得出——”她忍不住想冲出去，脚刚动了动，又听见顾清俞问展翔“那天被风吹走的那个盒子里，到底是什么”，展翔开玩笑“支票，一百万”，顾清俞道“好好说”，他停顿一下，“——就是一些照片。”顾清俞奇道“什么照片”，他道:“你每天上班的时候，我就在湖心亭那边坐着，看你从楼道口出来，想打招呼又怕你烦，说一个大男人整天吃饱饭没事做，狗皮膏药似的，讨嫌。可这对我来说就跟上班差不多啊，每天早上见你一面，接下去一天都踏实。躲在角落里偷偷摸摸给你拍照，就像上班打卡，老板要查，就拿出来，不迟到不早退，任劳任怨，年中无休。你要是点头，那我这全勤奖就算拿到了。可惜老天爷不给面子，功夫白做。”他说完，笑了笑。笑声欢快得与内容不符,像蹩脚的后期配音。两人随即都静了下来。再没声响。只听见墙上的挂钟声，嘀嗒！嘀嗒！

那瞬，冯晓琴忽想起之前问展翔——“为啥对我这么好”，这话是送上门被他调戏，猜想这男人必然是俏皮话跟着。谁知他做出诧异的神情，“我对你好吗？你讲得我难为情。”她心里咯噔一记，直沉到底。这男人竟还说下去，“我是小太阳，照到哪里暖到哪里。胖子老早说了，我是妇女之友，最尊重女性。”笑得贱兮兮。她望着他，也顺着他笑。那瞬倘若不笑，竟是真的不知该做什么才好了。

十五

正月刚过，顾昕那套两室一厅晾得差不多了。择个吉日，搬进去。白云公寓到万紫园，隔一条马路，高畅从厂里叫了几个小兄弟，加上老黄，再借辆卡车。全家出动帮忙，一上午便搞定。细致整理总还要个好几天。平常不觉得，一到搬家才发现东西实在太多，犄角旮旯里都是过日子的碎屑，扫了一层又一层，没个尽头。偏偏又舍不得扔，打包和整理都在万分艰难的取舍中进行。卡车上最后搬下的是一只痰盂罐，苏望娣宝贝似的捧在手里，像拿个奖杯。说是当初父母给的嫁妆。龙凤呈祥的大红花样，色彩分明，倒也不显旧，只是突兀。几个打工的外地小兄弟见了，都朝高畅笑，“高师傅，蛮有意思的。”高畅解释：“纪念品懂吧，意义不一样的。”老黄道：“放、放在以前，这都是好、好、好——”半天出不来，高畅接口：“——好东西！”老黄使劲点头：“对、对！”

顾士莲破天荒没有嘲笑嫂嫂，说：“我上次搬家，连粮票都翻了一堆出来，全国粮票、上海粮票，还有肉票。”苏见娣一听，心疼得跺脚，“要死要死，吃不消你，放在当年都是口粮啊，又不是现在。作孽。”顾士莲道：“当古董留着，一样是铜钿。”苏望娣感慨：“你说给现在那几个小的，他们只当神话故事听。”

午饭设在附近的本帮菜馆，庆贺乔迁之喜。小咏霖被葛玥抱在手里，长得硬质许多，眉眼间像爸爸更多些。苏望娣看孙子，越看越欢喜，挑了一块鱼肉，细心把鱼刺剔了，放进小嘴里。小家伙舌头一卷，一口吞下去，咂巴几下，吃得很香甜。“你小时候，喜欢吃五香豆，我拿嘴嚼碎了，吐出来往你嘴边一送，‘张嘴！’你舌头一卷，立刻就吃进去了。”苏望娣对顾昕道，“吃相跟你儿子一模一样。”顾昕摇头：“细菌过来过去。”苏望娣嘿的一声，“那个时候不管这些，有得吃就不错了。别看你现在头皮乔（沪语，指做人拽），小时候也就是一摊肉，让你怎样就怎样。你以为你生下来就会自己吃饭洗澡上马桶？”顾昕笑笑，拿筷子夹菜。冯茜茜坐在边上，低头啃一根鸭翅。新上的鸡汤。顾昕先给葛玥盛了一碗，又拿了冯茜茜的碗，“吃点汤——”冯茜茜道：“阿哥，我自己来。”他不停，盛了满满一碗，“坐得近，总归要照顾好的。”冯茜茜道：“阿哥，只要汤，里面东西不要。”他又把那些鸡肉冬菇拣出去，只留汤水，递过去。冯茜茜接过，“谢谢阿哥。”

顾清俞买了蛋糕，点上蜡烛，“大伯父许个愿吧。”顾士海哑然失笑，“又不是过生日，许什么愿——”死活不肯，让苏望娣来。苏望娣也不客气，抱着小毛头坐在腿上，双手合十闭上眼睛，嘴里念念有词:“保佑我们宝宝健健康康,家里太太平平——”顾昕道:“妈,不好说出来的,自己知道就可以了。”苏望娣道:“许愿又不是放屁,暗戳戳见不得人。”顾昕不作声,帮着切蛋糕。口袋里手机振动了一下,拿起来,见是冯茜茜发来的信息:“你妈有了孙子,就不喜欢儿子了。”他不动声色,正要把手机放好,又收到一条——“阿哥,我那块奶油少一点。”

宝宝到了认生的月份,除了极亲近的人,谁抱了都要哭几声。说来也怪,顾昕平常不太带孩子,宝宝却不怕他,一双黑如点漆的眼睛在他脸上转来转去,由他抱着,不哭不闹。葛玥感叹“血浓于水,打断骨头连着筋,一家人总归是一家人”,这话有些严重,不善言辞的人想说些道理,就容易豁边。宝宝伏在顾昕肩头,暖暖软软的小身子。葛玥说下去:“我妈让我们再要个孩子。”顾昕怔了怔,“宝宝都没满周岁呢。”她道:“也不是说生就生,前后总要个一年多。差两岁,正好。”顾昕迟疑了一下,“——再说吧。”葛玥瞥见他的神情,便也不再提。其实那话也只是一说,元气都没恢复呢,哪有心情生二胎。也不是她妈妈说的,是她自己编的,就看他怎么回答。前几日,她拐弯抹角问他张曼丽的近况,两三下便被他岔开话题。愈是这样,便愈是不踏实。这次拿话试探,猜他也是察觉的。他比她要聪明得多。做人累,这话以前听人说过无数次,木笃笃没啥感觉,现在才真切体会到。父母隔三岔五便问她这边的情况,小毛头好不好,你好不好,家里好不好。什么是好,什么是不好,她有时候也挺迷茫。她不是一个擅长归纳总结的人,过日子该怎么样,男人该怎么样,她心里完全没数。放在外头人眼里，有吃有穿，丈夫是公务员，公公婆婆非但不用服侍，还反受他们的照顾。该是不错了。葛玥倒不像父亲那样心比天高，只求个稳当便好。放在以前，葛局长的千金求“稳当”，这是境界，要让人跷大拇指的。现在，便完全是无奈了——除了“稳当”，你还想求什么。葛玥再木讷，这层意思还是懂的。形势比人强。看顾昕的态度便知道。以前也是淡淡的，但那是清淡，吃口淡，不像现在，真正是从里面“淡”出来，淡得让人心冷。他从不与她起争执，她说的话，他不支持也不反对，只当没这个人似的。连敷衍的过程也省了。他把她当傻子。倘或她真是傻子倒也罢了，偏偏又没傻到家。便更难受。傻姑娘现在也会偷偷摸摸观察丈夫了，留意他打电话和刷微信时的神情。但凭她的道行，又能看出什么。

她知道顾清俞也认识张曼丽，吃饭时借着敬酒，坐到顾清俞身边，压低声音：“阿姐——”明白这个大姑子是最精细的，遮遮掩掩也没用，索性直说，“阿姐，我总觉得，顾昕跟那个张曼丽还没断。”顾清俞一怔，有些措手不及，下意识朝顾昕看了一眼，“——怎么会呢，你不要多心。”葛玥说：“我没有多心。阿姐要是知道，就告诉我。我听过算过，又不会跟他离婚。”老实人说话，自有一番笨拙的力量。顾清俞更是局促，做贼似的声气：“人都出国了，他就算想也没用啊。”葛玥神情愈发黯淡下来，“阿姐的意思是，他们俩虽然人不在一起，但心里还是有那意思的。亏得他是公务员，出国受限制，否则也跟出去了。”顾清俞吃瘪，跟一根筋的人讲话，不能点到为止，非要说清楚才行。干咳一声，换个坐姿，“结婚了，就算是天仙，也都死心了。何况张曼丽也没到那个地步，性格也忒招摇，谈谈恋爱可以，时间一长就没劲了。顾昕的性格你也不是不知道，从小到大一路学生干部，讲话比我爸还正经。他是一门心思要走仕途的，你给他十个胆子，他也不敢在外面胡闹。”说着，在葛玥肩头拍了拍，“所以啊，你就放一百二十个心。不要胡思乱想。”

饭桌上居然又聊到顾清俞的婚事。话题是苏望娣带起来的，问顾清俞：“要不要帮你介绍一个？”顾清俞心里有数，之前单身多年，家里人从未露过这种意思，现在大咧咧地提出来，自是因为她离了婚。在上了年纪的人眼里看来，给离婚女人做媒，就像丢块肉骨头给小狗，三分示好七分逗趣，再随意不过的。“条件肯定比不上你，”苏望娣说下去，“不过也不太差，年纪也比你大不了几岁，没有小孩。”顾清俞只是笑笑。苏望娣竟又想起老黄，“我看老黄也不错，蛮老实，又没结过婚，住得也近——小高你说是吧？”看向高畅。高畅吃不消：“阿嫂，老黄只比我小半岁。差太远了好吧？”苏望娣道：“清俞也不小了呀，男人大一点，知道疼老婆。”顾士莲说她：“你不要乱点鸳鸯谱，瞎三话四。”苏望娣道：“怎么是瞎三话四呢，女人不比男人，离过婚总归——”说到一半被高畅打断，拿了她的碗去舀甜汤，“阿嫂你吃点酒酿圆子。”苏望娣兀自不停，问顾清俞：“你喜欢什么类型的，大伯母帮你留心。”顾清俞不理，径直说了要去新加坡的事，“——我准备找个当地的男朋友。”

顾士莲朝二哥看，吐舌头：“女儿白养。”顾士宏道：“好儿女志在四方。”顾清俞道：“两三年就回来了。再说也近，飞机五个多小时，去杭州都要三小时呢。”顾士莲问她：“这次又是先斩后奏？”顾清俞叫屈：“我跟爸爸商量过的。”顾士宏纠正：“不是‘商量’，是‘知会’。‘商量’是双方的，‘知会’是单方面的。用词要准确。”高畅拿酒，给顾士宏杯子加上，“阿哥，有出息的孩子才有这种烦恼。清俞是去新加坡又不是去非洲，派出去当一方诸侯，好事情。”顾士宏拿起酒杯，与妹夫一碰，又跟旁边的大哥碰杯，叹道：“儿孙自有儿孙福。既然管不了，就不去管。我们几个老的自己喝酒。”又问高畅，“朵朵那边好吗？”高畅提到女儿，神情顿时飞扬起来，给大家看手机里的照片，朵朵在古堡似的公寓前与一众室友合影，许是阳光太强，眼睛眯缝着，像翻白眼。还有一张吃牛排，一手拿叉，一手对着镜头做胜利手势，嘴角全是酱汁。“每天都跟她妈妈通视频，开口闭口就是‘想死你了’，我这个爸爸是假的。”顾士莲斜眼过去，“谁不知道女儿跟你最亲，从小到大一句重话都不说，恶人我做。我是晚娘，你是亲爸。”

手机振动了一下。顾清俞瞥去，是“施源”。屏保下，微信内容只闪了两秒，便隐去。头几个字是“那天我不是——”，她没动，愈发拿了一条小黄鱼，用手撕着吃——那日吃的也是鱼。Sindy 电话里约她吃饭，“都升做海外主管了，替你庆祝一下。”她诧异这事竟传得这么快。推不过，便去了。陆家嘴一家吃河豚料理的店。很精致。Sindy 为的其实是公事，却不直说，夹在一堆寒暄里，里三层外三层，猜她应该也明白。原料公司与进出口公司，上下游关系，这圈子说到底还是人情网，谁都不能得罪，谁也不能相信，亦敌亦友，变得也快。早些年顾清俞在 Sindy 底下做事，见过她的手段，刚柔并济，用的是巧劲。Sindy 教了她许多。相比之下，顾清俞还是忒直来直去了些，魄力倒有些像男人。Sindy 升职前，谁也没想到最终她会上位。原先那个华东区主管，早拣定了接班人，比她年轻几岁，剑桥的 MBA，硬件软件都更胜一筹。关于上位的过程，有好几个版本，俱是隐秘而惊心动魄。以顾清俞对 Sindy 的了解，更偏向于最温和的那版：Sindy 与大老板夫妇在同一家高尔夫俱乐部打球，球场上建立的友谊，家常而不着痕迹，话也容易说得妥帖，水到渠成。至于那些写告密信、施美人计拖对方下水之类，顾清俞并不相信。Sindy 早过了用那种伎俩的段位。球卡还是顾清俞替她张罗的，那样的顶级俱乐部，以 Sindy 的薪水也是勉强，顾清俞托了朋友的朋友，插队打了折。还是两年前的事。未雨绸缪，早作打算，这才是 Sindy 的风格。说是师徒，平常也多是微信联系，见面只是偶尔，顾清俞每隔几年便升一级，唯独这次她主动约饭。自是觉得这小徒儿已到了那个份上，值得郑重邀约，聊些要紧的话。

那晚 Sindy 到了最后，说起她新交的男朋友："他也在附近，介绍你们认识——"说着便拨手机。顾清俞心里咯噔一下，慌得差点把水杯倒翻，要推辞已是不及。只几分钟，那人便到了——与 Sindy 年龄相仿的一个壮硕男人，名片递上，也是圈内同行。顾清俞惊魂未定，话反倒比平常多些，巧也是巧，那男人也有意买世纪尊邸的房子，向顾清俞请教"好不好"，顾清俞回答"装修和物业都不错，就是房型偏大，不符合中国人的习惯，180 平方米两室一厅，老人来了都没地方住"，那男人哦的一声，朝 Sindy 眨眼，"那我们就买三房——”顾清俞道:“别墅也有,独栋叠加都有,就是第一批全卖完了,现在再买就是二手房,税缴得多。”男人笑笑,“这倒问题不大。”顾清俞暗暗揣测这男人的身家,名片上级别比 Sindy 稍低些,但也算匹配。衣着偏老派,休息天也是正装西服,中规中矩看不出端倪。“几时吃你喜酒?”她问 Sindy。Sindy 笑而不答,反问:“你呢?先吃你的喜酒,再吃我的不急。”结束时,男人说要送顾清俞回家,一个浦东一个长宁,顾清俞婉拒了:“我叫出租吧,反正也近。”Sindy 打电话给助理:“你开到商场门口——”对顾清俞笑,“你坐我的车回去。难得把你叫出来,怎么好让你自己一个人走。”Sindy 与男友直接坐电梯去停车场,顾清俞到一楼,出了大门,见 Sindy 那辆黑色奔驰打着双跳灯,上前,开车门那瞬,瞥见驾驶座上是施源。她一怔,下意识地,竟想要夺路而逃,手发颤,脚也软了。听他道“这里有电子警察,不好停车的”,怔了几秒,只得坐进去。

小黄鱼煎得刚刚好,外脆里酥。顾清俞又拿了一条,撕着吃。比那日的河豚更入口些。食物是个好话题。那晚便是这么聊起来——施源问她“吃河豚不怕吗”,她道“又不是野生的,早就不是以前的品种了”,又问他“你怎么当 Sindy 的助理了”?这种情形下,问这话也是再自然不过。他停了停,“世界真小。”她点头,“就是。”

那晚后来 Sindy 打电话给她,问她是否平安到家。她直言,“你这个助理,我以前就认识,老邻居,好久没碰头了。”Sindy 道:“那天年会上的司仪就是他呀,你没看见?”顾清俞一怔,竟忘了这茬,愈发做出惊讶的神情,“真的吗,我没注意啊——”Sindy 问她:“他帅还是 Leon 帅？”Leon 便是刚才的男人。顾清俞笑了笑，放慢语速，故意让电话那头听出暧昧的意味：“师傅，我懂了。”Sindy 嘿的一声，“你懂什么，别想歪了，他帮过我一个忙，我推荐他进公司。这人挺能干。”顾清俞那瞬想起施源的回答——“卢总很关照我。大公司，发展机会也多。”他居然主动说要买房的事，“我爸妈那边的房子要拆迁了，等拆迁款拿到，就买。”顾清俞问他：“在哪个区？”他道：“还没想好。远一点也没事，只要交通方便。”她哦了一声，“蛮好。”他笑了笑，“被你表扬，挺不好意思的。”她问：“为什么？”他道：“就像一个大学生夸幼儿园小朋友，你这篇作文写得不错。”她没笑，朝他看，“幼儿园小朋友不写作文的，小学三年级才有作文。”

那晚快到家时，他邀她去附近的茶室，“就这么走了，感觉真像车夫了。”他自嘲，又加上一句，“——再帮你醒个酒。”她道：“小看我，才两杯清酒。”心里竟有些甜。到茶室点了一壶菊普。他为她倒上茶。她看着他修长的手指，没忍住，“有新女朋友了？”他愣了一下，“嗯？”她胡诌：“身上有香水味。”他竟也真的举起袖管闻了闻，“没有啊，再说我女朋友不涂香水。”她看出他在开玩笑。这样的情形下见面，气氛倒是不坏。真有些老朋友的意思了。“你呢，最近好不好？”他问她。她道：“下个月去新加坡。”他一怔，“出差吗？”她摇头：“工作调动。起码两年。”

那晚他去了她家。或许是那句“起码两年”，让气氛变得不同，平添了些离愁别绪，还有软化剂。给了人借口，后面再怎样，也似是顺理成章。Sindy 打电话来时，他站在阳台上抽烟，披着她的粉色睡衣，画风清奇。她嘴角带笑，听 Sindy 在电话那头道："耶鲁的高才生，长相不错，家世又好，小顾你怎么不早点把他拿下？"她一怔，Sindy 说下去，"到底是大家子出身，气质不一样。你这邻居，很不简单——"隔着一道阳台门，顾清俞瞥见施源身体微佝，一手执烟，一手扶着栏杆，眺望远方。淡青色的烟雾，轻薄又缠绵，将他的脸微微裹住，遮了倦意，五官更深邃了，轮廓也分明。他抽烟时的神情有些严肃，似在想心事，一侧头，与她目光相对，笑了笑。她也笑了一下，听电话里 Sindy 说得愈发暧昧："Kendy 也很喜欢他，他球打得也不错,你说,这算不算男女通吃——"Sindy 应该是有些喝醉了，话说得稍稍过头。Kendy 便是 Sindy 公司的大老板，顾清俞见过一次，五十多岁便白了头发，眉眼却清癯，举止温文，说话轻柔。偏女性化。"你这个邻居啊——我问他要什么奖励，他胃口比我想象的还要大，给自己开了个很高的年薪。"Sindy 说到这里，顾清俞忽然冒出一个大胆的猜想。刚才吃饭时，说一半留一半的，生意场上，便是师徒好朋友，也不好一股脑掏个干净，各人底牌还不知道呢。后面这一半，或许便是交给了施源。由他来搞定。Sindy 自是不知道她与施源的关系，但"长相好、不简单、男女通吃"这些，该是足够了。替老板做事，何况还有那么高的年薪。再说男人也不吃亏。"几时教我打高尔夫？"挂掉电话，顾清俞对着开门进来的他笑。反比刚才在床上更妩媚。他动作稍有些停滞，"你说几时就几时。"她又摇头叹道："耶鲁的文凭，我竟然不知道，你这人啊，忒低调。"

"阿姐喜欢吃小黄鱼？"冷不丁，冯晓琴插上一句。顾清俞眼也不抬，嗯了一声。又拿了一条小黄鱼。跟谁较劲似的。手机又亮了一下，依然是施源的微信。她不理。其实也谈不上多生气。至少那晚，她是忍住了。他说文凭还是史老板替他备下的，硬塞在他手里，说有用无用先拿着。其实教小朋友外语，单他以前那些证书便够了，这个忒夸张，锁在抽屉里只当笑话。谁知竟派了这个用处。“文凭是硬指标，尤其那种大公司。”他道，声音很轻，唇齿间却用力，一字一句地。她暗自叹口气，后面奚落的话便说不出口。戛然而止。那晚她留他一个人在家，自己走了出去。恨不得桌上再留几张钞票。嫖资不好赖的。亏得忍住了。遇见展翔也是后面的事。“去我那里坐会儿？”她想也不想便答应了。两杯清酒也是酒，何况她酒量不算好。再加上施源的事，没抑制住，说话便不是平常的风格。莫名地，竟扯到冯晓琴，“那种女人——”骂的是别人，心里想的是施源。真正是指桑骂槐了。“垃圾，做得出——”骂完很痛快，又是别样的窝塞。“本就是收钱假结婚的模子——”这话居然也差点蹦出来。心里一遍遍地念，到后来竟有些想笑了。遇到施源后，过程像一条几番曲折的抛物线，上去又下来，触底再反弹。又像股市的走势图，最后是一败涂地。翻不了身的架势。

“阿姐果然喜欢吃小黄鱼。”冯晓琴兀自说这个。又替顾清俞加上茶，“阿姐吃茶——”停顿一下，“前几天我经过阿姐小区，看到门口中介挂出的牌子，啧啧，豪宅就是豪宅，一般人想都不要想。”顾清俞没搭腔。冯晓琴说下去，“前姐夫好像也对那小区有兴趣——”顾清俞一怔，众人也都惊讶，“真的？”冯晓琴呀的一声，做出“你们居然都不知道”的神情,叹口气,格外地把“前姐夫”仨字加重语调:“巧也是巧，正好让我碰见前姐夫，在跟中介咨询。我上去问他，姐夫你要买房子啊——”说着故意停下来,伸筷子夹菜。顾清俞追问:“他怎么说?”冯晓琴笑笑，不慌不忙将一条牛蛙腿吃净了，吐出小骨头，才道:“他说，就是看看。我说，大老远跑过来看看?他说，不是大老远，顺便。我说，姐夫到附近办事?他说，也不是办事，就是看个朋友。我说,看什么朋友——”顾清俞听到这里,立时明白了,这女人是在促狭她。也不吭声,径直看她演戏。果然冯晓琴说到最后，倏地停下，有些不好意思地:“阿姐，你不要怪我刨根问底，我就是替你气不过，想看看他是不是还在做那种生意。”苏望娣一旁问:“什么生意?”冯晓琴立刻捂住嘴，讪讪地:“哎呀，我不该讲的。阿姐对不起——”苏望娣更好奇了:“到底什么生意啦?”冯晓琴涨红了脸，朝顾清俞看，“阿姐，可不可以说?”顾清俞微笑道:“说呀，有什么不能说的。”冯晓琴便朝向大家，比画着手势，“喏，就是那种，一是单身，二是上海户口，三是名下没房，遇到客户买房限购，就跟中介联手，假结婚，等客户买好房再离婚，按房子成交价收手续费，一个点也有，0.5个点也有，婚前协议写得清清楚楚，净身出户——阿姐，我讲得准不准确?”她看向顾清俞。顾清俞点头，愈发笑得温柔，“很准确，一点不错。”

吃完饭，顾清俞收到李安妮的短信:“亲，我离婚了。”

她犹豫是否要打个视频电话过去，谁知李安妮接着发消息——“我在上海，聚一下?”她想也不想便答应了。此刻她迫不及待地想见到老朋友，聊天、撒泼、骂人，什么都好。小老虎要小便，冯晓琴带他去厕所。其余人坐着，聊些没紧要的话，神情局促，顾左右而言他。她都替他们难受。一会儿冯晓琴回来，目光与她相对，只一下，便各自散开。都从对方眼底察觉到一丝冷，直透到心底。顾清俞记得，两人这样短兵相接，是第一次。也不知是谁没摒牢。其实也是早晚的事。她拿起外套，对顾士宏道："爸，我去见个朋友。"

李安妮与丁启东坐在一起。顾清俞跨进咖啡馆大门那刻，便知道今天这场见面，完全不是预先设想的那种。路上，她连安慰的话都想好了，就像李安妮第一次离婚，哭得眼睛肿成桃子，她一遍遍地劝她："天涯何处无芳草，你还年轻，旧的不去，新的不来——"本想着再说一遍。李安妮这个人，情绪来得快，去得也快，二婚比起一婚，就像女人生二胎，想必也是更利落，痛得少些，时间也短——可眼前的场景，诡异得竟像是某部悬疑电影的开头。数年未见，丁启东还是老样子，优点缺点都是李安妮说的那些，长得精神，智商比情商高，头脑发达四体不勤五谷不分……他居然说顾清俞胖了，强调"别的没变，就是胖了"。顾清俞撇了撇嘴。他连忙补救："胖一点好，不显老——"

顾清俞点了咖啡。瞥过李安妮的手，结婚戒指摘掉了。她恍惚记得，上次李安妮回国奔丧，戒指好像就已经不在了。李安妮似是看出她的疑惑，自己先坦白："这段时间我都在国内。"顾清俞哦的一声，"上次你怎么没说？"

她顿了顿，"——那时还在打离婚官司。"

顾清俞点头，又哦了一声。

李安妮朝顾清俞笑，拉起她的手左右晃动，做撒娇状，“不好意思啊亲——”

丁启东话不多。当年他与顾清俞其实也挺熟，到底许久不见，生疏了。何况还有李安妮这层关系。陡然这么坐在一起，顾清俞也不知该对他持什么态度，是褒是贬。连李安妮也有些尴尬，屁股挪了又挪，调整坐姿，话说得不伦不类。她竟然提到丁启东的前妻：“抽脂，把肚子抽得凹凸不平，一个个麻坑——”顾清俞朝她看。她觉得不妥，推了一下丁启东，“是吧，是你说的吧？”丁启东先是看顾清俞一眼，再看向她，眼底满是“拿你没办法”的意思。李安妮笑起来，在他胸前一捶，嗲嗲地：“——就是你说的呀！”

丁启东是半年前离的婚。有个四岁的女儿，本来跟妈妈，丁启东花了些心思，托关系找熟人，把女儿的监护权争了过来。关于这点，李安妮非但没意见，还觉得挺好——“我都这个岁数了，生不出了,有个现成的女儿也不错。”顾清俞揣测她的语气,应该不是反话，也不像在丁启东面前故作姿态。趁丁启东去卫生间，问她：“是不是Frank外面有女人？”李安妮一口咖啡差点喷出来，“噗——”随即告诉她：“离婚是我提出来的。”顾清俞追问：“为什么？”李安妮逗她似的：“你猜。”顾清俞细看她神情，停顿片刻，“——回头草好吃吗？”李安妮忽的叹口气，又笑笑，“顾清俞，你真是越来越可爱了。”

咖啡原来也会让人喝醉。至少今日如此。喝得极慢，话其实也不多，断断续续，像杯中四散游走的几丝拉花。话头也不用刻意去接，这场聊天本就没有主旨。离婚的事反倒提得不多。丁启东坐得远些，头朝着窗外，留两个女人说体己话。他该是被李安妮硬拖出来，亮个相，像活动开幕式，当事人都非出席不可。自始至终都有些别扭。顾清俞也别扭，尤其李安妮说到她与 Frank 的财产分割："我不算黑心的，房子和股票没动他的，除了他送我的那些首饰，就要了他斐济那个小岛，他说卖了折现给我，我说不用，留着挺好——"又道："换了他以前那些女人，看不把他皮扒掉一层！"丁启东动也不动地看着窗外，仿佛外面有什么趣事，移不开眼睛。到后来脑袋几乎都凑到玻璃上了。不停抿嘴，一遍一遍地。身体虽是不动，看着却总像在使劲似的。

一杯咖啡喝到近六点。李安妮说："索性一起吃晚饭。"顾清俞推辞了，撒谎："家里还有一顿，今天我表弟搬家，中午连晚上。不捧场不行。"

回到父亲那里。算好冯晓琴带小老虎去上英语课，这时是个空当。顾士宏问她："下点馄饨好不好？"她点头。看父亲从冰箱拿出一排虾肉馄饨，放进烧滚的水里，激起一圈涟漪，很快平静了。盖上锅盖。顾士宏朝她看，"下午去哪里了？"她回答："真的是去见个朋友。"顾士宏没多问："要不要再炒个蛋？"她说不用。一会儿馄饨捞出来，碗底放香菜开洋，现成的鸡油，也挖了一小勺放进去。汤头嫩黄。顾清俞尝了一个："爸爸烧的馄饨，比外面的满汉全席还要好吃。"顾士宏叹口气。顾清俞做好准备，猜想后面必是跟着老父亲的感慨，他安慰她，或是她安慰他，总之有一番往来。谁知竟不是。“你姑姑的病，最近好像不大好。”顾士宏说是吃饭时，漏出来的。顾士莲最近舌根处长了个瘤，PET-CT做了，显示癌细胞扩散，活检报告还没出来,但也八九不离十。“这顿饭吃的——”顾士宏摇头。高畅平常也不是多嘴的人，若非情势紧迫，亦不会在家庭聚餐上提这个。归根结底还是经济原因。医生粗粗替他们算了笔账，是个天文数字，而且不打包票。到头来可能还是一场空。顾士莲应该是关照过老公保密，因此高畅这么冷不丁说出来，她没撑住，当场便翻脸，差点掀桌子。高畅倔强道，自己人，说了又怎么样。也不是平常的洒脱模样。酒喝了不少，旁人愈是劝，他愈是喝个不停。顾老太挑馋嘴牛蛙里的丝瓜吃，年纪上去，反倒比以前更吃得辣。脑筋不如从前,也不知小辈们说的什么,只觉得气氛不对,也有些慌张起来,“咋啦咋啦——”顾士宏问高畅“缺多少”，他还没开口，顾士莲板着脸大吼一声:“不用你管——”顾士宏苦笑,“你不是我妹妹,我就不管。”那头，顾昕叫服务员买单，苏望娣挑囫囵的菜打包，顾士海端坐着，不悲不喜的模样。一如往常。顾士莲先是不动,木然对着桌面,忽地,哭了出来。声音尖厉得像是指尖在玻璃上划过，吱——听着让人起鸡皮疙瘩。很快转为呜咽，哭声凝成了一片，仿佛头顶的乌云，低低回旋。片刻后,顾老太去抚她的背,没头没脑地劝:“好了好了——”一桌人都安静下来。

顾士宏其实还瞒着后面那截，不方便对女儿说。饭后一家人往回走，他与顾士海走在最后。兄弟俩平常也话不多的。这次是顾士海先开口，夹着怨气:“到底想我怎样?”顾士宏一怔。顾士海说下去:

"我要是大富翁，不用她说，我就把钱拿出来了。可我是吗——我是瘪三，彻彻底底的瘪三，垃圾瘪三，上海滩有几个人混得比我还惨？"喉咙口似是包着一口痰，虽然含混，却自有一番沙哑的劲道，透着不平和悲愤。太阳穴边的青筋隐隐闪现。顾士宏没料到大哥这么激动。原先想好的话，此刻一句也说不出。反要安慰回去："我晓得的，晓得的——"前面几人听见动静，回头看。顾士海表情收势不及，僵在脸上，瞧着更是古怪。便低下头，把力气用在走路上，一步步使劲。顾士宏很少见他这样，说话时连嘴唇都发颤。像是积了许久，一下子倒出来。话少的人偶尔开口，后面便不听使唤，愈发恶狠狠地："我晓得，她心里怎么看我。别说她了，我自己也看不起自己，穷光蛋一个回上海，还要靠妹妹接济，真正是垃圾瘪三，不要脸了——"说到这里，一口气岔了，剧烈咳嗽起来。前面几人又回头看。顾士宏做出兄弟间闲聊的模样，挽住大哥臂弯，"春天了，暖和是暖和，就是空气里花粉太多，容易过敏，鼻炎、咳嗽、打喷嚏——"

"我明天划十万块给姑姑。"顾清俞说，"本来再多一点也没什么，就怕顾昕他们更难看。"顾士宏摇手，"你姑姑不会收的。"顾清俞道："不收也得收。她现在哪里还有钱？房子卖了给女儿留学，手里能剩多少？再说朵朵还没结婚呢，将来有的是地方要花钱——总不能看着她等死。"停了停，又问，"——大伯那边怎么说？"顾士宏道："你大伯也没钱。"顾清俞嘿的一声，没忍住："都是普通老百姓，谁家里凭空放几百万闲着？不都是挤出来的？以前那几十块钱工资，还能养活一家老小呢。姑姑现在是生病，又不是拿这钱出去旅游——"

瞥见父亲的神情，只好停下，摇头，“姑姑可怜。”顾士宏叹道：“都可怜。你姑姑可怜，你也可怜。”顾清俞失笑：“我有什么可怜的？”顾士宏道：“自己不觉得自己可怜，才最可怜。”顾清俞朝父亲撇嘴，“爸你搞来。”

回去时，楼道口遇见冯晓琴。小老虎英语课忘带卡片，她折回来拿。两人打个照面，互不说话。到了楼下，没走几步，便听到后面冯晓琴叫她：“阿姐。”顾清俞停下，却不回头。冯晓琴走近，手里拿着英语卡片，稍有些喘。应该是跑了几步。顾清俞想，这是寻事来了，嘴上道：“干吗？”冯晓琴道：“阿姐中午饭都没吃饱，就急匆匆走了。”顾清俞冷笑，果然是寻事。冯晓琴停顿一下，忽道：“阿姐命好。”顾清俞想起父亲那句“你最可怜”，忍不住又是冷笑：“命好吗？那也没办法，老天爷待我好。”冯晓琴道：“阿姐这种性格，放在上海，是新派，有个性，倘若放在我们老家，还没等冒出头来，就被人拿剪刀咔嚓一下，剪个干干净净，一点脾气没有。”顾清俞道：“那你呢，你不是也冒出来了？难不成你是好欺负的？祥林嫂？尤二姐？”冯晓琴笑笑，“爷叔总说，我是孙二娘装小白菜。”顾清俞知道这个“爷叔”是谁——“怎么，老板娘还没当上？都忙了这么久了，效率不如以前啊。”冯晓琴又笑笑，“阿姐吃醋了。”顾清俞不动，“还没沦落到吃你醋的地步。”冯晓琴道：“阿姐今天讲话冲得很，不是吃醋，是吃炮仗了。”顾清俞叹口气，“有些人不识相，只好挑明了，点点她。”冯晓琴径直问：“阿姐是怪我今天多嘴？不该提前姐夫的事？”顾清俞提醒她：“老早分开了，不要一口一个‘姐夫’。女人一把年纪结婚又离婚，讲起来总归难为情。不能跟你比，十几岁就出来混，经历得多。豁得开。”冯晓琴停了停，“阿姐你不要用‘混’这种字，难听。”顾清俞嘿的一声，好笑：“不叫‘混’，难道叫‘体验生活’？”冯晓琴朝她看。顾清俞摇头，说下去：“我是不想说出来让顾磊失望，不想让我爸白头发再多几根。你还真以为能瞒过去？我也算想得开了，话说妓女从良都能再嫁人呢，何况又是新社会，婚姻自由，我弟弟喜欢，又有什么办法——”话愈是激烈，语气反倒愈是平缓。她从口袋摸出烟，扔给冯晓琴一根，自己点上，“我弟弟到死都没见过你抽烟吧？蛮好，能骗一辈子就不叫骗了。”

两个女人在树下抽烟，背朝外，路灯又昏暗。天然的屏障。

“张阿婆家那次失窃，是不是跟你有关？”顾清俞问她。

冯晓琴沉声：“你不要瞎讲。”顾清俞诧异：“警察问你，你也这么回答吗？”冯晓琴看了她几秒，按捺住，不怒反笑：“阿姐心情不好。我能理解的。喜欢了半辈子的男人是个垃圾瘪三，混得比我们这些乡下人还不如。心情怎么会好呢？”也不待她开口，径直说下去，“上海人是了不起啊，洋派，兄弟姐妹间相处也很潇洒的——姑姑得了那种快死的病，大伯白拿了人家的房子，揩了几十年的油，也不见他吱声，就跟聋了似的。了不起啊。阿姐，放在你们这里是洋派，是潇洒，如果换了我们，你就又要骂我们垃圾了，做得出了，对吧？所以阿姐，我这些年在上海，也没啥别的收获，就是学会一点，不管哪里人，不管男的女的，不管打扮得光鲜还是邋遢，不管有没有文化，只要是人，上面进下面出，其实都差不多的。骂人家垃圾的人，自己也好不到哪里去。阿姐，我这么讲，你肯定听不下去是吧？你心想，我怎么会跟你们一样呢，我这么高贵这么有钱，住豪宅开进口车，我是人上人啊，你们算什么东西——可是阿姐，有时候我真的挺可怜你的，老女人整天装啊装的，话说一半留一半，看人也只用一只眼，斜过来横过去，好像全世界都被你踩在脚下，其实别人看着特别可笑，当面奉承你，背后恨不得一脚踢过去。装×跟傻×就差一个字，这道理你大概不懂。”

冯晓琴做好准备。小老虎那边时间还早，就算打一架过去，也来得及。

顾清俞明白了。那天晚上与展翔的对话，必然被这女人听了去。她竟有些想笑。这种误会为此刻局面的发展，提供了好几种可能性，每一种都让她跃跃欲试。老天爷很有意思，每次总在她憋闷得要发疯的时候，迅速为她找到突破口。虽然有些残忍，还可能两败俱伤，但很爽。就像皮肤被刀尖划破，看着血一点点从里面溢出来，悄无声息，疼归疼，却是酣畅淋漓的破坏感。她不记得是谁说过——所谓悲剧性，就是把美好的事物毁灭给人看。

“你弟弟什么时候来上海？”顾清俞问她。

她一怔，“干吗？”

“你打算让他一辈子叫你姐姐吗？”顾清俞说完，看见冯晓琴脸色倏地变了。停顿一下，嘴角挤出一个弧度，笑得很暧昧，“我蛮好奇的——十五岁生小孩，是什么感觉？”

这晚是满月。顾清俞回到家，倚着躺椅，看窗外那轮明月。树影摇曳。一近一远，视角上有参差，多了些浮凸的立体感。不似中国山水画，竟有几分像西洋油画。虽然夜深，色彩也是艳丽分明。看久了，像要把什么吸进去，没头没脑的。顾清俞记得，冯晓琴最后说的一句是——“我不是你想的那种人”，到这步，反不如前面那般剑拔弩张，声音轻下来，一点点往里收。力道却依然在，每个字都清清楚楚。鼻尖也有些红，不像伤心难过，倒似是憋着劲，生闷气那种。她看着她。其实这话又有什么要紧呢，她是哪种人，顾清俞一点也不关心。便是顾磊活着那阵，她也没放在心上，入职这些年，到底不是白混的，查个小地方女人的底细，难不倒她。她替弟弟盯着她。也是抓大放小。只要大致过得去，她也不会真怎样。有个私生子什么的，放在这女人身上，其实也是意料之中。只要没杀人放火——现在人都没了，便更无所谓了。便真是杀人放火，也不打紧了。顾清俞叹口气。她终是落到与这女人一般的境地。否则便该一笑了之，又何必说那番话。

她给顾士莲发消息：“姑姑，账号给我，否则我送现金上门，也难看。”半晌，没回音。她又发一条：“你侄女我什么都缺，唯独不缺钱。你们不是都知道了嘛，假结婚，不缺钱，就缺个老公。等你病好了，替我找个男人，全在里面了。”去阳台抽根烟，过来依然是没动静。再细看，不由倒抽一口冷气，原来刚才消息竟是发在“自家人”群里。惊得整个人一震，呆住了。顾士宏打电话过来：“你怎么回事——”她忙不迭挂了，想把消息撤回，早过了时效。窘得呼吸都不顺畅了。大伯一家四口此刻也不知是什么表情。又想起冯晓琴。要命。再一想，天，竟还有施源——之前一直忘了把他移出群。她先是怔着不动，随即大喊一声，无意识地一脚踢出去，雪白的墙壁上顿时多个脚印。仰天倒在床上，看天花板上的吊灯，忽地，手机狠狠扔过去，落下来，正中她下颌骨。疼得咝气。

迷迷糊糊睡了一会儿。电话响了，她拿起来："喂？"李安妮的声音："到家没？"她怔怔地，嗯了一声。电话那头停了停，"顾清俞，你觉得我和丁启东再在一起，好不好？"她把手机调到"免提"，坐起来，身后垫个枕头，"——你自己觉得好就行啊。"李安妮道："丁启东说你现在气场越来越足了，都不敢跟你说话。背上直冒冷汗。"顾清俞好笑："他做了什么亏心事吗？再说闺蜜是派什么用的，就是帮你盯着臭男人，你自己当局者迷，色迷心窍，全靠我替你把关，别糊里糊涂又被骗一次。"李安妮嘿的一声，"就他现在那副面孔，还色迷心窍——"顾清俞问她："你原谅他了？"李安妮一怔："嗯？"顾清俞道："当年是谁说的，一次出轨，终生不用。"李安妮没吭声，半晌，莫名来了句：

"你当'出轨'是'出恭'，屁股一撅谁都可以啊？"

顾清俞放下手机，继续睡。提示灯亮了一下。通电话时有微信进来。她又拿起来翻看。一条是姑姑的："乖囡，好意心领了。"她被这声"乖囡"逗得莞尔，姑姑从不叫她"乖囡"，猜想现场必然是怒喝一声"跟她说，钱太多用不掉就捐出去"！当事人口述，再由姑父高畅执笔，便委婉得多。然后是顾昕："姐姐，你替我拿主意，出多少比较合适？"还有大伯，从不发微信的，今日是破天荒，还发在群里："我是恶人，你们都是好人！"

不知怎的，顾清俞竟有些想笑了。说不出的别扭的情绪，凑起来反觉得滑稽。索性也不顾了。闭上眼睛，眼前忽又浮现冯晓琴，双手背后交叉，脆生生站着——"我不是你想的那种人"。眼底什么闪了一下，似是泪光。她应该还想说些什么，嘴唇动了几次，反反复复，却没说出来。顾清俞就那样看着她，也沉默。那瞬想，顾磊当初要是讨了别的女人，不知会怎样。寻个本分的上海姑娘，模样差一点，人也笨一些，不会算计，日子平淡得没有指望。但至少没那么早死。又想，这种假设完全没意思，时间不会倒转回去。李安妮也说，世界上最难买的就是后悔药——"要真有，也不用多，买三粒。一粒放在十年前买房子，豁出老命，就算卖血借高利贷也要买，能买几套就买几套。一粒放在我爸脑溢血住院那时候，我能亲自陪着他。还有一粒，"她停了停，似用了很大的力气说出来，"——那年我要是没做流产手术，把孩子生下来，现在都快满五岁了。也不晓得男是女。"

顾清俞是第一次听李安妮哭得那么声泪俱下。隔着电话，依然能感觉到那头的崩溃。与白天的她判若两人。她说压根没有出轨的事，丁启东连别的女人一根头发丝都没有碰过，什么抓现行、捉奸在床，全是假的。离婚是因为她去医院把孩子流了。五个月的胎儿，已有些成形了。医生劝她考虑清楚，她不理。"我不想和你过了。"她虚弱地躺在床上，这话却说得斩钉截铁。丁启东气疯了，打了她一巴掌。那阵，她仿佛一眼看到日子的尽头。绝望到无法忍受。两个人，被诅咒似的，错过一波又一波。不只是房子。学生时代的誓言、理想、憧憬，那些闪着光的东西，一点一点，消磨殆尽，成了干巴巴的灰烬，什么也不剩下。还有曾经属于两个人的骄傲。一切都成了笑话。她感觉自己像站在流沙中央，慢慢陷下去，一点力也用不上，最终人就没了。她害怕那样。流产是给自己下个死招，没有退路，只能往前。她怕自己一旦心软，便又会陷在这泥沼般的一潭死水中。她疯了似的，办签证，出国，还有再嫁。她像躲避瘟疫一样，想要完全抽离。哪怕后悔终生也在所不惜。

“丁启东还爱我，这么多年了，亏得他还爱我——”她在电话里泣不成声。

顾清俞眼圈也红了。为这个一言难尽的夜晚。想象那些黑暗中各自沉默的脸，男男女女，老老少少。也亏得这黑暗，遮住了一些东西，抚平了捋直了，草草掩饰——辜负与被辜负，亏欠与被亏欠，放在当下，也真正是说不清的。直如这月亮，再皎洁光艳，终究也只是配角。锦上添花是往好里讲，黑白分明也是一时的，久了，只是个含混的影子罢了。

小老虎早已睡了。冯晓琴醒着，凝神看天花板。手机振动了一下，她拿起那瞬，有种不好的预感——是姓刘的女人打来的：

“张老太不行了。”

十六

“妹妹，我害怕有一天，我会把老头子忘了。”

冯晓琴记得，这是张老太唯一一次在她面前哭。前一秒还在说“张卫国喜欢粉红色，屁精”，后一秒陡地眼泪便下来了，落到手头正在织的帽子上，一滴，又一滴。冯晓琴没提防，只当这老太又作妖，哭哭笑笑，日子过得奇形怪状。便给她出主意：

“拿支笔，统统记下来。好记性不如烂笔头。脑子里的东西会忘，写在纸上的东西，白纸黑字，永远都抹不掉。”

这老太也真的照做了。拿了本厚厚的簿子，带锁的，专门用来写日记的那种。时不时写上几笔，一只手拢着，不让人看。一笔一画，小学生写字的架势。冯晓琴偷瞥过几次，俱是些没要紧的话，天气是主角，“好像要下雨”“春冷最难受，湿气浸到骨头里，要拿艾条灸一灸”“这两日热得不正常，有妖怪”……也有关于心情的，完全是少女视角了——“8 号里那个女人，一天到晚盯着张卫国看，只当我是瞎子”“今天我偏不主动开口，看有几个人会请我跳舞，论身材还有气质，小区里我认第二，谁敢认第一”“刚才一阵暴雨，马路上全是樱花的花瓣，一脚踩上去，粉色变灰色。唉，美丽的东西都不长久,老天爷忒残酷”——冯晓琴忍着笑,吃不消这老太。便也由着她。

张老太说：“张卫国是个脱头落襻（沪语，指丢三落四）的，我要是走在他前面，也不晓得他将来怎么办。”擤了一下鼻子，又叹气。冯晓琴说：“阿婆你这是杞人忧天，张爷爷明明比你精细得多。”张老太皱眉，“瞎讲，你不要看他样子比我稳重，其实相当不牢靠。家里这些年有多少东西丢在他手里，你都不晓得。”冯晓琴顺着她，“有多少东西，说来听听？”她扳手指，“一只上海牌手表，一只金戒指，一副羊毛手套，两副 walkman 耳机，三把阳伞，还被冲手（沪语，指小偷）冲掉五六个皮夹子——”冯晓琴听得直笑，“阿婆你倒是记得清楚。”张老太叹口气,“所以啊,家里没我可怎么办,要出乱子的。”

“失窃事件”是张老太自编自导自演，目的是要引起张老头的重视——“让他提高警惕，家里东西要心中有数。”她悄悄拿走了一些金货，还有部分现金。“看他几时才发现——”事实证明，张老头的警觉性确实不高，一连几天都未察觉。还是张老太摒不住，提醒他：“哎，我们前年买的建设银行的贺岁金币，怎么只剩下一块了，明明有三块的——”，又道，“抽屉里好像不止这点钞票啊，你动过了？”张老头这才慌了，急匆匆报了警。冯晓琴说张老太：“阿婆你做戏做过头了，这是浪费警力，开国家玩笑。被人发现要吃官司的。”张老太哪怕这些，“吃官司就吃官司，我这把年纪了，风也吹得倒了，他们敢拿我怎么样？”

东西暂且交给冯晓琴保管，放在一个黑色垃圾袋里。“不好让老头子知道的，否则有得闹了——等风声过了，你再给我。”冯晓琴起初不依，“万一给人瞧见，我浑身是嘴也讲不清。”张老太斜瞥她，“胆子这么小——看你也不像良家妇女。”冯晓琴反击：“阿婆你也不像良家妇女。”张老太被怼得眯起眼睛，笑得暧昧无比，“良家妇女有啥意思，无聊透顶！”问冯晓琴：“谈过几个朋友？”冯晓琴扳手指，一只手扳完，再扳另一只，感慨：“手指头不够用啊，要加上脚指头才行。”张老太哈哈大笑，“好啊，要是还不够，我的也借给你。”

“阿婆，我乡下有个小孩。”说这话时，张老太正低头织帽子的沿边，手脚不协调，眼睛都快凑到棒针上了。话一出口，冯晓琴也呆了呆。她也算是谨慎的，这些年，除了父母，没人知道。对着这老太，却不自觉地说了出来。“阿婆，我告诉你，你不许告诉别人。”加上一句，“也不许记在纸上。”

“晓得了，”她注意力集中在帽子上，“——男孩还是女孩？”

“男孩。”

“那不错。”她拿剪刀，对准纷乱的线头，一刀下去。抽空给了冯晓琴一个微笑。

孩子是一个初中同学的。闯祸后便转学了。说实话，冯晓琴并未把这事太放在心上。年纪小，还没到知道利害的时候。再加上性格又那样。本就不想再念书了，趁势休了学，跟着妈妈到外地待了大半年，回来时抱着个才满月的婴儿，“冯家添了老三”。也没人怀疑。她父母对这事的处理还是很果断的。既替女儿解决了麻烦，家里也多了男丁。两全其美。冯大年，起名字时她爸爸问她“好不好”。她点头，“你们说啥就是啥。”那年她才刚满十五岁。肚子里掉了块肉，多个弟弟。就这么简单。后来出去打工，每次回老家，都会特意给冯大年买份礼物。越往后面，礼物便越是不敷衍，是用心挑的。几岁的男孩，喜欢什么，不喜欢什么。心里总要过几遍，斟酌再三。冯大年的脸，也是一次比一次看得久。婴儿那阵，本该最是母子连心的，偏偏没什么感觉，反倒是岁数上去了，竟渐渐看出些意思来。五官是这样的，手脚是这样的。迎风长。这次看着比上次又高了些，脸倒是拉长了些，肩膀也宽了。再后来，说话声音又变了，一声“姐”不再是娇娇糯糯，粗犷得像被砂皮磨过，听得鸡皮疙瘩也起来了——怀着小老虎那阵，她一直回想，当年那块肉在肚子里是什么感觉。孕吐是几时，胎动是几时，肚皮上看出小手印又能是几时。记忆的碎片，努力想拼凑起来。更多的还是内疚。欠了这孩子。叫了十几年“弟弟”，连抱也不曾好好抱一下。倏忽一下就长大了，想弥补也不知从何做起。每次回去，面上没什么，其实却有些手足无措。台面上是姐姐，心底是妈妈，不好做得太过头，又不甘心什么也不做。摆正位置是个技术活。她爸妈对这孩子也是尴尬，讲起来是儿子，其实倒是隔代亲，不知该怎么教。反正就是宠。结结实实养了个傻儿子。冯晓琴每次看到他，都会想到顾磊。不管上海还是乡下，男孩子一宠就成傻子，屁用没有。要捏把汗的。这两年冯晓琴对他严厉了些，真把他当儿子看了。该说的说，不该说的也说。劈头盖脸的。他不怕爸妈，倒是忌惮这个“姐姐”。去年跟着镇上的几个盲流去偷窑厂的旧机器，当废铜烂铁卖，被人捉住打得半死。冯晓琴回到家，瞥见床上鼻青脸肿的他，一句安慰没有，径直说“打得好”。他叫起来：“你还是我姐姐吗？”她道：“你这样下去，先是小偷小摸，再是打劫，最后就是杀人了，与其将来被枪毙，还不如现在打死干净。还省几年粮食。”他赌气不吃饭，他妈哀求他：“多少吃一点——”冯晓琴一把夺下，“不吃就不吃，吃下去也是长坏心眼，力气不用在正道上，将来也是个人渣。”他急了，口不择言：“你自己又是什么好东西了——”他妈要拦着，她眼一瞪，“让他说！”他到底是个没用的，乡下人拉屎头里硬，顿时没了气焰，一点点软下去。她带他去了房间，亲自下厨做了几样他喜欢的小菜，可乐鸡翅、茄汁鱼块、土豆泥。端过去给他。脸上依然板着，筷子交到他手里，“吃！”他怔了几秒，夹起便吃。她忍着笑，凝神看他吃相。傻归傻，却是另一番有趣。癞痢头儿子自家好。耐心讲道理给他听：“什么是好，什么是不好，你自己心里有数。你只要过得了自己这关，我万事随你去！可你是那种不管不顾的吗，你是那种豁得出的吗？你不是！姐姐看着你长大，你是个好孩子，心眼好，脾气也软。一次犯错没关系，改了就行。怕就怕哪天犯了大错，想回头也没机会，那样一辈子就毁了。姐姐不是怪你，姐姐是盼你好。就算天塌下来，也有姐姐替你顶着，可真到了那时候，你自己又有什么开心？还是要脚踏实地做人。你乖乖的，等我在上海站稳脚跟，把你也接过去。到时候我们姐弟仨在上海好好过日子。”

“男孩好。”张老太加上一句。

“现在这个社会，女孩不好还有退路，男孩不好就完蛋，没戏唱。”

“男女平等。男女各顶半边天。”

她摇头，“阿婆你没懂我意思。”

她无数次替这孩子设想将来的出路。自然不甘心待在老家，但凭他的模样，也不像能闯一番事业的。读书不好是硬伤，吃不了高级饭。同她一样，只能卖戆力气。小老虎也不知道他还有个哥哥呢，偶尔闲聊时会提起老家的“小舅舅”，也只见过一两次面。模样倒是不大像的，各自随父亲。除了一双大眼睛，这点都像冯晓琴。褶皱分明的双眼皮，眼珠黑如点漆。书上说，双眼皮是显性基因。看来是真的。小老虎脸型偏圆，生得温和些；冯大年是长脸，鼻子略微倒钩，有些凶。其实相比之下，小老虎性格还硬气些，到底是她从小带着。冯大年真正是软塌塌的。还不是那种温顺的软，脾气上来也是气死人。更难弄。冯晓琴倒也不怕，早晚到自己身边，往死里调教，拗得过来。

“让他早点结婚，生孩子。你三十五岁就能当奶奶了。”张老太兀自唠叨。

她笑笑。乡下结婚早，二十岁当爹也不在少数。“阿婆，到时候给你吃红蛋。”她道。

除了冯大年，冯晓琴还对张老太说别的事。大多是趁她半清醒半痴傻的时候。思路勉强能跟上，仿佛踮着脚走路，跌跌撞撞，又走不长。这种状态最合适。有回应，也安全。冯晓琴说她刚来上海那年，进了两次派出所。一次是被商家雇去当模特站台，她个子不高，屁股也太大，穿上旗袍其实不怎么好看，台上一群与她年纪相仿的女孩，个个两颊高原红婴儿肥，随着音乐扭动身体。廉价旗袍像粽绳一样，把她们的腰和屁股勾勒出藕节般的紧绷感，却也青春逼人。谁知进行到一半，便被警察带走，后来才知道是非法集资，那群女孩里也有几人参与了销售。另一次是保险公司倒闭，她揣着菜刀，去讨欠了几个月的工资，大厦保安拦住情绪激动的人群，过不去，她急了，抡起地上一块石头就砸过去，结果把一个保卫的额头给砸开了,差一厘米就砸到眼睛。缝了十几针。赔医药费和误工费，还被拘留了两个礼拜。

“妹妹啊，你是人才。”老太真心夸她。她笑笑，瞥见老太头顶一根白发，伸手拔下来，“阿婆，又要去染头发了。”张老太道：“一年最多染两次，否则伤身体。我不好走在张卫国前面的。”停了停，叹道，“就算走在他前面，也要尽量拖，能拖多久是多久，拖一天是一天。老了，面孔再难看，终归是看一次少一次啊。”她有些伤感地说。

最后一次跟张老太聊天，是她进医院。张老头看她脸色不对，把她接回去，她还不肯，说这里热闹，不想回去。张老头又是好笑又是急,眼泪在眶里转,“人家打开门做生意——”冯晓琴柔声劝老太：“位子给你留着，身体养好再来，我等着你。”——回家没两天，便住了院。癌细胞扩散，情况很不好。冯晓琴去医院看她，六个人的病房，老太靠窗位置，精神不错，手里毛线帽织织停停，与旁边那床老太的家属说话。那床是脑梗,她劝人家出去以后要多动:“跳舞呀,你们小区有人带广场舞吗，或者瑜伽也可以，实在不行就打太极拳，反正多活动，血脉畅通就好了。”张老头削苹果，一块块喂到她嘴边，“人家自己有数的——”张老太兀自不停:“你住哪个小区，欢迎来我们小区跳舞。你报我名字，我带你。”张老头朝冯晓琴苦笑。冯晓琴替她在身后垫个枕头，扶她躺下，“阿婆，等你出院，也带带我。一段时间不跳，身体都硬了。”

张老头出去买东西,留她俩聊。其余几床都午睡了。帘子拉下来，像个小天地，其实不隔音也不阻光。一老一少压低声音，真正是说悄悄话了。冯晓琴问她:“感觉怎么样?”她道:“还行，就是没力气。”冯晓琴笑，“整间病房全是你的声音，还没力气?”张老太道:“我是强打精神。”冯晓琴奇道:“为什么强打精神?”她道:“让张卫国放心。”冯晓琴停下来，朝她看。此刻这老太应该是完全清醒的。反不知该说些什么。又笑笑。张老太叫了声:“妹妹。”她应下:“嗯?”张老太缓缓道:“妹妹，你是个好人。”

那日说到后来，冯晓琴哭了。一半为了张老太的病。生老病死，本就让人伤感。还有一半,自己也不知怎么回事,泪点似是低了许多。老太嘴碎，那日尤其如此，翻来覆去讲她与张老头的事。从二十岁相亲认识，到八十岁，其实是流水账式的，也没有重点，也正因为此,反有了回忆录般的郑重。她说也想过离婚,每次倒是他死活不依,赌咒发誓般，说“我不喜欢小孩，两人世界清净没负担”。便这么一年年拖下来。中间也不是没迁回，细节都记不清了，反正就是吵吵闹闹，好好合合。从她嘴里漏下的一星半点，竟都是极有趣的，比如，张卫国被她关在外面一夜，穿着短裤也不敢叫喊，怕惊动邻居，到底是被发现了，上上下下都来表示关心，他护住要害，惊恐地被围在中央。邻居替他敲门，“小刘，小刘，开门，有话好好说——”，还有人从家里拿来长裤，贴心地：“穿上，小张你先穿上——”还有一次，两人去红房子吃西餐，吃到一半发生口角，她径直走了，那时还没有手机，连BP机都没有，电话打到小区门卫那里，转个大圈，张老太才慢腾腾踱过来，拿起电话，那头已经是快要哭出来的声气：“我没带皮夹子，你再不来，他们就要报警了——”她憋着笑，嘴上道：“让他们报警吧，帮我拔了眼中钉，还可以省笔钞票，一举两得！”

她说了两遍“妹妹你是好人”。说到第二遍时，冯晓琴先是不语，随即又逗她：“阿婆，你看人准不准？”她道：“我看人，是看到骨子里，再准不过了。”冯晓琴道：“阿婆在寻我开心，上次还说我不是良家妇女。”张老太哎呀叫起来：“良家妇女不见得都是好人，不是良家妇女也未必就是坏人。你这人，吃相差点，良心蛮好。我看人不会错的。”

“顾磊头七的那天晚上，我拿着他的照片，跟他说话。我们老家的风俗，这天鬼魂会回来。我知道，我说的话，每个字他都能听见。我对他说，我不后悔嫁给你，你也别后悔娶了我。我不是坏女人，至少，不像你家里人说的那么坏。我跟史老板没什么。自从嫁给你以后，我没做过一件对不起你的事——阿婆，有时候我也挺糊涂，好和坏的界限到底在哪里，你可不可以告诉我，哪些事情可以稍微做一做，哪些事情完全不能碰。比如我觉得，手和脸给史老板摸两下，有什么要紧的，屁股蛋偶尔摸一下，也没啥，但别的地方就不可以，性质不一样了。还有说谎，要是为了让这个家好，那就不叫说谎，比如我瞒着顾磊做直销，卖减肥药，我也不知道那是骗人的，还犯法，不过我也没吃亏，除了在派出所关了几天，该我赚的，一分都没少，那些人敢骗我的钱？想也别想。里头还有顾磊奶奶的钱呢，老太婆也想发财，把她的棺材本都拿出来了，我关照她保密，她一口答应。后来事情败露了，她也不替我说话，就在一旁看着我被她孙子数落。忒不上道。好在我少给了她两个点，也气得过些。史胖子那里集资，我也弄了十万,九分利。我对胖子说,要是蚀了,我就被子铺盖卷一卷，带着孩子住到你家。没办法啊,钞票存银行,赢不过通胀,等于是蚀本。家里到处都是开销，小老虎外面上课，一节课多少钱，顾磊一个月工资才多少，亏得吃在他爸家，有个老的啃啃，否则真是不够用的。他睁只眼闭只眼，饭来张口衣来伸手，赚钱不吭声，出了事就全怪在我头上——阿婆，下辈子我也要那样，做人轻轻松松，一点压力也没有。”叹口气，又道，“算了不说了，人都没了，不作兴的。”

说来也怪，对着这半痴半癫的老太，想到哪里说到哪里，心情竟似舒服许多。原先那些堵着淤着的，像刮痧板来回擦拭，几条黑红，看着怖人，底下竟是通畅了。也是不知不觉的。她说“我不是那种人”，这阵子常说这句，每个字呈现在眼前，仿佛都带叠影，像说话时的回音。不是普通层面上的意思。说着说着，自己都忍不住激动起来。胸口那里不停起伏，被什么充盈得满满当当，一会儿是不吐不快，一会儿又是不知从何说起。半晌，张老太把一只骨节嶙峋的手放在她手上，拍两下，“妹妹，”她道，“我晓得的。”初时是宽慰她，停了停，又换了一本正经的口气：“天知地知，你知我知，不就好了？”冯晓琴被她逗得笑出声来。望着她，也不知怎的，忽地，眼泪顺着鼻尖落下来，滴到她手背上。

追悼会过后，冯晓琴把老太托她保管的东西，一并还给张老头。“两块金币，还有五千四百块现金。全在这里了。”她猜想或许要解释一番。谁知张老头说声“谢谢”，径直收下了。他从口袋里拿出一本簿子，正是张老太的记事本。“她把事情经过全写下来了，还关照我，不要误会妹妹你。”张老头说完叹口气，“我老太婆有点搭进搭出，清醒的时候还是蛮清醒的。”他头上戴着新织的粉色毛线帽。最后几针还是在医院里冯晓琴织的。张老太手脚太慢，这工夫，别人十顶也织好了。老头子戴粉色帽子，看着总是奇怪。冯晓琴没忍住：“阿婆讲，你喜欢这个颜色。”他道：“她织的，我都喜欢。”竟是小夫妻般的声气。透着些伤感。“八十好几了，又是那种病，想开了，也就没啥了。”他叹口气，又对冯晓琴说声“谢谢”——“亏得妹妹你，让她最后那段日子过得蛮开心。”

“你儿媳，着实也不容易。”湖心亭里，张老头对顾士宏感慨。顾士宏问他，记事本里写了什么。他道：“我老太婆的心里话，只给我一个人看，说是不能说的。”顾士宏笑笑。张老头又道：“我老太婆要是加入作家协会，我和你只好靠边站。夜里一路看，一路流眼泪。等于是把过去的日子再过一遍。一辈子太短了，要真有下辈子，我无论如何都要再寻到她。”脸上笑着，说到后头声音却有些哑。顾士宏劝他：“她肯定跟你一样的心思。下辈子，下下辈子，只要有缘分，总归碰得着。”

“不晚”陆陆续续又多了七八个老人。实打实，真正靠做出来的。万紫园、白云公寓，还有附近几个老式小区，白天常有人来打听，问价钱，看情况，或是讨一份宣传单回去。“看情形，不出半年，房间可以住个六七成满。”冯晓琴对展翔道。

展翔顺着她说：“再过一年，就要扩建了。”居委会前几日还派人过来看，里里外外兜一圈，挑不出毛病，嘴上没多说，脸上是服气的。冯晓琴说：“爷叔，出名了，发财了。”展翔手伸过去，在她头上轻轻砸个毛栗，“少寻我开心！”这动作有些亲昵，冯晓琴让开，“——爷叔不是说过嘛，给附近70岁以上的老人免费吃中饭，两荤两素。现在时机差不多了，可以搞起来了。爷叔以后就不是暴发户了，是成功人士、社会名流。恭喜你。”展翔怔了怔，诧异这话是几时在她面前说的，绕了一圈，才想到当初向顾清俞求婚时，隔了一堵墙，必定被这小女人听了去。兀自有些难为情，打个哈哈，待要与她说笑一番，她已面无表情地走了过去。

顾士莲的活检报告出来，情况果然不好。隔日便住进医院，准备做手术。顾士宏与高畅商量，手术后大家轮流照顾，排个表，白天晚上按次序来。“这样，你也不至于太累。越是这个时候，越要有条理，不好乱了方寸。”高畅应着。主刀医生是顾清俞找的，经验技术都是一流的，次日清晨第一刀，也不拖时间。高畅塞了五千块钱给顾清俞，“你托人办事，开销总归是我来。”顾清俞不接，“姑父，你只管全力以赴盯着姑姑的病，别的事情以后再说。”高畅只得称谢。手术前一晚，顾昕提出陪夜，“我明天出差一周，后面大家辛苦，今晚让我来。”

病房有现成的躺椅，天不冷，带个睡袋，也方便。吃过晚饭，高畅叮嘱几句，便走了。留下姑侄二人。顾士莲问他：“出差去哪里？”他回答：“杭州。”顾士莲嗯的一声，“那倒是不远。”顾昕问：“要不要削个苹果给你？”她摇头，“肚子还是饱的。”示意他随意，“你管你自己，有事我叫你。”顾昕去了趟厕所，回来时见顾士莲已睡了，侧向另一头。其实还早，八点都不到。替她拉上帘子，自己也躺了下来。看了会儿手机，听床上似是有动静，帘子悄悄掀开一个小角——顾士莲身子微微蜷着，肩膀有节奏地一颤一颤，应该是在哭。顾昕先是一怔，随即把帘子塞好。不敢惊动。又过得片刻，听顾士莲叫他：

“昕昕。”

他嗯了一声。“姑姑，怎么了？”

“姑姑要是不在了，你会难过吗？”顾士莲不回头，依然是背对着他。语气有些硬，与这话的内容不相称。应该是为了掩饰哭腔。顾昕盯着她的脊背看了一会儿，不动，也不说话。忽然意识到姑姑其实是害怕。——“你姑姑，就是只纸老虎。”临出门前，苏望娣喋喋不休，说顾士莲要是真不怕，根本不用那么凶神恶煞，越是凶，就说明她心里越是抖豁。“你们顾家人，都是一个德行，嘴巴凶，骨子里屁用没有。”一旁顾士海听得烦躁，说她：“就你最有用。换了你，你不怕？人家是恶毛病，又不是感冒发烧！你不晓得啊？”苏望娣慢条斯理道：“我是外头人，晓得不晓得都没啥，你是她亲哥哥，你晓得就可以了。”顾士海被冲得火起，手中茶杯“咣”地一放：“家里钞票又不归我管，我是恶人，你又是什么好人了？”苏望娣也不生气，对顾昕道：“看到吧，越是心里抖豁的人，越是嗓门大，有道理你就好好说，凶个屁。”

“姑姑，”顾昕犹豫了一下，想说“三万块要是不够，我再多出一些也没事的”，但这话不中听，也让自己被动，说了无益——“姑姑，手术会顺利的，你一定会好起来的。”这话又是不痛不痒了。他性情是淡漠，但姑姑从小对他好，这点是记在心里的。主要是不知该如何表达。别人的事，不常放在心上，久而久之，便忘了。但这话不好说，一是叫不响，别人一句“自家人的事都不放在心上，你还想怎样”，只有吃瘪；二来也不是那样性格的人，从小养成的习惯，说话留三分在肚里。成了家之后更是如此。父母、妻子，都不是顶顶称心的，吵不得，便少搭理。总觉得人生到这一步，虽谈不上一败涂地，但终是比预想的要差许多。落子无悔。叫屈也不能。医院是会让人生出无限感慨的地方。生老病死，望去一张张面孔俱是无力，尤其这样的重症病房，认命又不认命，夹缝中求一丝生机。倘若那种整日哭哭啼啼的还好些，姑姑这么要强的个性，到这种地步，便愈是替她难受——面上依然是不知说什么好，下意识地，替她掖了掖被子。又抚了一下她的背。

“姑姑，早点睡。”

躺椅上折腾一会儿，好不容易有些睡意，葛玥发消息过来：“晚上冷不冷？”他看表，才九点，便不好发作：“不冷。”她又道：“宝宝想爸爸了。”这更不好发作。回过去：“爸爸也想宝宝。”加上一句，“姑姑已经睡了。”示意她停下。只几秒，手机又响了，他皱眉，一看，却是冯茜茜：“阿哥，为你点赞。”他嘿的一声，回道：“给亲姑姑陪夜，有啥好赞的。”她道：“不是指这个。上个月我业绩排在第一位，经理说要给我升级，底薪翻倍。”顾昕回过去：“请客吃饭。”她打个笑脸：“行啊，我把我自己打包，送给你吃。”顾昕回了个暧昧的动画表情过去。随即清空聊天内容。想提醒她也把记录删了，但这话有些煞风景，再说这女孩也是个精细的，应该不至于出洋相。

小老虎在小床上打着鼾。冯晓琴替他把汗巾抽出来，再换块新的。冯茜茜旁边看着。姐妹俩好久没一床睡了。冯晓琴替妹妹开心。到底闯了条血路出来，着实不容易。问她“怎么突然间业绩就上去了”，冯茜茜叹道“也不看看是谁的妹妹——”。这话有些避重就轻。冯晓琴猜到几分，多半是那个财务主管，或许还不止。其实也是无奈。冯晓琴自己也做过保险，知道拉业务的艰难，一分一厘都是笑脸堆出来的，针脚细细密密，接缝处都是心思。底线往下降一分，事情便容易些。但底线也是线，是界限，降得太低就成越界了，跨过去便回不了头了。分寸顶要紧。冯晓琴斟酌着，想稍微劝妹妹几句，又不知从何提起。冯茜茜给姐姐买了个皮包，两千出头。冯晓琴问她：“拿了多少奖金？”她报了个数字。冯晓琴咂舌：“这么多？”她道：“难得让我有机会表现一把，平常都是你照顾我。”冯晓琴把皮包放好。姐妹俩睡一个枕头。冯茜茜下午新烫的长波浪，一股浓烈的定型水香味。冯晓琴劝她“有钱也要省着点花”，她笑称“都几年都没烫过头了，乱稻草一堆，客户看见全吓跑了”。冯晓琴便说自己当年做保险的事，“也是被经理天天牵头皮，眼睛里只有业绩，晚上做梦都在向人推销。”停顿一下，“你姐夫活着的时候，始终攥着一个心结，觉得我跟史胖子有什么，就是因为刚结婚不久，一天晚上我喝醉了，衣衫不整地被史胖子送回来。”冯茜茜静静听着。“其实什么事也没有，”冯晓琴说下去，“喝吐了。胖子买了我四五份保险，一份保险一瓶酒。没办法，人家出钱，我们出命。醉死也要喝。顾磊骂我‘女流氓’，他以为我醉了听不见，可我这个人，别人骂我的话，每一句我都记得很牢。”

“妹妹，我看人很准，能看到骨子里。你是好人，我晓得的。”那瞬，冯晓琴仿佛听见张老太在耳边说话，热气哈在她脸上。暖暖的，一点一点地，把什么烊掉，继而缓缓流动。老太的声音也温柔，带着些回声，拖个小尾巴似的——适合眼下的气氛。姐妹俩谈心，不论什么话题，听着总是闲话家常，细水长流。

“年轻时候不在乎别人说什么，想干吗就干吗。现在才发现，被人骂总是没劲的。有个成语叫‘爱惜羽毛’，是个上档次的词，你是读书人，肯定比我明白。”冯晓琴停顿一下，又提醒妹妹，“顾磊姑姑那边，总归要意思意思。”冯茜茜问：“送多少？”冯晓琴道：“我送了五万。”冯茜茜一怔。冯晓琴道：“我是因为顾磊的关系，你不用这么多。”冯茜茜听出姐姐话里的倔强，“姐，小老虎用钱的日子还在后头。钱要花在刀刃上。”冯晓琴道：“现在就是刀刃。”说完笑了一下。钱是转账。顾士宏那里有顾士莲的账号，她讨了来，没头没脑地。顾士宏问她“做什么”，她在手机上把钱转了，才不紧不慢地回答“姑姑生病，一点心意”。晚饭时顾清俞过来送水果，同事去三亚度假，带了一箱杧果。顾士宏应该是说了那事。顾清俞离开时，眼神扫过她，话却是对着小老虎：“乖囡，多吃几个杧果哦。”冯晓琴看在眼里，也是对着小老虎：“说，谢谢姑姑。”小老虎跟着说了一遍，“谢谢姑姑”。一来一去，都是干巴巴的。白炽灯从头顶射下，光线落在两人脸上，晕开，涂了粉的效果。空气中的微尘也看得清，扬起又落下，来来回回的。“再会。”顾清俞说完这句，开门走了出去。

冯晓琴建议妹妹，顾士莲生病，给个一千两千，若是得闲，便排着陪一夜，“也说得过去了。”冯茜茜问她：“那你呢？”她道：“我同你不一样，顾磊是她亲侄子，再说了，小一辈都要上班，就我是家庭妇女，有的是空当。”冯茜茜沉吟着，劝她：“姐，好上面还有更好，没底的。太累。”冯晓琴叹道：“我是憋口气，其实也是傻，你别学我。”冯茜茜嘿的一声，“办法多的是。”冯晓琴道：“你教我？”冯茜茜便道：“搞定那个姓展的，到时候别说五万，医药费全包了也行。拿钱砸昏他们。”冯晓琴笑起来，“怎么搞定？拿刀逼他去民政局？”冯茜茜也笑，“不用拿刀，姐你对他笑一笑，他骨头就酥了，腿脚就不听使唤了。想让他去哪里就去哪里。”姐妹俩半夜里开着荤玩笑，压低声音。旁边小床上，小老虎打着轻鼾。像配乐。谈话更显得家常。

冯茜茜想起白天顾昕问她“我去杭州出差，你要带什么吗”，她又不傻，杭州也不是香港和日本，哪有什么好买。这种邀约七拐八绕又全无情趣，蛮像他平素的风格。她不想去，便装着听不懂，“带块丝巾吧”。他嗯了一声，失望的神情一晃即逝。也不多话的。冯茜茜便有些同情葛玥，这种男人，针扎下三寸，都未必见得了血。与他过日子，将来要么变成苏望娣，要么得抑郁症。

“姐，”冯茜茜告诉姐姐，“我预备贷款买套房子。”

冯晓琴有些诧异。早上打扫房间，在妹妹床头发现一份楼盘广告。中环与外环之间，地铁在建，户型小而温馨——原来是真的。价格其实不高，但房子不比别的，再便宜也是吓人。“买多大的？”冯晓琴问。冯茜茜回答：“两室一厅。”又道，“不能跟顾清俞那种两室一厅比，零头都不到。”冯晓琴嘿的一声，“跟她比做什么！”冯茜茜道：“姐你早晚比她强。”这是今晚第二次提那意思了。冯晓琴猜测妹妹也许是想借钱。果然，她叫了声“姐”，讪笑着：“——问展翔借几十万调头寸，行不行？”停了停，瞥见姐姐的神情，没等她拒绝，又收了回来，“算了，等他真做了我姐夫，直接问他讨一套房子住。”一吐舌头，愈发做出开玩笑的模样。冯晓琴也笑笑。姐妹俩头一回谈借钱，感觉有些奇特。自立门户。冯晓琴想到这个词。妹妹长大了，生出那些居家度日的算计，也是再自然不过的。不是坏事。“还差多少，我借你。”她道。冯茜茜原意就是想借钱。但见姐姐这样，又犹豫了，寡妇幼儿，牙缝里挤下的辛苦钱，“姐，不用了——”。冯晓琴道：“跟我客气什么。”是真心替妹妹欢喜。房子大小地段那些，都无所谓，关键是“买房”这个动作，意义不同。如今连上海人都不敢轻易动呢。只是两人这么盘算，其实都是后话。最底下那层，也是最紧要的，倒没提及。外地人在上海买房，头一条便是已婚。否则免谈。冯晓琴等妹妹自己开口。这才是今晚的大事，相比之下买房反倒是次要了。现在年轻人也是有意思，话揣在嘴里，捉迷藏似的，不肯好好说出来。冯晓琴猜想多半是银行里新认识的，总有哪一条欠缺或是不甚如意，才这样遮遮掩掩。便愈发微笑，带些鼓励的神情，逗她："买了房，一个人住吗？"冯茜茜先是不语，忽道："姐，要不，我也去找施源假结婚？"她一惊，整个人跳起来，不及说话，便听冯茜茜咯咯笑着，把她身子又扳下去：

"骗你的，看把你吓的——"

冯茜茜是想迟些办房产证，"只要不买卖、出租或是抵押，有没有房产证都一样。房子是我住着，还怕它跑了不成？"冯晓琴觉得这话不是没理，但又有些别扭，"总归不大好——"。冯茜茜告诉姐姐："我咨询过中介的，如今买房不办房产证的多的是。比如，那小区有套顶楼复式，是内部价卖给一个设计师，那人也是限购，付了小半钱搁在那里，等着有人接手，那头既不算二手房，省了几十万的税，这头又可以赚些差价，两全其美。还有一户，也是买的新房，死活不办证，一不做二不休，说每年省几万房产税也是好的。先混着呗，万一将来政策有变，我或许也早成家了，万一没有，再拖个人结婚也就是了，女追男隔层纱，还怕找不到？"冯晓琴听妹妹侃侃说来，三分老到倒有七分天真。是个有盘算的孩子。便放下一半心，也不扫她的兴，"等你买好房，我带小老虎住过去——"她笑起来，"那最好了，我求之不得。姐姐你陪我一辈子才好呢。”

一会儿，冯茜茜便睡着了。冯晓琴始终醒着。望着妹妹的睡姿，趴手趴脚，比白天更显小些。她十六岁外出打工时，妹妹还在读小学。如今竟是煞有介事与她聊买房卖房了。有些滑稽,更多的是感慨。去年这时候，苏望娣还说要讨她去做保姆呢。也早不恼了。若不是妹妹自己要强，做保姆也不是没可能，同来的那些女孩子，去考月嫂牌照的也不在少数。经历了这阵，有些事看得淡了，有些事反看得重了。就像这窗外的枇杷树，深秋开花，初夏结果，叶子绿了黄，黄了又绿。年年如此，却又年年不同。树不变，是心绪在变，望出去自然不同。冯晓琴原先并非这般纤敏的个性，幼年时带着一众女孩子，拿着竹竿与男孩们打架，脸上被划出血痕也不管不顾，脱缰野马似的。因为有主见，性格偏强势，父母也不大敢管她，任她自去闯一番天地。年岁上去，到底不同。时势比人强，是句虚话，却也着实不假。

冯晓琴翻个身，朝向另一边。瞥见冯茜茜手机摆在梳妆台上，这时有电话进来，振动不停。屏幕上显示一串号码，似有些熟悉，待要叫她，一会儿又挂断了。冯晓琴闭上眼睛，想到什么，霍地又睁开。拿过自己手机，看存的通讯录。这些年都用微信了，也不常打电话。唯独刚才那号码，后面是6688，打头又是个1366，印象深刻——翻到“顾昕”那栏，果然不错。冯晓琴愣在那里，足有十几秒。见妹妹睡得一动不动。半晌，把台灯关了。

十七

周末，葛玥舅舅来瞧小毛头。带了两套小衣服，还有几盒燕窝。“亲家母和玥玥都好吃的——”舅舅前阵子生意不大顺当，百日宴时脸还是灰的，这阵似是缓过劲来，神情恢复了不少。他其实比葛玥父亲还健谈的，生意场上的人，讲话分毫不差，同样一句话，到他嘴里，便让人惬惬意意。一盏茶工夫，苏望娣已同他熟稔了，笑声不断。顾士海虽不多言，他亦能照顾到，话题像小车游巷，穿梭自如，绝不冷场的。

他夸小毛头越长越好了。“一看就是有出息的孩子，文武双全，将来爹妈都能靠他的。”葛玥笑称“舅舅你像算命先生”，他也笑，与外甥女寒暄几句，便转向顾昕：“最近好吗？”顾昕回答：“蛮好。”舅舅对着葛玥夸顾昕：“你老公蛮能干。”葛玥看顾昕一眼，想这人自从贬到基层，绝口不提单位里的事，料来也是乏善可陈。至于家务，更是指望不上。“能干”两字，真正是牵强到极点。舅舅这话便是凑趣，

也忒敷衍了些。嘴上自是不提,草草应了句"他是比较辛苦"。一会儿,舅舅便说要走。顾昕站起来:

"我送送您。"

舅舅的车停在楼下。到了,却不上车,"聊一会?"掏出香烟,抽了一支给顾昕。顾昕道:"我不抽的。"舅舅笑笑,"那天不是抽了?"顾昕一怔,"那天不一样。"是说一周前,舅舅做东,由顾昕出面相邀,请了副镇长吃饭。工作日中午,距镇政府不远的一家粤菜馆,小包厢,时间不长,气氛却好。副镇长比舅舅还年轻了十几岁,声音洪亮,讲话时肢体动作很多,手舞足蹈。喜欢说道理。在舅舅肩上拍了一次又一次:"老梅啊老梅,关键还是你这个姓不大好,有点那个……哈哈,不过也没啥,人活一世,有乐极生悲,就有否极泰来。起起伏伏,来来回回,这就是人生啊——"舅舅连声称是:"您说得太对了!本来还有点想不通,给您这么一说,顿时豁然开朗了。想想也是,人活几十年,好也是过,不好也是过,关键还是要多交几个像您这样的朋友,喝酒聊天、畅谈人生——来来来,我再敬您一杯!"副镇长年纪虽轻,酒量却深不见底,越喝眼睛越亮,越喝说话越在点子上,他一把揽过顾昕,感慨:"大材小用了,龙行浅滩了,大菩萨进小庙了——"顾昕嘴上谦逊:"您别这么说。"他对着舅舅:"是个聪明人,能当大用的。"舅舅很郑重地点头:"那是,否则我姐夫也不舍得把独生女儿嫁给他。"副镇长一锤定音:"看来以后啊,你们都得靠他了——"舅舅点头如捣蒜:"没错,没错。"

一根烟抽完,舅舅又递上一根。顾昕忙摇手,"等下要抱宝宝的——”舅舅哦的一声，收回去，“谢谢哦。”是说那日饭桌上谈妥了，一块旧区，批给了他公司。前期改造到后期再建，虽说面积不大，放在浦西，中环与外环之间，高档小区有的是，浦东这头就另说了。动过与没动过，地段差个几公里，模样要差上十万八千里的。世纪公园那一头，是寸土寸金，这一头，不过隔着两三条马路，便差了许多。镇政府也烦心，动是早晚要动的，癞痢头似的一块，看着也难受。但资金也是问题。伤筋动骨。近几年通常的做法，是直接批给房产公司，改造的钱政府一律不管，后期也一并给了，写字楼、商场，或是住宅区，全由得他们。两下里相宜。那块旧区靠近外环，虽有些偏，周边却陆续有几幢别墅在建，还有星级酒店和高尔夫绿地，也在规划中。长远看是不错的。舅舅当初托了顾昕，才两周不到，便有了这个饭局。舅舅冷眼旁观，顾昕温暾水似的一个人，场面上却是周到，说话举动都极有分寸，该安静时安静，该热闹时也豁得出。便想，姐夫那老狐狸选中这女婿，确是有他的道理。再加上资金那块，也是这青年帮忙搞定。房地产公司融资，现在是难之又难。何况早先还出过事。也亏得他有路子。“谢谢”说再多，终是虚的。生意人都是现开销。别的不提，冯茜茜那套房子，舅舅等于是半卖半送。房型不大，但楼层好，小区中心位置。明年底前交房。舅舅眼光老辣，一眼便看穿她与顾昕的关系。嘴上自是不提，只说：“小姑娘帮了我大忙——”顾昕道：“我堂哥的小姨子，也算自己人。舅舅托我，我再托她。自己人帮自己人。”舅舅暗好笑，这种撇清没啥意思。“讲起来她总归担着风险，亲兄弟明算账，不好让她白忙。你讲给她听，后面还有什么人情花销，上下打点，全部是我的事。不好让小姑娘吃亏的。”顾昕答应了，转达给冯茜茜，又道：“葛玥舅舅也算大方了，虽说是他自己的楼盘，你去看看有多少人排着队买？如今一手房都紧俏，他等于是送钱给你。”她脆生生地道：“他的人情，你去还。我心里只承阿哥的情。其余人不管。”与上次一样的声气。顾昕心头撩了一下，面上只是苦笑，“便宜你占，人情我还，你倒是门槛精。”她算账给他听，倘若她因这事被公司开除，葛玥舅舅就是白送她一套房子，也不划算。顾昕纠正：“一套房好几百万，还是划算的。”她道：“我又不是七老八十，光盯着眼前，有啥意思？”他逗她：“不盯着眼前，你盯着什么？说几桩来听听。”她朝他看，“这话是瞧不起我。”他道：“我怎么敢瞧不起你，不要命了嘛。我像你这么大的时候，别说买两室一厅，就连单单一个卫生间也不敢想的。你自己说，二十出头的小姑娘，有几个比得上你？”她道：“你堂姐呢，她不算人？”他怔了一下，“你目标定得这么高，那就难怪了。我堂姐讲起来也算人，但基本接近于半人半仙了，不吃五谷杂粮的。”她听得忍俊不禁，“你背地里这么嘲你表姐，我改日讲给她听。”他笑着收住。心情既忐忑又期待。副镇长是他校友，镇长明年退休，算下来多半是这人接棒。镇政府不比新区政府，讲起来差了老远，但庙小也是庙，大有大的难处，小倒有小的活络。同样做成一件事，反更容易出头。副镇长那种个性，张扬归张扬，倒比那些滴水不漏的老兵油子要好服侍。论学历和资质，他都是冒尖的。别的不提，明年便有职称评定，心里暗自盘算，虽不是十拿九稳，到底是个盼头。这么一想，便觉得老天爷都是安排好的，这里插你一刀，那头又贴块膏药。葛家那棵大树倒了，谁知又冒出个冯茜茜，还不是事先想好的，竟是一步步无意间连起来，凑成一局好棋。

送走舅舅，顾昕回到家，葛玥问他“聊了什么”，他道：“你舅舅同我有什么好聊的，无非是些闲话。”她道：“闲话聊这么久。”他没吭声。葛玥也不再提。借着宝宝尿湿，让他拿纸巾过来。又拿舅舅刚才的新衣服，在宝宝身上比画——“大了一点，明年这时候穿正好。”顾昕道：“老一辈买衣服，都喜欢往大里买。”两人断断续续地聊天。一会儿，苏望娣招呼两人吃午饭。说葛玥：“留你舅舅吃饭，他怎么也不肯。”葛玥道：“他还有事。”正中一碗清蒸童子鸡。苏望娣早起买的，买了两只，一只送到顾士莲那里。刚出院，手术算是成功，但还要看后期发展。桌上另有一盘糟猪爪——童子鸡刚送过去，不到两小时，高畅便又送了糟猪爪过来。“自家做的，比外面干净，阿哥阿嫂随便吃吃。”两家离得是近，但隔着一条大马路，还有小区里面七拐八绕，来回也要半小时。平常也罢了，放在这当口就有些别扭。礼尚往来，客气得过了头。猪爪其实未煮烂，糟卤里也浸得不够久，又硬又淡。顾士海尝了一口，扔回去，“再笃笃酥，晚上吃。”苏望娣道：“你妹妹生怕欠你人情。”又道，“一只童子鸡算啥，钞票怎么不见她还回来。”顾士海剜她一眼。她自知话说得有些刮三（沪语，指尴尬，不上道），讪讪的，扯下两只鸡腿，分别放在葛玥和顾昕碗里。过得片刻，只见顾昕“哎哟”一声，筷子头险些咬下来。有些仓皇地，去翻沙发上的公文包。他昨日出差回来，径直去看顾士莲，带了杭州买的一罐茶叶。中间上了个厕所，出来时见姑姑换了位子，紧挨着他的包，当时没多想，回到家把包随手一扔，也没理会，这会儿忽然醒悟——果然夹层里多了个信封，上面是顾士海的字迹：祝早日康复。打开，里面一沓崭新的钞票。顾士海见到，脸上青一阵白一阵，筷子重重一放：

“有意思啊！”

顾士宏劝大哥：“不收就不收吧。她不收，你总不能拿刀逼着她收下。索性由她。”又笑，“谁让我们都是君子国来的，兄妹感情好，一点办法也没有。”顾士海反问：“她怎么不退你的？”顾士宏硬撑：“她本来是想退的，被我一通骂，又缩回去了。”顾士海摇头，“你当我是傻子。”顾士宏笑笑，“昕昕的不是收了？她要真闹别扭，你们父子俩一个都不会收。”顾士海停顿一下，直直地：“要是昕昕岳父没出事，他们两个住出去，再把万紫园这套卖掉，医疗费我来，那也应该的。可现在我们统共一套房子，祖孙三代，老的老小的小，总不好去抢银行。”顾士宏道：“大哥——”顾士海越说越快：“要么就像银行按揭一样，每个月还她几千块，我死了昕昕接着还，昕昕死了让宝宝还，总归还得清。”顾士宏只有苦笑，“大哥，说这个做啥——”顾士海跺脚，咬牙切齿地：“做人没意思，真正没意思。年轻时候吃苦头，年纪大了还是吃苦头。开心事情少，一眼望去都是烦恼。”顾士宏叹道：“都一样。佛家不是说了，人生来就是受苦的。大哥，讲起来还是你比我好，昕昕再怎样，总归陪在身边，儿媳也不错，宝宝又可爱。一家人团团圆圆。我有什么？老婆和儿子不提了，就剩个女儿，眼看着要出国，三年五载不回来，也是假的。单留我一个。我也是六十多的人了，有时候想想，这一世过得实在没名堂——”顾士宏原意是想劝大哥，说着说着，竟真的动了情，鼻头一酸，哽咽起来。顾士海见状，便也只得说些劝慰的话：“你不要这样，我是很感激你的，这些年把老娘照顾得那么好，我倒没做过什么，全靠你。人家外头兄弟姐妹到我们这个岁数，也早各管各疏远了，我们这一大家子，三天一聚五天一碰的，热热闹闹，全是你的功劳。你比我小两岁，性子反比我沉稳，也能干，倒像家里老大了。有时候我也觉得难为情，可又说不出口，想着就一年年混过去吧，有聪明人就有笨蛋，有好人就有恶人，有吃亏就有占便宜的，做哥哥的不像哥哥，反要靠弟弟妹妹扶持。你们只当我面皮老老肚皮饱饱，可我实在也是不晓得该怎么办好了——”兄弟俩也难得这么推心置腹地讲话，虽未说尽，到底也是露了些意思。顾士海在二弟这边略坐了会儿，出来便去了顾士莲那里。信封依然塞过去。顾士莲躺在床上，不怎么吭声。全是高畅应酬着，说“阿哥你不要客气，你情况我们也晓得，黑龙江的退休工资，放在上海开销，又添了孙子，不容易的——”顾士海瞥过妹妹惨白的脸色，眼珠泛黄，到底伤元气的，看着也觉得难过。记着顾士宏方才的叮嘱“不管怎样，她是病人，吵是不能吵的”，高畅那里客气归客气，态度却强硬，应该是顾士莲再三关照的。信封推过去递过来，到后来反没了说话声音，只是手上动作。又好气又好笑。顾士海本就不善言辞，气势上也压不过，几个回合便败下来，灰溜溜地拿了信封。单这样也罢了，临走时偏又丢下一句——“早晓得把猪爪也还回来，大家清爽。”顾士莲床上听了，叫高畅：“童子鸡还没动呢，让他拿走。”顾士海窘得火起，“说说而已，我拿了猪爪吗？”顾士莲道：“童子鸡你拿回去，猪爪直接扔掉。”顾士海被呛得无语，半晌，信封往茶几上一掼，“好，那你把钞票也扔了吧！”

晚饭时，冯晓琴听见顾士宏在一旁打电话——“那你想让他怎样呢？”劝得也乏了，说话有气无力。那头是顾士莲，虽然生病，中气却足，一个字一个字地从话筒里蹦出来：“我让他怎样，我说了要让他怎样吗？”顾士宏小心翼翼地：“他也压力大——”还未说完，那头怒吼一声：“我给过他什么压力了！”惊得忙把电话拿开半尺远。声音兀自不停：“你问我想让他怎样，不如先去问他，到底想让我怎样！”随即啪的一声，重重地挂了。

顾老太带小老虎去楼下散步。冯晓琴洗完碗，出来见顾士宏坐在沙发上发呆，苦着脸。不去打扰他，替客厅里几盆植物浇水。忽听顾士宏叹气，道“你说做人难吧”，一怔，只当他是自言自语，也不以为意。转过身，瞥见顾士宏望过来，才知刚才那话竟是对自己说的。随意嗯了一声。顾士宏摇头，“委屈啊，大家都委屈——”冯晓琴原不想搭腔的，没忍住：“我们老家，亲戚间也常有这种事，不过金额没这么大，三万五万顶多了。姑姑是一套房子，也难怪。一时冲动，后面越想越窝塞，又不好跟人家提，只好跟自己较劲。都是普通老百姓，钱是指头缝里一点点省出来的，换了那些富翁，别说一套小房子，就是一套别墅，送也就送了。我是很佩服姑姑的，还生着那样的病呢，也没把事情做到很难看。别人我不知道，至少我是做不到的。”顾士宏没料到她会说这些，细辨语气，似是还有些怪自己捣糨糊和稀泥，一时也不知说什么。想这女孩是个性情中人，说话行事倒也爽快，有些爱憎分明的意思。停顿一下，便也郑重回答：“你们这一代啊，比我们这代人聪明，思路清楚，做事也果断。我们呢，其实也不是天生喜欢拖泥带水，主要是经历过的事情多，吃过苦受过罪，自然而然胆子就变小了，碰到事情不敢轻易地说好，也不敢轻易说不好。倘若是自己人，那就更为难了。你阿姐也骂过我，说我两头不帮，其实就是在帮大伯，占便宜的是他。道理我懂，但真正做起来，又不是法院，法槌一敲，说什么是什么。退一万步，就算是法院，判强制执行还可以拖着呢，更何况自己人？当然这话也不对，道理就是道理，自己人也是一样。说到底还是观念问题。你和你阿姐都是新时代女性，看我们像傻子一样——”冯晓琴听他把顾清俞与自己放在一起说，心头竟有些异样。顾士宏说下去：“就像你们这一代，都不喜欢存钱，吃光用光，说钞票留着也是贬值。道理是这样没错，可再贬值，我们也舍不得花。总想着万一出点什么事，留着应急，哪怕一百块钱到时只够买个大饼，晚一天饿死也是好的。你们是没见过饿肚子的情形。我们是见过的。心晓得连万分之一的可能性也没有，日子总归是越过越好，可还是不敢冒险。我们和你们，是差得最远的一代。轮到将来你们和你们的小孩，倒未必会差这么多了。”冯晓琴怔怔听着：“就算是一代人，也有差别的。肚子是没饿过，但吃稀粥和吃面包，总归也不同。至少我是舍不得把钱花光的。”顾士宏微笑道：“我也就是打个比方。”

冯晓琴去厨房切了水果过来。两人顺势又聊下去。顾士宏说起那五万块钱:“你姑姑现在手头紧，就当是借来应急，迟些时候还你。”冯晓琴道:“我又没让她还。”顾士宏点头，“我知道你是好心，但她那个人你也晓得。要她的命了。”冯晓琴忍不住笑,“姑姑脾气有点犟。”顾士宏嘿的一声，“你这话客气了，什么叫‘有点’，简直比牛还犟。”冯晓琴停顿一下，“过日子太犟不好，可一点不犟，那也就没意思了。人活一口气，否则跟死人又有什么区别。”说完便觉得这话有些过头，平白无故提这些。别的不说，单单顾磊那层，又是死人又是人活一口气的，倒像故意触人心境似的。果然还是言多必失。又不是亲爹，聊什么天叹什么苦，简单应付几句便罢了——顾士宏应是也察觉了，只点头不应声。好在两人本来也不多话的，这么说说停停，也不算十分突兀。冯晓琴忖度着，既然都说了半日了，倒不如索性把该说的都说了，免得日后熄火再重新发动，耗时耗力。

“爸爸,”她叉了一块哈密瓜，送到顾士宏面前，“——下个月，我弟弟来上海。”

顾士宏接过哈密瓜，放进嘴里咀嚼，动作有些僵，“打工还是读书?”

“他不是读书的料。”冯晓琴笑笑。

顾士宏哦了一声。想起当初对顾清俞说“家里七口人,三个姓冯”，现下少了个顾磊，该是“六口人，三个姓冯”。占了一半。也不方便问细节，倘若盯着问“住哪里”，那便尴尬了。听她说下去:“‘不晚’有空房，我跟老板说好了。”略微松口气，“蛮好。”又加上一句，“你们姐弟仨齐了。”替她欢喜的口气。说到“姐弟”那两字时，心头酸了一下，人家是“仨”，这边连“俩”也凑不齐。剩下那个，转眼也要飞了。

前两日，张老头给他出主意：“装病，女儿就走不了了。”他说是馊主意，“我妹妹生病，外甥女不照样好好地在国外读书？”张老头说那是小孩子，况且读书和上班也不一样，“你试试，就算要走，至少让她不踏实，每月多回来几趟也好啊。”顾士宏自是做不出来，“又何必让她为难？”张老头道：“你不想为难她，就只好自己为难自己。父母与子女，说到底也是敌我关系，敌强我弱，敌弱我强。你硬不起来，女儿就凶过你头。”顾士宏叹道：“就算这样，也舍不得啊。女儿是亲生的，又不是垃圾桶里捡来的。说是敌我关系，十个爹妈至少有九个都硬不起来。他们看我们是敌人，我们看他们永远是亲人。”张老头笑起来，“这话我帮你录下来，放给你女儿听，她一感动，兴许就不走了。”顾士宏摇头，“不可能，我女儿是什么人？不是人，是超人。钢铁一样的意志，身体里流的不是血，是熔化的钢水，一千多摄氏度。两只眼睛黑夜里都亮得像探照灯，浑身皮肤跟盔甲一样硬，手一伸可以直接兜住炮弹的。你忒小看她。”张老头笑得坐不住，“你啊你——”

这时楼下有人按门铃。冯晓琴去开，竟是小区里常与顾老太打拳的几个老人，慌慌张张地：“顾家阿婆昏倒了，你们快下来看看吧。”顾士宏闻言大惊，鞋也未换便冲了下去。冯晓琴也跟着。果见顾老太脸色苍白，被众人扶着，不省人事。冯晓琴急忙打120，又奔上楼拿了些应急的东西。再下来时，救护车已到了。众人七手八脚把顾老太抬上车。顾士宏跟着去医院。因有小老虎，冯晓琴便留在家，微信群里通知了一遍。到了半夜，检查结果出来，说是脑梗，还查出肠癌。其实这把年纪癌症倒是不相干的,癌细胞也老得有气无力了，摒得过。脑梗比较麻烦些，压迫到神经血管，人暂时没了意识，大小便失禁，饭也不能自己吃，靠吊葡萄糖。

次日家里人陆续都去了。找了个护工，只服侍顾老太一人。照前阵子顾士莲的经验，日班、晚班，大家一个个轮着。老太渐渐有了些意识，偶尔会睁开眼，叫一声“阿宏”或是“阿海”。胃口不差，半流质,饭菜打成泥,每顿能吃一大碗。屎尿也多。护工嫌换尿布麻烦，撺掇家属插尿管，便只用服侍大便，小便不管。医生护士那里是无所谓的，顾士莲一口堵回去:“能不插就不插，尿管插久了影响正常排便。”护工道:“老太这把年纪了，又能插多久？”这话有点不中听。顾士莲转身把这人辞了，又换了个护工。新护工年轻几岁，也老实，但手脚反不如之前那人麻利，擦身换个衣服就折腾半天，倒让顾老太着了凉，夜间便发起高烧，又是一阵手忙脚乱。顾士莲身体不好，略待一阵便被顾士宏赶回去，“你照顾好自己就是帮忙了。”众人轮流服侍，顾士宏和顾士海是男人，到底不方便，手也笨，高畅更是如此，小辈里除了冯晓琴，其余几个也是靠不住——算下来竟是苏望娣最辛苦，几乎时刻在的，她动作利索，看不惯那护工慢手慢脚，事事抢在前头先做了。顾老太肠胃不好，腹泻，每块尿布上都沾着屎，她上前将老太两脚一抬，下半身腾空，尿布抽出来，拿湿纸巾擦干净，再垫块新的，搭好，三下两下搞定。那护工旁边看着，反像是跟师傅学手艺，一脸钦佩。喂饭也是苏望娣的拿手好戏，勺子过去，轻轻撬开，抵住下排牙齿，一勺勺往里送，清清爽爽。“老人跟小孩差不多，换尿布喂饭，人都一样，兜个大圈，又活回去了——”她一边干活，一边与旁人闲聊。感慨自己是劳碌命，一刻不停，服侍完小的，再服侍老的。“讲来也奇怪，家里那些人，老的小的，这个病那个病的，我一天忙到晚，眼睛掰开就是干活，身体反倒结实得很，感冒也不得的。我跟他们讲，这就是天生的无产阶级劳动者，除了劳动还是劳动。五一劳动节，你们人人都要给我送花——”

“老娘九十几岁才让人服侍。我们算是运气好的。”星期日，除了带孩子的小葛，家里人几乎都来了，围着病床。坐的坐，站的站。顾士宏这么说。

“轮到我们将来，别的不提，想要床边围这么一圈，也是做不到的。”顾士莲叹气。

“将来都是敬老院。儿女有孝心，隔几天来看一次，就不错了。”高畅道。

冯茜茜推了冯晓琴一下,在她耳边轻声道“将来我们都去你那里，自己人算便宜点”。冯晓琴笑笑，做了个“嘘”的手势。顾清俞站在一边，顾士莲问她:“几时去新加坡？”她说:“还有十天。”又道，“我给奶奶找了个陪夜的保姆，以后晚上不用留人，大家白天来看看就行了。”苏望娣诧异:“每天晚上都陪？”顾清俞点头，道:“除了法定假日，天天来。都说好了。费用我直接转账，你们不用管。”

午饭时，几个小的各自散了。顾士海三兄妹，再加上高畅和冯晓琴，到医院门口的汤包店吃饭。扒了两口面，苏望娣蹦出一句:“有钱是好啊！”几人知道她指的是顾清俞，都不吭声。唯独顾士莲接口：“所以啊，将来就算进敬老院，也不要指望他们，弄不好也是雇个人走一趟。听说现在连雇人哭灵扫墓的都有，自己不用来，样样替你做到。只要有钱，都好办。”高畅看顾士宏一眼，说妻子:“那你想怎样，让清俞不去新加坡，留下来陪夜？都是自己人，大家取长补短，互相关照，有钱出钱，没钱出力。道德绑架有啥意思。”顾士莲嘿的一声，“我又不是单说清俞一个，这帮小的都差不多的，你宝贝女儿又是什么好东西了，多半还没人家有出息，到时候人也不到，钱也不到。”苏望娣听得对路，立时接上:“生儿育女都是赔本生意，有啥好指望的。我们这代是苦命人，对小的负责，对老的孝顺。你去问他们，他们说，我们有自己的人生呀。嘿，他们的人生要紧，我们的人生就是一泡屎——”顾士海听了皱眉，“都在吃饭，恶不恶心？”苏望娣说到兴头上，哪里肯停:“不好意思，我这话其实有点不客观，除了我，你们都有你们的人生，老有老的人生，小有小的人生，只有我是石头缝里蹦出来的。做的多，错的多，说一句被人家顶三句，没文化没水平，让人看不起——”顾士海道:“你扯些什么东西？”她道:“我是实事求是，自家人面前讲点实话都不行了吗？”

顾士宏一看这架势，便猜这两人必是吵过架了。果然是。苏望娣昨日陪了一整天，原本晚上该轮着高畅，但厂里临时有事，说是锅炉爆炸出了人命，便与顾士海商量，对换一次。顾士海说“换什么，又不是上班，算得这么清楚”，打电话让苏望娣别回来了，继续陪夜。苏望娣问他：“你在家里做什么？”他道：“有点头痛，怕是要感冒。”她让他送些晚饭过来。他道：“老娘吃的米糊不是还有许多？柜子里水果也有，随便混混算了。”其实一顿晚饭也没什么，便是去食堂买些也方便，无非是心里不畅快，想着刁难他一下，见他这么说，更是心凉，“你想做好人，自己又不过来，反正我是铁人，24 小时不睡觉也不会头痛，不会感冒——”他道：“难得服侍我妈一次，你就怨声载道。不肯就直说，我让昕昕过来。”她急道：“昕昕又不会弄这些，你让他来做啥？”他道：“你自己不情愿，又舍不得你儿子，你说你一把年纪了，做给谁看？”她气恼道：“我怎么不情愿了，你自己算算，是我陪的多还是你陪的多？你想做孝子，又想做好哥哥——我晓得你的心思，觉得对不起人家，浑身难受，妹夫求你一次，你忙不迭答应，恨不得天天帮人家陪夜才好。钞票这世是还不清了，老婆是免费劳动力，随便用，只当保姆钟点工。你啊，最好你妹妹现在需要捐器官，心肝脾肺肾，什么都好，你二话不说就冲上去，先让老婆配对，老婆不行就儿子，实在没人只好你自己豁上，一个器官一套房子，也是划算的——”顾士海被说得又羞又怒：“你——”苏望娣到这步，也是气狠了，身子也倦，医院陪护不算，回到家又要带孩子做饭，一刻不停的。越说越不留情面：“顾士海你自己说，你这辈子对谁好过？老娘、弟弟、妹妹、老婆、儿子、孙子……你真心待过谁？往好里讲，是生来的性格，我们结婚时候介绍人不就说了嘛，人是好人，就是有点闷，不大讨喜。我不懂了，什么叫好人，什么叫坏人？没犯过法、没坐过牢就是好人？非得动刀动枪杀人放火才叫坏人？那天底下好人多了，我倒宁可找个坏人，让他杀人放火好了，反正杀的是别人，跟我不搭界，只要他回到家疼老婆疼孩子，外面再坏又有什么要紧！过日子呀！”顾士海还是头一次听苏望娣这么说话，竟不像她以往咋咋呼呼言不及义的那些，话里夹着一丝哭腔，一字一句都戳人。怒是怒的，却不知从何驳起。听她继续道：“所以啊，不是性格问题，是人品问题——”他更加错愕了。平日里夫妻吵架，是让人心烦，今天却是心悸般。“浑堂里搓脚朋友的女儿——”他亦不是平常的语气，说到一半也觉得不妥，鬼使神差地，又说下去，“你又想怎样，你晓得什么是过日子？过日子应当是怎样的？啊？过日子是怎样？你告诉我，过日子应当是怎样？”也没有实质性内容，只是翻来覆去地问，一声比一声高，最后那声没撑住，成了破音，马嘶般凄厉。那头“嘀”的一声，挂了。他拿着电话，兀自不动。手边是篾竹片做的一只小狗，轮廓搭好了，还未上色。几十年未碰了，每每要碰，又怕见着伤心，也丢人。真正是落拓，仿佛是那些年霉运的见证，也是分水岭。这头还是白面书生，那头就成了瘪三，一落千丈——刚才趁着苏望娣不在，一个手痒，没忍住。想做给宝宝当玩具。许久没碰，略有些生疏，自己觉得粗糙，但逗小孩也够了。看了片刻，拆了，篾竹爿一根根抽出，掰弯了，狠狠地扔进垃圾桶。

冯晓琴包了些馄饨，拿去给展翔。“馅子是荠菜虾肉，爷叔随便吃吃。”展翔说：“前日我妈过来，看到我冰箱里塞得满满的，就问我是不是有女朋友了。我说不是女朋友，是田螺姑娘，心眼好，长得又好——”冯晓琴打断他:“爷叔,就算我是乡下人,到底也是个女的,不要老同我开这种玩笑。你又不讨我做老婆,说这些做啥呢?难不成你是想玩弄我?”展翔一怔,“寻开心呀——”她直直道:“寻啥开心?一点也不开心。”展翔偷瞧她脸色,冷是冷的,却似也没到生气的地步。这阵她一直如此。他自是知道原因。那天半真半假的表态,女人家,说重了怕伤她心,说轻了又没用。分寸再拿捏到位,终是让人家碰壁了。邻居,又是工作伙伴,每天抬头不见低头见的,其实也尴尬。便愈发地想哄她开心。这女孩也不容易。心善的,没她能干,比她能干的,又没她心善。展翔那日说笑似的在顾清俞面前道“你弟媳,综合分不算低”,顾清俞斜眼看他,“现在改当老娘舅了?”他道“老娘舅只会捣糨糊,我是讲道理”——正是冯晓琴听壁脚那次,却只听到一半便走了,这两人还有后半场。展翔用了“好女人”这个词,知道顾清俞不爱听,“女人何苦为难女人——”依然说笑的口吻。顾清俞那晚耿耿于怀的是施源,心情差到极点,听他这么说,忍不住出言讥讽:“男人是不是看到有点姿色的女人,是非观就没了?”他道:“谁说的?你这么一个大美女在我眼前,可我看到的只是一身正气!你以为你是凭美貌打动我的吗,错!是人格魅力,是你发自内心的正能量!姿色算什么,我更看重知识(按:沪语“姿色”与“知识”谐音)。”他嘴上唠叨,心里已先给自己评了“没意思”三个字。嘴欠。他老娘时常骂他,“除了一张嘴,你还有什么?”他暗自叹气,脸上反更贼忒兮兮。没提防顾清俞忽的凑近,在他脸颊亲了一下——其实只是蜻蜓点水,略碰了碰。他惊得呆了,触电似的,朝她看,倒像是被轻薄的神情，“你——”。

“阿姐早晚会嫁给你。”冯晓琴忽道。展翔怔了怔，问她：“为啥？”冯晓琴反问：“难不成她一辈子不结婚？”展翔不语。她看向他，“爷叔还是不够自信。”展翔笑笑。他回想那晚那个吻，顾清俞还没什么，他倒傻了似的，一动不动。事后懊恼得想撞墙，该立刻回吻过去才是，人家女同志一个结结实实的翎子豁过来，他接不住也就罢了，竟连个动作都没摆。丢人丢到家。听冯晓琴这么说，倒有些百感交集的意思。也不吭声，只是笑。冯晓琴察觉他的异样，猜想这一阵他与顾清俞必是有什么，也不说破。换个话题：“爷叔，帮我家茜茜留心，找个好男人。”展翔道：“茜茜还小。”她道：“不小了。放在我们老家，这岁数都可以当妈了。”他答应下来：“解决掉妹妹，再来一个弟弟。你讲起来是姐姐，其实跟妈也没两样的。”她沉默一下，“这叫没法子。”

“讲件正事。”展翔说顾昕前几日来找他，提出镇政府想跟“不晚”合作，挂公私合营的牌子，“说了一堆优惠政策，还有补贴。算下来似乎没有坏处。”

冯晓琴问：“你答应了？”

“没，我说要跟你商量。我只是个傀儡，你才是管事的。”

“人大代表有戏了。”冯晓琴说他。

“瞎讲！爷叔的理想是当许文强。”展翔笑骂。

“爷叔，”冯晓琴停了停，忽道，“你要是不想做了，就把‘不晚’让给我吧。”

他一怔，未及开口，她已继续：“你算一下，已经付掉的租金还有家具摆设，总共多少钱。如果我拿得出来，立刻给你，要是还缺，就先打个欠条，慢慢还。我人在万紫园，你不用怕我赖账。”她说完朝他看。他愣了几秒，才看出她不是开玩笑。气氛有些古怪。他问她：“怎么了？”她道：“爷叔做事都是白相相，反正不缺钱，有的是时间。可我不一样，我要么不做，要做就想做到最好。要叫得响。我晓得爷叔的心思，开‘不晚’无非就是想讨好某些人，告诉她，你展老板不是花花公子，也是有理想有追求的。现在白相得差不多了，觉得没劲了，正好有人想接手，索性就让出去，反正不用操心，上面会派人来管，名气也有了，功成身退。爷叔你想怎样就怎样吧，看在同事一场的分上，‘不晚’让给我，我会好好做的。”她瞥见他一副云里雾里的模样，想再加上一句“免费午餐还有希望小学，我早晚也替你做成”。——自是不会，说了也像是玩笑。别说他不懂她的心思，便是她自己，其实也是一闪而过的念头。始料未及的。

上周，三千金妈妈突然请假，也没说什么事，冯晓琴问她：“身体不舒服？”她说不是，待要说“刘姐一个人，怕是应付不来”，那头竟已挂了电话。三千金爸爸照常上班。一人同他开玩笑：“是不是怀上老四了？”他嘿的一声，“要再来个老四，我直接去跳黄浦江！”旁人再细问，他拿话岔开。空闲时便蹲在门外抽烟，地上一堆烟头。冯晓琴也不好多问，猜想家里或许有事，不好对外人说的。午饭后，提了一袋水果去她家，楼下发条微信“阿姐，方便吗”，想倘若真不方便，还是回去。很快，防盗门开了。她走上楼，三千金妈妈在门口迎她，手臂打了石膏，颈间绕一圈绷带。冯晓琴吃了一惊。女人去厨房倒茶。老三独自坐在地上，身上脸上都有些脏，旁边放一小碗面条，她直接手抓来吃。指甲缝里厚厚一层黑垢，头发松散，面上污浊，仿佛几日未梳洗似的。冯晓琴端起碗，正要喂这孩子，三千金妈妈已单手捧了茶过来，“随她去，她自己会吃的——”。冯晓琴环顾四周，家具是展翔以前买的，因是一室一厅，面积不大，走的简约风。如今被杂物塞得乱七八糟，角落里还有几摞纸箱，尿布、玩具和衣物，也未整理，径直堆在里面。想是当初搬来后，也不曾细致打理过。冯晓琴喝了口茶，杯沿一层茶垢。见她还要拿点心，拦下，“我就坐坐，别忙了。”三千金妈妈是个藏不住事的，不待冯晓琴问，便已红着眼圈说了出来。她男人想把老二老三送回老家，说又要打工，又要照顾孩子，应付不来。她死活不肯，说当初讲好的，再难也要一家子在一起，否则早回去了，哪里还等到现在。两人因此争了几日。偏偏老大老二这两个不省心的，一个与男同学去看通宵电影，彻夜未归，另一个更绝，小学二年级，竟旷课去机场追星，还偷拿妈妈的钱给男明星买礼物。被各自的老师告到家里。两个丫头犟头倔脑，也不认错，那边夫妻俩又是一通吵。三千金爸爸一个没抑制住，抡起皮带就往女儿身上抽，他女人冲过去挡住，皮带倒是没挨着，脚下一滑，手在地板上撑了一把，立时便骨折了。女人抽抽噎噎：“日子没法过了——”冯晓琴劝慰几句，正聊着，房间里传来女孩风风火火的叫声：“妈妈，我饿了，有吃的吗？”不禁一怔。女人解释：“是老二，今天死活不肯上学。”起身去厨房烧面条。冯晓琴只有苦笑。掏出指甲钳，替老三剪手指甲。小姑娘乖乖不动，直直地看她剪。半晌没见女人出来，去厨房，见她站得笔直，水早已煮沸了，面条兀自拿在手里。两行泪淌挂在脸上，在下巴那里停住，竟不滴落下来。久久地，凝结了似的。

隔日，冯晓琴便对三千金爸妈说了想法，老三白天放到“不晚”，老大老二下课后也过来，吃饭做作业，再同爸妈一起回去。“多个人多双筷子。这里人多，一人看一眼，便盯牢了，也省得你们两头奔。”加上一句，“我是为了‘不晚’，你们心不定，也影响工作。”三千金爸爸问她：“要不要跟老板说一声？”她嘿的一声，“老板负责把握大方向，我负责具体细节。”三千金爸爸说“谢谢”，又说“难为情”，嗫嚅着，半晌也没下文。姓刘的女人转身来找冯晓琴，说她女儿过一阵便是中考，租的房子太吵，想讨一间“不晚”的空房，“就摒过这两个月——”冯晓琴知道这女人心思,不肯吃一点亏的。浑水摸鱼，盐碱地里都要捞些油水。“阿姐索性问老板讨一套别墅——”姓刘的讪讪的，也不罢休，又说三千金妈妈的闲话——“你也不用可怜她，这女人骚得很，你不帮她，她也过得下去”，说她“每次老板一来，就急巴巴贴上去，还不肯好好说话，捏紧鼻子，听着像是四十度重感冒——”冯晓琴好笑。下次展翔过来，便留心观察，果见三千金妈妈端茶递水，有一句没一句地搭讪，格外殷勤。她本是有些笨拙的个性，愈是这样，便愈是奇怪，脸上笑容浓郁得化不开，都结块了。斑斑驳驳，仿佛那日杯里的茶垢。讨嫌又可怜。“难不成，她还想跟你争当老板娘——”姓刘的女人，聪明得过了头，说话没轻重。也是讨嫌。旁边几个，边干活边朝这里看，或笑或不笑，眼神里亦是各有内容。讨生活的脸，纹理里都是故事，沟沟壑壑，嵌进去再拨出来，终是留了些在里面，弄不干净的。久而久之，纹理有了年月，愈发深邃了，反成了另一种味道。那瞬她忽想起她老爹老娘，其实不老，乡下人结婚早，也才五十来岁。不笑也有鱼尾纹，笑起来更是拉细拉长，直入太阳穴。平时亦不多话，唯独她出门打工那日，翻来覆去地，说“自己保重”那些老调，神情再着紧，语气依然琐碎，没有抑扬顿挫，老和尚念经般。笃笃笃，笃笃笃。未满周岁的冯大年被他们抱着，扳过他一只小手，朝冯晓琴挥动，“跟姐姐拜拜——”，她也挥手。原本想要微笑的，不知怎的，低下头，佯装打个哈欠，“昨夜没睡好，有点困”，掩饰微红的眼圈。“快的，快的。”她母亲应该是瞧出来了，在她肩上拍了拍，也不知说什么，“——那个，过年不就又碰头了？”却惹得她更抑制不住，一把抱住婴儿，眼泪鼻涕全揩在那肉团子身上。她听见儿子咯咯地笑，只当是逗他。泪水更是止不住地流。一个笑得没心没肺，一个哭得无声无息。那情形，她记到现在。

“爷叔，”冯晓琴沉吟着，“我是真的想把‘不晚’做下去。我想，我想——”说了两遍“我想”，意思就在嘴边，却找不到合适的句子，只好加重语气，把每个字都念得清晰无比，“——我是说真的，不开玩笑。”

展翔停了停，“你晓得前期投入一共多少？不是小看你，你付不出的。”

她思考了一下，“或者这样，租金我付，每个月再按营收给你提成。爷叔不是想当许文强嘛，这些就算是保护费好了。”她朝他看，一脸正色。

展翔又是一怔，随即笑起来，感慨：“小姑娘啊小姑娘——你真是我这辈子见过的最有意思的小姑娘。”

他想起那晚，最终还是与顾清俞起了争执。相比之下，那个吻便有些莫名其妙了。锦上添花不能够，承上启下也做不到，反像是地上冷不丁冒出的一块石头，让人打个趔趄。他说“晓琴是个好女孩”，本也是随口一说，放在平时，倘若她听得不爽，他便也打住了。那晚也不知怎的，脸上是笑的，神情也是嬉皮，偏嘴上就是不停，到后来竟像是下结论了，斩钉截铁的口吻：“真的，她真是个好女人。”顾清俞也顺着他：“——怎么个好法？”

“比我们想象的还要好。”他道。自己也觉得吃惊。竟是刹不住车。不过半杯红酒，无论如何没到那种地步。再说抒情也不是他的长项，夹叙夹议才是。嘴欠的人，抒情也像嘲人。今晚却不是。胸口那里被什么充盈着，结结实实却又绵软柔韧，仿佛海面上的浪花，随风涌起又退却，一波一波。眼看要喷薄而出，只一秒工夫，又顺势往下坠去。成了无从说起。

他想说火灾那晚，他心急慌忙到现场，正巧见她一手一个，挟着两个老人从里面奔出来。刚站定，又要往里冲，被消防员一把拉住，严肃地说：“不要命了吗？”她打着手势，一口气没上来，只是喘。瞧个空当，到底是进去了。动作飞快。他惊得去拉她，没拉住，只扯下她一片衣袖。眼睁睁看着她入了火海。事后聊起这段，他说：

“一颗心突然间沉下去，像是世界末日——”她只当他说笑。连他自己也觉得如此。她拼死抢了张老太的记事本出来，身上脸上焦黑一片，头发也烧掉一大撮。他问她，为什么。她道：“老太剩不了两个月了，有些话，她活着未必说得出口，都写在纸上了。烧了就没有了。记事本是她的灵魂。”她用了“灵魂”这个词，神情又很郑重。让展翔觉得滑稽。不像她的风格。她加上一句，“我让她多写点‘不晚’的好话，再肉麻也没事。她男人将来看了，兴许会再告诉别人。一传十，十传百，口碑就来了。烧了太可惜了，活广告啊。”——这竟又是她的风格了。

“我觉得，”顾清俞缓缓道，“你好像有点喜欢她了。”

“没有，”他很肯定地摇头，“——她再好，我还是喜欢你。喜欢得不得了，一生一世都喜欢。前世欠了你的。”

这竟是他第一次正面向她示爱。没有调侃，一脸正色。连用了三个“喜欢”。却是这么一言难尽的氛围。上海话叫“有点妖”。他从她脸上看不出是喜是悲。那瞬他想，告白应该也是有保质期的。口温三十六度七，封闭又潮湿，正是适宜细菌滋长的环境。嘴里含得久了，话还是那句，出来却变味了，不是那么回事了。听着竟想笑了。

十八

高畅连着几日，都在医院。倒不是顾老太那家公立医院，而是另一家三甲医院。

老黄出事了。前几日他与另一个同事值晚班，锅炉爆炸，那人当场炸死，他命大，弹到墙上又落下来，地上一大摊血，炸飞了两只耳朵、一只手掌、一条腿。人竟是没死。

他八十岁的老母亲昏过去几次，厂里派了人专门照顾。还有他父亲，坐着轮椅来了一趟，也是激动得寻死觅活。相比之下，老黄自己倒是无事。床上躺了三天三夜，还是不醒。医生说伤到了脑干，成为植物人的概率很大。高畅从早到晚陪着，其实也没什么事，医生护士都会料理，晚上也无非在旁边沙发上睡一觉。特需病房，条件都很好。厂领导来了两次，一次他母亲在，主要是慰问，说钱的事不用担心，无论是本人的医药费，还是家属的生活费，厂里会负责。另一次只有高畅在，也没其他人，虽说是病房，实际也同厂里说话没什么两样的。领导说高畅，“辛苦了”，又看看床上的老黄，叹气，说“不醒也好啊——”。高畅懂意思。心想炸死那人其实倒是走运，一了百了，家属再难受，终究也不会一世。反倒是伤害值降到最小了。但这话不好说。道理上也是转了几个弯，一两句话说不清。便打心底里盼着老黄别醒，躺一辈子，反正公家买单。醒了反是活不成了。

老黄躺着不动。一张脸呈棕黄色，像是得了黄疸。全身插满各种管子。氧气泵发出咕噜噜的声音，还有心脏监测仪，嘀嘀响个不停。高畅坐在旁边的椅子上，静静看着他。认识他大半辈子了。从技校开始就是好兄弟。两人性格完全不同，一个闷，一个骚，凑起来倒是合适。年轻那阵，高畅隔三岔五换女朋友，他却从未谈过一个。到老了依然独身。当年合资，他本来已在名单里了，硬生生被厂长的关系户挤掉，旁人撺掇他去闹，他说：“算、算了，哪里都一样干、干活。”一人吃饱全家不饿。他便是这样知足又老实。前两年他父亲车祸撞断腰，只能卧床，他母亲身体也差，肺病，常年低烧。家里都靠他操持，也从不叫苦。他这人，外头看着软弱，内里却是坚硬。顾士莲刚得癌那阵，高畅有些想不通，隔三岔五找他喝酒，说没想到日子会过成这样。“是、是男人就、就撑下去——”被他结结巴巴一通劝，啤酒加红酒再加白酒，深水炸弹，K 厅唱通宵，居然也真的撑了下去。一撑就是二十多年。小高小黄变老高老黄，脸上的胶原蛋白统统长到了肚子和屁股上。日子也像个讲话结巴的男人，断断续续苟延残喘，大致意思总也连得上，不至于豁边。最后一次见到活生生的他，是顾士莲住院，他来探望，带了水果，还有两千块钱。“阿、阿嫂今朝气、气色好、好、好——”旁边高畅帮他接下去：“——好许多。”他松口气，又组织新的句子：“会好、好、好——”每到那个“好”字，便说不下去。顾士莲听得吃力，“晓得，会好的。你也好，我也好，大家都好。”他咧开嘴，笑得一脸褶子。

医院回到家。高畅许久没喝过酒了，这晚把自己灌个烂醉。吐了好几回。顾士莲没骂他，给他洗脸、换衣服。听他说了一夜梦话，哭哭笑笑。第二天酒醒，照例煮了碗桂花鸡头米给他。养胃补脾。猜他必然还要激动一阵，谁知他坐了片刻，竟是平静了。

“那个‘好’字，他总归是太吃力，讲不出来。命中注定的。”他叹道。

顾士莲在他肩上抚了一记。也叹气。“这个世界，好太艰难，苦倒是容易。”

沉默一会儿，他劝她：“想想老黄，我们要知足。”顾士莲嘿的一声，说这是“毒鸡汤”。他道：“毒鸡汤也是鸡汤。老百姓过日子，都是盯着人家的短处。”她不信：“总归是比我们好的更多。”他道：“你怎么晓得？你调查过了？我走出去也是山青水绿，皮夹克里面白衬衫领带，到处抢着买单，时不时蹦两个英文单词，现金塞满皮夹子。一会儿说要去夏威夷旅游，怕老婆睡不好，狠狠心，来回公务舱；一会儿又说上礼拜跟朋友去了外滩几号，没意思，味道也就那样，吃环境——人家看我也跟大富翁一样。你看人家好，怎么晓得人家不是豁胖呢？人家不顺心的事又不会同你讲。”

顾士莲不语。

“你自己说，除了身体稍微差一点，我们哪里输给别人了？再说现在得这种毛病的人不要太多，你再摒摒，兴许过两年医学上就攻克了，一针就解决了。以前没青霉素的时候，手指头长个疖子都是性命交关，现在呢，开膛破肚也是小事情。所以啊，想开些，没有过不去的坎。我们多好啊，有吃有穿，没有房贷，也没有老的要服侍，夫妻恩爱，女儿也争气。你两个哥哥，一个是没老婆，一个是老婆跟仇人差不多，怎么跟我们比？你老公这么帅，这么体贴，这么善解人意——”

顾士莲打断他：“‘善解人意’那是用来形容女人的。”他问：“那形容男人该怎么说？”她斜眼过去，“死腔。”他道：“要成语，四个字的。”她也真的思考了一下，“贼骨牵牵（沪语，指行事鬼祟，不大方）。”他做个苦相，随即把妻子揽进怀里，感慨：“这两天在医院，我也是真的看开了，生老病死，人生下来世上走一遭，讲起来是命，可到底也要看怎么活法。我们再惨，还能惨得过老黄？人家爹妈不也要往下过日子？——老婆，你不要担心，就算天塌下来，还有我替你撑着。”

顾士莲被说得眼圈一红，手在他胸上轻轻捶了一记，“你这么会讲话，怎么不去当律师？黑的说成白的，苦的说成甜的。”

他趁势劝她，兄妹就是兄妹。“你还能别扭一辈子不成？你要真是这么硬颈的人倒好了，我倒也不怕了，可你明明心软得要命，天底下哪里找你这么好的妹妹？人家家里，给一万两万就是花好稻好，可你呢，一套房子送上去，反弄得跟仇人似的。你自己说，是不是傻？两条路，要么你索性就把房子讨回来，打官司找律师撕破脸皮，我倒也举双手赞成，反正是你哥哥又不是我哥哥，无所谓；要么就手一挥，都过去了，不提了，只当去澳门赌博，一夜输掉一套房子，赌博还是输给外头人，现在至少是给了自己亲哥哥，当初倘若没那套房子，他们连个落脚点也没有，也作孽。不管是好心还是傻帽，总归是积德的。我们这种人家，多一套房子，少一套房子，日子还是一样过，不会富得流油，也不至于过不下去。你讲是不是？”

她不吭声。依然是糟猪爪，玻璃饭盒装了两份，又把刚烧好的南瓜粥倒进保温桶，叮嘱他：“先送去二哥家，再去医院，今天是苏望娣陪夜，猪爪给她，让她回去。你欠她一个夜班。”高畅好笑：“搞得像在厂里，班头还来还去。”依言先去了顾士宏家。再坐地铁去医院，苏望娣和顾昕都在。顾老太醒着，见到高畅，便叫“阿海”。高畅道：“姆妈，我是小高。”把南瓜粥倒出来，要喂顾老太。苏望娣抢过去，“我来吧，她刚拉过屎，换了干净衣服，万一粥弄在身上，再换，又是大进攻。”高畅只好退下，“——阿哥在家里？”苏望娣鼻子出气：“感冒了。”高畅哎哟一声：“阿哥这几日辛苦了。”苏望娣把病床摇高些，再给顾老太戴个围兜，试了冷热，拿勺子一口口地喂，“小病是福。你阿哥是有福气的人啊。”高畅停顿一下，“阿嫂，你等下就回去，晚上我来。”把猪爪递过去。苏望娣看一眼，“你家天天烧这个，不怕胆固醇超标啊？”高畅讪讪的，只是笑。苏望娣又道：“不搭界的。清俞不是请了人嘛，也剩下没两天了，老太一大半是我服侍的，这叫有始有终。你也辛苦的，前两天不是也在医院陪夜？”高畅道：“那边是一个人一间，晚上好睡觉的。不辛苦。”苏望娣摇头叹息：

“所以啊，千好万好还是钞票最好。”转向顾昕，“你将来要是不肯服侍，现在就要拼命赚钱，弄个大单间，你惬意，我也惬意。否则跟我一样，端屎端尿，逃不脱的。”顾昕皱眉，“妈——”苏望娣朝高畅笑笑，“回去吧，不用客气。顾昕跟姑夫一同回去。猪爪拿好，你爸不是辛苦了嘛，拿回去让他好好补一补。”

“姑父，那人现在情况怎么样？”路上，顾昕问高畅。

高畅一怔，“嗯？”

“就是你朋友，出事的那个。”

“哦，还没醒。”高畅忽然想起来，“——制药厂是你们的辖区，对吧？”

顾昕点头，“我也是听他们在聊。镇长明年退休，这个节骨眼上出事，头都大了。”

“这就叫人算不如天算。”高畅摇头叹息，“本来那天不该他值夜班的，一个同事去喝喜酒，临时跟他换的。唉，这就是命啊。人家说，戆人有戆福。老黄戆了一辈子，啥福气都没轮到。”

“听说是机器过了保修期，一直没处理？”顾昕问。

高畅挥了挥手，“不谈了。谈了就一包气，想打人。”

次日是周六，一家老小照例又到医院，床边站了一圈。顾老太精神又好了些，身后垫两个枕头，吃顾清俞带来的腰果芋泥，“味道蛮好——”，声音兀自有些裹牙粘齿。顾清俞说：“奶奶，我后日就走了。”老太反应慢，却从周围人的神情读到些意思，“还回来吗？”顾清俞忍不住笑：“当然回来。去工作呀，又不是移民。”瞥见一旁顾士宏黯然的神情，转向众人，“欢迎大家来新加坡玩，食宿我全包。”

午饭是顾清俞做东，在附近一家五星级宾馆里，淮扬菜。顾老太睡午觉，正好是个空当。算上小毛头，总共十二个人，团团一桌。菜点得很上档次，都是人手一盅一份的菜式，精致又清爽，平常也不大吃的。吃完一道，便有服务员收走，再上下一道。周到是周到，却也吃得拘谨。生怕吃不完浪费，像赶火车，一个个埋着头，心思都在面前的碗碟上。压力很大。酒也是好酒。除了上菜，另有专门倒酒的服务员，拿着醒酒器一圈圈地走，丢手绢似的，暗中留心，看谁杯里空了，立刻便续上。一个包房倒有三四个服务员。众人你看我、我看你，对上眼便是傻笑，也不知说什么好。只好聊天气，说新加坡天热，紫外线强，葛玥建议：“阿姐你多带几瓶防晒霜——”顾昕好笑，“那边不能买吗，新加坡又不是什么第三世界国家，你搞来。”葛玥也难得发声音的，被丈夫顶回去，脸顿时发烫。苏望娣嘿的一声，对葛玥道：“他家祖传的，不把老婆当回事。你下次也不要对他客气，想嘲就嘲，往死里嘲。”顾士海旁边听了，板着脸不作声。这时服务员递上一盅汤，顾士海看了，道“我痛风，不吃菌菇的”。葛玥忙纠正：“爸，是鲍片，你大概看成白灵菇了。”苏望娣噗的一声，笑得无遮无拦。众人低下头，各自喝汤。葛玥顿时意识到不妥，竟像故意笑话公公似的。脸更是涨得通红，一个没拿稳，筷子跌在地上。她弯腰去取，刚低下身子，忽见旁边顾昕的腿飞快一缩，倒吓了她一跳。与此同时，邻座一条穿裙子的腿也是极快地弹回。她一怔，虽不是很确定，但有种感觉——这两条腿刚才是缠在一起的。

她拾起筷子，坐正，眼神与丈夫相对，便是再木讷，也察觉出这男人眼里的一丝惊惶。她又看向他的邻座——冯茜茜若无其事地夹起一片黄瓜，细嚼慢咽。动作笃定得过了头，反而不自然。葛玥想起来，上次搬家聚餐，这两人似是也坐在一起。家里十几口人，夫妇、父女、兄弟，小家庭里还有小家庭……论关系该是最疏远的，偏偏这么巧，次次都坐在一起。也是有意思。

顾老太是当天夜里没的。上了年纪的人，便是这么突然，白天还没事人似的，晚上突然整个人抽筋，先是有几分低烧，背上摸去竟是冰冷，很快发到四十度半，吊了水，体温下来，整个人望去便与白天完全不同了，眼窝那里凹成洞，出气不畅，嘴唇也是煞白。陪夜的是顾士莲，心知不对，一家家打电话。总算来得及。顾士宏和顾士海叫了车先赶过来，老太还有呼吸，人也清醒，一手拉住一个儿子，叫声“阿宏”，后面那声“阿海”便轻了下去。等到人来齐，老太已经差不多了，眼睛半闭，嘴巴微张，眼前一圈人，也不知是看清了还是没看清，数人头似的，忽地蹦出个词，顾清俞反应快，从口形辨出是“磊磊”，心头酸了一下，说“奶奶，都在的，都好的”。

顾老太“嗯”的一声，声音轻不可闻，手一松，去了。

三日后大殓。按岁数是喜丧，医院待了没两天，苦头也吃得不多。老太是有福气的。本地的亲戚，再加上绍兴老家的，好几辆大巴。提前一天订了宾馆，让他们先住进去。顾清俞公司的协议价，价格优惠，条件又好。整个过程算比较顺利。顾士宏事先关照高畅，顾士莲身体差，你不用管别的，照顾好她就行。果然向遗体告别时，顾士莲哭得岔气，脚一软，差点昏倒。高畅和顾清俞一手一个，夹住。灵堂里哭声此起彼伏，高高低低，迅速连成一片。顾老太躺在鲜花丛中，脸颊反比平常要红润，神情也安详。顾士海哭着叫声“妈——”，扑通跪了下去。顾士宏想起上次躺在这里的儿子，还有早年病死的妻子，隔再久，眉眼都是清晰的，仿佛还在跟前。生死只隔着一线，猝不及防或是意料之中，都是要命。倏忽一下，这世上便少了个人。其余人都好好的，该怎样就怎样，一切不变，只是少了一个人。窝塞便窝塞在这里，那瞬，世间的悲恸仿佛只落在他身上，定点爆破那样精准。马路是那条马路，树是那棵树，家也还是那个家。连身上气味也在。来来回回，一天一天。日子还是往下。可真正是少了一个人啊。无论如何也回不来了。一颗心生生被剜去似的，刀子太快，血竟似也没一滴，只觉得酸楚到极点，慢慢地，才一点点渗出来，痛得骇人，外伤内伤的苦都吃尽——眼泪止不住地流了下来。

晚饭时，顾士海来敬他酒：“阿弟，悼词作得好——”顾士宏叫声“阿哥”，两人一口把酒干了，也是奇怪，平常喝酒倒不如现在爽快。顾士宏说：“不好多喝的，那么多人要招呼。”顾士海点头，又端着酒杯到顾士莲面前，“你抿一口，我干了。”顾士莲站起来，与他碰杯，“你也少喝点——酒入愁肠愁更愁。”顾士海嘿的一声，“老娘这把年纪了，早晓得有这么一天，但还是难过。”顾士莲道：“老娘走了，只剩下我们兄妹三个了。”高畅一旁插嘴：“我不是人啊——”顾士莲道：“你是外头人，没血缘关系的。”顾士海把酒喝了，要走，又觉得有话没说尽，站着有些突兀，憋出一句：“老娘最后一晚，是你陪着，蛮好，母女俩总归是最贴心的。”顾士莲脆生生道：“老娘偏向儿子，大家都晓得的。”这话是开玩笑，看见顾士海脸色一尬，怕他多心，忙道，“更加偏向小儿子。大哥你这种脾气，也不是讨爹妈欢喜的风格。”竟又是奇怪得过了头。把话一点点说僵，便是这种情形。顾士莲在杯中倒满酒，又给他斟上，“再吃一杯。”顾士海啼笑皆非，“刚才还让我少喝——”顾士莲道：“刚才是刚才，现在是现在。刚才看你有点讨厌，不想跟你喝，现在不晓得怎么回事，这张面孔又看着欢喜起来。”顾士海吃不消这妹妹，只好干了。顾士莲自己也干了。高畅旁边骂她：“作死。”她端着空酒杯，沉默几秒，“阿哥，”声音低下去，“还是那句，现在只剩下我们三兄妹了。”顾士海也沉默了一下，“——没错。”

顾老太最后那晚，前半夜平静如水。神志似也比平常清醒几分，问顾士莲：“今天怎么是你陪夜？”顾士莲道：“我不是你女儿啊？”老太道：“你身体吃得消？”顾士莲道：“吃得消吃不消那是另外一码事。老娘生病，做女儿的一夜不陪，将来话又要给你说去了。”老太咧开嘴，露出鲜红的牙龈肉，“我说什么，我又说不过你。”顾士莲道：“今晚本来轮到大哥，他不是感冒了嘛，总不好又让苏望娣来，她也辛苦的。”顾老太道：“她是劳碌命。”顾士莲道：“啥叫劳碌命，有谁是天生的劳碌命？你帮儿子也不要帮得太明显。”顾老太道：“将来朵朵结婚，我看你找个两手一摊的女婿。”顾士莲道：“我跟你不一样，一碗水就算不能完全端平，至少也要过得去——四六开差不多。”顾老太问：“朵朵是四还是六？”顾士莲笑了一下，“总归是四。”顾老太道：“男人家，就算反一反，朵朵是六他是四，也说得过去。”顾士莲撇嘴，“大哥不是四，是零。最多零点五。”顾老太道：“夫妻都是配好的。你再看不惯，人家也过了几十年了。天底下哪里有绝对公平的事？你平常训小高像训灰孙子一样，你们不也好好的？”顾士莲道：“他是在外人跟前给我面子，家里我做牛做马你没看到。”顾老太道：“夫妻间的事,讲不清的。我老太婆反正不管。”顾士莲嘿的一声，“你都不管。夫妻的事不管，兄妹的事也不管。什么都不管，只管你自己。”顾老太沉默着。顾士莲又道：“我晓得，你平时都是装糊涂。你脑子比谁都清楚，只是怕得罪人，不说出来。你好我好大家好。”顾老太依然沉默，半晌，忽地叹了口气：“——乖囡，我晓得，你不容易。”

顾士莲后来回想，便觉得那晚顾老太是清醒得过了头，不正常，真正是回光返照了。说话一句是一句，意思也清楚。她说顾士莲的病是遗传：“你两个哥哥都有点秃顶，秃子雄性激素分泌高，倒不容易得那种毛病。你两个姨妈也一样的，一个乳腺癌，一个胃癌。还有你外婆。我不是也得了？”顾士莲道：“你这把年纪不算的。你福气好，比爸爸福气好。爸爸头顶也秃，不照样也得了那种病？”顾老太叹道：“你爸心事重，毛病是自己捂出来的。稍有点风吹草动，他就紧张，担心日子过不下去。我跟他讲，再怎样，日子都要过，中国有几亿人口呢，人家不是也一样过日子？想得太多，自己吃苦头。”顾士莲道：“爸爸是多愁善感。男人里面的林黛玉。”顾老太道：“他那种性格，就算再撑两年，撑到你大哥去黑龙江，也是撑不下去的。早点晚点的事。有时候书读得多，未必是好事。”顾士莲道：“爸爸作孽，一天好日子都没轮到。这辈子光吃苦了。”顾老太道：“你爸吃亏在忒聪明，像我这种傻大姐，倒是长命百岁。”顾士莲道：“你才是真聪明，家里这些人，就数你糨糊捣得最好。你是闷声大发财。”顾老太道：“发个屁财，我哪里来的钱？”顾士莲道：“二哥平常不给你点？”顾老太道：“你二哥又不是大老板。”顾士莲笑，“清俞总归给你点吧？”顾老太也笑，神秘兮兮：“每年过年一只红包。我不要，她硬塞过来。”顾士莲问：“多少？”顾老太道：“清俞是大户，少是不会少的。”顾士莲感慨：“所以说啊老太，你是有福气的。日子好过啊。”顾老太笑得一脸得意，忽地，神情郑重起来，音量也压低：“——等我走了，钞票一多半都留给你。”顾士莲一口回绝：“我不要。”顾老太啧的一声，手捶了一下床，“你做什么，你不要拎不清！”顾士莲道：“我不用你扶贫。”顾老太道：“那你当年送房子给阿海，算不算扶贫？就许你掼派头，不许人家稍微意思意思？我跟你讲，人啊，不要太较真，差不多叫有原则，过了头就叫十三点。你自己憋口气，你让小高怎么办，他以后跟阿海怎么相处？再说还有朵朵呢。你做人不要忒自私。”顾士莲好笑，“我自私？”顾老太道：“自私也分好几种的。事情做绝，不给别人做人的机会，你这种自私，是最促狭的那种。”顾士莲无语：“老太，你一百年不开口，一开口就是上纲上线。吓人。”顾老太嘿嘿地笑：“今天让我逮着机会，不骂白不骂。”停顿一下，“——我跟你讲的话，你记在心里。不要脑子搭错。”顾士莲嘴巴动了动，没忍住：“我当年把房子让出去，你一声不吭，连隔壁邻居都来劝，说小顾你不好这么做的。你就是不响。这些年，只当没这件事，惬惬意意打拳吃茶——你自己讲，你是不是偏向儿子？”顾老太摇头，“你只养了一个女儿，有些事情跟你讲不清。”顾士莲道：“你讲讲看。”顾老太道：“当爹妈的，又是那种年月，想的就是儿女都能过下去。一个吃肉，一个哪怕啃骨头，只要有口饭吃，也就看得下去了。”顾士莲插嘴：“好肉长在骨头上。啃骨头的都是大户，散户才吃肉。”顾老太白她一眼，说下去：“——要是有人饿肚皮，就不一样了。这时候一个子女跳出来做好事，碗里的肉分一半给另一个。爹妈晓得不公平，但也没办法，总希望每个人都能活下去。有饭大家吃。”顾士莲嘿的一声。顾老太叹道：“你对我有怨气，我也晓得。可你话都说出口了，我拦在前面，阿海肯定要怨死我，他那个人，平常不声不响，真发起犟脾气来是吓人的。你房子让给他，是你做妹妹的情分，再说你那时条件也蛮好，就算后来生病，底子摆在那里，总归也不会过不下去。你老娘也是人，精力有限，怕你们过不下去，怕你们互相吵，也怕你们跟我吵。年纪越上去，越是懒，我要是四十岁，那就是另一码事了。你爸又老早没了，我劳保工资也不多，心里没底，我将来是靠在你们身上的，你们太平，我就太平。你懂吧？”顾士莲听着，不语，半晌说了句：“你这也是自私。”顾老太手移过去，按住女儿的手，到底上了年纪，一只手伸出来鸡爪似的，这几日天天吊针，手背上青筋揪起来，一团一团，像没捻开的橡皮筋。话说多了，终是有些累，停顿一下，语速也慢下来：“——乖囡，不要怪我。”撒娇似的。顾士莲看她，“我现在肉吃不起了？”老太嘿的一声，咧开嘴，“你不是说的，大户吃骨头，散户才吃肉？你现在吃的是小排骨，烧汤蛮好，老娘私房铜钿帮一把，肋排就吃上了。”在她手上一拍，“——听话，让我放心。”

又是哄小孩的口气了。

“老娘最后一句，‘告诉阿海，做人开心点，自己不开心，旁边人看着也难受。阿宏不要学他爸爸，一本正经面面俱到，忒辛苦，也没意思。三个子女各有各好，手指头伸出来还有长短呢，老娘这把年纪了，脑子也糊涂了，有做得不到位的地方，你们多担当。’”顾士莲说完，给两个哥哥酒杯都倒满，自己端起来，与他们一碰，干了。旁边高畅急得跳脚，“你今天昏了！”顾士宏先是看着酒杯，鼻尖那里耸了一下，随即笑道：“老娘总结性发言，批评与自我批评，蛮好。”一口喝干。顾士海不说话，叹口气，也把酒干了。

冯晓琴走到饭店门口，瞧个偏僻的空当，掏出烟，还没点上，便听旁边一人道：“阿嫂，给我一根。”竟是葛玥。

两人倚着树，同时想起上次，顾磊大殓那天，也是这样。里面豆腐饭，外面妯娌吞云吐雾。像偷溜出来的小孩，仗着大人无暇顾及，便肆无忌惮。两人统共没说过几句话，大半竟是在这种情形下。都说抽烟容易培养感情。一根搭讪，两根有点感觉，三根下去，就相见恨晚了。冯晓琴本来对这女孩没啥好感，也谈不上讨厌，家境差了十万八千里，还有个性也是，不搭界的。喜怒哀乐都不是一个频道。抽烟一看也是新手，呛得直咳嗽。拿烟姿势也是生涩。那时她还大着肚子，冯晓琴劝她别抽，她蹦出一句：“阿嫂，做人实在吃力。”冯晓琴一怔，也无从劝起，“当心孩子——”她道：“阿嫂，我很佩服你的，换了我，都不晓得怎么办才好了。”冯晓琴猜想她是指顾磊没了，女人死了老公，总是值得同情的。谁知她接着道，“阿嫂，你教教我。”冯晓琴奇道：“教你什么？”她道：“教我过日子。”冯晓琴又是一怔，“——我哪里有这个资格，日子让我过得一塌糊涂。”葛玥道：“要是能让我拣，我宁愿过阿嫂这样的日子。”冯晓琴揣摩这话里的意味，嘴上玩笑：“死掉老公的日子吗？”她应是觉得不妥，脸红了一下，意思却没停：“就算没老公，阿嫂也过得下去。我就不行。所以让阿嫂教教我。”

那次是有些交浅言深了。以至于后来每次见面，反比之前话更少了。更客气。冯晓琴知道她家里的情况，从天上到地下，也就是一夜间的事。虽不至于为她难过，总是有些感慨。“你现在的起点，其实已经是许多人向往的终点了。”那天拿这话安慰她，瞥见这女孩红着鼻头，想哭又忍住的模样，劝她：“想哭就哭出来，憋着对小孩也不好。”她道：“阿嫂你也是，想哭就出来。”冯晓琴摇头，“——我不是憋着，是真的哭不出来。”

里面的人陆续出来，有眼尖的，见到两人，便露出诧异的神情。停下，看一眼，走几步，再看一眼。同上次一样。两个女人抽烟，又在这种饭店门口，总归有些奇怪。葛玥瘦了些。下巴那里尖了。或许是视角原因，人也显高，穿一条黑色连衣裙，竟多了几分韵味。不似原先清汤寡水的模样。抽烟动作还是生涩，神情相比上次，竟是自若了许多。

“阿嫂，”她道，“你还记得张曼丽吗？”

冯晓琴停顿一下，“顾昕大学里的女朋友。”

“我见过她，真是漂亮啊。难怪跟‘张曼玉’就差一个字。同她站在一起，其他人就像发育不良似的。我那时就想，顾昕居然舍得跟她分手，也是奇怪的。阿嫂，你见过她吗？”

“见过照片，”冯晓琴道，“网红脸，男人喜欢。”

“后来嫁了个富二代,生了个女儿。在葡萄牙。不工作,就带孩子、养狗、种花。家里房子也很大，在海边。她老公，脸圆圆的，皮肤有点黑。”

“他们现在还有联系？”冯晓琴忍不住问。

她摇头，“我是在顾昕朋友圈里看到的。”

冯晓琴嗯了一声。气氛有点怪，说不出的。拿脚在地上搓出两道白印子,想着抽完这支就进去。倒不是讨厌她,这女孩话比上次多,闲话家常的成分也更浓些，但眉宇间的愁绪是掩不住的。还有稚气。想要表达某些意思,铺垫做得太久,也是故作老成。冯晓琴看在眼里,忽然有种预感，又有些害怕，不知她后面会说些什么。

“淘宝上有卖那种软件，悄悄给手机装上，能同步微信 QQ，还有电话短信。阿嫂，你不要看不起我，我也是被逼得没办法。真要是那种整天吵吵闹闹的夫妻倒也算了，至少还有发泄的机会。我是一拳打在棉花上，打不到底，也弹不回来。要得抑郁症的。我每天晚上都睡不好，做噩梦，梦到他跟我离婚，行李一卷，头也不回地走了。醒来就想，要是真那样倒也好了，话讲清楚，该打打，该骂骂，该一刀过去，也就拉倒。这样不死不活算怎么回事？我就是想要个痛快。”她说到这里，停下来，“——阿嫂，顾昕外面有女人。”

冯晓琴沉默着，拿烟的手有些僵，换个姿势。烟没拿住，掉在地上。“是张曼丽？”自己也觉得问得傻了。葛玥道：“张曼丽是过去式。”冯晓琴走也不是，留也不是，只好问下去：“是谁？”心怦怦地跳。

她没回答。“阿嫂，换作你，你会怎样？你教教我。”同上次一样的声气。

“我能教你什么？”冯晓琴苦笑，“——顾磊外面也没有女人。”

“阿嫂随便说。想到什么说什么。”

冯晓琴又点上一根烟。索性也不急了，里面坐着也没劲，亲友间敬来敬去，这种场合也不好放开，意思却又要到位，情绪半吊子，悲伤不像悲伤，欢喜不像欢喜。豆腐饭便是这么别扭。方才与茜茜坐在一起，听她说银行里的事，说最近做成一桩大单，“讲起来还要谢谢阿哥，”她指顾昕，“阿哥把他单位的业务介绍给我。”顾昕忙客气道：“自己人，小事情。”又对旁边的葛玥道，“喏，就是娘舅公司那桩。”葛玥哦了一声，眼里分明写着“初次听说”，嘴上跟着客气：“都是自己人，能帮就帮。”冯晓琴冷眼旁观，茜茜倒还好，顾昕应该是老婆在边上，稍有些局促。茜茜胆子忒大了些，不该这当口提这茬。倒像戏弄那男人似的。冯晓琴一直想找机会劝妹妹，这阵家里事多，倒耽搁了。其实那才是大事，处理起来也麻烦。自己妹妹，怕她受伤，也怕她被人骂。但怎么开口也是个技术活，便是亲姐妹，也不好横冲直撞的。冯晓琴前天说给她介绍男朋友，是真话，亦是试探，她倒不拒绝：“好的呀——”冯晓琴问她，是否一定要上海男人，拐弯抹角带到顾昕，“像他那样的上海男人，其实也没啥好，”还问她，“你说呢？”冯茜茜笑而不语。冯晓琴其实能猜到几分，妹妹是要强的个性，打拼不易，顾昕就像当年的史胖子，喝酒套近乎，揩点油，保单就签了。否则又怎会寻到他。依着冯晓琴的眼光，顾昕其实还不如顾磊，至少好弄得多，长相也谈不上帅，人又闷，真正是没啥优点。更何况还是已婚。妹妹脑子清爽,这方面冯晓琴倒是不大担心，跟男女感情那些不搭界。但顾昕是家里人，隔得近，万一捅破，女人总归更吃亏些。便是年轻恢复得快，终究要过一阵才行。

"阿嫂——"葛玥看向她。

她避过葛玥的眼神，不知该怎么回答。对这女孩多少有些愧疚。弱肉强食，那时候常把这话挂在嘴上，对着茜茜，还有冯大年。劝他们发奋。食物链爬得越高越好。长跑时牢牢盯紧前面人的后脑勺，才不会掉队。上海人是假想敌，就像顾清俞那种。跑过一个，便留后脑勺给后面人看。脸上表情俱是不管。前面后面都是。哭还是笑，只能凭想象。其实只是一个个人影，拉远了，更只是一个个黑点。别说表情，连是人是鬼都看不清。

"我认识一个上了年纪的人，她把她追求老公的经过说给我听。唱越剧，买他喜欢吃的零食，穿他喜欢的衣服，还给他织毛线帽子。她说，男人女人都一样，只要是人，就有弱点。我说，又不是打仗，还弱点强点呢。她说，要过一辈子呢，这比打仗还惊险，输掉一辈子都抬不起头。"

葛玥怔怔听着。冯晓琴说下去：

"抓大放小。大事情把握住，小事情就让他去。"

"什么是大事情，什么是小事情？老公外面有女人，这算大事还是小事？”她直直地问。冯晓琴思索一下，“你能看得过去的，都是小事，真看不过去了，那就是大事。”

葛玥沉默着，“这是逼着女人都变成傻子。”

“真到那一步，那就不是傻子了。你越不把他放在眼里，什么都看得过去，变傻的就是他了。不是你拿他没办法，而是他拿你没办法了。”冯晓琴瞥见这女孩怔怔的神情，即便此刻这样的情形，竟还是隐忍。换了别人，刚才饭桌上便扯头发扇耳光了。忍不住暗自叹息，劝她：“日子是为自己过的，其他人都是假的，别太当回事。”

“越剧我也会唱，还会一点点沪剧。”她问，“阿嫂，你会唱什么？”

“我只会唱黄梅戏。”

“茜茜呢？”她又问。

“茜茜什么也不会。她这人傻乎乎的，做事没长性，三分钟热度。”冯晓琴说到这里笑笑，加重语气，“——到底还年轻，什么都当成玩。”

“把日子过得像玩，那是本事。”葛玥问，“阿嫂，茜茜有男朋友了吗？”

“给她介绍过，没相中。”冯晓琴反问，“你手头有合适的吗？”

“我找找看，”她停顿一下，“也让顾昕帮忙留心——茜茜喜欢什么类型的？”

“高一点，帅气一点，热闹一点，最好不要是公务员，”冯晓琴对她道，“讲句笑话你别不高兴，茜茜以前跟我提过，顾昕阿哥那种类型，她是吃不消的，一起过日子要出人命的，不是她被他憋死，就是他被她打死。”她说完抿嘴笑。自知是有些矫枉过正了，在人家老婆面前提这个，倒像故意找晦气。但不说句表态的话，只怕这女孩晚上要睡不着觉。再者也是为妹妹考虑。冯晓琴心里忽然有点酸，便愈发做出开玩笑的样子，在葛玥肩上拍了拍，“拜托啦，十八只蹄髈我先准备好。”

两人回到座位。客人陆续离开。顾士海兄弟站在门口送客。曲终人散的感觉，也是一桩大事完成。大厅渐渐空了，最后留下的，都是嫡系，聚拢来坐成一桌。也不说话，只是静静坐着。不知谁问了句“清俞几时再去新加坡”,顾清俞回答“还没定”。又是安静一阵，服务员上来收拾碗筷，乒乒乓乓。众人站起来朝外走，挽着肩，或是搭着手臂，这样的日子，是比平常更需要彼此扶持。有些脱力的。心里空荡荡，连说话都似是带着回音，盘桓几圈才出来，多了些沧桑感觉。

出租车上，顾清俞收到施源的短信：“节哀顺变。”她回过去：“谢谢你送了花圈。”白天也是无意中看到，某个花圈上落款是他的名字，粗粗过了一遍，没见到人。他道：“小时候奶奶常做萝卜丝饼，我待在旁边看，揩了不少油。那味道，我现在都忘不掉。”顾清俞道：“小时候的味道，是记得牢些。”半晌没回音。把手机放回包里。心想发信息便是有这好处，想停就停。转向窗外，淅淅沥沥开始下雨，街景成了模糊的光影，一圈圈的，晕开。像泪眼望去的世界。这时手机振动了几下。是电话，施源打来的。

“还没休息吧？”他问。

“在车上。”

“心情好点没？”

“还好。”她停顿一下，“谢谢。”

沉默片刻。他告诉她：“——我妈也没了。”

她吃了一惊，“几时的事？”

“就上个礼拜。前天大殓。”

窗外的雨又大了些。雨刮器来回跳动，发出吱嘎的声音。她问他：“你在哪里？”他道：“不用来安慰我，我现在挺好。”她又问：“你爸呢？”他道：“我叔叔陪着他。”她一怔，“叔叔？”他道：“我爸的表弟，从加拿大回来。”她哦了一声。手指在腿上弹动几下，没忍住，“定位发给我。”语速有点快。他愣了愣，“什么？”她道：“我过来找你。”他道：“我说了，不用安慰——”她打断：“不是安慰你，是让你安慰我。”

葛玥把宝宝哄睡着，洗完澡，拿了本杂志，上床。一旁，顾昕对着笔记本电脑。她瞥一眼，“单位里挺忙？”他嗯的一声。她道：“再忙也要注意休息，这两日已经够辛苦了。”他目光不离屏幕，“晓得了。”她放下杂志，起身去厨房给他削了个苹果，切成片端过来，“吃点水果。”他一怔，“深更半夜吃水果？”她道：“反正你还没刷牙。”他道：“苹果要白天吃，金苹果，晚上就是铜苹果了。”她笑笑，“央视都辟过谣了，没这回事。苹果什么时候吃都一样有营养。”叉了一块递过来。他察觉她的执着，接过，目光扫过她身上，又是一怔——她穿着白色超短睡裙，胸口处透明蕾丝围成一个偌大的心形，上半身若隐若现。再看去，脸上竟还化着淡妆。她目光与他相对，“新买的裙子，你说过，喜欢看我穿白色。”他挤出个微笑，“不错。”又转向电脑。她停了停，伸手过来，搭住他的手臂：“——我唱段越剧给你听，好不好？”

他朝她看。她脸上带笑，笑得比往日要甜，涂过睫毛膏的眼睛亦添些妩媚。她不待他答应，便开始唱：“我家有个小九妹，聪明伶俐人敬佩——”唱得居然不错，声音与平常说话时略有不同，更圆润娇柔些。他毕竟与她是夫妻，很快听出尾声那丝不易察觉的哭腔，像激动又像悲恸，夹在欢快的音调里。此刻的她，一面是强自掩饰，一面又似要把所有的东西端到他跟前，劈头盖脸地。与她身上那件性感睡衣一样，衣服和人是脱节的，意思到了，感觉却还差了一截。仿佛肉体和灵魂的差距。她就是这样一个矛盾的人。他觉得滑稽，但也有些局促。在她面前他很少这样。当初追她的时候，他也是很随意的，一是本就兴致不高，二来她也不是让男人费心费力的类型，像只听话的小狗，稍做个手势，她便过来了。

一曲结束，她凑近，把头靠在他胸口，或许是想到这姿势不利于睡裙的展示，便转过身，正面对着他，微微仰头，凸显曲线。半湿的长发滑过他头颈，他不自禁缩了一下。想说话，嘴巴一动，便被她抢了先：“我唱得好不好？”他问她：“学过？”她道：“跟着收音机里学的。”他点头，“那不容易。”她问：“再给你唱一段？”他道：“这么晚了，爸妈听到多奇怪。”她有些倔强地按住他的手，脸上还是笑，“我唱得轻一点。”他只好不动。她果然唱得很轻，越唱越轻，渐渐听不清词，倒像哼小调。一边哼，一边抓住他的手，顺着胸口的“蕾丝爱心”，有节奏地，慢慢往下。他有些僵。做这种事还自带配乐，是第一次。想笑，又笑不出。他瞥见她眼角一滴泪渗出，鼻尖耸了耸，又是一滴泪。她撩一下刘海，变魔术似的，泪水便隐去了。或许是男人的本能，他下意识地，抱紧了她。她真是瘦啊，好像再用点力，就能把她拦腰折断似的。触手都是骨头。那瞬他想，似乎很久没这样抱她了，或者更准确地说，是从来没有好好地抱过她。

临睡前，他发现电脑里有封新邮件，是冯茜茜发来的：

“你老婆知道了。她在你手机上装了个东西，电话、微信、QQ都能看得见。”

顾昕一凛，霍地朝床上的女人看去。那头因为太累，已经睡着了。他拿过手机，想想又放下了，在电脑上回复邮件：“你怎么知道的？”

冯茜茜倚着床，看手机。冯晓琴坐在床沿上，朝向妹妹。两人不说，也不动，有些对峙的架势。很快，冯茜茜笑起来，“干什么呀——都拷问了一个多小时了，干脆上老虎凳吧。”冯晓琴道：“少嬉皮笑脸。”冯茜茜道：“我对那人没兴趣。”冯晓琴道：“我不管你有没有兴趣，离他远点。”冯茜茜道：“工作关系，没办法的。”冯晓琴道：“工作关系，他天天在地铁站等你一起上班？下班也是地铁站碰头，到小区门口再分开，一前一后鬼鬼祟祟——你们怎么不去当特务？”冯茜茜怔了怔，“你跟踪我？”冯晓琴嘿的一声，“地铁站离小区也就几百米远，人来人往的，你能瞒多久？”冯茜茜停顿一下，“反正我对他不是那种意思。”冯晓琴道：“是不是那种意思，人家老婆会判断。短信还有电话，人家那里有记录。”冯茜茜先是不语，忽地，有些烦躁起来，“她又不会离婚！”

“万一她想不开呢？”冯晓琴道，“她是怎样的人，你该知道的。

她也不是一帆风顺，家里出了那种事，她也很艰难。再怎样，总归不能欺负老实人。”

“谁欺负她了？”冯茜茜喊了声，想想不对，又压低音量，“她自己找了个渣男，前脚张曼丽刚走，后脚不管是谁，手勾一勾就豁上。就算没有我，也会有其他女人。姐你搞清楚，不是我欺负她，是她老公吃定她。我哪有那么好的精神去拆散人家家庭，我自己都焦头烂额，你又不是不知道。业绩每个月一评，稍微松一松，后面人就上来了。台湾人又抠门，业绩好的时候把你捧到天上去，业绩一差，翻脸比翻书还快，一脚踹飞你，半毛钱也不会多给。姐，我现在是逆水行舟，不进则退。不抓牢顾昕这棵救命稻草，我做到六十岁也就是个小职员，还不如在老家混着，至少人还轻松些。”

“两码事。要抓牢他，送点礼物说点好话也是抓牢。没必要人贴上去。”

冯茜茜停下来，朝姐姐看，竟笑了笑，“——那史胖子呢，当初送点礼物说点好话不是也可以？你干吗整个人贴上去？你以为是幼儿园小朋友过家家，交换礼物握个手，就成好朋友了？姐，你明明是思路很清爽的一个人，又何必故意跟我搞？”

“我没有跟你搞。”冯晓琴缓缓道，“我也没有贴过史胖子。”

“我承认，欲擒故纵把男人耍得团团转，吃不着还惦记，这套把戏姐你玩得比我好。你不用舍孩子也能套到狼。我段位没那么高，只好老老实实赤膊上阵，该贴就贴。只要套到狼，孩子舍了也就舍了。我知道，你现在级别不一样了，山大王被招安，反过来帮着朝廷对付我们这些散兵游勇，看我们都是社会渣滓，何必呢？”

她说完，把刘海朝后捋去，露出泛着油光的前额。有些疲倦地。

“你根本不知道我有多累！”她说下去，“我现在只想睡觉。姐你不要跟我谈精神层面的东西，那些我懂得不比你少。我们银行规定里还写着不能跟客户私下交易呢，可实际上，如果谁真的照办，就等着喝西北风吧。请客户吃饭送客户礼物，那只是小意思，帮客户伪造资料做假身份，也多的是。一套材料做得漂漂亮亮，其实只是个空壳公司，管他娘，业绩上去再说。上面也睁只眼闭只眼，真要出了事，全部自己兜进——你还记得吃我豆腐的那个财务主管吗？”不待冯晓琴回答，“——关进去了。”

冯晓琴吃了一惊。

“葛玥的舅舅要贷款，因为是房地产公司，批不出来，就让这男人搭桥，贷款先到他的公司，再转到房地产公司。前不久被审计查出来，顾昕托了关系，替葛玥舅舅搞定，责任全推在那人身上。判了两年。这人进去之前，给我送了个快递，自制的土炸弹。亏得质量太差，比外面买的炮仗还不如，才没出事。银行要报警，被我拦下了。我跑去找顾昕，说我不想干了，他给我介绍的那几个项目，我让他去找别人，就算奖金再高回扣再高，我也不想干了，实在是太害怕了。我从来没想过会害人坐牢，还有人给我寄炸弹。又不是拍电影。他听我发了半天牢骚，只说了句‘你要是不想干，我支持你’，那时候我发现这男人还是挺厉害的，他太了解我了，他知道我肯定不会放弃。他还说，你放心，我不会让你出事的。这话我其实不太相信，但听着还是挺舒服。那套房子市面上最起码要八百万，葛玥舅舅只算我两百万。我知道他是看在顾昕的面子。还有上次你问我拿了多少奖金，其实葛玥舅舅给我的回扣，要比这多得多。害怕是害怕的，但是也刺激，浑身起鸡皮疙瘩，像洗冷水澡，进去时候抖抖索索，洗开了就爽了。什么都顾不上了。”

顾昕和衣躺在床上，把台灯调暗。这样的光线正好，暗是暗的，但也不至于完全看不清。适合独自思考。手机上找了一圈，把葛玥偷偷装的软件卸载了。窗户或许没关严，总觉得有风透进来。这样的夜晚，思考问题也像写命题作文，夫妻关系、家庭生活。一遍遍地想。还有个人前途那种，似乎也能搭点边。葛玥娘舅那件事，他是求了副镇长，“都是朋友嘛——”副镇长一口答应。葛玥娘舅拿到项目，冯茜茜业绩上去，镇政府年度报告也多一笔亮点。皆大欢喜的事。“我们是一条船上的伙伴，我会游泳，你不要怕。”那天，他这么安慰冯茜茜。炸弹的事，把这女孩吓坏了。其实他自己也有点害怕。但害怕是做，不怕也是做。总体还是稳的。是条大船。严格来讲，那日是两人关系的转折点，至少对他是如此。多了些同甘共苦的情谊。话反比之前少了。面对面坐着，虽是沉默，但氛围不算压抑，空气中发酵得渐渐浑厚，他与她那样摆不上台面的狎昵关系，反在那刻有了某种庄严的质感。她说：“我好像活成了我原先很讨厌的样子。”他问：“你原先想活成什么样？”她道：“讲不清，反正不是现在这样。”他道：“我小时候想开爿烟纸店，卖吃的喝的。”她道：“原来阿哥喜欢当老板。”他道：“万紫园再往南不到一公里，原先整条街都是小吃店和烟纸店，热闹得不得了，现在你再去看，都被拆得干干净净，一间不留——那块地段，是我负责整治的。”她听了，不语。他道:“我要是真开了烟纸店，现在就只好等人家来拆。”她依然不语。他道:“开烟纸店没啥不好，拆店的也没啥不对，但放在一起看，前面那种是悲剧，后面那种就是坏人。所以，我也是活成了我讨厌的样子。”她朝他看，“绕这么大个圈，累不累？”他笑笑，“我是说真的,你不要不相信。”他随即很认真地拥抱了她。有“安慰”两字打底，便比平常更气粗些。抱团取暖，那瞬他想到这个词。他闻到她头发上劣质烫头膏的味道，有些心疼。她道:“如果我生在上海，也许会活成你堂姐那样，你信不信？”他道:“你气场不输我堂姐。”

“如果我留在上海，没去新疆，不晓得现在会怎样。”施源问。

“孩子都可以打酱油了。”顾清俞回答。

施源带顾清俞来到虹口区某个新楼盘。小高层的三楼,两室两厅，楼层不高，但正对景观湖，位置不错。简洁装修，家具还没到。空落落的。甲醛味道还未全散，窗户开道缝，透气。灯也没装，头顶一个赤膊灯泡。打开，橙黄的光像个散步的老人，慢是慢的，该兜的都能兜到。角落里竟有半瓶红酒，还有未洗的酒杯。

“前天晚上过来的——”他道。

她点头，知道是他母亲大殓那天。

他把酒杯拿到厨房洗了，出来，倒上酒。一杯递给她。她接过，“房子蛮好。”他笑笑，“你是鼓励为主。”她道:“真的蛮好。”停了停，“——替你开心。”

他说房子钥匙是上周末拿到的，“我妈没撑住，晚走一天，就能看到新房。”

“是什么病？”顾清俞问他。

“抑郁症，”他低下头，晃了晃酒杯，“——割腕。”

顾清俞倒抽一口冷气。

“抢救了两天。还是没救回来。”

瞥见她的神情，他反过来安慰她：“其实对她来说，可能也是种解脱。光这半年，就已经割过两三次了。手腕上都是横七竖八的刀疤。也试过跳楼，有一次挂在晾衣竿上，亏得我爸发现得早，一把抱住。我们不可能一直盯着她。早晚的事。抑郁症比癌症还可怕，癌症还有五年存活率、十年存活率，抑郁症基本上就一个结果。我和我爸都有心理准备。”

他说得很平静，仿佛在讲述一桩很寻常的事。他愈是这样，她便愈是担心。

“我妈是个很感性的人。小时候，看她听个评弹都能听得泪流满面，不管哪里听到两句苏州话都会眼圈红。她怕牲畜，可在兵团牧场上班，草场上那么多牛羊，还有马和骆驼，她只好忍着。她有洁癖，可是条件摆在那里，好几天才能洗一次澡。也忍下来了。后来就渐渐习惯了。她其实比我爸更能适应环境。女人有时候比男人更坚强。男人反而不行，我爸到后来其实是死心了，什么也不管，整天看书听音乐。都是我妈在督促我功课，盯着我，告诉我‘考回上海就好了’。我家墙壁上，贴满了小纸条，“不要放弃”“考回上海”“做上海人”……

我妈把所有希望都寄托在我身上。其实那个时候她已经有点患病了，但还不严重，就是晚上睡不着觉。她去医院配了‘利他林’，是一种抗抑郁的药。我爸总觉得这种药多吃没好处，就偷偷把药倒出来，放助眠的药进去。她不知道。高考的时候，家长圈里都在传‘利他林’能提高注意力，考生吃一点可以超水平发挥。我妈瞒着我爸，把药掺在绿豆汤里，给我喝下去。还加了一倍剂量。她以为是‘利他林’，但其实却是安眠药。吃得我在考场上哈欠连天，就想睡觉——”

他说到这里，竟还笑了笑。抬起头，看到顾清俞眼里泛着泪光。

“考不好，也不能完全归结于这个原因。可能真的是水平不行，谁知道呢？”他又笑笑，语气轻松得过了头，像树叶漂浮在水面上，软绵绵不着力，“我其实倒还好，再怎样，也不会真的想不开。我妈就不一样了。”他说着，又停顿一下，“她第一次割腕，就是我高考成绩单出来那天。我睡到半夜，听到外面有声音，出去一看，我妈坐在地上，旁边一摊血，收音机还开着，在放评弹《方卿唱道情》——‘叹方卿，大明朝，家计贫，年纪小。多才入泮游庠早，赃官冒庇坟粮事。亲戚远投路途遥，园中巧遇姑娘骄。到后来扬眉吐气，方知势利功劳’——她就那样一动不动地听着，木头人一样。被抬上救护车也是，医生给她扎针，她眼睛眨也不眨，像是一点知觉也没有。那个模样，我到现在都忘不了。”

顾清俞拿过他手里的空酒杯，放在地上。瞥见他眼角一点点渗出泪水。

“后来就是治疗，每天吃药，回到上海以后，还做心理疏导，加了个病友群，有几个固定搭子，定期就到周边旅游，挺热闹。这十来年没怎么犯。即便是股票跌到肉里那阵，吵归吵，也摒过去了。我和我爸都很庆幸，以为治好了。其实没有。这种病不太可能根治，只能靠药物控制。”他说到这里，霍地停住。顾清俞猜想他后面的话必然很艰难，也不催促，伸出手，在他肩上轻轻拍了拍。拿起酒瓶，问他：“再来点？”他点头，“谢谢。”她倒酒入杯，递给他。

他接过，一饮而尽。

“其实我妈的死，我要负一大半责任。我要是混得好一点，她也会放松些。”

“不是你的错，”顾清俞劝他，“这些年你也很不容易。”

“人人都不容易，再难也还是有机会，是我没抓住。”忽地，他提到展翔，“——连那种瘪三都可以混成人五人六，还有什么是不可能的呢？”

顾清俞记得，展翔似是也骂过施源“瘪三”。上海话骂人的词里，“瘪三”不算恶毒，但最是促狭，轻蔑的口气从嘴角带出来，不留余地。男人间互骂尤其如此，盯着对方最不堪的那点，像蛇打七寸，谁又会没软肋呢，“瘪三”这词恶就恶在，戏谑的成分占了一半，看着不粘皮带肉，却又是入骨三分。顾清俞沉默片刻，换个话题，问他：

“不是说要等拆迁再买房嘛，怎么突然就买了？”

“是我妈的意思。她说她等不下去了，她说再在那个破房子里待着，人非发疯不可。她拿了三十万出来，又让我爸写信去问国外亲戚借，我爸不肯，她说‘只此一次，我也不要脸了，都这把年纪了，什么都没有了，还要脸做什么”，那次他们又是大吵。我妈年轻时候很文雅的一个人，这几年变了许多。我爸骂她，说你变得都不像你了，跟小菜场那些粗鲁女人又有什么区别。她说，怎么没区别，我过得还不如她们呢。”

顾清俞叹口气。幼时去施源家，见过施源妈妈少女时的照片，清秀中透着高贵，气质极好。施源的曾外祖早年在英国留学，回国后任政府参事，两个兄弟也都在大学执教，一个姐姐还嫁给了清华的副校长。施源外公也是名校毕业，到施源妈妈那代，境况不同，但读书人的传统还在，五六岁时临摹颜真卿的《多宝塔碑》，力道气度，竟是不逊大人。施源父亲家倒是生意人，施源那时同顾清俞开玩笑，说“我外公其实是舍不得我妈的，觉得她嫁给我爸委屈了”。但那时的生意人，与现在又是不同，也是文文气气。况且愈到后头，这些便愈是没人说起了。都被岁月磨平了，变成一缕烟，渐渐地，亦无差别了。

“有一天，Sindy 送我回来，被我妈看见，问，那是谁。我告诉她。她没说什么。我知道她肯定不舒服。还有我陪 Kendy 打高尔夫，我妈其实都清楚。我给 Kendy 买衬衫，颜色还是她替我挑的。我说，是个娘娘腔。她挑了件黛粉色的。高尔夫课程也是她找熟人介绍的，速成班。我把打球时的照片给她看，其实是形式大于内容，功架摆足，连个菜鸟都谈不上。在那种地方，就像个笑话。我妈却觉得蛮好，说我有点外公当年的模样，‘你是读书人的长相啊——’她一连说了几遍，边说边叹气。又问我，觉得委屈吗？我笑说，假结婚那种都做了，这些又算什么。其实我真不该那么说的，倒像在她面前赌气。果然，她听得哭了。我把手机银行给她看，告诉她，这阵子赚了不少。努力一把，真的可以买新房了。我本意是想安慰她，没想到她霍地一下，把手机摔在地上。她哭得撕心裂肺。我害怕极了她这种哭法，前一秒还是很安静，后一秒就像要把五脏六腑都哭出来。血都要呕出来那种。就跟当年高考揭榜那天差不多。果然，当天晚上，她又割腕了。”

顾清俞蹙着眉，算日子。施源看出她的心思，“不是那次——”

她哦的一声。

“那次救回来后，她对我说，她想通了。她说：‘你没有错，我也没有错，大家都没有错，错就错在，生活跟我们开了一个玩笑。’她还提议一家三口去吃火锅，‘我这次真的想通了，真的，是真的想通了——’。她反复说着这句，更像是自我催眠。她说，怎么活都是一辈子，只要活着就好，管别人怎么看呢。还有吃不上饭的呢，你看中东那些难民小孩，饿得一根根肋骨翻出来，白骨精似的，我们已经非常好了，还可以吃涮羊肉。”

施源说着，朝顾清俞笑笑。顾清俞也想笑，但被什么堵住似的，完全笑不出来。

“我爷爷的弟弟，我应该叫他‘叔公’，一个月前去世了。他是个富翁，在加拿大有上百家药妆连锁店，前后娶过三个太太，有七个儿女。然而在他的遗嘱里，居然有我爸的名字——他把蒙特利尔西山区的一套别墅留给我爸，价值五百多万加币。律师函发过来那天，我爸妈都以为是个恶作剧，直到叔公的小儿子来上海出差，我们才知道是真的。他是个音乐剧导演，经常来上海，但在遗嘱公布之前，他从未听说过我父亲。他把别墅的照片给我们看，外观还有内饰。居然还带游泳池。他建议我们不要卖掉，因为那个区有良好的教育资源，房价一直在涨，许多中国人都喜欢在那里买房。那天晚上，我们都失眠了。我妈说得对，生活真的跟我们开了一个大玩笑，从天上掉下来，撇到阴沟里，弄得面目全非，再捡起来，没头没脑地扔向天空。”

顾清俞想说“否极泰来”，忍住了。

施源停下来，说这番话像是耗尽了他所有的力气。先是一动不动，随即一屁股坐在地上，喘着气。停了足有半分钟，他告诉顾清俞：“——三天后，我妈就走了。她是铁了心地想死，半夜两三点钟，厕所门反锁，换了新的剃须刀，还吃了安眠药，水龙头打开，手臂浸在脸盆里。血水一直流到客堂间。早上门撞开的时候，她靠着墙，血都流干了。”

他像个孩子那样失声痛哭起来。喉音低沉，听着更让人肝肠寸断。顾清俞低下身子，揽住他的头，放进自己怀里。柔声安慰着，一遍遍地，任由他把鼻涕眼泪擦在她衣服上。哭吧，哭出来就好了，哭个痛快。她在心底里说。

十九

临近暑假，冯大年来到上海。

在“不晚”安顿下来。最靠里那间，面积小，邻近厨房，通风也不好。冯晓琴有自己的打算，小房间可以单住，弄个大的宽敞的，反倒不好操作了。旁人看着也扎眼。再说他初来乍到，是打工又不是度假，小男生吃些苦也没啥。上坡路要靠自己走出来。“姐姐我刚来上海的时候，十来个人住一间，连走路都要踮着脚。不是也过来了？”冯晓琴叮嘱他，“刮西南风不要开窗，油烟味会飘进来。”他苦着脸：“为啥不能住你家？老奶奶不是没了嘛，二姐一个人住。”冯晓琴道：“男女有别。你小个五岁，还能跟她挤一挤。”他道：“你们俩睡一间，我跟我外甥住。”冯晓琴忍住笑：“好啊，你来吧，他睡觉喜欢踢被子，一晚上起码给他盖三次，还有喝水和撒尿，统统交给你了。”

冯晓琴带他去见顾士宏。“叫人。”脖子后推了一把。他憨憨地叫了声：“伯伯。”顾士宏打量他，对冯晓琴道：“一看就是你弟弟，活脱是像。”拿了一只红包出来，“见面礼总归要的——”冯晓琴又推一下冯大年，“快谢谢伯伯。”他依言道：“谢谢伯伯。”也不敢看人，目光四下里游移。顾士宏微笑着，心想，这孩子比他两个姐姐要老实。

小老虎白天没提，晚上问冯晓琴：“妈妈，小舅舅在上海待多久？”冯晓琴回答：“不知道，也许一直待下去吧。”小老虎问：“他不上学吗？”冯晓琴随口道：“他不喜欢上学。”小老虎沉吟着，随即扯冯晓琴的衣袖，“——我也不喜欢上学。”冯晓琴一怔，“他不是读书的料。你比他聪明。”小老虎谦虚道：“我其实也很笨。”冯晓琴停顿一下，点头，“好呀，等小学毕业你就去安徽吧。小舅舅来上海，你去安徽。一个小学毕业，一个初中毕业。交叉换位。都离爹妈远远的，省得看了窝火。”倏地，提高音量，“——还不快去洗屁股？”小老虎看妈妈一眼，识相地打住：“哦。”

冯晓琴开始为冯大年规划。个人意愿是首要的。她问他，喜欢做什么。冯大年想了一圈，还是茫然。先民主后集中，冯晓琴便替他拿主意：“当厨师怎么样？上海饭店那么多，不怕找不到工作。”冯大年说“好”，又有些抖豁，“就怕我学不好。”冯晓琴道：“好不好，试了才知道。”加上一句，“你别学你姐夫，硬气一点，要做就好好做，男人要拿出点骨气来。他好歹还是上海人，再不济底子摆在那里，还能找个我这样的外来妹。你有什么？将来找个非洲老婆，两口子一起捡垃圾吗？现在连捡垃圾都要掌握技术了，知道分类是怎么回事，否则在湿垃圾里捡易拉罐，捡得眼睛瞎掉也挣不了几个钱。”冯大年听得滑稽，咧开嘴，瞥见姐姐一脸严肃，立即低下头，“——我知道了。”

附近报了个烹饪班。与阿姨妈妈们挤在一起上课。冯大年上了两天便叫苦："那种是专给老年人开的——”冯晓琴顶回去："小年轻都在正规学校里上课呢，语数外，你去不去？”冯大年哭丧着脸说："我学了这个，将来结婚，做饭肯定都是我的事。”冯晓琴倒好笑了："那我去打听一下，有没有专教人享福的课程，要是有，就帮你报一个。”

冯大年的个性，有些像顾磊。让人既放心又不放心。有句话，再怎样，冯晓琴还是要交代："——那么多人来上海，想的都是能过上好日子。否则也不来了。可事实上呢，失望的总比满意的要多得多。这是大实话。你努力归努力，心态也要摆正。再怎样，有些事情是万万不能做的。不能被人伤，也不要去伤人。这是底线。否则就乱套了。那些什么‘身不由己’‘在所难免’的话，我听都不要听。路是自己走的。你去听杀人犯临死前忏悔，苦水也是一汪一汪。道理不是那样讲的。世界是不公平，可再不公平，有些原则也要遵守。姐姐是过来人，这些话你记在心里。”

他哦了一声。冯晓琴看他神情，便知道他并未完全听进去。或者说是没有足够重视。就像还没学会走路，倒先教他跑步动作。其实是忒早了些。冯晓琴面上对着他，话却是说给冯茜茜听。茜茜就在边上。姐弟仨下馆子，吃川菜。毛血旺还有沸腾鱼片，冯大年喜欢。

敬酒、送礼物、说鼓励的话。仪式感不能少。冯茜茜给他买了个华为手机，“我刚来上海的时候，姐也送了我一个手机。这叫革命传承。有问题找大姐，大姐比较牛；想骂人找二姐，二姐脾气好，怎么骂也不会生气。大姐是我们的榜样，不被人伤，也不伤人。这是境界。二姐说的话，你可听可不听，大姐说的话，一字一句你都要记着。能背下来最好。”

冯大年朝她们看去。察觉两人的异样。

“你们吵架了？”他问。

“没有。”冯茜茜一笑，“大姐是我的偶像。精神领袖。”

冯晓琴又说起相亲的事：“建议你试试，有一个还是不错的。吃顿饭，随便聊聊，反正也不用你买单，没损失。”

“时间就是金钱。”冯茜茜还是笑。

“一小时多少钱，我补给你。外面行情一小时 35 块，我给你凑个整数，40 块。”

“那是钟点工的价格。姐你忒小看我。”

“好，那就先不付。等你结婚，封个大红包。”

回去的路上，冯大年走在后面，看两个姐姐并排在前面。大姐这些年胖了点，原先是太瘦了，也到了该长肉的年纪了。二姐还是竹竿似的，个子高，穿衣服好看，但肩膀那里太削了些，撑不起来。上次姐弟仨这么聚在一起，好像还是很久前的事。冯大年不知该怎么形容此时的心情。激动、兴奋，那是来之前的感觉。真到了上海，出口处看到大姐挥舞手臂，笑容堆在脸上，那瞬竟有些往后缩，想回家了。心里没底。地铁里空调也是冷得过了头，吹得汗毛倒竖，第二天便嗓子疼。这座城市给的下马威。顾士宏的红包,整整一千块。也让他咂舌。电梯里小孩都贴着大人，光眼睛看，不说也不闹。遛狗时还给狗戴口罩。进出小区都刷卡，一个个排队——总觉得哪里跟不上节奏。另一个天地。出门时，爹妈叮嘱他，听姐姐的话。他调皮了一下，“听大姐的还是二姐的？”他妈妈是老实人，“大姐出来时间长，听她的。”又道，“别给姐姐惹麻烦。”行李是自己打包的，制手办的工具藏在夹层，剪钳、笔刀、手钻、喷刀和气泵，拿透明胶固定住，上面再放几张报纸，外面看不出。他爸妈不许他弄这个。倒也说不上不好。老一辈的教育方法，简单粗暴，凡是敌人拥护的统统反对，敌人反对的统统拥护。冯大年被抓到过一两回，在被窝里拿黏土做女人大腿，捏出腿部曲线，大腿、小腿，再弄出五根脚趾。旁边还有脑袋和胸部。其实跟色情沾不上边，日本动漫《女皇之刃》里的千变刺客梅罗娜，常见的手办人物。老两口吓坏了，耳朵一揪，连人带东西拖出去。但到底管不了一天 24 小时。读书是早没心思了，一大半精力扑在这上头。自己喜欢，顺便赚点零花钱。做手办也有固定圈子，朋友把他介绍给上海一家手办专门店，定期有人过来收，他也不在意数目，钞票到手便往小抽屉里一锁，别的花销不多，主要是买材料。初时只是最简单的，后来宽绰些，花样也多了，进口的树脂土、模型砂纸、金牌剪、刻线针、圆轨刀……连 3M 的防毒面具也弄了一套，上色用。

冯晓琴给他留了五百块钱，“加上伯伯给的红包，够你应急了。”

他哦的一声。“不晚”那些人，冯晓琴都关照过了，小孩子，不用跟他客气，该怎样就怎样。冯大年也得了嘱咐，见人就是“阿姨叔叔”，多干活，少说话。跟着三千金父亲做些杂事，搬搬弄弄，偶尔再跑个腿什么的，也不用技术含量，学徒工最适合。烹饪班是每周一三五的上午，其余时间俱是空当。周日休息。他渐渐适应了上海的日子，原来也是按部就班，跟老家没什么差别。那时三天两头旷课，现在旷课是不用了，坐最后一排，老师也不盯紧，任你玩手机还是睡觉，都不管。这三个上午，等于也是休息。

一日，从烹饪班出来，拐进万紫园大门，斜眼望去，见一个六十多岁的老头坐在长凳上，旁边放着一个风车模型。是用竹条编成，每片叶瓣大小均等，做工精巧，着色清淡，朴素中透着雅致。冯大年对这些东西格外留意，忍不住便上前，拿起来看。老头惊了一下，“你做啥？”他盯着看，并不回答。老头瞥见他神情，“你喜欢这个？”不待他回答，“——喜欢就送给你。”冯大年闻言，二话不说捧在手里，走出两步，回头说了声“谢谢”。老头看了他一会儿，低下头，“反正我留着也是扔。”

一老一少便这样认识了。每天差不多时间，到中心绿地碰头，冯大年把自己做的手办拿过来，塑料袋一抖，手执长枪的艾丽夏、臂上挂蛇的蛇叔、头戴草帽的路飞、额生月印的杀生丸……老头看得惊讶无比，“乌七八糟的都是什么呀？”冯大年一一解释。老头听天书似的神情，摇头，“现在的小孩，都喜欢这种乌七八糟的。”他连用了两个“乌七八糟”，冯大年也不在意，反觉得这老头挺有意思，

“那你呢，喜欢什么？”老头停顿一下，告诉他：“我像你这么大的时候，喜欢《隋唐演义》，十八条好汉排座次，李元霸、宇文成都、裴元庆……还有《西游记》，九九八十一难，哪个妖怪什么来历，谁降服的，可以倒过来背。”冯大年点头道：“我知道，就是《七龙珠》，讲孙悟空的。”老头没听过《七龙珠》，疑疑惑惑：“这倒是不晓得——”说话间，拿几根篾竹爿，手指翻动，变戏法似的，顿时就编了个齐天大圣的脸，头上两根翎羽，威风凛凛。又问冯大年：“你属什么？”冯大年回答：“羊。”他三下两下，又编了一只绵羊，不过巴掌大小，身体浑圆，憨态可掬。冯大年看得呆了，“老——嗯，大爷，你真厉害。”发自内心地佩服。老头被这声赞美弄得有些蒙，那瞬想起自己几十年逝去的大半人生，乏善可陈。年轻时痴迷得倒了霉，此刻却被陌生人夸“厉害”，也不知是什么感觉。老娘追悼会上，悼词里说“她是个勤劳质朴的人，为了这个家，一生辛劳”，那瞬他想，将来他到那时，不知悼词会说些什么。人生的扼要，并作三言两语，本就不易。纯粹拿好话充数，那也没意思。他忽想到——“他是个有点小聪明却无用至极的人，运气也差，介于可回收垃圾和有毒垃圾之间”，竟是贴切。但悼词又没有先作好让后人照读的道理。他苦笑，抬头瞥见这青年一脸愕然，应该是看他表情丰富，演独角戏似的。叹口气，把那只羊放在青年手心里。也不知说什么好。嘴巴动了动，憋出一句：“——我也属羊。”

“属羊的人苦命。”顾士海常说这句。家里老婆属猪，儿子属鼠，都是有福气的属相。属羊的男人还好些，据说女人命更苦。顾士海一个插队的女同学，退休后回沪，先是老公生慢性病，长年服侍，前不久她自己查出癌症，竟是走在了老公前面。也是属羊。早几年老同学聚会，顾士海带着苏望娣参加，这女同学年轻时是个美人，虽说老了，但还存些风韵。那次大家都留了电话，还加了微信。后来不知怎的，她竟三天两头给顾士海打电话，也没正事，一聊就是半小时。苏望娣要求丈夫开免提，旁边听着。女同学其实并不健谈，絮絮叨叨，每次都在快结束时又扯开一个话题，前后并无联系，突兀得很。竟似舍不得挂断。几次过后，苏望娣便不许丈夫接她电话，“这女人不正常——”顾士海其实也不乐意打这电话，一是老婆盯着，两头都要顾及，别扭得很，二来这女同学讲话着实也是无趣，每次必说“还是你好啊，有房子，老婆蛮好，儿子也蛮好”，他道“我有啥好，最命苦就是我了”，她便道“属羊是命苦呀，男人还不要紧，女人真正是命苦”。她应该是希望顾士海问下去，诸如“你怎么命苦了，讲讲看”之类。但顾士海总是停下不说。旁边苏望娣的眼珠子都要瞪出来了。后来女同学没了，消息传来，顾士海便有些懊悔，该给这女人机会倒苦水的。她多半存些那意思，他能听出来。如果不开免提，你一言我一句，或许便是另一番情形。顾士海倒也不为这茬，但若说完全不是，好像也忒虚伪。跟肉体关系那层其实不大搭界。日子过得憋屈，有人电话里陪着聊天，七缠八绕，便是内容再乏味，听听声音也是好的。儿子那辈还能谈理想，就算是肥皂泡，眼前飘啊飘的，好歹是个盼头。他有什么，连个冒泡的机会也没有。人生如梦，人生如戏，女同学与他的那段，连个戏的开场也谈不上，锣鼓敲半天，演员拉肚子出不来。台词功架烂死在茅坑里。

顾昕最近不太对劲。顾士海平常与儿子交流不多，但眼神扫过，好或不好，到底是父子，能察觉几分。嘴上是不说的。“顾家男人的传统，死样活气，反过来要女人哄。”苏望娣常这么说。他与苏望娣这辈子，是冰火两重天，家里的氛围，要么是冷到冰，要么就是吵到发烫。中和互补那些，是不相干的。儿子儿媳那一对，也是别扭。顾士海站在男人的角度，自是能看出顾昕不爱葛玥。夫妻间的事，管不了也帮不了。晚饭后，顾昕一个人下楼散步，顾士海稍等片刻，也下去。前后脚，隔着二三十米，也不叫他。各自走着。绕步行道一圈，顾昕忽停下，转过身。顾士海一个措手不及，急刹车，上身朝前冲去。

“爸，搞什么？”顾昕皱眉。

“你走你的，我走我的。”顾士海停了停，问他，“——你是不是打算离婚？”

顾昕吃了一惊：“谁说的——”

“你和葛玥的脸色都那样，谁又看不出来了？”

“没有的事。”

“肯定有点事。我又不是瞎子。”

顾昕朝父亲看。放在平时，敷衍两句便走了。今天却没有。顾士海的态度也让他意外。父子俩一年到头也说不到几句话，陌生人似的，眼神都很少交集，更别提这样主动来问。他犹豫着，踱到旁边长凳，坐下。顾士海干咳一声，也跟着过去，坐下。

“有点麻烦。”顾昕的开场白。

老黄的父母，跑去厂里理论，说儿子出事不是天灾，是人祸。锅炉的保修协议也不知怎的，竟被他们拿到，上面有出厂日期，还有每次保养的记录，白纸黑字清清楚楚，这次是逾期两年未保养。属于违规操作。厂方的意思也清楚，事情已经出了，追究责任没啥意思，当事人身体最要紧。特需病房一天床费多少，医药费多少，特殊护理费多少，这笔钱厂里是可以负担到老的。还有赔偿金数目，甚至二老的生活费也好商量。真要弄得僵了，大家不合算。照他们心想，老夫妻退休工人，自己多灾多难，儿子又那样，叫天不应叫地不灵，无非是想多要几个钱，并不十分担心。谁知这老夫妻竟是一对“乔人”（沪语，指难缠的人），“我们什么都不要，只求给我儿子讨个公道”，不吵不闹，径直找了律师。厂里这才慌了，领导一个个上门劝解，话说得诚恳又触人心境，主要是指老黄以后的生活，“阿姨爷叔，老黄才五十出头，日子还长，你们要为他考虑——”。老黄父亲，年轻时也是行事风火的一个人，又要强，偏偏天降横祸，好好走在人行道上，被一辆闯红灯的黑车撞飞，司机逃逸，一直没找到人。这些年瘫在床上靠老婆服侍，身体伤痛也早不觉了，主要是精神折磨，生不如死。“让他自生自灭好了，”黄父讲话三分偏执，倒有七分是实情，感同身受，“死了倒好，活着反而忒残酷。他哪天要是醒过来，也是个死。死对他不是坏事。我们也是两个活死人，什么都不求，只求一个说法。不想让他不明不白的。”他语速极慢，一个字一个字地从嘴里蹦出。眼泪在眶里，却不流下来。他老婆在旁边低低抽泣。很快，镇政府那边也惊动了，辖区内事故每年都有指标的，伤亡多少，级别多少，起因又是什么，责任怎么认定。家属配合倒罢了，要是闹大，网上再播一圈，那就难收场了。镇长交给副镇长，副镇长再交给顾昕。是难题，但也是器重。做好了就是大功一件。顾昕去找高畅，问："姑父，你怎么看？"高畅反问："人家父母都那样说了，还能怎么看？"顾昕说："就算官司打赢，手和脚也回不来了。老人家一时意气，将来要后悔的。再怎样，活着就是好。人心都是一样的。"高畅沉吟着，"活着是好，但也要看怎么活。否则也没有安乐死了。"顾昕道："中国不允许安乐死。好死不如赖活着。"高畅嘿的一声，摇头，"立场不一样，讲不清。再说现在是关于死和活的问题吗？明明是关于乌纱帽。"这话有点狠。顾昕怔了怔。高畅看了他一会儿，转身要走。顾昕跟上一句："姑父，你帮帮我。"高畅停下，"昕昕啊——老黄是我朋友，我都舍不得他，更别说他爹妈了。不过现在，死和不死也就是一个追悼会的区别。有时候残酷和慈悲也真正分不清的。同样一件事，放在你们这边是安全事故，是一份报告，几只指标，对人家来讲就是一只手掌一条腿，活生生的血肉啊，天都塌得下来——你还年轻，有的是机会。这种人间惨剧，不作兴的。"

"你姑父讲起大道理来，不比你二叔差。"顾士海道。

顾昕嘿的一声。不好评论。心里烦得很。偏偏顾士海又问他："你和葛玥真没事？"他反问："你希望我们有事？"顾士海难得跟儿子说这些，除了古怪，思路话风也找不准感觉，"跟你奶奶去世有点关系，"自己先开始剖析，"哭得最伤心的，你姑姑，再排下来，你二叔，还有我。自己人就是自己人，血缘骗不了人的。自己人才会伤心到一起。陪着你哭，安慰你听你唠叨，反过来你再安慰他，我不晓得怎么形容这种感觉——那时就想，如果你姑姑生病也走了，我肯定接受不了，要崩溃的——”顾士海说着，竟有些激动，瞥见儿子完全没反应，只好打住。讪讪的，倒显得自己莫名其妙。情绪兀自还在，“昕昕啊，”犹豫着，还是说了，“我有时候也反思，平常对你关心不够。有些话，应该在你二十岁的时候同你说，现在再说，就蛮奇怪。其实也就是一般的道理。但再想，做爸的不管怎样，哪怕再迟，总归要说一次的。就像打疫苗，晚打总比不打好。你就算听着奇怪，也忍一忍，好吧？”

“你讲。”顾昕道。

“有些东西，不要看得太重。可有些东西，倒是要看得重些。”顾士海之前酝酿过一阵，谁知说出口，竟又是彻头彻尾的大白话。粗浅得可笑。

“哦。”顾昕点头。

开头没开好。后面便不知该怎么继续。顾昕等了片刻，“爸，还有吗？”顾士海一怔，只好道：“没了。”顾昕道：“那回去吧。”顾士海又是一怔，有些倔强地：“你先回去，我再坐会儿。”顾昕嗯的一声，“好，那你自己当心，路灯暗，走得慢些。”

顾士海看儿子的背影，肩膀那里微微拱出一块，上学时写字姿势不对，弄得背有些驼，不够挺拔。那时也顾不到这些，吃饱穿暖就不错了。不像小咏霖，才一岁多就上早教，又是听音乐又是看书，还有形体课，小身子扳过来扭过去。不是现在的爹妈细心，主要是手头宽裕，操心的事又少，便有余地弄这些。换了那些真正有钱有闲的，还不知怎样折腾呢。顾士海又略坐会儿，便踱去二弟家。楼下按了半天门铃，没反应，正要离开，瞥见顾士宏从另一头缓缓走过来，低着头，脸色不大好。叫住他：

“阿宏！”

兄弟俩上楼。冯晓琴带小老虎上英语课去了。冯茜茜加班。顾士宏从冰箱里拿出西瓜，切好端过来，纸巾放在边上，“吃。”顾士海咬一口西瓜，问他：“业委会有事？”他道：“嗯。”顾士海又道：“为了垃圾分类？”顾士宏朝大哥看一眼，笑笑，“阿哥蛮懂经。”顾士海嘿的一声，“最近除了这还有啥事？猜也猜到了。”

业委会近来一直在开会。之前六层以下的居民楼，每个门洞放一只垃圾桶，小高层放两只。现在响应号召，撤桶，集中摆放到某个位置，定时定点定投。问题就在于这个位置不好找。谁都不愿意整片区域的垃圾堆到自家门口。先说是靠近弱电站那里有个空地，适合放桶，旁边业主纷纷跳出来，说不行；再提议放在每两幢楼中间的位置，讲起来也是前不着村后不着店，但最西头的业主不肯了，说冬天倒没啥，夏天刮西南风要命，万紫园的房子不是正南正北，阳台其实是偏西南，正好迎风头；索性摆在小区门口，谁都挨不着，又有业主不高兴，说政府倡议垃圾分类，目的不是促狭人，每天倒个垃圾要跑一公里，白相老百姓嘛！物业费又不少交，没道理。还有人建议，索性别撤桶，旁边再加个湿垃圾桶，由物业统一归拢，一样达到分类目的。拉锯了几周，不论什么方案，总有人反对。顾士宏在业主群里发通知，晚上七点，各户都派代表过来，大家组团考察，哪里放桶，哪里撤桶，当场拍板。谁知到了点上，却没来几个人，还是看热闹的阿姨妈妈居多，嘻嘻哈哈。顾士宏也忍不住了，说大家放弃权利，只好实行集中制，还是按原方案，小区东西南北四个门，各设一个投放点，每天早晚两次开放时间，派人测试过了，最多也就是走一刻钟，大家只当散步。刚说完，有人便跳出来，说我关节不好，骨质疏松，走不快，一段路要走一个钟头，走到也过时间了。顾士宏便建议他，多喝牛奶，提早一个钟头出来。又有人说，大家肯定是上班时顺便扔垃圾，走路的倒也算了，麻烦是那些开车的，又不好直接从车窗里扔出去，多半是车停下再奔过去倒垃圾——“高峰时候可以想象会堵成什么样——”顾士宏一想这话也对，便记在本子上，说回头让物业解决，那个点坚决不允许随地停车。群里不断有新问题冒出来，有脾气差的，直接道“谁同意撤桶的，就把垃圾全堆到他家门口，让他处理。垃圾都不让好好倒，还过什么日子”，还有人说风凉话，说不管什么措施，都是防君子不防小人，“夜深人静，风衣帽子口罩出来，垃圾飞快一扔，摄像头也抓不住。”顾士宏左支右绌，最后实在吃不消了，贴出市政府关于垃圾分类的公告。“各位，讲到底，这是政府强制执行的命令，不是我自说自话想出来的。帮帮忙好吧？”

“就跟前年收停车费那阵差不多。”顾士宏摇头，“乱啊。”

“八车挡门。上海滩都出名了。”顾士海道。

顾士宏叹口气，“就怕到时候八只垃圾桶挡门，名气更加响。”

“这阵子，我晚上做梦都在背垃圾分类。不管看到什么，头一桩就想，这是什么垃圾。条件反射。前天苏望娣翻出一件老棉袄，破得实在看不下去，只好扔掉。按理是可回收垃圾。我让她仔细点，里里外外口袋摸一遍，摸到用过的餐巾纸，是干垃圾，药片风凉油那种，就是有害垃圾。不好混在一起扔的，被人抓住要罚的。”

顾士宏笑起来，“要是摸到钱，那倒问题不大，不管纸币还是硬币，都是可回收垃圾。”

顾士海嘿的一声，“我脑子进水了，摸到钱还扔垃圾桶。”

说话间，只听门口一阵窸窸窣窣，以为是冯晓琴回来了。却很快又没了动静。顾士海要过去看，顾士宏道：“不用看，肯定是又有人把垃圾扔到我家门口了。”顾士海诧异，打开门，果见两个鼓鼓囊囊的黑色垃圾袋，隐隐发出臭味。

“习惯了，”顾士宏苦笑，“这一阵几乎天天都有。胃口也是好，四楼搬上来。”

“现在人都被养娇了，稍不称心就发飙，我们那时候是集体利益高于一切，不像现在，人人都是老大，半分都不肯让的。”

“有机会发飙，总归是好事情，说明社会进步了。我也想通了，又没人拿枪逼着我去当这个业委会主任，关键还是自己喜欢，年纪一把还能做点事情，也开心的。其他没啥，就是隔壁邻居跟着倒霉，天天闻臭味道。”说着，拎着两袋垃圾要下楼。顾士海也跟着，“我回去了。”顾士宏道：“再坐会儿。”顾士海道：“明天再来。”顾士宏闻言笑笑。顾士海问他：“你笑啥？”顾士宏道：“阿哥这一阵串门串得蛮勤。”怕他误会，忙跟上——“好事情，阿哥以前忒高冷，现在亲民多了。”顾士海板着面孔，“听不懂，什么乌七八糟的形容词。”顾士宏笑起来，一手拿垃圾袋，一手挽起大哥的手臂，“有空多上网，像我这样，不多学几个新名词，群里那些家伙骂我都听不出来——”

顾昕没有直接回家，出了小区，穿过两条马路，来到一家茶馆。这个时间没什么人。冯茜茜等在那里，见了便问：“这么晚？”顾昕没说父亲跟着的事：“半道上肚子不舒服，回家上了个厕所。”冯茜茜啧啧两声：“少吃点冰西瓜。”替他倒了茶。顾昕问她：“什么事？”她手机里翻出一张照片，是一个三十岁左右的男人，微胖，穿着正装。顾昕看一眼，嘴上道：“电话联系不行吗，还非要约出来？”冯茜茜不语，笑笑。顾昕知道她的意思：“——已经被我卸载了。”冯茜茜还是不语。顾昕又瞥一眼照片上那男人，“你姐姐给你介绍的？”她摇头，“同事介绍的。在浦东机场上班，负责绿化的。”他道：“那不错，机场福利好。”她道：“爸妈还在上班，没退休。”他道：“那更好了，家里条件不会差。”又问她，“见了面吗？”她道：“就今天晚上，刚回来。”他一怔，“你叫我出来，是想让我帮着参谋吗？”她忍不住笑，“阿哥，你真有意思。”

冯茜茜说：“阿哥，如果顺利的话，明年你可以升一级，我也可以嫁出去。”顾昕道：“我升一级未必，但你肯定能嫁出去。”她道：“没有阿哥，我不可能在银行做到小组经理，也不会有人给我介绍对象，而且还是条件蛮好的对象。阿哥是我的福星。”他怔了怔，“没有你搞定贷款，我也不会在新单位站稳脚跟。所以，你也是我的福星。”她笑笑，“阿哥不讨厌我就好。”他又是一怔，“讨厌你？我做啥要讨厌你？”她道：“讲不清，总觉得阿哥心底里应该不会欣赏我这种女人。”话是真心，但一出口，又像透着伤感了。不是原先想要的感觉。顾昕停顿一下，喝口茶，“明明今晚是你去相亲，却又说这种话。恶人先告状。”她沉吟着，“如果放在电视里，我这种人应该是反面角色吧。”他道：“你是中间角色，我才是反面角色。前天去医院看老黄，跟他爸妈谈条件，如果旁边有人录下来，我应该就是标标准准的混蛋一个。”冯茜茜朝他看，“你不要这么想。”他摇头，“你不在场，不晓得。我自己也觉得别扭，好像那些话不是从我嘴里说出来的。一条一条，机器人说的还差不多。以前听别人说混账的话，就会想，怎么会有这种人，他怎么说得出口。现在轮到自己身上，又想，或许那人也是不得已才说的。没人是天生的混蛋，连混蛋自己也不相信。”说完，朝她笑了笑，“就像现在，如果旁边有人听我们说话，你一句我一句，像拍文艺片一样，还有点悲剧色彩。可实际上呢——”冯茜茜接口：“实际上，我们就是一对狗男女。”两人都笑了。神情同时又转为黯淡。冯茜茜想起刚才相亲的那个男人，一直劝她吃菜，“冯小姐，菜不咸，多吃点——”，不断问她菜式合不合口味，又提醒她空调会不会太冷。连她上厕所，也起身替她拉椅子。周到得有些过头。那瞬起了一身鸡皮疙瘩，也不知是什么滋味。又想起刚来上海那阵，与顾老太挤一个房间，地铺搭在窗边，整晚不睡，盯着床脚下那盏夜灯，灯泡有了年头，发出刺啦的电流声，光线抖抖索索。还有老人喉头那口浓痰，不上不下，随着高高低低的呼噜声，节奏逶迤。也是一身鸡皮疙瘩。仿佛灵魂出窍般。那时的世界，似是黑白底色，轮廓倒是分明，人的五官像用刀刻出来的，版画的感觉。也是奇怪。那时与现在又有什么区别了？竟像是隔了几个世纪。倏忽一下，总觉得哪里不同。也讲不清是开心还是不开心。男人与她敲定下次见面的时间，“你看好吗？”语气诚恳又留有余地。她说，好。双方加了微信，男人送她回家。车子是途安，外地牌照。她望着车头的香水座和纸巾盒，竟生出些居家度日的闲适来。倘若这样下去，好像也蛮好。那瞬她被自己的想法惊了一下。

“阿哥，”她忽问，“你们上海男人找老婆，头一桩是什么？”

顾昕一怔，“上海男人、外地男人，找老婆其实都差不多的。无非是相貌脾气那些。”

他恍惚记得，这话葛玥似是也问过——“男人找老婆，最看重什么？”那时两人才交往不久。他回答“对胃口”。她笑笑，这话很狡猾，太过于主观，怎样都行。尤其对着条件普通的女孩，省却那些“你真美、你真可爱”之类的违心话，不尴尬，也显得真诚。婚后，关于是否对胃口这点，彼此很快心知肚明。其实男人的胃口都差不多，除非极少数奇葩，否则不会有太大出入。天底下又美又可爱的女孩也就那么几个，所以大部分男人只能将就。也不止男女之间，世事俱是如此。因此，也无所谓看重什么，最后还是凭运气。对于葛玥，顾昕其实是有些抱歉的。她唱越剧的那晚，他把她揽在怀里，看她熟睡的模样。他竟不知她还会说梦话。她说“要走就快走，要么就不要走”！语气爽脆得像在吵架，与平时完全不同。他一怔。她咕哝几句，嘴巴扁了扁，有些委屈的模样，渐渐轻下去。一会儿，又流下泪来。他拿纸巾替她拭去。睡相也不好，手老是伸出来，胸前那个透明蕾丝爱心，等于是没穿。他起身把空调关小些。次日她便知道他删了软件，两人都装作不知情。她先是不敢与他对视，随即又额外做出冷漠的样子。他看在眼里，猜她是在思想斗争，不知该怎么对他才好。她不提，他也只当没这事。旁人看着，只觉得这两人似是更客气了。“肯定有事”——竟连顾士海也察觉了。尴尴尬尬了一个多月，前天早上，她忽然把一支验孕棒放在他面前，两条红线清晰可见。“要还是不要？”她问他。他愣了几秒，“你身体吃得消吗？”她不理，依然那句：“要，还是不要？”他道：“要。”她朝他看，“想好了？”他道：“自己小孩，为啥不要？两个比一个好。我要是有个弟弟或是妹妹，肯定比现在要开心得多，性格也会更好。”她问：“你现在性格不好吗？”他反问：“你觉得好吗？”她道：“我没有比较。你知道的，我也没有兄弟姐妹，而且认识你之前也没有谈过恋爱。我性格好不好，你倒是有发言权的。你经验丰富，见多识广。”这是她第一次在他面前把话说得促狭。竟有些苏望娣的风格了。他没吭声。她也停下来，应该是怕触怒他。他道：“你怎么没谈过恋爱，设备处那个姓卢的，叔叔是办公室主任，人中上长粒痣的，不是追过你？”葛玥一怔，“他追过我吗，我怎么不晓得——”顾昕嘿的一声，没往下说。两人都停了停。半晌，她问他：“那，我真的生下来了？”征询的口气。他点头：“生下来，男女都行。”

“还记得奶奶大殓的那个晚上吗，我们都说，好像活成了自己讨厌的样子。”顾昕给冯茜茜续上茶，“我小时候很讨厌我爸，我妈脾气也不好，但我更讨厌我爸。因为我觉得，我将来多半跟他差不多。长相还有个性，我都像他。因为摆脱不了，所以更讨厌。大殓过后没两个礼拜，我爸瘦了十多斤。然后就像变了个人似的，他拿我的电脑上网查姑姑的病，记下一堆医生的名字，各种偏方，什么饥饿疗法、放血疗法、昆虫疗法……动不动在群里发养生的小文章，'按一个穴位包治百病''哪些食物是天然的抗癌卫士''老中医自曝活到一百岁还健康硬朗的秘诀'，真的假的，什么都发。以前他是天塌下来都不管的，现在群里就数他最活跃，谁说话他都搭腔，没事还冒个泡。每天到二叔家串门，一聊就是几小时。还跟姑姑通视频，也没啥内容，吃了饭吗，天气好不好，你好不好，小高好不好，朵朵在维也纳好不好，东扯西扯。我听着都替他累。我妈骂他，人老作怪，离死不远了。我妈就是这样，不肯好好说话，而且粗线条，看问题直来直去。我知道，奶奶的去世，对我爸影响很大。他想对二叔和姑姑好，对家里人好，可不晓得怎么做才对。其实这段时间，他对我妈的态度也变了不少，只是我妈没察觉到。他今天劝我，有些东西要看淡，有些东西要看得重。话说得没头没尾，但我懂他的意思。他是不希望我到了他那个岁数才后悔——"

"阿哥，"冯茜茜打断他，"——我也懂你的意思。"

戛然而止。顾昕想到这个词。聪明女孩就是这点好。她甚至对他说："小咏霖出生的时候是夏天，我送了件T恤，你家老二应该是冷天出生，这下开销大了，要送棉袄了。"两人都笑。他招呼服务员买单，问她"晚上吃了什么"。她说了餐厅名称。他惊讶道："那家餐厅很出名的，东西好吃，价格又贵。”她一笑，“骗你的。其实那是下次约的。今天吃的是本帮菜，人均不到一百。”他道：“第一次见面是摸底，第二次就约你去高级餐厅，说明他对你很满意。”服务员拿着账单过来。她看他用手机买单，叫了声：“阿哥。”他道：“嗯？”她道：“——单位的事，行就行，不行也不要勉强。别给自己压力，也别做过头。没意思的。”他点头，“我晓得。”她还想再说些什么，像个真正的伙伴那样，给他一些中肯的意见。但最终什么也没说。不见得能解决问题，倒让人家烦心。她伸手过去，在他的手背上拍了两下，“阿哥，”她很认真地道，“——祝我们两个都顺利。”

这时，隔着一面玻璃窗，她赫然看见葛玥的脸，不动，也没有表情。雕塑似的。冯茜茜“呀”的一声，顾昕也发现了。他站起来，飞快地往门外走去。脚在旁边绊了一下，差点摔跤。葛玥还是不动。很快，顾昕迎上她，去抓她的手，她甩开了。他又去抓，她再次甩开。冯茜茜望着窗外的两人，像电影中的某个片段，纠缠、冲突、克制。她听不清他们说什么，忽见葛玥扬起手机，重重地砸向自己的肚子，一遍遍地。冯茜茜惊得站起来。顾昕牢牢抓住她的手。她拼命挣扎，拿脚踢他。路过的人都朝他们看。她嘴里叫嚷着，虽然听不清，但冯茜茜还是能从她的口形看出来——她说的是“离婚”。

与此同时，冯晓琴与冯大年也在严肃地谈话中。就在“不晚”。充斥着油烟味的不到十平方米的小房间，冯晓琴问弟弟：“有没有看见伯伯家玻璃柜里的那个小金龟？”冯大年说“没有”。她让他再回忆一下，“或者，你觉得好玩，拿起来观赏，结果忘记放回去了？”

她竭力控制着语气，但冯大年还是察觉了，“姐你什么意思？”她说：“没什么意思，就顺便问一声。没看见就算了。”她已经后悔了，想打住，但冯大年犟犟地说了下去：“姐，你怀疑我偷东西？”她摇头，“不是——”他说：“那么大个玩意儿，口袋里也装不下，我就算要偷也不偷那个。再说也不是真金，就龟壳上镀了一层。”她看向他：“你不是说你没见过吗？”他一怔，有些卡壳：“——瞄过一眼。”不待冯晓琴说话，声音已飙高八度，“姐你什么意思，审犯人啊？”冯晓琴停顿一下，没忍住：“你又不是没被审过。”冯大年霍地站起，激动得口齿不清：“那、那事不是说不提了吗？”冯晓琴叹口气，问他：“打‘王者’充的那几千块钱，哪来的？”他又是一怔，“你动我手机？”她道：“上礼拜带小老虎去吃牛排，还给他买了新款三叶草球鞋，钱哪来的？”他一拍桌子，愈发地语无伦次：“我又不是——我是给你儿子买东西哎——”冯晓琴指着床头柜锁着的那个抽屉，对他道：“打开。”他没动。她作势要走，“我去问大明拿榔头。”他拦住她。她提高音量，又说一遍：“打开！”他停了几秒，掏出钥匙开了抽屉——全是钞票，也未整理，就那样乱七八糟地堆着。粗粗估算，应该有两三万。

“我跟你说的话，你全忘了，对吧？”

冯晓琴听到自己有些发涩的声音。下午，她在顾士宏房间门口听他们父女俩聊天，说起那只金龟，是顾士宏六十岁生日时，顾清俞送的。一直摆在柜子上，不知怎的竟失踪了。“摆了几年了，没动过，变戏法一样，”他把疑惑说给女儿听，“我想来想去，最近也没别人来过家里，除了——”顾清俞道：“没证据的事，不好说的。”顾士宏道:“我是不会说，连小冯也没提，就跟你说说。”顾清俞劝他去装两个摄像头，“客厅一只，卧室一只。哑巴亏只好吃一趟，下次捉牢，就报警。”顾士宏叹道:“想想也不像，小朋友看上去蛮老实。”顾清俞道:“坏人脸上也不会写字。反正我们的宗旨是,不轻易怀疑人，真的有证据了，也不要客气。”——那瞬，冯晓琴忽然想起顾磊去世那日，也是这样，房内房外，听壁脚惹出的祸。“我们的宗旨是——”连讲话的口气也一样。恍如隔世般。内容不同，意思却是相近。尤其看问题的态度，剥皮拆骨后留下的那个核，那才是顶要紧的。当初那番话，后来静下心再想，似乎也不至于让她气成那样。倒搭上顾磊一条命。翻来覆去日想夜想，便是那日的情形，一幕幕，脑海里回放，哪里慢一拍，哪里忍一忍，哪里一笑了之，或许便不会有后面的事。这座城市待得久了，思路也渐渐搭上，像轨道工扳手一扳，两条并作一条。说错也错，说对也对，有些事也着实是说不清的。真正的做人的道理，便是夹在那些说不清理不尽的缝隙里。无可无不可，那些灰色地带，才是一言难尽的人生。一会儿还是隔着老远，再一会儿，竟又是过犹不及了。一眨眼工夫。想想也是，过日子哪是一两句话便能概括的。总是要试过无数遍，才渐渐悟出些意思来。

冯大年夺路而出。“砰!”门重重关上。冯晓琴怔了几秒，随即跟过去。展翔从外面进来，两个男人险些撞上。展翔“哎”的一声。冯大年也不打招呼，径直奔了出去。冯晓琴后面跟着，展翔逗她:“弟弟被你气哭了。”冯晓琴板着脸道:“让开。”展翔手臂一挥,做了个“请”的手势。但人转瞬已奔得远了。冯晓琴只得停下。展翔又道:“弟弟老实，不好欺负他的。”她朝他看，“老板半夜里过来，有啥事？”他看表，“才九点多，不算半夜。”她道：“爷叔今天不搓麻将？”他道：“本来也不是天天搓麻将，说得我好像不务正业。”她嘿的一声。他问她：“有空吗，聊一会儿？”她道：“爷叔是老板。老板找员工谈话，不用这么客气。”他笑笑，“——爷叔很快就不是老板了。你才是。”

他把合同摆在她面前。

“你看一遍。基本就按你之前说的那样，前期投入的资金，你分期慢慢还我。我每个月过来一趟，收保护费。已经付掉的两年租金就算了，当是爷叔送你的开业红包。”她怔怔的，兀自没有回过神来。他道：“冯老板，不要高兴得太早，生意不好做的。以前摊在爷叔身上，再怎么花钱不心疼，往后就是自己的了，一分一厘都要精打细算。丑话说在前头，就算关门大吉了，保护费照样要收。爷叔不做亏本生意。”她看了一遍合同，没吭声。他道：“用不着太感激我。”她犹豫了一下，把合同还给他：“——不大好。”他奇道：“为什么？”她道：“又不是一万两万。讲不过去的。”他大咧咧地：“爷叔不缺钞票，跟我客气啥。”又道，“是你自己提出来的，爷叔思想斗争许多天，好不容易同意了，你现在又发嗲。”她沉吟着，叹口气，“——爷叔以后成了家，夫人要恨死我。”他一怔，愣了几秒，随即呵呵笑起来，“小姑娘啊小姑娘，讲话七转八转，万紫园没人比得上你。”她睁大眼睛做惊讶状：“你以为我是试探你？”他正色道：“不是试探，是调戏。来吧，”他在吧台的太师椅坐下来，“爷叔就在这里，随便调戏。”

他带了瓶酒。2010年的红颜容干白。两人各自斟着。她喝酒的姿势越发到位了。他回忆第一次看到她的样子，“明明嫩得很，偏要装老成。缠着我们买保险，自以为老江湖，其实忒傻。不是有句话叫‘太傻太天真’嘛——现在倒是真的老成了。那时是小白菜装孙二娘，现在反过来，孙二娘装小白菜。扮猪吃老虎。”他边说边笑。她回敬：“爷叔是一直没变，明明老屁眼一个，老黄瓜刷绿漆，喜欢扮嫩。牙套拿掉没几天，又要去打瘦脸针。爷叔你又不是明星，再说了，明星到你这年纪也不折腾了，老老实实演男女主角的爸妈了。”他叹道：“爷叔是吃苦吃大的，小时候什么都没享受过，到老了不管是啥，总想尝试一下。也作孽的。”她忍着笑说：“爷叔索性去整容。”他问：“整成谁的模样？”她想说“施源”，没出口，否则真成试探了。到这一步，也早不想了。“爷叔底子不差。开个双眼皮，鼻子垫高一点，皱纹磨磨平，双下巴那里抽个脂，头顶植个发，再敲断骨头增个高——就差不多了。”他笑骂：“这还叫底子不差？索性换张面孔算了。”

她惦着冯大年，发了几个消息，都没回音。电话也不接。连着几杯酒下去，话多了起来：“爷叔，我一会儿希望是真的冤枉他，一会儿又希望没有冤枉他。”展翔摇头，“这话太搞，听不懂。”她道：“冤枉他，是怕他伤心，没冤枉他，就是我自己伤心了。”他沉默着，“——弟弟还小。”她道：“看到他，就想到自己刚来上海的情形，眼花缭乱，什么都是好的，连空气里的成分也不一样，纯度更高，待久了会醉氧。茜茜来的时候倒没这感觉，好像没这么操心。爷叔，我跟我弟弟的感情不一样，讲起来是姐弟，其实、其实——”越讲越激动，生生停下了。再讲就豁边了。他在她肩上轻轻拍了一下，“所以说呀，他还小，小得都不像弟弟了，跟儿子也差不多的。”她抬头看他，眼里已有泪光，“爷叔，你不明白的——”酒喝多了，到底是上头，讲话颠三倒四，“张家阿婆倒是明白的。”又道，“阿婆要是还活着，我就有人可以聊了。”他道：“跟我聊也是一样。我比张家阿婆还要明白。”她嘿的一声，想说什么，思路有些跟不上。停顿一下，“——爷叔为啥对我这么好？”他一怔，“我对你好吗？”她抢在前头：“我晓得，你是妇女之友，小太阳，走到哪里暖到哪里。”他笑了一下，“你问我为啥对你这么好，答案是——”停了停，又是一笑，语速放慢，声音随之变得温柔，“因为，我想对你好。这么回答可以吗？”她朝他看，半晌，拿酒杯与他一碰：“——爷叔，‘不晚’给了我，你以后忙什么？”他回答：“这阵子跟胖子在谈合作。”她有些意外，道：“胖子费了半世功夫，总算把你说动了。”他一笑，“关键还是看项目。”

这时她接到顾士宏的电话，声音有些急：“你来一下。”

她不自禁地心跳加速。忽然有种预感，这将是个不寻常的夜晚。或好或坏。事实上，从展翔把合同递给她那刻起，这夜的意义便已经不同了。有着某种宿命的庄严感。白纸黑字，末尾红色的印章，他找专人设计的，“展翔”两字龙飞凤舞。她端正地写下自己名字，一笔一画，小学生似的。倒也不完全是欣喜，就像他说的，就算关门大吉，保护费也不能少。眼前闪过“不晚”那些男女，一张张脸特写，俱是七翘八裂，浑不似靠得住的模样。忍不住又有些滑稽。心里也没底。海口夸出去了，只能往前不能后退。字也签了。瞥见他似笑非笑的神情，“老板娘跳过，直接当老板——”。她知道他在撩拨她。这男人，骨子里是有些不正经的。她想说“谢谢”，始终没出口。他请她喝红酒，一喝就是两年。他手把手纠正她拿酒的动作，向她介绍红酒的产地年份，也不管她是否听得懂。但喝多了，好坏倒真能辨出一些了。喝酒也是熟练工。他说他自己也是半吊子，“不是酒好，是钞票好”。她喝掉的那些红酒，加起来够她父亲在老家喝一辈子零拷酒了。都是好货。他叫她“小姑娘”，尾音轻轻滑过，亲切又随意。其实是有些暧昧的。她便也是借着这层暧昧，或者说是希望，把日子一天天地往下过。“不晚”也是她的希望，是她咬着牙撑出来的。但若不是他，她连咬牙的机会都没有。“爷叔是好人。”她听到自己这么说。他哧的一声：“爷叔不是普通人，不是一句‘好人坏人’就可以概括的。”她被逗得笑起来，“——爷叔是天使，这总可以了吧？”

大家都在。连顾清俞也在。冯晓琴到的时候，顾士宏正端来一盘西瓜，招呼冯大年：“吃呀，吃呀！”冯大年不动，笔直地站在门边。电视机开着,冯茜茜和小老虎坐在沙发上。顾清俞在阳台打电话，来回踱步，应该是怕尴尬不想留在房内。冯晓琴先是纳闷她为何不走，再一看冯大年的神情，便猜到她必是被这傻孩子硬留下，诸如“大家都别走，听我把话说清楚”那种。顾士宏干咳一声，语气欢快得与眼前气氛不符：“好了，你姐姐来了，先吃西瓜，再聊。”冯晓琴便也挤出笑容,“大年你坐下,吃块西瓜。”去扯他衣服。他一把甩开，掏出手机，翻出几张照片，递到她面前：“自己看。”冯晓琴拿过手机，见照片上是一些收条，“兹收到 ×× 店款项——”，金额不一，有两百、三百，也有五百，最多的一笔有一千八。后面跟着冯大年的签名。不由得一怔，“这是什么钱？”冯大年嘴一努：“往后翻。”冯晓琴翻下去，俱是些奇形怪状的人物模型，不男不女不土不洋，更是不解：“啥东西？”冯大年嘿的一声，轻蔑道：“你还懂什么？”冯茜茜凑过来看，“——手办，小屁孩最喜欢了。”冯大年翻个白眼，“你才是小屁孩。”

冯晓琴大致算了一下，收条上的金额，加起来一万多不止。他道：“这些只是一部分，你要是想查，我让上家统统发给我。他们那里有存根。”停了停，冯晓琴问他：“几时开始做的？”他道：“前年。”她又问：“做一个要多久？”他道：“看心情，快的话一两天，慢的就说不准了。刚开始就是好玩，现在不做也不行了，上家会催单，网上一堆人等着要。不好意思不做。”他告诉冯晓琴，单个人物的收购价通常在八十到一百之间，前天有人预订他一整套变形金刚，开价两千三。冯茜茜嘿的一声，“不错嘛，赚的比我多。”冯晓琴不语。旁边，顾士宏啧啧连声：“居然还有这种赚钱办法，现在小朋友真是不得了。”冯大年直直道：“我没拿你家的东西。”顾士宏一怔，有些狼狈。冯大年道：“万紫园有个老头，喜欢拿竹条编小玩意儿，我把他介绍给店老板，也给他赚了一笔。他可以证明我没瞎讲。”

顾士宏听到这里，忽想起大哥前几日同他讲过，小区里有个十几岁的“小赤佬”，外地人，也喜欢做手工，跟他混熟了，把他竹条编的几件东西拿到网上卖，“赚点小菜铜钿——”。大哥说这话时有些得意，还有些糊涂，“世道变了，放在以前纯粹白相相的东西，现在还可以派这个用场。”——现在想来，这“小赤佬”必定是冯大年了。

冯大年说下去：“姐，我知道你心里怎么想的，你怕我没本事，只好去偷去抢。你还老喜欢拿我跟姐夫比，他娶外来妹，我将来只好讨非洲老婆。姐，我告诉你，我要做自己喜欢的事，就算讨个外星人老婆，我也无所谓的。”他有些倔强地说着。站得硬邦邦，谁也不看。

气氛便是从那刻起变得有些不同。冯晓琴从未见过这样的冯大年，与其说是惊讶，倒更像是不习惯。一时竟不知说什么好。僵了几秒，顾士宏又招呼大家吃西瓜：“天气热，吃点降暑——”冯大年别别扭扭地坐下来，朝冯晓琴瞥了两眼，又迅速收回。冯晓琴看在眼里。依然是不吭声，拿块西瓜给小老虎，“——英语读过吗？”小老虎嗯的一声。她又道：“小提琴拉过吗，字练过吗？”小老虎吐了吐舌头。她提醒他：“暑假作业早点做完，不要拖到最后几天。自己的事情心里要有数。”小老虎说：“好。”她说下去：“妈妈再怎么盯着，终究不能代替你，又不能拿根绳子把你拴在我腰上。再亲的人都是假的，说到底还是自己对自己负责。你要是考虑清楚了，我都随便你。”小老虎被这通话弄得一愣，没头没脑地。其余几人自然听得出来，这话是对着冯大年。冯晓琴擦去小老虎下巴上的汁水，瞥过冯大年，龇着门牙在啃西瓜，嘴都歪了——这会儿竟又是没心没肺了。刚才那番话也不知怎么说出来的。一眨眼，就成大人了。一两天做一件，按一百块一件算，这小子闷声不响发财。平常只见他窜来窜去，也不知哪里挤出的时间。还瞒着她。小老虎与他相邻坐着，两人差了五岁，一个已是大人模样，一个还是孩子——总算是都待在她身边了。

退一万步想，好坏都是其次，儿子在身边就安心了。冯晓琴忍不住有些唏嘘起来。忽听冯大年叫她：

“姐，你怎么不怀疑你儿子？”

她一怔，半晌才反应过来。他说的“儿子”是小老虎。冯大年说下去：“你就知道欺负我。你儿子是上海人，姐你现在也是上海人了。瞧不起我们外地人。”

他连珠炮似的说完。带些怨气，还有促狭。冯晓琴瞥过小老虎有些抽筋的脸，忽然觉得冯大年像是在妒忌小老虎。妒忌从何而来，也是奇的，讲起来辈分也不同——那瞬她猜想，或许爸妈把那事告诉他了也未可知——但只是猜想。爸妈应该不会，说了要带到棺材里去的。又或许是错觉。眼前的情景，充满着诡异的无可言说的意味。一个儿子怪他偏心，另一个儿子一脸心虚。她竟有些好笑了。回想小老虎这阵子是有些异样，小男生原先浑浑噩噩的，现在竟也懂得穿名牌了，运动鞋指定要三叶草，前几日买回来，她还怪冯大年，小孩没必要穿这么贵的鞋，但见他俩和睦，心里还是欢喜的。现在想来，那日冯大年脸色一直不大自然。冯晓琴在几秒内飞快地做了五六种设想。关于她两个儿子。最坏的那一种，甚至是有些心惊肉跳的，牵扯上“要挟”“陷害”那种字眼，像编故事了——应该不至于。

顾清俞在阳台上打了半日电话，总算是结束了，瞧个空当，进来道：“爸，我先回去了。”话音刚落，小老虎忽地起身，指着冯大年，“你瞎讲！”冲过去抢在顾清俞前面，噔噔往楼下奔去。冯晓琴心里一跳，某种熟悉的感觉袭上心来，后背都麻了。还没动，顾清俞已快步跟过去，抓住小老虎的衣领，揪了上来。“有话好好说！跑什么跑！”训斥的口气。冯晓琴瞥见顾清俞严肃得有些过头的神情，猜她或许也想起了那个可怕的夜晚。吵架、出走、楼道口。虽然此刻的小老虎远没有她当时那么理直气壮，而更像是无理取闹地发泄。

在吃完半个西瓜，两个孩子断断续续半遮半掩地叙述后，情况大致清楚了。比想象中要稍微复杂些。小老虎居然也是冯大年的买家之一，两人在某个偶然的情况下得知真相，冯大年作为舅舅和获利者，带他去买了运动鞋，然后再吃牛排。席间小老虎向舅舅表示了羡慕，冯大年以为指的是他做手办的技能，谁知不是——“小舅舅，我要是能像你这样自由自在，就好了——。”小老虎把冯晓琴为他安排的暑期作息表给冯大年看，从早上起床到晚上睡觉，做作业、拉小提琴、上英语课、阅读、奥数、练字、写作文……除了吃喝拉撒，几乎没有空当。他由衷地感慨：“小舅舅，人人都说上海好，我宁可去安徽，没人逼我读书，想干吗就干吗。”那瞬，冯大年被一种无法言喻的成就感充斥着，赚了钱，请上海的外甥吃饭，生活方式也得到充分肯定，人生的价值在那一刻达到极致。他激动得差点流下泪来。当然，他也略带疑惑地问小老虎：“我的手办不便宜，你哪来的钱？你妈知道吗？”小老虎没有回答，而是让他保密。冯大年当然不会说，那些跟他没关系。他津津有味地挑着饮料里的粒粒橙。“小舅舅，你以后手办全卖给我吧？”忽地，小老虎脆生生地道。冯大年一怔，不敢置信地。小老虎说：“网店收你百把块钱一件，你晓得他们卖出来是多少钱吗？”冯大年还是没反应过来。小老虎放慢语速：“——小舅舅，我们可以联手搞个店，自产自销。”冯大年被他与稚嫩外表不符的老到语气惊呆了。以至于小老虎接下去说的诸如注册网店、成本、广告那些，一句也没有听进去。他有些生硬地切着牛排，靠近筋那块，怎么也切不下来，越急越不行，索性整块塞到嘴里。小老虎咧开嘴，嘲笑他的吃相：“小舅舅，牛排不是这么吃的——”提出可以帮他切。冯大年拒绝了。沉默片刻后，他继续追问小老虎买手办的钱从哪里来的。“偷你妈钱包？”他大胆揣测着。小老虎摇头，“——我有压岁钱的。”冯大年道：“压岁钱你妈不收走？”小老虎道：“我妈把整数拿走，剩下零的留给我。”冯大年不信：“你买手办这么多钱，你妈发现不揍你？”小老虎得意扬扬道：“我有挣钱的法子，我妈不会发现的。”说着举个例子，“我网上买你的手办，再卖给我同学——”冯大年听天书似的神情，问：“他们干吗问你买，淘宝不是都有？”小老虎解释：“淘宝也不全的。我们班上好多同学都收集手办，有时候一套就缺一个人物，急得要死。我同时关注好几个店，哪家店进了就赶紧买下来，比如进价三百块，卖给他们五百——”冯大年叫起来：“五百？”小老虎道：“那些同学家里都特别有钱，每个月零花钱都是好几千。根本不在乎。”冯大年听得咂舌，酸溜溜地。小老虎又一次提了那个建议：“所以说啊小舅舅，你卖给网店一百块，他们卖出来三百，白让他们赚了两百，我们自己干，省掉中间环节，这两百就逃不掉了。”冯大年冷眼旁观，见这小孩熟练地切着牛排，居然连鸡翅也用刀叉切，半天工夫挑下几绺细肉，精巧地放进嘴里。嚼得煞有介事。冯大年看得肚肠都痒了，恨不得一巴掌上去，吃饭又不是作秀，矫情个屁！

倘若此刻打住，或许也不会有后面的事。偏偏小老虎那张似懂非懂煮不酥的嘴，冷不丁蹦出一句："我妈说了，聪明人用巧劲，傻瓜才卖戆力气。"说着意味深长地朝冯大年看。倘若冯大年再成熟些，便能看出这臭小子其实是故作老成，全在一张嘴上了，大可以一笑了之。但冯大年自己也是个孩子，正是把简单问题往复杂去想的年纪。加之小老虎是上海人，这让事件的性质变得更为严重，上升到地域阶层的高度。"你脑子挺好使啊，"他说小老虎，"我不能跟你比。知道为什么吗？"小老虎问："为什么？"他道："因为我妈老实，你妈不老实。遗传的。"小老虎把这话视作玩笑，笑得牙龈肉毕露。接着，冯大年提出正在做一套"复联英雄"，问他有没有兴趣。小老虎激动起来。冯大年说："一千块，我只收现金。"小老虎有些为难，"我没这么多钱啊，先欠着，等卖掉我们再算好吗？"冯大年不答应，"既然合作，就要按流程来。否则我还是找原来那家。"瞥见小老虎一脸苦恼，便给他出主意，"你问你妈要呗。"小老虎道："她绝对不肯的。"冯大年说："你家橱柜里那么多摆设，随便拿一件卖了，你妈也不知道——"小老虎惊讶地朝他看。冯大年便说自己的事，"我还去工厂偷过零件卖钱呢。你还是太嫩，根本没什么大不了的。当然了，你要是怕，那就当我没说。"他那瞬其实慌得要命，有种犯罪的感觉，乱套了。脸上还故作镇静。当小老虎迟疑着问他"拿哪件呢"，他回忆那天去顾士宏家，在玻璃柜里见到的那些陈设，一件一件的。"我随便说一样啊，"他咽口唾沫，"——就那只小金乌龟吧。"小老虎问："被我妈发现怎么办？"他哈的一声，"你妈可不是普通人，她什么没见过？我是她弟弟，抓住也就骂一通，你是她唯一的儿子，她还能怎么样？宰了你？”

小老虎把这句话说出来时，顾清俞瞥见冯晓琴脸色一变，神情中掺些微妙的意味。在场几人，唯有她能看出来。明明心里翻江倒海，面上偏还要做得滴水不漏，仿佛恨铁不成钢，气是气的，又不能用力过猛。顾清俞倒生出些同情来。这还不像寻常兄弟俩吵架，父母或帮或劝，便是打骂，也都在明里。唯独眼下这种情形，牵丝攀藤地窝塞，无可言说。

金龟在床底下被搜了出来。小老虎思想斗争好几天，“闲鱼”上上下下，终究没敢动。顾士宏打圆场：“东西没丢就好，我年纪大了，兴许拿了忘记放回去，也是可能的——”顾清俞朝父亲看，有些好笑。这糨糊捣得毫无技术含量，听得竟像是嘲人了。小老虎一副煨灶猫的模样，红着脸。冯晓琴在他头上轻轻一推，“你也就这点出息。”又看向冯大年，想说话，忍住了。叹口气，也是不易察觉的。冯大年不吭声，头别向窗外。桂花树探出枝叶，微微颤着，墙上留下点点印迹。风声也轻。

冯晓琴送冯大年回“不晚”，折返回来，见顾清俞在楼下，叫声“阿姐”，转身便要上楼。顾清俞叫住她：“等等。”她问：“有事？”顾清俞走上一步，“怎么样？”冯晓琴没懂意思：“嗯？”顾清俞停了停，“我虽然没小孩，不过也可以体会你现在的心情。”冯晓琴一怔，不免往坏里想，冷笑道：“阿姐在看好戏？”顾清俞不语，倚着树，看脚下的影子，“——我没那么闲。”

那晚顾清俞也不知自己是怎么了，巴巴地，竟与这女人聊起来。还是她起的头。总觉得心里有话，想要找人聊。那样不尴不尬的关系，反倒是由头。便是说得冲些，也不妨的。她问她：“你心里更偏向哪个儿子？”这话有些敏感，尤其“哪个儿子”是禁忌，哪壶不开提哪壶。冯晓琴竟也答了：“一个是儿子，另一个，心里还没适应，自己都不觉得是他妈。也无所谓偏不偏向。”答得过分认真，倒让顾清俞愕然。想想也实在不易。一样的藤，养在两处土壤。气候不同，一应服侍也不同。一辈子才刚开始，日子还长，望不到头。

“我是盼着小老虎可以成才，像阿姐这样。”冯晓琴忽道。

“这世上的事讲不清的。不见得你花多少工夫，就会有多少成果。”顾清俞是想安慰她，又觉得这话好像过于消极了，“——我以前玩过一个游戏，叫《美少女梦工厂》，把一个小女孩从十岁培养到十八岁，读书练武打工旅游，最后系统会根据你的培养方式，来决定她成为怎样的人。我玩过不知多少次，试过许多结局，但后来发现，培养方式其实跟大结局没什么关系。我曾经试过让小女孩整天读书，打工也是挑培养气质的那些，一门心思要把她培养成皇后或是大臣的妻子，谁知她最后竟然成了魔王。还有一次，我让她练武，不停地出门游历，打怪杀龙，我以为她会成为女将军或者武士，可你猜怎么，她竟然成了商人的宠妾。妖到极点的结局。甚至有一次，我什么正事也不让她做，整天就是睡觉和瞎玩，结果她成了巫师——我后来才想通，这其实是个带有哲学意味的游戏。它告诉人们，人生总是充满各种偶然性，是不可预测的。你只能努力，但永远无法决定自己的命运。”

冯晓琴怔怔听着。

“大年以为我在怪他，其实讲句老实话，我心底里反倒是有些高兴。他那样的个性，我一直替他捏把汗，现在倒是放心了。不是挨打不还手的那种。”顿了顿，“——你不要误会，我并不希望他将来成为一匹狼,但至少不能是头羊。眼下这种社会,一口便给别人吃了。”

顾清俞揣摩着这“狼与羊”的比喻，眼前忽然浮现顾磊那张脸，十几岁光景，跟在她后面叫“姐姐”，脚高脚低，看人垂着头，做错事似的神情。她叫他，“朝前看，背挺起来！”他憨憨一笑，依然含着胸，嗔道：“阿姐，做啥啦——”隔得久了，偶尔想起，眉眼有些淡了，神情却始终清晰，会生根，发芽长叶——眼前这女人，她知道自己还没有原谅她,或许永远不会。甚至还恨着她。但她却理解她。理解是一回事，原谅又是一回事。

“你的儿子，无论如何不会是头羊。小老虎也不是。”顾清俞道。

“有个成语叫‘事与愿违’。小老虎就像那个整天读书的女孩，逼着他弹钢琴练书法，想要培养气质，结果成了魔王了。”

顾清俞评价：“小老虎有商人气质。”

“除了读书人气质，他什么都有。”

两人都笑了笑。随即停下，各自望向一边。

临上楼前，冯晓琴问她：“什么时候去新加坡？奶奶都过了五七了。”

她停顿一下，“——我打了报告，不去了。”

“为啥？”冯晓琴有些惊讶。

“爸年纪大了，想多陪陪他。”她道，“你是第一个知道的，我谁也没说。”

冯晓琴嗯的一声。又道：“阿姐也有些变了。”

“变没变，自己晓得。其实连自己都看不透自己，更何况别人？”

顾清俞想起那晚施源哭到脱水的脸，到最后像个孩子一样叫着“妈”。她抱住他的头，感受着他的脆弱，以及生命的无常。她想说“你还有我”，但这么煽情的话，早已不是她这种年纪的女人能够脱口而出的。如果仅仅是安慰，那有更多更合适的措辞。她在他肩上轻轻拍着。一下、两下。后来也有些累了，伏在他肩上。彼此倚靠着。他侧头过来，似是想吻她。她朝旁边一让，偏了两寸。那瞬她想起主动吻展翔的那个晚上，也是有些莫名的，也不知是逗他还是逗自己。脑子跟不上动作。真正是连自己都看不透了。妖到极点的结局。大臣的妻子，商人的宠妾，乱成一团。天晓得。

“爸爸肯定很开心。”冯晓琴道。

顾清俞点头，“应该吧。”

“年纪上去了。看一次，少一次。”

冯晓琴记得，这话是张老太说的。鼻子忽有些酸。年纪真是个要命的东西。三十岁一过，好像就开始喜欢回忆。尤其那些听了让人伤心的话，记得特别牢，怎么也不忘。连说话时的表情也记得一清二楚，哭哭笑笑，仿佛人就在边上似的。

二十

今年夏天的台风特别多。一场接着一场，头尾相连。竟比往年凉爽不少。好不容易过了立秋，台风消停了，放晴几日，太阳的威力也打了折扣。再过几日，到了处暑，更是后劲不足。到底是秋天了。转瞬又是白露。节气摆在那里，一年一年，俱是有据可循。

“不晚”新进了一批床和护理用具。老人又多了十来位，一大半是过夜。护理师和杂工也各多招了一名。忙不过来。还有递了申请表在排队的，估计进来也要半年后了。口碑是做出来的，不像外面有些机构，点评网上雇人写一圈，一枪头生意，没意思。冯晓琴同展翔商量，想把靠近地铁那边的几个门面也吃下来，中间打通，愈发做大。展翔说：“爷叔只管收保护费，其他一律不管。”她道：“你帮我参谋，我底气足些。”展翔劝她：“再过一阵，宽裕些，胆子养养肥再做。”她笑起来，“爷叔这话，杀气腾腾的。”展翔摇头叹道：“胖子过给我的。”

史老板最近搞了个App——“你是什么垃圾”，名字有些吓人，内容却是实在。垃圾分类科普，把物品名称输入，系统会自动显示这是什么垃圾。有文字，也有语音，嗲嗲的女声，“你是干垃圾哦”“你是有害垃圾哦”……那些是噱头，主营业务是上门收垃圾。过了定投的时间，只需网上约一下，十分钟之内便有人来收，楼层不同，价格也不同。也可以包月包年。收垃圾本来也没啥稀奇，外面多的是，胖子是不甘于平凡的，生意经不走寻常路。“你是什么垃圾”与望星阁绑定，买东西送收垃圾，买满一定金额还可以两头打折。收垃圾的都是闲云阁的技师，有男有女，App上可以挑选，谁谁谁精于点穴，谁谁谁擅长捏脊，包月包年客户免费享受每月三次上门头部按摩，每次十分钟，垃圾袋旁边一搁，标配是黑手套，按摩时一撕，门是不进的，避嫌，随身拿个折叠小板凳，地上一摆，叫声“阿姨”或是“爷叔”，就地捏起来。后颈风池风府，往上直到百汇，手指用力，经络一点点疏通。也是点到为止，最惬意的时候打住，“阿姨，时间到了”，“爷叔，我是3号，到闲云阁记得找我哦”——胖子料秋，一点也不错。闲云阁生意倒是一点点回暖了。“你是什么垃圾”还兼卖相关产品，比如垃圾袋、垃圾桶、垃圾处理器……除此之外，还有大件垃圾的回收，主要是家具和家电。依然是网上预约，十分钟上门。价格好谈。史胖子同展翔商量，接下来分两步走，一是把“你是什么垃圾”升级，花半年时间，完成上海的垃圾箱分布地图，用户只要开启定位，就可以显示当前距离最近的垃圾箱在哪里，是否设有湿垃圾箱。有了这个系统，便不至于喝完奶茶，拿着空瓶走上一公里。同时再设计一款关于垃圾分类的小游戏，要简单，容易上手，定位是像“消消乐”那样的全民游戏，人手一只。目前类似游戏也有，但普及性还差得远。胖子心比天高，想要成为垃圾周边第一人。目标是至少在上海范围内，人们一看到垃圾分类，脑子里就出现“史胖子”这个人。LOGO也在设计中。他高薪聘了一个软件开发工程师、一个设计员。展翔建议，可以考虑用他自己的头像，就像肯德基大叔那种，笑眯眯走亲和力路线。游戏也用真人形象，一个灵活的胖子，左右移动投垃圾，投对就加分，还有一系列小道具，绿色有延时、隐身、提示功能，红色的则是移动速度减慢和炸弹那种。如果投错，脚下那块立即踏空，掉进坑里。惨叫也是真人发声。“这样才能深入人心。”史胖子点头，“只要兄弟肯投资，随便嘲。嘲出血来也是我的事。”又说第二步，打算借鉴瑞士垃圾分类的成功经验，建个工厂，引入他们一套垃圾箱设备。表面看只是简单的四种垃圾箱，体积也不大，但底下另有乾坤，当地面垃圾箱接近饱和，按一个按钮，下面一排垃圾箱立刻升起，交换位置。仿佛立体车库。既节省了空间，提高环卫工人效率，也能保持环境整洁。“我不是心血来潮，”胖子对展翔道，“你自己想，上海垃圾分类是肯定要做到底的，这块绝对有的搞，妥妥的朝阳产业。再加上政策保障，风险要少许多。你是习惯坐地收租的，还有什么投资比这个更牢靠？所以啊兄弟，阿哥这次不是求你，真正是挑你发财。你要是拎不清，我明天就去找别人。”瞥见展翔的神情，心知已成了六七分，一喜，骨头便轻起来，“阿哥我苦命啊，忙了半辈子，各种生意都试过了，想不到最后要靠垃圾翻身，真是一天世界，一塌糊涂——”展翔打断他：“能不能翻身还不晓得，阿哥你不要盲目乐观。”胖子涎着脸，“有你展大户做后盾，我怕啥？我出点子，你出票子，我们兄弟齐心，其利断金。”展翔摇头，“我卖掉两套房子，就算蚀掉，照样活得滋润。你是赤膊豁上，万一亏了只好去讨饭。”胖子道：“讨饭就讨饭，我在你展大户门口讨，你还能让我饿死？你吃肉，丢我一根骨头，足够了。”展翔无语：“阿哥，有时候我是真的佩服你，浑身上下都是劲道，生命不息，折腾不止。给你一点火星，你就能杀人放火。如果将来第三次世界大战爆发，万紫园只要还剩下一个人活着，那肯定是你。你是战天斗地的一个人啊！”

顾士宏有心理准备，即便没有八只垃圾箱挡门，小区里这些宝货，总得要闹上一阵，弄个两败俱伤才罢休——谁知竟是没有。史老板那天上门找他，他只当胖子又要出花头，浑水摸鱼。竟是恰恰相反。胖子提出，头两个月过渡期，“你是什么垃圾”免费为65岁以上独居老人收垃圾，每天一次。其他用户预约App上门服务，也可以打对折。群里闹得乱纷纷，胖子竟跳出来，坚决站在顾士宏和业委会这边，话说得冠冕堂皇：“造福子孙的——。”胖子是万紫园首批业主，生意做在家门口，有一定威信。也真是可以压得住些。顾士宏倒不习惯了，“史老板有啥想法就提，不要拐弯抹角，我反而心慌——”史胖子使劲摇手，“爷叔，不搭界的呀，我是真心支持你的工作的呀！”顾士宏起疑：“你是不是想当下一届业委会主任？”史胖子哎哟一声，指天发誓：“爷叔你也晓得，我是钻到钱眼里去的，这种没好处的义务劳动，也只有您这样的圣人才当得了。放心，我不跟您抢，您到一百岁还是业委会主任。爷叔以后继续关照我。我们大方向是一致的，都是为万紫园服务。”顾士宏朝他看，“史老板改做垃圾生意啦，还是高科技。立足万紫园，放眼上海滩。实在不得了。”胖子笑得门牙外豁，“难为情难为情。”顾士宏说他：“史老板以前讲过，做生意要不忘初心，又要与时俱进。你是人才。”胖子有些不好意思了，递过去一张白纸，“爷叔，把你的手机号码写在上面，还有你兄弟姐妹几家，统统写下来，以后上门收垃圾，一天 24 小时，全部算我的。”笑得贼忒兮兮。

老黄到“不晚”已有月余。独自一个单间，护理设备都是另配。是“不晚”最特殊的一笔生意。其实也谈不上生意。高畅上月找到冯晓琴时，也没抱希望，说了情况，危险期是过了，下一步就是康复。本来按厂方的意思，挑个好的康复医院，费用依然厂里负担，只要这边撤了诉状，万事好商量。也是将他们老两口的军。偏偏老黄父亲铁了心，人接回来，想着家里先待一阵，再找康复医院。谁知附近几家都被关照过了，不收人。除非是距离特别远，或是价格特别高的私人机构。走投无路了——“放一天是一天。”高畅对冯晓琴道。也不好多说，否则便是为难人家了。冯晓琴道：“姑父，让我考虑考虑。”次日便说“进来吧”。为了他，倒另添了好几样设备，人员也额外安排。冯晓琴对高畅说：“姑父，这里条件不能跟正规医院比，经验也不足，就像你说的，放一天是一天。试试看吧。”高畅把一只信封塞过去，里面是老黄父母的积蓄，还有他自己的几千块钱，凑在一起。

冯晓琴打开看了看，又交到高畅手里，“姑父，”她道，“讲句老实话，他要真待下去，这点钱肯定是不够的。我答应让他进来，就没指望赚他的钱。”高畅倒不知说什么好了，嗫嚅着：“总不好让你贴——”冯晓琴道：“姑父帮我在外面多宣传，都在里面了。”高畅望着她，先是沉默，像他那样风趣的人，此刻竟也不知该怎么说了。停了半晌，又拍胸脯道：“你也晓得，朵朵那小姑娘是靠不住的，我和你姑姑晚年都指望你了。自己人打个折就行。”冯晓琴一笑：“那是肯定的。先谢谢姑父了。”

姓刘的女人，因为这事说了几次，对着冯晓琴分析：“无底洞，真正是无底洞。生意再好也没用，单这人一笔，便揩掉不知多少。最好的房间，最好的设备，拿来白给他用。老板良心好，也不能意气用事。开门做生意，又不是做好人好事。”旁边几人听着，也都是不吭声。心里有想法。冯晓琴明白，各人奖金都与效益挂钩，别的不提，单这一张床位，外面有多少人排队，一年就是好几万。打水漂了。说实话冯晓琴自己也是没底。之前还跟展翔谈了半天，成本收益，一分一厘都要想好几遍，唯恐漏了哪里。如临大敌般。做生意不容易，不是儿戏。展翔一遍遍地说。她记在心里。八九成把握是有的，但还是忐忑。开头那阵，没睡过一个囫囵觉。高畅找她提那事，初时她是犹豫的，嘴上说“考虑考虑”，那是缓兵之计，不好意思立即拒绝。谁知当天晚上顾昕来找她，问她：“阿嫂不会真答应吧？”她不置可否。心想这必然是茜茜告诉他的。顾昕说了一圈，客气又诚恳。其实他便是不说，冯晓琴也懂意思。茜茜这个传声筒是两头的。他那边的情况，她也大致知道。顾昕叫她：“阿嫂——”她道：“外面医院条件肯定是更好一些。”他忙道：“就是。”她解释：“是姑父交代下来，我也没去抢人。”他道：“阿嫂不收他，他早晚还是听我们的。”她道：“人家爹妈的意思呢？”她也只是顺口一问，听在他耳里，竟像是质问了。为这事，他最近有些神经紧张，上头盯得紧，眼看着态势越来越不乐观，竟还多出“不晚”这茬，真正是火上浇油了。“阿嫂，我是吃公家饭的，大道理我比你懂。”冯晓琴不语。他说下去：“各人有各人的道理，站在我的立场，一定不能让老黄留在你这里。”她道：“那你自己同人家爹妈去讲，我无所谓。”他情绪兀自还在，恨恨地，冒出一句：“有你在，他们才有恃无恐。”冯晓琴原先并没把这事放在心上，听了这话，便顶回去：“什么叫有恃无恐，人家一只手一只脚是自己斩断的吗？”顾昕怔了怔，随即沉声道：“阿嫂，我说了，不要同我讲大道理。”她嘿的一声，没忍住：“我要是他爹妈，我也豁出去了，儿子都那样了，还怕什么。”

那天到后来，两人是完全说开了。顾昕掏出烟，自己点上。冯晓琴说他：“出去！这里不能抽。”他不吭声，打开门出去。她停顿一下，也跟了过去。见他两条裤管空落落，这阵似是瘦了些。“宝宝怎么样？”她问他，加上一句，“——肚子里那个。”他道：“就那样。”她又问：“大人也好？”他嗯的一声。冯晓琴便打住不说。他与葛玥闹离婚的事，家里人都知道。当面不提而已。葛玥那样个性的人，这次竟是坚持，任谁来劝都不听。怀孕四个多月，是个坎，再往后，流产便不容易了。本来这是个劝和的好时机，可她铁了心，医院去了两趟，硬生生被苏望娣从手术室门口拖回来。问她，到底是为什么？她一声不吭，被催得紧了，只说是“性格不合，早点晚点的事”。苏望娣再去问顾昕。顾昕反问，她说什么了？苏望娣急道：“她是闷嘴葫芦，半天放不出一只屁。所以问你呀。”顾昕也不吭声。苏望娣急得跳脚，“她是个大活人，我总不能拿根绳子绑住她。真把孩子流了怎么办？”顾昕道：“你别管，我来处理。”旁边顾士海也忍不住了：“你怎么处理？孩子要是真没了，你怎么处理？”顾昕烦躁起来，“那就把我也弄死偿命好了！”

那晚顾昕对冯晓琴交了底，老黄这事必须解决。“阿嫂，算我求你——”他有些疲倦地，拿手去捋头发，头屑纷纷往下掉。捋了一遍又一遍。“阿嫂，‘不晚’可以跟镇政府合作，我上次就对展翔说了，政府这块有专项基金，不用你操一点心，该你赚的钱一分不少，上头还有扶持，天底下哪里找这么好的事。我跟镇长打个招呼，看看还有什么项目可以挂上钩，也统统给你。有名有利，人也轻松，阿嫂你来上海是为啥，不就是图个安稳，能过好日子嘛。已经摆在你眼前了，你千万要把握机会。”冯晓琴不语。他无奈地说：“阿嫂，你要怎样才肯答应？”冯晓琴说：“让我再想想。”他道：“老黄与你非亲非故——”她道：“拒绝了他，他只有死路一条。”他急道：“怎么是死路一条呢，他可以去康复医院，我们会安排——”她道：“人家爹妈态度摆在那里，还用多说吗？要是想去你们安排的医院，还会把人弄到‘不晚’来？”他停下来：“阿嫂，到了他这一步，不会有人存心跟他过不去的。最多是意见分歧。他爸爸想要同归于尽，我们是想大团圆结局，你好我好大家好。撇开对错不谈，这是我的工作，将心比心，你站在我的位置，也是一样的。”冯晓琴没想好该怎么回答，嘴巴比大脑快了一秒，“——我要是站在你的位置，大概不会。”他怔了怔。她说下去：“老黄我收了。不是故意跟你过不去。如果今天姑父不来找我，那就什么事也没有。可问题是，他找了我。不晓得是一回事，晓得了就是另一回事。你新闻里听说有车祸，哪怕死一百个，眼皮也不会抬一下，可如果在你眼前，一个人活生生被撞死，那就完全不同了。我也是有儿子的人，能理解老黄爸爸的心情。其实到这一步，最可怜的不是老黄，是他们老两口。你讲得没错，我来上海是想过好日子，但良心要是过不去，日子又怎么会好过？不要说‘将心比心’这样的话，我心里想的，跟你不一样。我要是你，无论如何也不会接这差事。伤阴德的。”

顾昕离开后，冯大年从旁边走出来。看神情，应该是听到了两人的谈话。冯晓琴问他：“你姐帅不帅？”冯大年反问：“刚刚说的是真心话？”冯晓琴摇头叹道：“耍帅一时爽，留人火葬场。”冯大年皱眉，“少学网络上那些贫嘴，意思都不通。你都三十多的人了，傻不傻？”停了停，又问她，“真要把那个断手断脚的留下？”冯晓琴道：“本来不想留的，顾昕一来，三句两句，倒让我改主意了。”冯大年哈的一声，“那你还说不是故意跟他过不去。”冯晓琴笑笑，朝儿子看了一眼。手插在裤袋里，站也不肯好好站，两条腿交叉，上身歪倚着墙，成30度角。手里还抓着一把瓜子。她提醒他：“不许把瓜子皮吐在地上！”他捣乱似的，偏往地上吐了一把。随即把脸转向另一边。她一脚踢过去,“叫你别吐还吐！”他跳起来让开,斜睥她,“你就会对我凶。”她道:“对你算客气的，小老虎都不知道被我打了多少回，屁股上没一块好肉。”话一出口，才想到不该这么说。果然他愣了一下，“——我又不是你儿子。”她也怔了怔,“我大你这么多,可以替爸妈教训你。”问他，“怎么没在房里做你那些玩意儿?”他嘿的一声，“你以为想做就能做?这是艺术,要灵感的。又不是上大号,蹲下就行。”她道:“那也不见得。便秘也有的。”他咂一下嘴，无奈地说:“跟你这种人有啥可说!”她忍着笑，又问:“小老虎没再跟你聊开网店的事?”他看她，“他要真提了，你能答应?”她道:“答应，为什么不答应?你们俩早点赚钱，我就可以退休了。”他自是不信:“你儿子，又是学琴又是毛笔字，当宝贝一样的培养，你怎么会舍得。”她沉默了一下，对他道:“你要是愿意，姐姐也给你学，乐器、围棋、书法，什么都行。咱们从头学起，来得及。”他以为她在嘲他，及至看到她的眼睛，隐隐有什么在闪动，才知道不是。心头触了一下，恍惚记得在老家时，半夜醒来，迷糊中看到一双眼睛，也是闪着泪花，鼻子里的气呼到他脸上，湿湿暖暖。很快便睡过去，早上醒来也全忘了。此刻冷不丁地被勾了起来，熟悉的感觉若有似无，细细辨来，也分不清是梦是真。冯大年有些惊讶地看着她。也不知怎么回事，鼻头竟一点点酸起来。

施源离开上海前，邀顾清俞吃饭。外滩某高级餐厅，法国分子料理。顾清俞被侍者带入，远远看见座位上那个一身正装的男人站起相迎，便庆幸自己今晚的穿着并没有太随意。仪式感由始至终贯穿于整顿饭。两人被一种说不清道不明的情绪包围着。亦喜亦忧。就像那道前菜“芥末苹果”，入口酸甜，后调辛爽，层次比例再是精妙，终是不惯。剑走偏锋——倒也适合这样的夜晚。菜式有些古怪，视线转移，离愁别绪便冲淡了，或者说是有了抽离的余地。面上反倒闲适。两人轻轻聊着，大多是以前的事。读书那阵，同学、弄堂、油墩子、造房子、奶油杏肉、紫雪糕……笑一笑，停一停，再继续。这样的话题，带些岁月的沧桑的感觉。像一幅画轴缓缓展开，《清明上河图》那般细碎，人与景密密延延，角落里也俱是故事，各自活着。那时她想，她与他，只是画上两个不起眼的小黑点罢了。稍不留神，便湮没在这巨大情境里，尘土般轻忽。她问他，去加拿大打算做什么？他道，还没想好，走一步算一步。她点头，说，你一定会顺利的。他道，谢谢。

最后，他劝她找个好男人，“否则就算距离一万多公里，隔着太平洋，我也会定期飞回来敲打你的。”这话作为结束语，介于开玩笑和真情流露之间，是很妥帖的。煽情得恰到好处，也不落俗套。直至此刻，她好像才真的感觉到，她有多么替他高兴。他吃了那么多苦，也该有个好结果。这样的收局，有些怅然，仿佛一道冗长的数学题，几番求解，最后答数却是个“零”。与岁月静好那些不相干，但也算告一段落。只当过去二十年是场梦，眼睛睁开便全忘了。加拿大是养老的好地方。他能过得适逸，她也安心。买单时，他在账单上签字。她看着他，总觉得还有话未说尽，却又不知从何说起，便一直微笑。仿佛为后面的内容做铺垫，竟又始终没下文。起身那刻，她接过侍者递来的外套，突然，近乎一惊一乍地叫起来：

“哎呀，我们还没有一张合照呢！”

他想提醒她“结婚照那次不是拍了”——自是不会。他看到这个女人遗憾得有些夸张的神情，忽然意识到她比自己想象的更加孩子气。他总觉得她随时会哭出来。虽然她掩饰得很好，像个处变不惊的女强人。他现在知道了，他损失的不止二十年。悲伤的感觉像陡然涨起的潮水那样，没头没脑地袭来。可惜，一切都无法回头。连争取的时机也过了。仿佛已不在同一次元。他咧开嘴，使劲地笑了一下，随即搭住她的肩，把手机交给侍者：

“麻烦你。”

顾清俞一个人去了酒吧。看他发过来的合照。施源很绅士地评价“跟你在一起,虽然是同岁,却像比你老了七八岁”。后面还跟着“大拇指”点赞。她回了个笑脸。又打了“祝你幸福”,想想不妥,改成“一路平安”。发过去。

她与李安妮通电话。那女人还在月子里，不能出门。否则就叫她来了。她问她:“感觉怎么样？”电话那头间或有两声婴儿啼声，咿里呀啦。李安妮回答:“感觉很棒。你也生一个试试。”她嘿的一声。想说施源的事,又停下。戛然而止。李安妮察觉她声音的异样,“怎么，有事？”她说没有，换了欢快的语气:“你女儿满月，我送什么好呢？”李安妮痴头怪脑地笑起来，“越贵越好，上不封顶——我发宝宝的近照给你。”

小女婴很漂亮。头发金黄而微鬈，五官深邃立体，皮肤雪白。

典型的混血儿模样。李安妮在怀孕七个月的时候告诉她，孩子是Frank的。她当时听了一愣。李安妮反比她沉着得多，“不管是谁的，我都要生下来。我想当妈妈了。”顾清俞懂她的言下之意。她已经失去一次做母亲的资格了，这次她无论如何不想错过。三十八岁高龄产妇，剖腹产，头胎。孩子出生那日，她去医院看望，把那个粉嫩的高鼻凹眼的洋娃娃抱在手里，不自禁地朝旁边的丁启东看去。脸上看不出端倪。李安妮不停地使唤他，拿尿布，拍嗝，换衣服。他默默做了。他有过孩子，多少有些经验，动作过得去。护士给李安妮开奶时，他旁边看着，见妻子被揉搓得大叫救命，上前抓住她一只手，又忍不住笑出声：“都打得死老虎的人，发啥豆腐西施嗲——”李安妮休息时，他抱着婴儿，一手托头颈，一手托屁股，目不转睛地看着这小东西，蹙着眉，不认识似的。顾清俞问他：“你女儿呢？”他道：“奶奶带着。”顾清俞又问：“今年四岁？”他道：“五岁了。”顾清俞点头，“妹妹出来，她就有伴了。”他停了半晌，憋出一声“嗯”。顾清俞瞥过他头顶一块疏白，这男人也已四十出头了，眉心很深的川字纹，显得有些愁苦，也有些担当。倒是老派上海男人的模样。离开时，他送顾清俞到电梯口。“伤口还要养几日再拆线，奶没开，鸡汤猪爪汤那些也不好喝，怕她生奶结吃苦头——”也是没话找话。最后问，“几时吃你喜酒？”顾清俞笑笑，“不急。”他道：“李安妮讲了几次，前后收你三只红包，难为情得很，终归要寻机会还你。等她摒过这阵，就帮你介绍对象。”顾清俞依然笑笑，“好，等她。”

电话里，李安妮说 Frank 上个月又结婚了。“记得吗，就是当初接我捧花的那个金发女郎，36G，身材有点像莫妮卡 · 贝鲁奇。”顾清俞哦的一声，想起那个丰满的二十出头的法国女孩。“Frank 知道你有孩子的事吗？”顾清俞问。李安妮叫起来：“我怎么可能会告诉他？等他找律师跟我抢孩子的抚养权吗？孩子是我的，我不会让任何人夺走她。”她显得有些激动。顾清俞问：“那丁启东呢，他什么想法？”电话那头沉默了几秒。“——他女儿跟着他，我女儿跟着我。他太平，我就太平。他要是有想法，那我也可以有想法。大家都这把年纪了，道理都懂的。”她说完又笑笑，“将来带两个孩子出去散步，扎台型（沪语，指有面子）。大的是亚洲面孔，小的是混血儿，老公看着也不像外国人。旁边人见了，这一家四口关系要猜半天。搞脑子。”

展翔在车上给顾清俞打电话：“我在酒吧门口。”一会儿，顾清俞开门出来，上了车。“你怎么知道我在这里？”她问。他道：“你半小时前发的朋友圈，有定位显示。”指的是她与施源的合照，男方头像做了马赛克处理，后面跟着一句“愿各自安好”。

“这朋友圈发的，不像你的风格。”展翔评价。

“没错。所以我屏蔽了大部分人。”

“能看到的都是嫡系？密友？”他笑着问。

她还没回答，他忽然扳过她的脸，在她唇上吻了下去。

一路上他都在想，等到了家，她会不会留他。喝杯咖啡或是喝杯茶什么的。吻是开场白，亦是对她上次那个吻的回应。不好让女同志尴尬。男人皮厚些，便是落了空也无所谓。手心里都是汗，方向盘被捏得黏嗒嗒。余光偷瞥她,也看不出名堂。很快到了世纪尊邸,保安见是陌生车辆,弯下身子探问“找谁”,顾清俞把头伸过去,说“11号1802”。保安是新来的，没见过顾清俞，做事一板一眼，追问“姓什么”，顾清俞回答“姓顾”。那人依然不肯放行，径直在iPad上查名册。顾清俞嘿的一声，忽然发现自己整个人都歪在展翔身上，这姿势暧昧得过了头。忙不迭地坐正。听保安说“不好意思，久等了”，两腿一并，端正地行了个礼。闸门打开。展翔也回了个礼，“辛苦啦兄弟！”顾清俞问他:“怎么不说‘同志们辛苦了’？”他道:“要是万紫园，肯定就说了。这是你的地盘，我不好冒充领导的。”她哧地一笑，“——你总是这样。”他问:“总是怎样？”她道:“你自己不知道？”他道:“别人评价更客观。我想听你说。”她道:“熟得不能熟了，评价也不会客观。你应该去找个陌生人问。”他看她，“太熟也是问题？”她笑笑，“朋友总归是越熟越好，焦了也不怕。”

车子停在她家楼下。她没有立刻下车。“谢谢你，”她道，“——那么关注我的朋友圈。还特意跑大老远接我。”他手指敲打着方向盘，嘴上客气:“我是无业游民，整天刷手机。你懂的。”她解开安全带，看他，“要不要上来坐坐？”他一怔，“——不怕我做坏事？”说完便想抽自己耳光。又是嘴欠得没名堂,永远分不清场合与时机。她道:“我家没现金，不怕。”他道:“别的值钱的也一样。”她道:“我家装了好几个摄像头。还有一键报警,直接连110。警察三分钟上门。”他一怔，忽然意识到她其实也在说傻话。愈是局促，愈要开玩笑，便容易有这样的效果。他再次整理思路，把这晚前后情形想了一遍，试图抓住这稍纵即逝的机会——已是来不及了。“再见，路上小心。”她说完，下了车。站定，微笑着朝他挥手。他只好也挥手，手臂幅度大得像个招财猫。半晌才启动车子。连这告别仪式也与平常不同。用力过猛，隆重得都有些滑稽了。

电梯里，顾清俞看到镜子里的自己。因为赴宴而精心挑选的黑色露肩长裙，妆容精致。展翔那样讨嫌的嘴，今天居然没拿她过分正式的衣着取笑。“愿各自安好”那句，意思再清楚不过，他自是能辨出来——本来是个好机会。她说朋友圈屏蔽了大部分人，其实不准确。事实上，除了他之外，她统统屏蔽了。只他一个人能看见。她想给自己一个机会，还有他。这还不同于上次那个吻。虽说都是一时冲动，但那次脑子是空的，今晚却是塞得满满的。酒意是一桩，再加上施源那句“找个好男人”，或许还有小女婴的可爱模样，李安妮给她分析家庭关系时的微妙语气——甜的咸的、冷的热的，像是脾胃虚弱的人吃太多，一时不消化，堵在那里。她让他“上去坐坐”，他却同她贫嘴。那瞬她竟是舒了口气。答应不答应，都有了余地。她亦同他说笑。说着说着，便扯远了。她知道，他也知道。仿佛一根橡皮筋，扯得太紧，久而久之便松了，没劲了。说矫枉过正不对，但至少也是没把握住分寸。世上的事，差之毫厘，便完全是两层意思了。遗憾也有，隐隐地，竟又觉得安心。多一事不如少一事似的。真正是那个答数为零的算式了，往回看，你来我往热闹得很，仿佛乐在其中，也不知在忙些什么。终究是白辛苦一场。

开学前，冯晓琴在“不晚”附近的火锅店订了一桌。除了两个值班的，其余人都来了。因为是替姓刘的女儿庆祝，考上一所区重点高中，便把三千金也叫了过来。满满一桌。还买了个蛋糕，上面裱了“金榜题名”四字。那女孩是个腼腆的，见了便有些不好意思，扭捏着不肯上前。冯晓琴揽住她，又指着三千金的老大和老二：“一个个来，姐姐带了个好头，后面大家轮着，谁考得好，阿姨就给谁买蛋糕庆祝。”姓刘的女人掩饰不住的欢喜，一直望着自家女儿，眼圈红红的，像笑又像哭。众人挨个儿同她说“恭喜”，又说“不容易”，小学到初中，跟着妈妈到处转学，光在上海就转了三所学校，也都是菜场学校，小一半是民工子弟。本想着混到毕业便罢，谁知这小姑娘争气，没人盯着，也没上过一天补习班，竟是考成这样。姓刘的女人跟冯晓琴感慨：“人家讲，什么种子结什么瓜，我这棵歹苗，倒是养出一棵好笋。”冯晓琴说：“阿姐信这些，我是不信的。再说了，论聪明还有扑心，阿姐哪里输给别人了？你女儿骨子里是同你一模一样，所以才考得好。”姓刘的女人嘿的一声，擤一下鼻子，“像她爸爸。她爸爸才真正是拼，要不是倒霉出了那事，怕是老早就跟朋友合伙开快递公司了。他看准这条路辛苦，却也有前景，中国人那么多，每家每天收一件快递，那该有多少？他那时从早忙到晚，助动车开得像飞一样。我劝他悠着点，他嘴上答应，可做起来就全忘了。多送一单就是一单的钱啊。他说要早点凑够钱创业，让我和女儿享福，结果油门一脚下去，人就没了，变戏法一样——”她说着，拿纸巾去擦眼角。冯晓琴劝她：“现在不是一样？女儿争气，将来照样让你享福。”她摇头，“不指望的，小姑娘才几岁。”冯晓琴道：“说慢是慢，说快也快。我来上海的时候，也就同她一般大。”嘴巴朝她女儿一努。见几个女孩已是熟稔了，虽说差了几岁，叽叽喳喳亦能谈到一起。三千金家的老二最是活跃，撺掇姓刘的女儿给她喜欢的明星送花打榜，那女孩完全不懂，老二便详细告诉她，怎么注册，怎么充值，怎么加粉丝，怎么买鲜花。话还未说完，便被她妈妈揪住耳朵拖回去，“没一天让我省心的——”冯大年一旁看得有趣，咧开嘴偷笑。三千金父亲逗他：“看中我哪个女儿就说，老丈人马屁可以先拍起来。”冯大年红着脸骂：“瞎说！”

又叫了几斤小龙虾。配啤酒。天热这么吃最惬意。姓刘的女人酒量不行，才喝了一瓶，就开始哭哭笑笑。一边剥小龙虾，一边絮叨，讲广西家乡话，听着与广东话有些相似。边说还边打手势。冯晓琴旁边陪着，也有两三分醉意。也说家乡话。各说各的。一会儿，姓刘的把自家女儿拉过来，二话不说抱住头就狠狠亲了一下。那女孩羞得挣脱走开了。冯晓琴看冯大年，过完暑假似是又长高了些，脸也黑了。厨师班退了，给他报了夜校，英语和计算机。“上了再说，说不定上着上着，味道就出来了。”冯大年没拒绝，一副任你摆布的模样。冯晓琴也不指望他一口吃成个胖子，慢慢来。人家女孩与他同岁，是榜样。读书上进这种事，逼不得，也松不得。冯晓琴拿起酒杯，与姓刘的一碰：“祝贺啊！”姓刘的朝她看：“几时把那个断手断脚的弄走？”冯晓琴道：“阿姐这阵子春风得意，放在以前还要去庙里烧香还愿。现在香不烧了，正好当做善事。积德的。”姓刘的嘿的一声，“我不迷信的。”冯晓琴道：“不是迷信，是图个心安。”

高畅来“不晚”看老黄。见他躺着不动，睡着了似的。再细看，嘴角轻撇，竟像在微笑。“在做梦，”他对冯晓琴道，“梦里有老婆有小孩，讲话也不结巴。”冯晓琴道：“梦里也是一世。”高畅道：“以前看过一本科幻小说，说一个人老是做奇怪的梦，到最后才发现原来梦才是现实，而那个现实世界倒是一场梦。真真假假，分不清的。”冯晓琴道：“这种问题不好想，一想要变神经病。”高畅叹道：“老黄要是有福气，就在梦里过一世。”

展翔往冯晓琴账上打了20万。说这钱专用在老黄身上。“实在看不下去，”他说冯晓琴，“又要赚钱，又想当善人。小心精神分裂。”冯晓琴心里感动，嘴上道：“爷叔一边收保护费，一边捐款。这只口袋进去，那只口袋出来。”展翔自嘲：“我这只口袋是漏的，啥时候进去过？只看到出来。”冯晓琴道：“爷叔底子厚，漏不完。”停了停，又道，“等熬过这阵，我就像爷叔讲的那样，给这附近70岁以上的老人提供免费午饭，两荤两素。”展翔怔了怔，见她一脸认真，不似开玩笑。劝她：“你口袋还是扎扎紧的好。一边进，一边漏，爷叔可以，你没必要。”冯晓琴道：“总归是进的多，漏的少。”展翔朝她看，“嘴巴不要老。”她笑笑，“其实是图个心安。也花不了多少，讲起来总归是做好事。给儿子积福。爷叔名字起得好，‘不晚’，就算像我这样的女人，现在做好事，也不算晚。”他道：“你是怎样的女人？我跟你讲，不要小看自己。像你这样的女人，才真正难得。放眼望出去，又寻得着几个？”她朝他看，“爷叔现在也喜欢抒情了。夹叙夹议那套不玩了。”他笑道：“夹叙夹议忒伤脑筋，还是抒情好，嘴巴一张就来。不费力气。花小姑娘最好。”她哦的一声，撇嘴道：“原来爷叔讲的不是真心话。再说我也不是小姑娘了，都三十出头了。”他道：“三分假七分真。十分真倒像假话了。要留余地，给人家，也给自己。爷叔在教你做人的道理。认识你十多年了，你就算活到八十岁，在爷叔心里也照样是小姑娘。‘不晚’交给谁，我都不放心，唯独交给你，我竟是一点心事也不担。爷叔信得过你，也有一点点佩服你。真心话，不骗你。”说着，在她头上轻轻抚了一下。

入了秋分，一日比一日凉。白天不觉得，夜里风吹在身上，毛孔打个激灵，全身都缩一缩。老黄那件事愈闹愈大，副镇长分管安全，脱不了干系。不久镇长退休，上面派了人来接替。正是当初新区政府办公室主任，姓卢，顾昕也认识。副镇长苦心经营这些年，落了空，自是不甘，但也无计可施。又过一阵，有人举报，副镇长与葛玥舅舅有私下交易，收受高额贿赂，公家的地批给私人公司，严重违规。再查下去，还涉及非法融资、套贷。顾昕、冯茜茜一个个被抖搂出来——猝不及防，连反应的机会也没有。

冯茜茜离开上海那天，冯晓琴送她到车站。与来时一样，一个浅浅的旅行包。先回老家住一阵，然后再去广州。被银行开除后，她与那个开途安的男人断了。那边原先都在准备聘礼了。本地人，讲究这些。她把男人送她的几件礼物退了过去，微信上发句“对不起”，便把对方删了。“我有预感，”她对姐姐笑笑，“不会这么顺的。”语气倒是平静，也听不出情绪。冯晓琴想说“何必主动提出分手”，又觉得妹妹这么做也没错。依稀记得，她来的那年也是这个季节，短袖长裤，却又凉爽，花草树木最茂盛的时候。郁郁葱葱。车上人却少得多。那时过来是满满一车。平常回乡的人总是不多。总要赶上过年那阵，才是密密麻麻。广州也是大城市。另一个追梦人的乐园。冯晓琴知道，妹妹心底里是有些不服气的。没劝她，也没怪她，只当没那回事。竟是沉默得有些突兀了。对错那些，到这一步，也已不重要了。

“姐，走了。”冯茜茜从姐姐手里接过包，转身便上了车。冯晓琴手动了动，想要来个拥抱，见她这样，也只得作罢。看她一步步往后厢走，找到座位，坐下，倚着窗，说：“姐，回去吧。”冯晓琴摇头，示意等车开了再走。姐妹俩便一内一外地互望，也是断断续续，看几眼，停下来，往别处看。一会儿再聚拢来。冯茜茜又让她走：“姐，傻站着做啥。”冯晓琴依然摇头。又笑笑。两人望了片刻，冯茜茜忽地低下头，掩饰已经微红的眼圈，背过身拿起手机，佯装有电话进来。半晌才转过来，见冯晓琴站着不动，眼里隐隐有泪光，脸上却是微笑。一跺脚，“姐，你真的走吧——”尾声已是抑制不住的哭腔。车子缓缓启动。冯晓琴跟着，举起两只手，交叉挥动：“路上小心。”她不住地点头，强自忍着，也报以微笑。当车子驶出站点，转弯那瞬，眼泪终于决堤而出。那瞬她想起前一日，与冯大年告别，桌上放着刚做完的齐天大圣，还未上色。竟是纯正的中国风，仿佛小时候看的那些连环画。他道：“二姐，原来《七龙珠》里的孙悟空是假的，《西游记》里那个才是真的！老头不借书给我，我还不知道！”他兴冲冲地，似是得了什么重大发现。她不禁好笑。他向来忌惮大姐，在二姐面前则要放松得多。他说下一步打算把那些神话人物做成手办，红孩儿、嫦娥、蜘蛛精、托塔天王、昴日星官……“以前都是外国动漫里的人物，你也做，我也做，都做烂了。其实中国有那么多神话故事，人物又多又有趣，不做浪费了。”冯茜茜诧异这傻弟弟竟能说出这番话来，普通话还夹着家乡口音，眼睛都要放出光来。她真心替他高兴。他问她：“回去了，还来吗？”她道：“等你结婚时候来喝喜酒。”——车子驶上高速时，她拿出皮夹，里面有一张姐弟仨的合照，早年在老家拍的。冯晓琴那时也才十六七岁光景，手里抱着冯大年，她梳着马尾，小学生模样，拉着姐姐的手。各自对着镜头。那时并不知道世界是如何的，一只脚还在原地呢。笑或不笑，眼神一望无余，直直到底。各人有各人的造化。这话着实不假。她看了一会儿，把照片放回皮夹。

苏望娣找了律师几次，都说情况不乐观，副镇长那边自顾不暇，葛玥舅舅更是落井下石，关键地方添油加醋。拖一个算一个的架势。葛玥父亲怪女儿，跺脚：“我是吃过他苦头的，你们真是糊涂啊！”葛玥怀孕六个月，已有些显怀。顾昕一出事，离婚的事情搁在那里，不上不下。家里乱作一团，也没人管她。她便自顾自，每天上班下班，不论是家里人还是同事，见面都不多话的。她父亲怪她，她丢下一句：“他的事，我又不晓得的。”葛父一着急，话便说得重了：“你长这么大，到底晓得什么？你是人啊，又不是木头。”她母亲在旁边拦着。葛玥抬头，眼睛里一根根血丝，脸色白得骇人。却又全无表情。她父亲只好停下，不住叹气。她母亲做了几个菜，放在饭盒里让她带回去，

“这阵子你婆婆也没空管你,你自己当心。实在不行回来住两天也好。”她没接，拿了包径直开门出去。

隔日，她去拘留所看顾昕。苏望娣起初不让她去，一是大着肚子不方便，二来也怕她对顾昕说些什么，都到了这步，原先便闹着要离婚，现在还不更是铁了心？家里也就罢了，那边若是你一言我一语说僵，连个劝解的人也没有，倒让旁人看笑话——央求再三，葛玥只是不理。便也只得由她。又说要陪她一起。葛玥只当没听见，“姆妈你帮我照看一下宝宝。”便出门了。苏望娣苦着脸，看向顾士海。后者正在沙发上拿竹片编垃圾箱，巴掌大小，一套四种颜色。史胖子几日前托了他，做两百套，五千块钱。因此只要得闲，他便手上不停。苏望娣骂他没心没肺，为了赚钱连儿子也不要了。他却道:“昕昕出事，小葛怀孕，后面有的是用钱的时候，与其陪你一起担心，倒不如多赚点钱备用。”苏望娣一怔，这话竟不像他素日的风格。倒有些靠得住的男人模样。听他又道:“冰箱里有酸奶。”她问:“做啥？”他道:“是你喜欢的菠萝口味。早上去超市买的。”她又是一怔，也不知怎么接口。他指着手里的竹条:“年轻时候因为这东西倒霉，现在年纪大了，倒指望它来撑一把。也不晓得行不行。”苏望娣又是好气又是好笑，“谁又指望你了？你不要感觉太好。”顾士海竹编的“十二生肖”，销路不错，店主与他商量，要长期合作，他大着胆子，把价格往上提了两成，谁知店主竟一口答应。他兀自高兴，那头冯大年泼他冷水，说人家卖出去就是几倍的价钱。顾士海也不介意，说我赚一点是一点，总比没有好——他自顾自地说下去:“总希望家里越来越好。”苏望娣朝他看，这老头一本正经说话的模样，竟是滑稽。也不习惯。脑子里蹦出个念头，这人吃错药了。一时百感交集。愣着不动，一会儿又想到儿子，抽抽噎噎地哭起来：“也不晓得昕昕现在怎么样了——”顾士海瞥见她头上一块棉絮状的白色碎屑，伸手替她拿掉，谁知竹片竟缠在她头发上，她吃痛，“啊”的一声，他忙道“你别动你别动”，折腾了半天，笨手笨脚，扯掉她一大把头发，总算把竹片弄了下来。苏望娣火起，下意识地，手肘打过去，行到一半停住，因为今天这反常的气氛。以她粗线条的看问题的套路，亦能辨出一丝温情。夹在家里这阵低落到极点的氛围里，仿佛砾石中长出的一株嫩芽。再不济，总也是些慰藉。她坐着不动。茶几上一盘葡萄，顾士海摘了一颗给她，“你也不要太着急，还有我——”她打断他：“你有个屁用！”他叹气道：“你这人啊，就是太粗鲁。不肯好好说话，吃亏的是你自己。”苏望娣嘴里兀自咕哝着，瞥见他手里编了一半的小垃圾桶，竟还有个“湿垃圾”的标记。忽的生出促狭来，凑近了，“呸”的一声，葡萄籽不偏不倚地吐了进去。

“你瘦了。”葛玥对顾昕道。

几日未刮胡须，顾昕下巴处密密麻麻，头发乱蓬蓬。说话透着倦意。声音也轻。似是怕被旁边人听见。他问她：“你蛮好？”她道：“蛮好。”他道：“爸妈也好？”她道：“都好的。”他停了停，“——你要是想离婚，就离吧。我不想拖累你。”这话他应该是想了很久，出口说得飞快。眼睛也不看她。她不语。这时胎儿大约是翻了个身，咕噜一下，让她不自觉地摸向肚子。他见了，问她："怎么，不舒服？"

她摇头。

沉默片刻。她问他："最坏的结果会是怎样？"他道："三年以上。"她停顿几秒，似是下定了决心："——那就等你三年，出来再离婚。"他愣了愣。她道："这种时候离婚，我做不到。"她说到这里，苦笑了一下，"我真是个失败的人，连离婚的时机也找不好。"

他朝她看。她把目光转向别处。拘留所这种地方，她是第一次来。看样子以后机会多的是。等判决书下来，后面就是探监。也不知是哪个监狱，听说也有关到外地监狱去的。好像是安徽还是哪里，专门关押上海的犯人。跑一趟不容易。每次想到这，一颗心便会抽紧。她不是个坚强的人。遇到事总是往后缩，也没主意。肚子里这个生下来，她就是两个孩子的妈。想想便有些怕，却又无计可施。她自己想生。其实那两次去医院流产，便是苏望娣不来，她也下不了手。她若真有那种魄力，便不是葛玥了。她父母倒是赞同的，孩子打掉，离婚。又道，早知道现在这样，当初倒不如找那个姓卢的傻子，他叔叔升了镇长，他将来发展也不会差。她一怔，想起顾昕也说过，设备科那个小卢对她有好感。原来她父亲也看出来了。唯独她这个当事人不知情。实在好笑。

她带了些水果给顾昕。本来不想说的，忍不住又道："就算没胃口，也要尽量多吃点饭。日子还长。你太瘦了。"他点头。她不敢看他的脸，怕自己会忍不住哭出来。她爱他，若他没出事，或者一气之下也就离婚了。可眼下看到他这副模样，她实在是舍不得。就算被爸妈骂死，也是舍不得。她想改变自己。那个懦弱的葛玥，她想甩掉她。她很快就会是两个孩子的妈，而且每隔几周就要探一次监。日子还长，一眼望不到头。她想起当初在餐厅门口的那棵树下，她向冯晓琴讨教“日子该怎么过”，冯晓琴回答她：“日子是一团面粉，你把它捏成什么样，它就过成什么样。”

她问顾昕：“有什么办法可以帮你？”他一怔，随即摇头，“不太可能。”她道：“那你也不要放弃。”他为她的语气稍感惊讶。不知该说什么。最后，她站起来：

“我走了。你自己保重。”

她故意把步子迈得十分轻盈，让自己看着不太像是个孕妇。离开拘留所，她在微信上找到“小卢”，给他发了条消息：“好久不见。有空吗？”

一小时后，她与小卢在淮海路一家咖啡店见面。男人没什么变化，除了人中那颗痣做了去除手术。他还是一样拘谨，说话抖抖豁豁。反而是她在一番寒暄后，渐渐打开话题。她说：“听说你叔叔当上镇长了？恭喜恭喜——”他应该知道顾昕的事，神情略微尴尬。她问他：“你去求求你叔叔行吗？”他显得很诧异，手足无措的模样。她退一步，“或者，你帮我引见一下，我请他吃个饭，可以吗？”控制着语气，提醒自己，深呼吸，不要太急促，带一点撒娇，但也不可以过头。她之前练习了好几遍，抑扬顿挫，哪里该停，哪里该换气，哪里一定要看着他的眼睛，增强效果。但临到现场还是不一样，容易紧张。声音有些发抖，也不知道他是否能听出来。手心出汗，她下意识地在衣服上擦了一下，摸到隆起的小腹。两个孩子的妈妈。她做深呼吸，吸气，呼气，再吸气，再呼气。

很快，她凑近他，语气愈发地温柔：

“——你喜欢听越剧吗？《我家有个小九妹》或者《桑园访妻》，我唱给你听。”